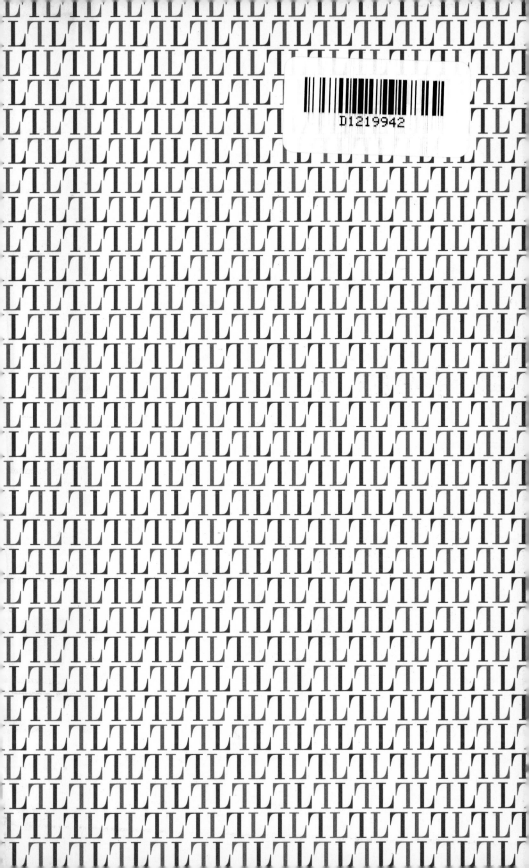

La postal

La postal

Anne Berest

Traducción del francés de
Lydia Vázquez Jiménez

Lumen

narrativa

Papel certificado por el Forest Stewardship Council®

MIXTO
Papel procedente de
fuentes responsables
FSC® C117695

Penguin
Random House
Grupo Editorial

Título original: *La carte postale*

Primera edición: septiembre de 2022

© 2021, Éditions Grasset & Fasquelle
© 2022, Penguin Random House Grupo Editorial, S. A. U.
Travessera de Gràcia, 47-49. 08021 Barcelona
© 2022, María Lydia Vázquez Jiménez, por la traducción

Printed in Spain – Impreso en España

ISBN: 978-84-264-2285-9
Depósito legal: B-11.716-2022

Compuesto en M. I. Maquetación, S. L.
Impreso en Unigraf, S. L. (Móstoles, Madrid)

H 4 2 2 8 5 9

La postal

Mi madre se encendió el primer cigarrillo del día, su preferido, el que te quema los pulmones nada más despertarte. Luego salió de su casa para admirar la blancura que recubría todo el barrio. Durante esa noche habían caído al menos diez centímetros de nieve.

Se quedó un buen rato fumando fuera, a pesar del frío, para disfrutar de la atmósfera irreal que flotaba en su jardín. Le pareció hermosa toda esa nada, esas líneas y esos colores borrados.

De repente oyó un ruido amortiguado por la nieve. El cartero acababa de dejar el correo en el suelo, al pie del buzón. Mi madre acudió a recogerlo, poniendo mucho cuidado al pisar para no resbalar.

Con el cigarrillo entre los labios, cuyo humo se volvía más denso en el aire helado, volvió rápidamente a casa a calentarse los dedos entumecidos por el frío.

Lanzó una rápida ojeada a los distintos sobres. Estaban las tradicionales tarjetas navideñas, la mayoría, de sus estudiantes de la facultad, una factura de gas y algún que otro folleto publicitario. También había cartas para mi padre; los compañeros del CNRS y sus doctorandos le deseaban un feliz año.

Entre aquella correspondencia, de lo más común dado que estábamos a comienzos de enero, había una sorpresa. La postal.

Ahí estaba, con los demás sobres, como si nada, como si se hubiera escondido para pasar inadvertida.

Lo que intrigó de inmediato a mi madre fue la letra: extraña, torpe, una caligrafía que nunca había visto. Luego leyó los cuatro nombres escritos uno debajo de otro, en forma de lista.

Ephraïm.

Emma.

Noémie.

Jacques.

Aquellos cuatro nombres eran los de sus abuelos maternos, su tía y su tío. Los cuatro habían sido deportados antes de que ella naciera. Murieron en Auschwitz en 1942. Y resurgían en nuestro buzón sesenta y un años después. Ese lunes 6 de enero de 2003.

—¿Quién ha podido enviarme este horror? —se preguntó Lélia.

A mi madre le entró mucho miedo, como si alguien estuviera amenazándola, agazapado entre las tinieblas de un pasado remoto. Le temblaban las manos.

—¡Mira, Pierre, mira lo que me he encontrado en el correo!

Mi padre cogió la tarjeta, se la aproximó a la cara para observarla de cerca, pero no llevaba ni firma ni explicación alguna.

Nada. Solo esos nombres.

En casa de mis padres, en aquella época, se recogía el correo del suelo, como la fruta madura caída del árbol. Nuestro buzón estaba tan viejo que no podía conservar nada en su interior; parecía un colador, pero a nosotros nos gustaba así. Nadie tenía intención de cambiarlo. En nuestra familia, los problemas no se solucionaban de esa manera: se convivía con los objetos como si tuvieran derecho a la misma consideración que los seres humanos.

Los días de lluvia, las cartas acababan empapadas. La tinta se diluía y las palabras se volvían indescifrables para siempre. Lo peor eran las postales, apenas vestidas, como las jovencitas, con los brazos al aire y sin abrigo en pleno invierno.

Si el autor de esa tarjeta hubiera utilizado una pluma para escribirnos, su mensaje habría caído en el olvido. ¿Lo sabía? La postal estaba redactada con bolígrafo negro.

El domingo siguiente, Lélia convocó a toda la familia, es decir, mi padre, mis hermanas y yo. Alrededor de la mesa del comedor, la postal pasó de mano en mano. Permanecimos callados un buen rato, algo poco corriente entre nosotros, sobre todo durante el almuerzo dominical. En nuestra familia, normalmente siempre hay alguien que tiene algo que decir y que se empeña en comunicarlo de inmediato. Esa vez nadie sabía qué pensar de aquel mensaje que llegaba de no se sabía dónde.

La tarjeta era de lo más banal, una postal turística con una fotografía de la Ópera Garnier, como las que se encuentran en los estancos, en esos expositores metálicos, sobre todo en París.

—¿Por qué la Ópera Garnier? —preguntó mi madre.

Nadie supo qué contestarle.

—Lleva el matasellos de la oficina de correos del Louvre.

—¿Crees que podrían informarnos allí?

—Es la oficina de correos más grande de París. Es inmensa. Qué van a decirte...

—¿Crees que lo han hecho adrede?

—Sí, la mayor parte de las cartas anónimas se envían desde la oficina del Louvre.

—Es vieja, esta postal tiene por lo menos diez años —añadí yo.

Mi padre la expuso a la luz. La observó unos segundos muy atentamente para concluir que, en efecto, la tarjeta databa de los años noventa. La cromía de la impresión, con magentas saturados, así como la ausencia de vallas publicitarias alrededor del edificio de la Ópera confirmaban mi intuición.

—Diría incluso que de principios de los noventa —precisó mi padre.

—¿Qué te lleva a concluir eso? —preguntó mi madre.

—Que en 1996 los autobuses SC10 verdes y blancos, como el que veis al fondo de la imagen, se sustituyeron por los RP312. Con una plataforma. Y un motor en la parte trasera.

A nadie le sorprendió que mi padre conociera la historia de los autobuses parisinos. Nunca ha conducido un coche —y menos aún un autobús—, pero su profesión de investigador lo ha llevado a descubrir multitud de detalles sobre temas tan heterogéneos como específicos. Mi padre ha inventado un dispositivo que calcula la influencia de la Luna sobre las mareas terrestres y mi madre ha traducido para Chomsky tratados de gramática generativa. Entre los dos saben, pues, una cantidad ingente de cosas, la mayoría inútiles para la vida práctica. Salvo en ocasiones, como aquel día.

—¿Por qué escribir una tarjeta y esperar diez años antes de enviarla?

Mis padres siguieron haciéndose preguntas. Pero a mí me importaba un comino aquella postal. Sin embargo, me llamó la atención la lista de nombres. Esas personas eran mis antepasados y yo no sabía nada de ellos. Ignoraba en qué países habían estado, los oficios que habían ejercido, la edad que tenían cuando fueron asesinados. Si me hubieran enseñado sus retratos, habría sido incapaz de reconocerlos en medio de desconocidos. Sentí vergüenza.

Al terminar de comer, mis padres guardaron la postal en un cajón y nunca volvimos a hablar de ella. Yo tenía entonces veinticuatro años y la cabeza centrada en una vida por vivir y en otras historias por escribir. Borré de mi memoria el recuerdo de la postal, sin por ello abandonar la idea de que un día tendría que interrogar a mi madre sobre la historia de nuestra familia. Pero iba pasando el tiempo y nunca me paraba a hacerlo.

Hasta diez años después, cuando estaba a punto de dar a luz.

Se me había abierto el cuello del útero demasiado pronto. Debía permanecer tumbada para no precipitar la llegada del bebé. Mis padres propusieron que fuera a pasar unos días a su casa, donde no tendría que hacer nada. En ese estado de espera pensé en mi madre, en mi abuela, en el linaje de mujeres que habían dado a luz antes que yo. Y entonces sentí la necesidad de escuchar el relato de mis antepasados.

Lélia me condujo al despacho oscuro donde pasa la mayor parte del tiempo; ese despacho siempre me ha recordado a un vientre, forrado de libros y carpetas, bañado por la luz invernal del extrarradio parisino y con el ambiente cargado por el humo de los cigarrillos. Me instalé bajo la biblioteca y sus objetos sin edad, recuerdos cubiertos por un manto de cenizas y polvo. Mi madre extrajo una caja verde con motas negras de entre la veintena de archivadores, todos idénticos. De adolescente, yo sabía que aquellas cajas contenían los vestigios de las historias sombrías del pasado de nuestra familia. Me parecían ataúdes en miniatura.

Mi madre cogió una hoja y un bolígrafo —como todos los docentes jubilados, sigue siendo profesora en todas las circunstancias, hasta en su forma de ser madre—. A Lélia sus alumnos de la facultad de Saint-Denis la adoraban. En aquella bendita época en que podía fumar en clase a la vez que enseñaba lingüística hacía algo que fascinaba a sus alumnos: conseguía, con una destreza inusual, que el cigarrillo se consumiera por completo sin que cayera la ceniza, formando así un cilindro gris entre sus dedos. No necesitaba cenicero, colocaba el pitillo consumido sobre su mesa antes de encender el siguiente. Una proeza que infundía respeto.

—Estás avisada —me dijo mi madre—: lo que vas a oír es una narración híbrida. Algunos hechos se consideran incuestionables; no obstante, te dejaré deducir las conjeturas personales que al final me llevaron a esta reconstrucción. En realidad, nuevos documentos podrían completar o modificar sustancialmente mis hipótesis. Por supuesto.

—Mamá —le dije—, creo que el humo del cigarrillo no es bueno para el cerebro del bebé.

—Oh, déjame en paz. Fumé un paquete diario durante mis tres embarazos y no tengo la impresión de haber parido a tres retrasadas.

Su respuesta me hizo reír. Lélia aprovechó para encender un pitillo e iniciar el relato de la vida de Ephraïm, Emma, Noémie y Jacques. Los cuatro nombres de la postal.

LIBRO I
Tierras prometidas

1

—Como en las novelas rusas —dijo mi madre—, todo empezó con una historia de amor truncada. Ephraïm Rabinovitch amaba a Anna Gavronski, cuya madre, Liba Gavronski, de soltera Yankélevich, era una prima hermana de la familia. Pero esa pasión no era del gusto de los Gavronski...

Lélia me miró y se dio cuenta de que no estaba entendiendo nada de lo que me contaba. Con el pitillo aprisionado en la comisura de los labios y el ojo medio cerrado por el humo, empezó a rebuscar en sus archivos.

—Bien, voy a leerte esta carta, te ayudará a comprender... Está escrita por la hermana mayor de Ephraïm, en 1918, en Moscú:

Querida Véra:

Mis padres tienen muchos problemas. ¿Has oído hablar de la historia entre Ephraïm y nuestra prima Aniuta? Si no, solo puedo contártelo si me prometes guardar el secreto, aunque, según parece, algunos de los nuestros ya están al corriente. An y nuestro Fedia (que acaba de cumplir veinticuatro años hace dos días) se enamoraron en un abrir y cerrar de ojos. Los nuestros sufrieron mucho al enterarse, estaban como locos. La tía no sabe nada, sería una catástrofe si se enterase. Se cruzan con ella a todas horas y eso los atormenta mucho. Nuestro Ephraïm está muy enamorado de Aniuta. Pero te confieso que no estoy nada convencida de los sentimientos de ella. Estas son las noticias de por aquí. Empiezo a estar hasta la coronilla de esta historia. Bueno, querida, tengo que acabar. Voy a enviar la carta en persona, para asegurarme de que te llegue bien...

Un tierno abrazo,

SARA

—Si he entendido bien, ¿Ephraïm tuvo que renunciar a su primer amor?

—Y para ello se le busca enseguida otra novia, que será, pues, Emma Wolf.

—El segundo nombre de la postal...

—Exacto.

—¿También era una pariente lejana?

—No, en absoluto. Emma venía de Lodz. Era la hija de un gran industrial que poseía varias fábricas textiles, Maurice Wolf, y su madre se llamaba Rebecca Trotski. Pero no tenía nada que ver con el revolucionario.

—Dime, ¿cómo se conocieron Ephraïm y Emma? Porque Lodz está por lo menos a mil kilómetros de Moscú.

—¡Mucho más de mil kilómetros! O bien las familias acudieron a la *shadjanit* de la sinagoga, es decir, a la casamentera; o bien la familia de Ephraïm era la *kest-eltern* de Emma.

—¿La qué?

—La *kest-eltern*. Es yidis. Cómo explicarte... ¿Te acuerdas de la lengua inuktitut?

Cuando yo era una niña, Lélia me enseñó que los esquimales tienen cincuenta y dos palabras para designar la nieve. Se dice *qanik* para la nieve cuando está cayendo, *aputi* para la nieve que ha caído ya, y *aniu* para la nieve con los que puede hacerse agua...

—Pues bien, en yidis —añadió mi madre— existen distintos términos para decir «la familia». Se usa una palabra para «la familia» propiamente dicha, otra para «la familia política», otra más para «quienes se consideran como de la familia» aunque no haya lazo de parentesco. Y existe un término casi intraducible, que sería algo así como «la familia adoptiva», *di kest-eltern*, que podría traducirse como «la familia de acogida», pues era una tradición cuando los padres mandaban a un hijo lejos a cursar estudios superiores, buscar a una familia que se encargara de su alojamiento y su manutención.

—Así que la familia Rabinovitch era la *kest-eltern* de Emma.

—Eso es... Pero no te preocupes, escucha y al final acabarás atando todos los cabos...

Siendo muy joven aún, Ephraïm Rabinovitch rompe con la religión de sus padres. De adolescente se afilia al Partido Socialista Revolucionario y declara a sus padres que no cree en Dios. Como provocación, hace todo lo que les está prohibido a los judíos en Yom Kipur: fuma cigarrillos, se afeita, bebe y come.

En 1919, Ephraïm tiene veinticinco años. Es un joven moderno, esbelto, de rasgos finos. Si su piel no fuera tan mate y su bigote tan negro, podría pasar por un ruso auténtico. El brillante ingeniero acaba de terminar la carrera, después de escapar por los pelos al *numerus clausus* que limitaba a un tres por ciento la cuota de judíos admitidos en la universidad. Desea participar en la gran aventura del progreso, tiene grandes ambiciones para su país y para su pueblo, el pueblo ruso, al que quiere acompañar en su Revolución.

Para Ephraïm ser judío no quiere decir nada. Se define ante todo como socialista. De hecho, vive en Moscú como un moscovita. Acepta casarse en la sinagoga solo porque es importante para su futura esposa. Pero previene a Emma:

—No viviremos según la religión judía.

La tradición exige que el novio, el día de la boda, al final de la ceremonia rompa una copa con el pie derecho. Ese gesto recuerda la destrucción del templo de Jerusalén. A continuación, puede pedir un deseo. Ephraïm pide no volver a acordarse de su prima Aniuta. Pero al contemplar los pedazos del vaso desperdigados por el suelo le parece que es su corazón el que yace ahí, hecho añicos.

2

Aquel viernes 18 de abril de 1919, los recién casados salen de Moscú en dirección a la dacha de Nachman y Esther Rabinovitch, los padres de Ephraïm, situada a cincuenta kilómetros de la capital. Si Ephraïm ha aceptado ir a celebrar el Pésaj, la pascua judía, es porque su padre ha insistido, algo inusual en él, y porque su mujer está embarazada. Es una ocasión para anunciar la buena nueva a sus hermanos y hermanas.

—¿Emma estaba embarazada de Myriam?
—Eso es, de tu abuela...

Durante el trayecto, Ephraïm confiesa a su mujer que el Pésaj es su fiesta preferida desde siempre. De niño le encantaba su misterio, el de las hierbas amargas, la salmuera y las manzanas con miel que se dejan en un plato en el centro de la mesa. Le gustaba que su padre le explicara que la dulzura de las manzanas debía recordar a los judíos que hay que desconfiar del bienestar.

—En Egipto —insistía Nachman—, los judíos eran esclavos, es decir, contaban con alojamiento y manutención. Tenían un techo sobre sus cabezas y comida a mano, ¿entiendes? La libertad, al contrario, conlleva incertidumbre. Se adquiere mediante el sufrimiento. La salmuera representa las lágrimas de quienes se deshacen de sus cadenas. Y las hierbas amargas nos recuerdan que la condición del hombre libre es en esencia dolorosa. Hijo mío, escúchame bien, en cuanto sientas la miel en los labios pregúntate: ¿de qué, de quién soy esclavo?

Ephraïm sabe que su alma revolucionaria surgió de ahí, de los relatos de su padre.

Esa noche, al llegar a casa de sus padres, corre a la cocina para oler el aroma suave y peculiar de los *matzot*, esos panes sin levadura que prepara Katerina, la vieja cocinera. Emocionado, le coge la mano toda arrugada y la posa sobre el vientre de su joven esposa.

—Míralo —dice Nachman a Esther, que observa la escena—, nuestro hijo está más orgulloso que un castaño exhibiendo sus frutos a todo el que pasa.

Los padres han invitado a todos los primos Rabinovitch por parte de Nachman y a todos los primos Frant por parte de Esther. ¿Por qué tanta gente?, se pregunta Ephraïm mientras sopesa un cuchillo de plata, que brilla tras lustrarlo durante horas con la ceniza de la chimenea.

—¿También han invitado a los Gavronski? —pregunta, inquieto, a Bella, su hermana pequeña.

—No —contesta ella sin desvelarle que las dos familias se han puesto de acuerdo para evitar un cara a cara entre la prima Aniuta y Emma.

—Pero ¿por qué han invitado a tantos primos este año?... ¿Tienen algo que anunciarnos? —prosigue Ephraïm mientras enciende un cigarrillo para disimular su nerviosismo.

—Sí, pero no me preguntes. No tengo permiso para decir nada antes de la cena.

La noche del Pésaj, la tradición exige que el patriarca lea en voz alta la *Hagadá*, es decir, el relato de la partida de Egipto del pueblo hebreo conducido por Moisés. Al final de las oraciones, Nachman se levanta y se golpea el vientre con la hoja del cuchillo.

—Si insisto esta noche en las últimas palabras del Libro —dice dirigiéndose a todos los comensales—, «Y reconstruye Jerusalén, la ciudad santa, rápidamente en nuestros días», es porque, como jefe de familia, mi deber es advertiros.

—¿Advertirnos de qué, papá?

—De que ha llegado la hora de partir. Debemos abandonar este país. Lo antes posible.

—¿Partir? —preguntan sus hijos.

Nachman cierra los ojos. ¿Cómo convencer a sus hijos? ¿Cómo encontrar las palabras adecuadas? Es como un olor acre en el aire, como un viento frío que sopla para anunciar la helada que va a caer, es invisible, casi nada, y sin embargo está ahí; primero volvió en sus pesadillas, pesadillas que se mezclan con los recuerdos de su juventud, cuando lo escondían detrás de la casa, junto a otros niños, ciertas noches de Navidad, porque unos borrachos iban a castigar al pueblo que había matado a Jesucristo. Entraban en las casas para violar a las mujeres y matar a los hombres.

Aquella violencia se apaciguó cuando el zar Alejandro III reforzó el antisemitismo de Estado con las Leyes de Mayo, que privaban a los judíos de la mayor parte de sus libertades. Nachman era un hombre joven cuando de repente se le prohibió todo. Prohibido ir a la universidad, prohibido desplazarse de una región a otra, prohibido poner nombres cristianos a los hijos, prohibido hacer teatro. Tan humillantes medidas contentaron al pueblo y durante unos treinta años se derramó menos sangre. De manera que los hijos de Nachman no conocieron el miedo del 24 de diciembre, cuando la jauría se levanta de la mesa con sed de matar.

Pero Nachman llevaba unos años notando de nuevo en el aire ese olor a azufre y podredumbre. Las Centurias Negras, el grupo monárquico de extrema derecha liderado por Vladímir Purishkévich, se organizaban en la sombra. Este antiguo cortesano del zar fundaba sus tesis en la teoría de un complot judío. Estaba esperando a que le llegara el momento. Y Nachman no creía que esa Revolución nueva, conducida por sus hijos, acabara con los viejos odios.

—Sí. Partir. Hijos míos, escuchadme bien —dijo con calma Nachman—: *es'shtinkt shlejt drek*. Apesta a mierda.

Dicho lo cual, los tenedores dejan de tintinear en los platos, los niños detienen sus chillidos, reina el silencio.

—La mayoría acabáis de casaros. Ephraïm, pronto vas a ser padre por primera vez. Tenéis arrojo, valor... y toda la vida por delante. Ha llegado el momento de que hagáis las maletas.

Nachman se vuelve hacia su mujer y le estrecha la mano.

—Esther y yo hemos decidido irnos a Palestina. Hemos comprado un terreno cerca de Haifa. Plantaremos naranjos. Venid con nosotros. Y compraré allí tierras para vosotros.

—Pero... Nachman, ¿de verdad piensas instalarte en tierra de Israel?

Jamás se habrían imaginado los hijos Rabinovitch semejante cosa. Antes de la Revolución, su padre pertenecía a la Primera Guilda de los comerciantes, es decir, formaba parte de los escasos judíos que tenían derecho a desplazarse libremente por el país. Para Nachman era un privilegio inaudito poder vivir en Rusia como un ruso. Gozaba de una buena posición en la sociedad, ¿y ahora quería abandonarla para ir a exiliarse a la otra punta del mundo, a un país desértico de clima hostil, y dedicarse a cultivar naranjas? ¡Qué idea más extravagante! Él, que no sabe ni pelar una pera sin ayuda de la cocinera...

Nachman coge un lápiz y moja la punta con los labios. Mira a su descendencia y añade:

—Bueno. Voy a hacer una ronda de intervenciones. Y exijo de cada uno, oídme bien, de cada uno, que me diga un destino. Iré a comprar los billetes de barco para todo el mundo. Salís del país antes de tres meses, ¿entendido? Bella, empiezo por ti; es fácil, tú te vienes con nosotros. Así que apunto: Bella, Haifa, Palestina. ¿Ephraïm?

—Prefiero esperar a que se pronuncien mis hermanos —contesta Ephraïm.

—Yo me vería bien en París —dice Emmanuel, el más pequeño de los hermanos, balanceándose desenfadado en su silla.

—Evitad París, Berlín, Praga —replica, muy serio, Ephraïm—. En esas ciudades, los buenos puestos están ocupados desde hace generaciones. No encontraréis cómo estableceros. Os juzgarán demasiado brillantes, o no lo suficiente.

—Eso no me preocupa, tengo ya una novia que me espera allí —contesta Emmanuel, haciendo reír a toda la mesa.

—Pobre hijo mío —se impacienta Nachman—, tendrás una vida de puerco. Estúpida y breve.

—¡Prefiero morir en París que en el culo del mundo, papá!

—Ohhh —responde Nachman agitando frente a él una mano, amenazante—. *Yeder nar iz klug un komish far zij*: todos los imbéciles se creen inteligentes. No bromeo en absoluto. Bueno, si no queréis seguirme, probad en América, también será una buena opción —añade suspirando.

«Indios y vaqueros. América. No, gracias», piensan los hijos Rabinovitch. Paisajes demasiado borrosos. Por lo menos Palestina saben a qué se parece, puesto que está escrito en la Biblia: un montón de pedruscos.

—Míralos —dice Nachman a su mujer—. ¡Son como chuletas con ojos! ¡Pensad con la cabeza! En Europa no sacaréis nada. Nada. Nada bueno. Mientras que en América, en Palestina, ¡encontraréis trabajo fácilmente!

—Papá, siempre te preocupas por cosas sin importancia. ¡Lo peor que puede sucederte aquí es que tu sastre se vuelva socialista!

Es cierto que si se observa bien a Nachman y a Esther, sentados juntos como dos pastelitos en el escaparate de una pastelería, cuesta imaginarlos de granjeros en un nuevo mundo. Lucen muy erguidos, impecablemente arreglados. Esther sigue siendo coqueta, a pesar de sus canas, que lleva recogidas en un moño. No hace ascos a los collares de perlas ni a los camafeos. Nachman sigue vistiendo sus famosos trajes de tres piezas, confeccionados a medida por los mejores sastres de Moscú. Su barba es blanca como el algodón y toda su fantasía se concentra en sus corbatas de lunares y sus pañuelos de bolsillo a juego.

Nachman, exasperado por sus hijos, se levanta de la mesa. La vena del cuello se le ha hinchado tanto que parece a punto de estallar y salpicar el bonito mantel de Esther. Tiene que ir a tumbarse para calmar su acelerado corazón. Antes de cerrar la puerta del comedor, pide a todos que reflexionen, y concluye:

—Tenéis que comprender una cosa: un día querrán vernos desaparecer a todos.

Después de la teatral salida, las conversaciones se reanudan alegremente alrededor de la mesa hasta bien avanzada la noche. Emma se sienta al piano, echando ligeramente hacia atrás el taburete a causa de su vientre. La joven tiene el título superior de piano por el prestigioso Conservatorio Nacional de Música, pero le habría gustado ser física. No ha podido debido al *numerus clausus*. Espera de todo corazón que la criatura que lleva en su seno viva en un mundo donde pueda escoger sus estudios.

Ephraïm, mecido por las piezas musicales que toca su esposa en el salón, habla de política con sus hermanos y hermanas junto a la chimenea. La velada es muy agradable, se sienten muy unidos, burlándose sin maldad del patriarca. Los Rabinovitch no saben que son las últimas horas que pasan así, todos juntos.

3

Al día siguiente, Emma y Ephraïm parten de la dacha familiar; todo el mundo se dice adiós con tono cordial, prometiendo volver a verse enseguida, antes del verano.

Emma mira el paisaje desfilar tras la ventanilla del coche de punto. Se pregunta si su suegro no tendrá razón, si quizá sería más prudente instalarse en Palestina. El nombre de su marido figura en una lista. La policía puede ir a detenerlo a casa en cualquier momento.

—¿Qué lista? ¿Por qué se busca a Ephraïm? ¿Por ser judío?

—No, aún no. Ya te lo he dicho: mi abuelo es un socialista revolucionario. Después de la Revolución de Octubre, los bolcheviques empiezan a eliminar a sus antiguos compañeros de armas: persiguen a los mencheviques y a los socialistas revolucionarios.

De vuelta en Moscú, Ephraïm tiene, pues, que ocultarse. Encuentra un sitio donde refugiarse, cerca de su apartamento, para poder visitar a su mujer de vez en cuando.

Esa noche quiere lavarse antes de marchar. Para cubrir el ruido del agua en la palangana de zinc de la cocina, Emma se sienta al piano, aporreando con todas sus fuerzas las teclas de marfil. Desconfía del vecindario y de las delaciones.

De repente llaman a la puerta. Golpes secos. Autoritarios. Emma se dirige a abrir, con la mano sobre su grueso vientre.

—¿Quién es?

—Buscamos a tu marido, Emma Rabinovitch.

Emma hace esperar a los policías en el descansillo para dar tiempo a su marido a recoger todos sus enseres e instalarse en un escondite que han habilitado en el doble fondo de un armario, detrás de las mantas y las sábanas.

—No está.

—Déjanos entrar.

—Estaba bañándome, permitid que me vista.

—Dile a tu marido que salga —ordenan los policías, que empiezan a ponerse nerviosos.

—No tengo noticias suyas desde hace un mes.

—¿Sabes dónde se esconde?

—No tengo la menor idea.

—Vamos a tirar la puerta abajo y a registrar toda la casa.

—¡Adelante! ¡Y si lo encontráis, dadle noticias mías!

Emma abre la puerta y exhibe su grueso vientre ante las narices de los agentes.

—Fijaos cómo me ha dejado..., ¡en qué estado me ha abandonado!

Los policías entran en el piso. Emma se fija en la gorra de Ephraïm, que se ha quedado en el sillón grande del salón. Entonces finge un mareo. Nota cómo se aplasta la gorra bajo su peso. El corazón le late con fuerza.

—Tu abuela Myriam no es aún más que un feto, pero acaba de sentir físicamente lo que significa tener un nudo en la tripa debido al miedo. Los órganos de Emma se han encogido a su alrededor.

Cuando finaliza el registro, la mujer permanece impasible.

—¡No os acompaño, mucho me temo que rompería aguas! —dice a los policías con la frente pálida—. No os quedaría más remedio que ayudarme en el parto.

Los agentes se marchan maldiciendo a las preñadas. Al cabo de unos largos minutos de silencio, Ephraïm sale de su escondrijo y se encuentra a su mujer tumbada en la alfombra, junto a la lumbre, hecha un ovillo: le duele tanto el vientre que no puede incorporarse. Ephraïm se teme lo peor. Promete a Emma que, si el bebé sobrevive, partirán a Riga, en Letonia.

—¿Por qué Letonia?

—Porque acaba de conseguir la independencia. Y los judíos ya pueden instalarse allí sin estar sujetos a la legislación que regulaba el comercio.

4

Tu abuela Myriam —Miroshka para la familia— nace en Moscú el 7 de agosto de 1919 según la Oficina de Atención al Refugiado que se encargó de su documentación en París. Pero la fecha es incierta a causa de la diferencia entre el calendario gregoriano y el calendario juliano. De manera que Myriam nunca sabrá el día exacto de su nacimiento.

Viene al mundo bañada por la magnífica tibieza del *leto*, el verano ruso. Nace prácticamente en una maleta mientras sus padres preparan la partida a Riga. Ephraïm ha estudiado la rentabilidad del comercio del caviar y cuenta con montar un negocio próspero. Para instalarse en Letonia, Ephraïm y Emma han vendido todo lo que poseen: los muebles, la vajilla, las alfombras. Todo menos el samovar.

—¿Es el que está en el salón?
—Exacto. Y ha cruzado más fronteras que tú y yo juntas.

Los Rabinovitch salen de Moscú en plena noche para alcanzar clandestinamente la frontera transitando por las pequeñas carreteras comarcales y con su bebé en un carromato desvencijado. El viaje es largo y difícil, casi mil kilómetros, pero se alejan de la policía bolchevique. Emma entretiene a su pequeña Miroshka, le susurra historias a la hora del miedo vespertino, levanta las mantas para dejarle ver por encima de la carreta:

—Se dice que la noche cae, pero no es cierto: mira, la noche asciende poco a poco de la tierra...

La última noche, unas horas antes de llegar a la frontera, Ephraïm tiene una sensación extraña: el atelaje va muy ligero. Vuelve la cabeza y se da cuenta de que el carro ha desaparecido.

Cuando Emma sintió que la carreta se soltaba no gritó por miedo a que los descubrieran. Espera, pues, a que su marido dé media vuelta, sin saber qué le da más miedo, si los bolcheviques o los lobos. Pero Ephraïm llega por fin. Y el carromato acaba por franquear la frontera antes del amanecer.

—Mira —me dijo Lélia—. Tras la muerte de Myriam, encontré unos papeles en su despacho. Borradores de textos, fragmentos de cartas; de esa forma di con la historia de la carreta. Termina así: «Todo transcurre sin incidencias al alba, a la hora gris, antes de la aurora. Porque al llegar a Letonia estuvimos unos días en la cárcel a causa de las formalidades administrativas. Mi madre me daba el pecho todavía, y no guardo ningún mal recuerdo de su leche con sabor a centeno y trigo sarraceno durante aquellos días».

—Las frases siguientes son casi incomprensibles...

—Es el principio de su Alzheimer. A veces pasé horas enteras intentando entender qué se ocultaba tras un error gramatical. La lengua es un laberinto en el que se pierde la memoria.

—Conocía la historia de la gorra que había que ocultar a toda costa a los policías. Myriam me la escribió en forma de cuento infantil cuando yo era una cría. Se titulaba «El episodio de la gorra». Pero no sabía que se trataba de su propia historia. Creía que se la había inventado.

—Todos esos cuentos un poco tristes que os escribía la abuela por vuestros cumpleaños eran fábulas sobre su vida. Me resultaron de gran valor a la hora de reconstruir ciertos acontecimientos de su infancia.

—Pero, y con los demás, ¿cómo has conseguido reconstruir la historia con tanta precisión?

—Partí de casi nada, unas fotos con anotaciones indescifrables, fragmentos de confidencias de tu abuela apuntados en trocitos de papel que hallé después de que muriera. El acceso a los archivos franceses desde el año 2000, los testimonios del Museo de la Historia del Holocausto, Yad Vashem, y de los supervivientes de los campos me permitieron reconstruir la vida de esos seres. Sin embargo, no todos los documentos son fiables y algunos pueden conducir a pistas extrañas. Ya ha sucedido que la Administración francesa cometa errores. Solo el cotejo permanente y minucioso de los documentos, con ayuda de los archivistas, me ha facilitado establecer acontecimientos y fechas.

Levanté la vista por encima de la biblioteca. Las cajas de archivos de mi madre, que tanto miedo me daban en otro tiempo, me parecieron, de repente, los arcanos de un saber tan vasto como un continente. Lélia había recorrido la historia como si de países se tratara. Sus relatos de viajes dibujaban en ella paisajes interiores que yo tendría que visitar a mi vez. Puse la mano sobre mi vientre y pedí en silencio a mi hija que escuchara atentamente conmigo la continuación de esa vieja historia que atañía a su nueva vida.

5

En Riga, la pequeña familia se instala en una bonita casa de madera situada en Aleksandra iela, n.º 60/66, dz 2516. El vecindario del barrio aprecia a Emma, que se integra bien. Ella admira a su marido, que se ha lanzado al comercio del caviar con éxito.

«Mi marido tiene alma de emprendedor y don para las relaciones —escribe ella, orgullosa, a sus padres en Lodz—. Me ha comprado un piano para que pueda despertar mis dedos adormecidos. Me da todo el dinero que necesito, y también me anima a que imparta clases de música a las niñas del barrio».

Gracias a la venta de caviar, la pareja se compra una dacha en Bilderlingshof, como las familias de clase alta. Ephraïm ofrece a su mujer el lujo de una niñera alemana, que va a ayudar a Emma en sus tareas domésticas.

—Así podrás trabajar más. Las mujeres deben ser independientes.

Emma aprovecha para acudir a la gran sinagoga de Riga, conocida por sus jazanes, pero sobre todo por sus coros. Asegura a su marido que lo hace solo para captar a nuevas alumnas, no para rezar. Cuando llega al final del oficio, le da un vuelco el corazón al oír hablar en polaco. Se reencuentra con viejas familias de Lodz y la atmósfera provincial de su ciudad natal. Es como si se tropezara con miguitas de su infancia que puede ir recogiendo.

Emma se entera por las viejas chismosas de la sinagoga que la prima Aniuta se ha casado con un judío alemán y que ahora vive en Berlín.

—No se lo cuentes a tu marido, no se te ocurra reavivar el recuerdo de tu antigua rival —le aconseja la *rabanit*, la mujer del rabino, cuyo cometido consiste en prodigar consejos a las esposas de la comunidad.

Por su parte, Ephraïm recibe noticias muy esperanzadoras de sus padres. Su naranjal prospera. Bella ha sido contratada como sastra en un teatro en Haifa. Los hermanos, desperdigados por los cuatro rincones de Europa, han logrado colocarse bien. Salvo el menor, Emmanuel, quien planea convertirse en actor de cine, en París. «De momento —escribe su hermano Borís— no ha conseguido ningún papel. Tiene ya treinta años y me preocupa. Pero es joven, espero que llegue a algo. He podido verlo en alguna toma y no lo hace mal. Progresará».

Ephraïm compra una cámara fotográfica para inmortalizar el rostro de Myriam. Viste a su hija como una muñeca, le pone los conjuntos más lindos y en el cabello los lazos más primorosos. Con sus vestidos blancos, la cría es la princesa del reino de Riga. Es una niña orgullosa y presumida, consciente de su importancia a los ojos de sus padres, es decir, a los ojos del mundo entero.

Al pasar por delante de la casa de los Rabinovitch, en la calle Aleksandra, las notas del piano resuenan en el aire —los vecinos no se quejan nunca: al contrario, aprecian la música—. Transcurren las semanas, felices, como si todo se hubiera vuelto fácil. Una noche del Pésaj, Emma pide a Ephraïm que componga el plato del Séder para la cena.

—Por favor, no leas las oraciones, solo la salida de Egipto.

Ephraïm acaba por aceptar y muestra a Myriam cómo se disponen el huevo, las hierbas amargas, los trocitos de manzana con miel, la salmuera y un hueso de cordero en el centro del plato. Se deja llevar, por una noche, y cuenta la historia de Moisés, exactamente como antaño hacía su padre.

—¿En qué se diferencia esta noche de todas las demás? ¿Por qué se comen hierbas amargas? Hija mía, el Pésaj nos enseña que el pueblo judío es un pueblo libre. Pero esa libertad tiene un precio. El sudor y las lágrimas.

Para esa cena de Pésaj, Emma ha preparado la *matzá* según la receta de Katerina, la vieja cocinera de sus suegros. Quiere que su marido sienta de nuevo ese sabor suave y delicioso de las comidas de su infancia. Esa noche Ephraïm está de un humor excelente, hace reír a la niña imitando a su abuelo:

—El hígado picado es el mejor remedio contra los míseros problemas de la vida —dice adoptando el acento ruso de Nachman, antes de engullir pequeños patés de ave.

Pero, en medio de las risas, Ephraïm siente de repente una pena en el corazón: Aniuta. Una imagen le pasa por la cabeza, la de su prima, a la que imagina en ese mismo momento festejando el Pésaj con su propia familia, con un marido, alrededor de una mesa a la luz de las velas. «Seguro que la madurez la ha embellecido —piensa—. ¡Estará más bella aún!». Una sombra oscurece su rostro, y Emma se da cuenta inmediatamente.

—¿Te encuentras bien? —pregunta.

—¿Y si tuviéramos otro niño? —contesta Ephraïm.

Diez meses después, Noémie —la Noémie de la postal— nace en Riga, el 15 de febrero de 1923. La hermanita destrona a Myriam en su reino; tiene la cara redonda, igual que su madre, redonda como la luna.

Gracias al dinero que obtiene con la venta de sus huevas de esturión, Ephraïm compra un local para instalar un laboratorio experimental. Quiere crear nuevas máquinas. Pasa veladas enteras con la mirada brillante, explicándole a su mujer los principios de sus inventos.

—Las máquinas serán una revolución. Liberarán a las mujeres de sus agotadoras faenas domésticas. Escucha esto: «El hombre es en la familia el burgués; la mujer representa en ella al proletario», ¿no estás de acuerdo? —pregunta Ephraïm, que sigue leyendo a Karl Marx, aunque ahora sea un patrono a la cabeza de un comercio floreciente.

«Mi marido es como la electricidad —escribe Emma a sus padres—, viaja a todas partes aportando la luz del progreso».

Pero Ephraïm el ingeniero, el progresista, el cosmopolita, ha olvidado que el forastero seguirá siendo siempre un forastero. Comete el terrible error de creer que puede fundar su felicidad en alguna parte. Al año siguiente, 1924, un barril de caviar en mal estado lleva la pequeña empresa a la bancarrota. ¿Mala suerte o maniobra de algún envidioso? Esos emigrantes llegados en un carromato han ascendido a notables demasiado deprisa. Los Rabinovitch se convierten en personas no gratas en la Riga de los *gois*. Los vecinos del patio Binderling piden a Emma que deje de importunar al barrio con las idas y venidas de sus alumnas. Se entera por sus amistades de la sinagoga que los letones la han tomado con su marido y que no pararán de molestarlo hasta que no le quede más remedio que marcharse. Ella entiende que ha llegado la hora de hacer las maletas, una vez más. Pero ¿para ir adónde?

Emma escribe a sus padres, pero las noticias de Polonia no son buenas. Su padre, Maurice Wolf, parece intranquilo a causa de las huelgas que estallan por todo el país.

—Sabes, hija mía, que mi mayor dicha sería tenerte a mi lado. Pero no he de ser egoísta y mi deber de padre es decirte que quizá debáis alejaros más, tu marido, tú y las niñas.

Ephraïm envía un telegrama a su hermano menor, Emmanuel. Pero, por desgracia, este vive de prestado en París en el apartamento de unos amigos pintores, Robert y Sonia Delaunay, que tienen un hijo pequeño. Ephraïm escribe entonces a Borís, su hermano mayor, que se ha refugiado en Praga, como muchos otros miembros del PSR. Sin embargo, allí la situación política es demasiado inestable y Borís desaconseja a Ephraïm que se instale con él.

A Ephraïm ya no le queda ni dinero ni elección. Con el alma hecha pedazos, envía un telegrama a Palestina: «Vamos».

6

Para llegar a la Tierra Prometida hay que bajar en picado, desde el sur de Riga, dos mil quinientos kilómetros en línea recta. Atravesar Letonia, Lituania, Polonia y Hungría antes de tomar el barco en Constanza, en Rumanía. El viaje dura cuarenta días. Como el de Moisés al monte Sinaí.

—Haremos una parada en casa de mis padres, en Lodz. Querría que mi familia conociera a las niñas —hace saber Emma a su marido.

Después de cruzar el estanque del río Lodka, Emma se reencuentra con la ciudad de su infancia, que tanto había echado de menos. La efervescencia del tráfico, entre los trolebuses, los coches y los *droskis* que se cruzan en medio de un bullicio infernal, espanta a las niñas, pero a Emma le encanta.

—Cada ciudad tiene su olor, ¿sabes? —le dice a Myriam—. Cierra los ojos e inhala.

Myriam entorna los párpados y nota cómo penetra en su interior el perfume de las lilas y del alquitrán del barrio de Baluty, los efluvios de aceite y de jabón de las calles de Polesie, las emanaciones de *chulent* que despiden las cocinas y, por todas partes, el polvo de los tejidos, las pelusas que escapan por las ventanas. Al pasar por los barrios judíos obreros, Myriam descubre por primera vez a esos hombres vestidos de negro, bandadas de aves austeras, con sus barbas pardas, sus tirabuzones que rebotan como muelles a cada lado de las orejas, sus *tzitzits* que cuelgan sobre sus largos caftanes de reps, y sus anchos sombreros de piel sobre la cabeza. Algunos llevan en la frente una filacteria, un grueso y misterioso dado de color negro.

—¿Quiénes son? —pregunta Myriam que, a sus cinco años, nunca ha entrado en una sinagoga.

—Son religiosos —contesta Emma, respetuosa—; estudian los textos sagrados.

—¡Nadie les ha avisado de que ha llegado el siglo XX! —dice Ephraïm riendo.

Myriam se impregna de esas visiones fantasmagóricas del barrio judío. La mirada de una pequeña vendedora de pasteles con semillas de amapola, una niña de su edad, se le queda grabada, así como las siluetas de las ancianas, sentadas en el suelo, que venden fruta podrida y peines desdentados. Myriam se pregunta quién puede comprar cosas tan sucias.

En aquellos años veinte, las calles de Lodz parecen surgir del siglo precedente, pero también de un libro antiguo de cuentos extraños que recrean un mundo donde pululan personajes tan maravillosos como aterradores, un mundo peligroso, donde los ladrones astutos y las hermosas prostitutas aparecen en cada esquina armados de todos sus atributos, donde los hombres conviven con los animales en calles laberínticas, donde las hijas de los rabinos quieren estudiar Medicina y sus pretendientes rechazados tomarse la revancha en la vida, donde las carpas vivas nadan en los barreños y se ponen a hablar de repente como en las leyendas yidis, donde se susurran historias de espejos negros, donde se comen en la calle panecillos tiernos untados de queso fresco.

Myriam se acordará toda la vida del olor ligeramente nauseabundo de los vendedores de buñuelos de chocolate en medio del calor de una ciudad en ebullición.

Los Rabinovitch llegan luego al barrio polaco, donde se oye también el clac-clac de los telares. Pero la acogida es violenta.

—¡*Hep-hep*, judíos! —oyen a su paso.

Una banda de críos, seguida por unos perros, les arroja gravilla. Myriam recibe una pedrada justo debajo del ojo. Unas gotas de sangre le estropean el bonito vestido que se ha puesto para el viaje.

—No es nada —dice Emma a la pequeña—, son unos mocosos estúpidos.

Emma intenta limpiar la mancha de sangre con su pañuelo, aunque el punto rojo bajo el ojo permanece ahí; más tarde se pondrá negro. Ephraïm y Emma intentan tranquilizarla. Pero la niña entiende que sus padres se sienten amenazados por «algo».

—Mirad —dice Emma, para distraer a sus hijas—, esos edificios de muros rojos son la fábrica de vuestro abuelo. Hace mucho tiempo, viajó a Shanghái para estudiar distintas técnicas del oficio de tejedor. Os hará una manta de seda.

La cara de Emma se ensombrece. En las paredes de la hilatura lee inscripciones pintadas a mano: WOLF = LOBO = PATRÓN JUDÍO.

—Ni me hables —dice Maurice Wolf con un suspiro al abrazar a su hija—. Los polacos ya no quieren trabajar en las mismas salas que los judíos, porque se detestan entre sí. Pero ¡al que odian por encima de todo es a mí! No sé si porque soy su patrón o porque soy judío...

Ese ambiente pernicioso no impide a Emma, Ephraïm, Myriam y Noémie pasar unos días felices en la dacha de los Wolf, entre Piotrków y la ribera del Pilica. Todo el mundo cultiva el buen humor, y las conversaciones giran en torno a las niñas, el tiempo que hace y las comidas. Emma exagera adrede frente a sus padres su entusiasmo por partir a Palestina, explicándoles que esa aventura es formidable para su marido, porque así podrá desarrollar allí todos sus inventos.

La noche del *sabbat*, los Wolf han preparado una mesa magnífica para la cena, y las criadas polacas se afanan en la cocina; solo ellas tienen permiso para encender el horno y hacer todo lo que está prohibido a los judíos esa noche. Emma, feliz, se reencuentra con sus tres hermanas. Fania se ha hecho dentista y se ha casado con un Rajcher. La bella Olga es médica y ha contraído matrimonio con un Mendels. Maria está comprometida con un Gutman y también va a estudiar Medicina. Emma se queda muda ante su hermano pequeño, Viktor, al que no veía desde hacía mucho tiempo. El adolescente se ha convertido en un joven de barba rizada, está casado y se ha instalado como abogado en el número 39 de la calle Zeromskiego, cerca del centro.

Ephraïm lleva consigo su impresionante cámara fotográfica para inmortalizar ese día en que la familia Wolf al completo posa en la escalinata de su casa de campo.

—Mira —me dijo Lélia—, voy a enseñarte la fotografía.

—Es inquietante —respondí.

—¡Ah!, ¿tú también la ves así?

—Sí, los rostros se difuminan, las sonrisas parecen forzadas. Como si flotara en el ambiente la conciencia tenue del precipicio.

En la fotografía, la abuela Myriam es la niñita con el lazo en el pelo, el vestido y los calcetines blancos, y la cabeza ladeada.

—Encontré esta foto totalmente por casualidad —me dijo mi madre—. En casa del sobrino de un amigo de Myriam. El día que se tomó, según le contó ella, los adultos y los niños jugaron todos juntos al juego del pañuelo en el jardín. Myriam añadió que aquel día, en pleno juego, se le pasó por la cabeza un pensamiento: «Quien gane la partida será quien viva más tiempo».

—Es a la vez una premonición macabra, y un deseo extraño para una niña de cinco años... ¿Se acordaba?

—Sí, puedo asegurarte que se acordaba perfectamente, sesenta años después. Ese pensamiento la obsesionó toda la vida.

—¿Por qué confiar ese secreto a un desconocido? Ella, que nunca hablaba con nadie, ¿no es un poco raro?

—No, pensándolo bien, tampoco es tan extraño...

Me acerqué a la fotografía para observar mejor todos aquellos rostros. Ya podía poner nombre a cada persona. Ephraïm, Emma, Noémie, y también Maurice, Olga, Viktor, Fania... Los fantasmas habían dejado de ser entidades abstractas, ya no eran cifras en los libros de historia. Sentí una contracción muy fuerte en el vientre que me obligó a cerrar los ojos. Lélia se preocupó.

—¿Quieres que lo dejemos?

—No, no..., no es nada.

—¿No estás demasiado cansada? ¿Tienes ánimo para escuchar lo que sigue?

Contesté que sí con la cabeza.

Le enseñé el vientre a mi madre.

—Dentro de unos años, los hijos de mi hija verán a su vez unas fotografías. Y también parecerá que nosotros pertenecemos a un mundo muy antiguo. Quizá más antiguo aún...

Al día siguiente, por la mañana, Emma, Ephraïm y sus dos hijas parten en un viaje de casi dos mil kilómetros. Es la primera vez que Myriam sube a un tren. Pega la cara a la ventanilla durante horas, la nariz y las mejillas aplastadas, no se cansa del espectáculo, le parece que el tren le inventa paisajes a medida que avanza, y ella compone historias en su cabeza. Encuentra impresionantes las estaciones de las ciudades. En Budapest, cree que el tren penetra en una catedral. Las estaciones de los pueblos, en cambio, le recuerdan a las casas de muñecas, con sus ladrillos rojos o sus contraventanas pintadas de colores vivos. Una mañana, al despertarse, los hayedos han sido sustituidos por una vía excavada en la roca, tan próxima que amenaza con derrumbarse sobre ellos. Algo más lejos, sobre un puente sumido en la bruma, Myriam dice a su madre:

—¡Mira, mamá, andamos por encima de las nubes!

Cien veces al día, Emma pide a sus hijas que sean formales para no molestar a los otros viajeros. Pero Myriam se escapa por los pasillos, donde hay mil aventuras que vivir, sobre todo a las horas de las comidas, cuando las sacudidas del tren vuelcan los platos sobre los vestidos de las mujeres y las cervezas por las pecheras de las camisas de los hombres. Myriam se lo pasa en grande, siente esa alegría vengativa de los niños ante el infortunio de los adultos.

Al cabo de una hora, Emma sale en busca de Myriam. Cruza uno a uno los compartimentos donde las familias juegan a las cartas y se pelean en mil lenguas extranjeras. Ese paseo por los pasillos del tren le recuerda a Emma sus caminatas por Lodz, antaño, con sus hermanas y sus padres, en primavera, cuando la vida doméstica invadía la ciudad a través de las ventanas abiertas.

—¿Cuándo volveré a verlos? —se pregunta.

Encuentra a Myriam al final del vagón, recibiendo un rapapolvo de la gruesa matrioska que vigila el samovar. Emma se deshace en excusas y se lleva a Myriam al vagón-restaurante donde, en una atmósfera de cantina de cuartel, todos los días comen lo mismo: col y pescado. Un señor cuenta en ruso historias fantásticas acerca del Orient Express.

—¡Es otra cosa, no esta chatarra! Se sube uno como si entrara en un joyero. ¡Todo resplandece! Y las copas son de cristal de Baccarat. Te sirven la prensa del mundo entero por la mañana, con cruasanes calientes. Los ferroviarios llevan uniformes azul noche y oro a juego con los colores de la tapicería...

Aquella noche, Myriam se duerme mecida por el traqueteo del tren, sueña que está dentro de un ser vivo, un formidable esqueleto con venas de acero. Y luego, una mañana, el final del viaje.

Myriam, al llegar al puerto de Constanza, se siente muy decepcionada al ver que el mar Negro no es negro. La familia embarca a bordo del paquebote Dacia de la Serviciul Maritim Român, la compañía naviera estatal rumana, que presta un servicio de transporte de lujo rápido para las líneas entre Constanza y Haifa. Emma admira la elegancia de ese barco de vapor enteramente blanco, con dos estilizadas chimeneas que se elevan al cielo como los brazos de una recién casada.

El crucero es muy cómodo, y Emma aprovecha los últimos momentos de refinamiento europeo antes de su llegada a la Tierra Prometida. La primera noche cenan en el gran salón-restaurante un excelente menú que termina con un postre de manzanas dulces confitadas con miel.

7

Cuando Emma ve a sus suegros, Nachman y Esther, al bajar del paquebote, la invade una sensación extraña.

¿Adónde han ido a parar los trajes de tres piezas? ¿Los collares de perlas? ¿Los cuellos de encaje y las corbatas de lunares? Su suegra lleva una rebeca deforme, y en cuanto a Nachman, su pantalón cae todo retorcido sobre unos viejos zapatos desgastados.

Emma mira a su marido, ¿qué ha sucedido? Sus suegros han cambiado tanto..., la vida de agricultores ha transformado sus cuerpos. Han echado tanta tripa como músculos. Sus rasgos son más toscos y sus pieles curtidas por el sol se han llenado de arrugas profundas.

«Tienen cara de indios», se dice Emma.

La risa atronadora de Nachman resuena en la cocina mientras busca desesperadamente la botella que ha preparado para su llegada a Migdal.

—«Hombre, recuerda que polvo eres y en polvo te convertirás» —dice cogiendo a Emma del brazo—, pero, mientras tanto, ¡bebamos un vodka! ¡Espero que no os hayáis olvidado de mis pepinillos!

El tarro de vidrio ha cruzado cuatro fronteras sin romperse. Emma saca de su maleta los *malosol'nye,* que en ruso significa «ligeramente salados». Los pepinillos nadan en salmuera, aromatizados con clavo e hinojo, los preferidos de Nachman.

«Mi padre ha cambiado mucho —se dice Ephraïm mientras lo observa—, ha engordado, también se ha vuelto más amable, se ríe a menudo... La leche envejece para convertirse en queso...».

Luego mira a su alrededor, la casa de sus padres. Todo es rudimentario.

—¡Voy a enseñaros el naranjal! —suelta Nachman, orgulloso de sí mismo— ¡Vamos! ¡Venid!

Las niñas corren hacia los canales serpenteantes, ríos en miniatura a través de los naranjos hasta donde alcanza la vista. Por encima de las tapias bajas, ellas posan concienzudamente un pie tras otro, con los brazos en posición de funámbulo, para no caer en los cauces de irrigación.

Los jornaleros se sorprenden al ver pasar a las nietas del patrón, cuyos zapatos, llenos de polvo, se estropean entre los naranjos. A la hora de la siesta van a descansar a la sombra de los algarrobos de troncos anchos y retorcidos, rugosos, cuyas flores de color rojo carmín manchan la ropa. Myriam se acordará de que sus semillas daban una harina con sabor a chocolate.

Una vez recolectadas, explica Nachman, las naranjas se transportan en carreta a grandes almacenes donde las mujeres, sentadas en el suelo, las envuelven. Una a una. Es un trabajo largo y pesado. Humedecen sus dedos para pegar con rapidez el «papel de seda», un papel japonés fino como el papel de fumar.

Ephraïm y Emma siguen con esa impresión que los ha invadido al llegar. Se esperaban edificios nuevos y rutilantes, pero todo está fabricado de cualquier manera. Constatan que los negocios no van viento en popa, como contaban los padres en sus cartas. Palestina no es una tierra de abundancia para los Rabinovitch. La verdad es que a Nachman y Esther les cuesta sacar adelante su naranjal.

Ephraïm ha llegado con proyectos en su equipaje. Con planos de máquinas con la esperanza de lograr alguna patente. Se había imaginado que su padre financiaría el desarrollo de sus ideas. Por desgracia, las dificultades materiales de sus padres lo obligan a buscar trabajo.

Enseguida lo contratan en Haifa, en una empresa de electricidad, la Palestine Electric Corporation, gracias a la comunidad judía, muy solidaria.

—¡Pues sí, ahora soy sionista! —anuncia Nachman, orgulloso, a su hijo.

Nachman va a buscar un libro leído, releído y anotado, que tiende a Ephraïm.

—Esta es la verdadera revolución.

El libro se titula *El Estado judío*. El autor, Theodor Herzl, expone los fundamentos de la creación de un Estado independiente.

Ephraïm no lee el libro. Reparte su tiempo entre el naranjal de sus padres, donde tiene que echar una mano generosa, y su trabajo de ingeniero en la P. E. C. Apenas si le queda alguna que otra noche para consagrarse a sus proyectos personales. A menudo se queda dormido encima de sus planos.

Emma sufre al ver los sueños de su marido rotos antes de realizarse. En cuanto a ella, deja de tocar el piano por falta de instrumento. Para no olvidarse, pide a Nachman que le fabrique un teclado con trocitos de madera. Las hijas aprenden a tocar en silencio en un piano de mentira.

Ephraïm y Emma se consuelan al ver que Myriam y Noémie son felices con esa vida al aire libre. Les encanta caminar bajo las palmeras agarrando a sus padres de la manga. Myriam va a la guardería en Haifa, aprende hebreo; Noémie también. El movimiento sionista incentiva la práctica de la lengua.

—¿Quieres decir que los judíos no hablaban hebreo antes, en su vida cotidiana?

—No. La lengua hebraica era la lengua de los textos sagrados, únicamente.

—¿Algo así como si Pascal, en lugar de traducir la Biblia al francés, hubiera animado a la gente a aprender latín?

—Exactamente. El hebreo es, pues, el tercer alfabeto que Myriam aprende a leer y escribir. Con dieciséis años, Myriam sabe ya expresarse en ruso, en alemán, gracias a su niñera de Riga, y en hebreo, y conoce ciertos rudimentos de árabe... y entiende el yidis. Por el contrario, no habla una palabra de francés.

En el mes de diciembre, para Janucá, la fiesta de las luces, las dos hermanas aprenden a fabricar velas con naranjas, confeccionando un pabilo con el rabo después de vaciar la corteza de pulpa. Después hay que llenarla de aceite de oliva. Los ritos litúrgicos marcan el ritmo del año de las niñas: Janucá, Pésaj, Sucot, Yom Kipur... Y luego, un nuevo acontecimiento, un hermanito; llega el 14 de diciembre de 1925. Itzhaak.

Tras el nacimiento de su hijo, Emma retorna a la religión. Ephraïm no tiene fuerzas para oponerse a ello —protesta a su manera, afeitándose el día de Yom Kipur—. En otro tiempo, su madre suspiraba cuando su hijo provocaba a Dios. Pero ahora ya no se lo reprocha. Todo el mundo se da cuenta de que Ephraïm no se encuentra bien, agotado por el calor, por sus idas y venidas entre Migdal y Haifa. Parece huir de sí mismo.

Pasan cinco años de esa vida. Son ciclos. Un poco más de cuatro años en Letonia. Casi cinco años en Palestina. Al contrario que en Riga, donde su decadencia fue tan rápida como brutal, su situación en Migdal se degrada de año en año, lenta pero inexorablemente.

—El 10 de enero de 1929, Ephraïm escribe a Borís, su hermano mayor, una carta que voy a enseñarte. Una carta en la que confiesa el desastre que representa la aventura palestina para sus padres y para él. Cuenta que está «sin un céntimo y sin ningún tipo de perspectiva, sin saber adónde voy, si tendré para comer mañana, sin saber tampoco cómo dar pan a mis hijos». También dice: «La hacienda de nuestros padres está completamente endeudada».

Las celebraciones del Pésaj en Palestina no se parecen a las rusas. Los cubiertos de plata se ven sustituidos por viejos tenedores de dientes torcidos. Ephraïm contempla a su padre desempolvar la Hagadá, que se ensucia de año en año. Con todo, no puede dejar de enternecerse al ver a sus hijas leyendo como pueden el relato de la salida de Egipto en libros demasiado grandes para sus manitas.

—*Pésaj* en hebreo —explica Nachman— significa «pasar por encima». Porque Dios pasó por encima de las casas judías para preservarlas. Pero significa también un pasaje, un paso, el paso del mar Rojo, el paso del pueblo hebreo convertido en pueblo judío, el paso del invierno a la primavera. Es un renacimiento.

Con la boca pequeña, Ephraïm repite las palabras de su padre, que se sabe de memoria. Las ha oído cada año, las mismas palabras, las mismas frases, desde hace casi cuatro décadas.

—Cuarenta años, dentro de nada... —se asombra Ephraïm.

Esa noche, su mente le lleva a encontrarse con su prima. Aniuta. Nunca pronuncia su nombre en voz alta.

—*Má nishtaná haláila hazé mikól haleilót?* ¿En qué se diferencia esta noche de todas las demás? Nosotros éramos esclavos del faraón en Egipto...

Esas preguntas planteadas por las niñas llevan a Ephraïm a divagar. De repente siente miedo, miedo a morir en ese país sin haber cumplido su destino. Esa noche no consigue conciliar el sueño. La melancolía se apodera de él, se convierte en un paisaje mental por donde se pasea, a veces días enteros. Tiene la impresión de que su vida, su verdadera vida, nunca ha empezado.

Recibe cartas de su hermano que agravan su mal.

Emmanuel es más feliz que nunca. Ha solicitado la nacionalidad francesa con el apoyo de Jean Renoir, que le ha escrito una carta de recomendación. Aparece en sus películas y empieza a tener un nombre. Vive con su prometida, la pintora Lydia Mandel, en el número 3 de la rue Joseph Bara, en el distrito 6, entre la rue d'Assas y la rue de Notre-Dame-des-Champs, muy cerca del barrio de Montparnasse. Al leer esas cartas, Ephraïm tiene la impresión de oír, a lo lejos, el alegre eco de una fiesta donde su hermano se divierte sin él.

Emma se da cuenta de que el comportamiento de Ephraïm ha cambiado. Pregunta a la *rabanit* de la sinagoga.

—No es culpa tuya si tu marido está triste, *troyerik*. Se debe al aire de este país: es como un animal desplazado a una latitud que no conviene a su temperamento. No podrás hacer nada mientras sigáis viviendo aquí.

—Por una vez, la mujer del rabino no dice tonterías —confirma Ephraïm—. Tiene razón, no me gusta este país. Echo de menos Europa.

—Muy bien —contesta Emma—. Mudémonos a Francia.

Ephraïm coge el rostro de Emma entre las manos y le da un fuerte beso en los labios. Ella, sorprendida, se echa a reír, con una risa que no había resonado en su garganta desde hacía mucho tiempo. Esa misma noche, Ephraïm se pone de nuevo a estudiar sus planos en la mesa de la cocina. Para conquistar París no llegará con las manos vacías, sino con un invento: una máquina para amasar pan que acelera el proceso de levado de la masa. ¿Acaso no es París la capital de la baguette? A partir de ese momento ya solo piensa en sus proyectos. Ephraïm vuelve a ser el brillante ingeniero capaz de trabajar en su patente noches enteras sin descanso.

Aquel día de junio de 1929, Emma va a buscar a sus hijas para anunciarles la noticia. Las ve a lo lejos, caminando una detrás de la otra, como dos pequeñas gimnastas en equilibrio, sobre la pequeña tapia de tierra blanca que sirve para conducir el agua milagrosa del lago de Tiberíades. Emma se lleva a Myriam y a Noémie aparte, al almacén de las naranjas. El olor brillante a petróleo es tan fuerte que impregna el cabello de las niñas hasta la noche, cuando el perfume sigue flotando en el dormitorio.

Emma despliega un envoltorio de seda de los cítricos, con el dibujo de un barco rojo y azul.

—¿Veis este barco que transporta nuestras naranjas a Europa? —pregunta Emma a sus hijas—. Pues bien, ¡vamos a viajar en él! Va a ser apasionante descubrir el mundo.

Luego Emma coge una de las naranjas en la mano.

—¡Imaginad que es el globo terrestre!

Ante la mirada de sus hijas, va arrancando trozos de corteza, para dibujar la tierra y los océanos.

—¿Veis? Estamos aquí. Y... vamos a ir... ¡aquí! ¡A Francia! ¡A París!

Emma coge un clavo y lo inserta en la carne de la naranja.

—¡Mirad, es la torre Eiffel!

Myriam escucha a su madre, atenta a esas palabras nuevas: *París, Francia, torre Eiffel.* Pero, tras ese discurso lleno de júbilo, ha entendido.

Habrá que partir. Partir de nuevo. Así es. Myriam está acostumbrada. Sabe que, para no sufrir, basta con andar todo recto, hacia delante, y nunca nunca volver la vista atrás.

La pequeña Noémie se echa a llorar. Para ella es terrible dejar a los abuelos, dioses míticos de ese paraíso poblado de olivos y palmeras datileras, donde, sentada en sus piernas, duerme siestas a la sombra de los granados.

—Todo está listo, papá —dice Ephraïm a su padre—. Emma pasará el verano en Polonia antes de reunirse conmigo en París. No ha visto a su familia desde hace tiempo y quiere presentarles a Itzhaak. Mientras tanto, yo me adelantaré e iré a Francia para preparar la llegada de las chicas y encontrar un alojamiento.

Nachman sacude su barba algodonosa de derecha a izquierda. Su marcha no es buena idea.

—¿Qué crees que vas a ganar yendo a París?

—¡Una fortuna! Con mi máquina de hacer pan.

—Nadie te hará caso.

—Papá..., ¿no se dice «feliz como un judío en Francia»? Ese país siempre ha sido bueno con nosotros. ¡Dreyfus! ¡El país entero se sublevó para defender a un judío desconocido!

—Solo la mitad del país, hijo mío. Piensa en la otra mitad...

—Déjalo...; en cuanto tenga un poco de dinero, os pagaré el viaje allí.

—No, gracias. *Beser mit un klugn dans gehenem eyder mit a nar in ganeydn...* Más vale ser un sabio en el infierno que un imbécil en el paraíso.

8

Emma y Ephraïm se encuentran en el puerto de Haifa, en el mismo lugar donde desembarcaron hace cinco años. Tienen un hijo más y algunas canas. Emma ha engordado de pecho y de caderas, Ephraïm se ha quedado flaco como un fideo. Han envejecido y su ropa está desgastada. Qué más da, esa partida les da la sensación de tener de nuevo veinte años.

Ephraïm embarca para Marsella, desde donde se dirigirá a París. Y Emma, a Constanza, en dirección a Polonia.

La familia de Emma se maravilla ante Itzhaak, el niño al que no conocían. Maurice, su abuelo, le enseña a andar en la magnífica escalinata de piedra esculpida por donde asciende la hiedra. Emma decide que, en adelante, llamarán a Itzhaak «Jacques».

—Suena chic y francés.

—Debes saber que todos los personajes de esta historia tienen varios nombres y distintas ortografías. Me hizo falta bastante tiempo para entender, a través de las cartas que leía, que Ephraïm, Fédia, Fedenka, Fiodor y Théodore eran... ¡una única persona! Escúchame bien, tardé diez años en darme cuenta de que Borya no era una prima Rabinovitch, sino que Borya era... ¡Borís! Bueno, no te preocupes, voy a hacer una lista con las equivalencias, para que puedas aclararte. ¿Sabes?, a lo largo de los siglos, a los judíos de Rusia se les han pegado algunas características del alma eslava. Ese gusto por los cambios de nombre... y, por supuesto, la negativa a renunciar al amor. El alma eslava.

Aquel verano, el verano de 1929, los Wolf reciben la visita de un hermano de Ephraïm, el tío Borís. Llega de Checoslovaquia para pasar unos días en Polonia con sus sobrinas y su cuñada. Él también había tenido que huir de los bolcheviques.

De joven, el tío Borís fue un auténtico *boevik*, un militante. A los catorce años creó en su instituto un *kruski*, un círculo político. Convertido en jefe de la Organización Militar del PSR, del 12.º ejército, y en vicepresidente del Comité ejecutivo de los Sóviets del Frente Norte, fue diputado por el sóviet de los campesinos, elegido miembro de la Asamblea constituyente, designado por el PSR.

—Pero, de pronto, tras entregar veinticinco años de su vida a la Revolución, después de conocer la embriaguez de las grandes asambleas políticas..., lo dejó todo. De un día para otro. Para hacerse campesino.

Para Myriam y Noémie, el tío Borís es el eterno tío Borís. Con sus extraños sombreros de paja y su cráneo ya liso como un huevo. Se ha convertido en granjero, naturalista, agrónomo y coleccionista de mariposas. Sus viajes le permiten profundizar sus conocimientos acerca de las plantas. A este tío chejoviano lo quiere todo el mundo. Las niñas dan largos paseos con él por el bosque, descubren el nombre latino de las flores y las propiedades de las setas. Aprenden a imitar el sonido de una trompeta con una hoja doblada entre los dedos. Hay que elegirla ancha y firme para que resuene bien.

—Mira estas fotos —me dijo Lélia—, son de ese verano. Myriam, Noémie y sus primas llevan vestidos de algodón cortados por el mismo patrón, manga corta, tela de flores y, por encima, un delantal blanco.

—Me recuerdan a los que nos confeccionaba Myriam cuando éramos pequeñas.

—Sí, os ponía esos vestidos folclóricos para que posarais exactamente como en estas fotos, en fila, de la más mayor a la más pequeña.

—Quizá Myriam pensara en Polonia al vernos. Me acuerdo de que a veces tenía la mirada perdida.

9

En el paquebote que lo lleva de Haifa a Marsella, Ephraïm tiene una sensación extraña. Lleva diez años sin estar nunca solo. Solo en una cama, solo para leer, solo para cenar cuando le apetezca. Los primeros días busca sin parar a su alrededor la presencia de los niños, sus risas y hasta sus peleas. Y luego, de repente, la delicada imagen de su prima viene a llenar el espacio vacío. Obsesiona su mente todo el tiempo que dura la travesía. En la cubierta, con la mirada clavada en la espuma de las olas en el surco del barco, él imagina las cartas que podría escribirle: «An... Aniuta querida, Anushka, mi abejita..., te escribo en el buque que me lleva a Francia...».

Al llegar a París, Ephraïm se encuentra con su hermano menor, Emmanuel, que ha obtenido la nacionalidad francesa. Aparece con un nuevo patronímico en los créditos de las películas: ahora se llama Manuel Raaby, y no Emmanuel Rabinovitch.

—¡Pareces tonto! ¡Tenías que haber escogido un nombre completamente francés! —se sorprende Ephraïm.

—¡Ah, no! ¡Necesitaba un nombre de artista! Puedes pronunciarlo *Rueibi*, a la americana.

Ephraïm suelta una carcajada, porque su hermanito tiene pinta de cualquier cosa menos de americano.

Emmanuel está trabajando con Jean Renoir. Ha hecho una breve aparición en *La cerillera* e interpreta uno de los papeles

principales en *Escurrir el bulto,* una comedia antimilitarista roda-
da en Argelia. Figurará asimismo en el reparto de *La noche de la
encrucijada,* basada en una de las novelas del detective Maigret,
de Simenon.

La llegada del cine sonoro le obliga a perfeccionar su dicción
para borrar el acento ruso. También asiste a clases de inglés y se
apasiona por Hollywood.

Gracias a sus contactos, Emmanuel ha encontrado una casa
para Ephraïm cerca de los estudios cinematográficos de Boulo-
gne-Billancourt. Así es como, a finales de aquel verano, los cinco
Rabinovitch, Ephraïm, Emma, Myriam, Noémie y el que ahora
llaman Jacques, se instalan en el número 11 de la rue Fessart.

En septiembre de 1929, las niñas aún no van a la escuela. Viene un preceptor a casa a enseñarles francés. Lo aprenden más
deprisa que sus padres.

Emma da clases de piano a los niños de los barrios elegantes.
Hace cinco años que no ha tocado un instrumento de verdad.
Ephraïm consigue entrar en el consejo de administración de una
sociedad de ingeniería automotriz, la Sociedad de Carburantes,
Lubricantes y Accesorios. Un buen comienzo para empezar a ha-
cer negocios.

Toda va muy rápido, muy bien, como en los primeros tiempos
de Riga. Pasan dos años. Ephraïm envía una carta a su padre, en
la que se felicita por su decisión.

El 1 de abril de 1931, la familia se muda de Boulogne a las
puertas de París, al número 131 del Boulevard Brune, cerca de la
Porte d'Orléans. El edificio, de construcción reciente, cuenta con
comodidades modernas: gas ciudad, agua y electricidad. Ephraïm
se siente feliz al poder ofrecer ese lujo a su mujer y sus hijos. Se
entusiasma con el Crucero Amarillo, una expedición organizada
por la familia Citroën entre Beirut y China.

—Una familia judía de Holanda que vendía limones antes de hacerse rica con los diamantes y luego con los automóviles... Limones, *citrons*, ¡Citroën!

Esos destinos fascinan a Ephraïm, que también quiere obtener la nacionalidad francesa. Sabe que las gestiones llevarán su tiempo, pero está decidido a llegar hasta el final.

Ephraïm decide que sus hijas irán al mejor instituto de París. En primavera, la directora del Lycée Fénelon recibe a los Rabinovitch para una pequeña visita al centro. Fundada a finales del siglo XIX, es la primera institución laica «de excelencia» para señoritas.

—Las profesoras son muy exigentes con las alumnas —advierte.

Para unas pequeñas extranjeras que no hablaban una palabra de francés dos años antes será difícil lograrlo.

—Pero no deben desanimarse.

Al pasar por delante de la ventana del gimnasio, los Rabinovitch entrevén los brazos y las piernas de las jovencitas dando vueltas silenciosamente en el aire, como polillas.

Myriam y Noémie se quedan impresionadas por el aula de dibujo, decorada con bustos de estatuas griegas en yeso.

—Parece el museo del Louvre —dicen a la directora.

Myriam y Noémie lamentan no almorzar en el comedor. El refectorio es tan bonito, con sus manteles blancos, sus cestitos de mimbre para el pan, sus pequeños ramos de flores. Es como un restaurante.

En Fénelon, la disciplina es severa y la apariencia correcta, imperativa. Blusa beis con el nombre y la clase bordados en rojo, y nada de maquillaje.

—Prohibidos los chicos esperando en los alrededores del instituto, incluidos los hermanos —anuncia secamente la directora.

Bajo la gran escalinata, la estatua en bronce de Edipo ciego, guiado por su hija Antígona, fascina a las crías.

Cuando salen a la calle, Ephraïm se agacha y coge de la mano a sus dos hijas:

—Tenéis que ser las primeras de la clase, ¿entendido?

En septiembre de 1931, las niñas empiezan el curso en la enseñanza primaria del Lycée Fénelon. Myriam tiene casi doce años y Noémie, ocho. En su ficha de matrícula puede leerse: «Palestinas de origen lituano, sin nacionalidad».

Para ir al Fénelon, Myriam y Noémie cogen el metro todas las mañanas. Diez estaciones separan la Porte d'Orléans de Odéon, luego cruzan la Cour Rohan, que va a desembocar en la rue de l'Éperon. El trayecto dura media hora en total, sin correr. Lo hacen cuatro veces al día: al ser externas, tienen que volver a mediodía al Boulevard Brune para almorzar en apenas veinte minutos. El comedor sale más caro que el metro.

Esos recorridos cotidianos son auténticas pruebas de obstáculos para las niñas. Permanecen pegadas la una a la otra como soldaditos valientes. Myriam está siempre junto a Noémie para que su hermana no tenga ningún percance desagradable en el metro. Noémie siempre está junto a Myriam para atraer la simpatía de las demás niñas en el patio del recreo. Ahora funcionan como el gobierno de un pequeño Estado en el que reinan ambas.

—En 1999, cuando rellené el formulario para entrar en el Lycée Fénelon a las clases preparatorias para la École Normale Supérieure, ¿tú sabías que Myriam y su hermana habían sido alumnas allí setenta años antes?

—¡Qué va! Aún no había empezado con mis pesquisas. Si no, te lo habría contado, claro.

—¿No te parece sorprendente?

—¿Qué?

—En esa época, yo soñaba con ingresar en el Lycée Fénelon, ¿te acuerdas? Estaba tan decidida en el momento de preparar el dosier de candidatura... Como si...

La familia se muda nuevamente en febrero de 1932. Ephraïm ha encontrado un piso más grande en la rue de l'Amiral-Mouchez, 78, 5.ª planta, en un edificio de ladrillo que sigue existiendo hoy. Es un piso de cuatro habitaciones, cuarto de baño, aseo y recibidor, gas ciudad, agua y electricidad. Tiene el teléfono instalado: GOB(elins) 22-62. En el bajo hay una oficina de correos. La casa está pegada al Parc Montsouris, a dos pasos de la estación de metro Cité Universitaire. Las niñas solo tienen dos estaciones para llegar al instituto, lo que les facilita el día a día. Luego basta con atajar cruzando por el Jardin du Luxembourg, rodeando el tiovivo ese donde no se gana nada al juego de la sortija.

Para Emma es la quinta mudanza desde que es madre. Cada ocasión le supone una dura prueba: hay que ordenarlo todo, decidir qué se conserva y qué no, lavar, empaquetar. No le gusta, al llegar a una casa nueva, en un barrio nuevo, esa sensación de ponerse a buscar nuevas costumbres como si se tratara de objetos perdidos.

Así van sucediéndose los meses, las niñas crecen y ganan en confianza. Jacques, el pequeño, sigue siendo ese niño gordinflón y mofletudo en el regazo de su madre.

El porvenir se antoja prometedor. Myriam, con trece años, se imagina como estudiante universitaria en la Sorbona, una vez que supere el examen de acceso. Por la noche le cuenta a su hermana pequeña la vida que les espera. Los bares llenos de humo de tabaco del Quartier Latin, la biblioteca Sainte-Geneviève. Han asumido la idea de que tienen que cumplir el destino inconcluso de su madre.

—Me instalaré en una buhardilla en la rue Soufflot.

—¿Podré ir a vivir contigo?

—Claro, tú tendrás otra buhardilla, justo al lado de la mía.

Y con esas historias se estremecen de felicidad.

10

Una alumna del Lycée Fénelon organiza un té de cumpleaños para sus compañeras de clase. Todas las niñas de la clase están invitadas. Todas, salvo Noémie, que vuelve a casa con las mejillas encarnadas de ira. Ephraïm se siente aún más ofendido que ella al enterarse de que no la han invitado a ese cumpleaños, organizado por una familia francesa de rancio abolengo en su mansión del distrito 16.

—La verdadera nobleza es la del saber —explica Ephraïm—. Iremos a visitar el Louvre mientras esas señoritas se atiborran a pasteles.

Ephraïm camina con sus dos hijas en dirección al carrusel. En el Pont des Arts, un tipo lo para bruscamente, agarrándolo del brazo. Ephraïm está a punto de discutir, pero reconoce a un amigo del Partido Socialista Revolucionario, al que no ha visto desde hace quince años.

—¿No te habías mudado a Alemania, en el momento del juicio? —le pregunta Ephraïm.

—Sí, pero me fui hace un mes para venir aquí con mi mujer y mis hijos. La situación es difícil para nosotros allí, ya lo sabes.

El hombre evoca un incendio que tuvo lugar los días precedentes y que destruyó la sede del Parlamento. Evidentemente, se ha acusado a los comunistas y los judíos. Luego habla de los odios antisemitas del nuevo partido en el Reichstag, el Partido Nacionalsocialista Obrero.

—¡Quieren excluir a los judíos de la función pública! ¡Sí! ¡A todos los judíos! ¡No me digas que no estabas al corriente!

Esa misma noche lo comenta con Emma.

—Ese tipo, me acuerdo, ya en aquellos tiempos se agobiaba por todo... —suaviza Ephraïm para no asustarla.

Pero Emma se muestra preocupada. No es la primera vez que oye decir que los judíos están siendo maltratados en Alemania, y que es más grave de lo que parece. Le gustaría que su marido se informara mejor.

Al día siguiente, Ephraïm va al quiosco de periódicos de la Gare de l'Est para comprar la prensa alemana. Lee los artículos donde se acusa a los judíos de todas las desgracias. Y, por primera vez, descubre el rostro del nuevo canciller, Adolf Hitler. Al llegar a casa, se afeita el bigote.

11

El 13 de julio de 1933 es el día de la gran entrega de los premios del Lycée Fénelon. Las profesoras están reunidas en torno a la directora, que preside el acto sobre el estrado decorado de escarapelas tricolores. La coral de las alumnas entona «La Marsellesa».

Myriam y Noémie están delante, juntas. Noémie tiene el rostro redondo de su madre, pero la finura de los rasgos de su padre. Es una niña dulce, sonriente y espabilada. La cara de Myriam es más severa. Seria, íntegra, las compañeras no la solicitan tanto en el patio de recreo. Pero cada año la eligen delegada de la clase.

La señora directora anuncia los premios de excelencia, los primeros premios, los accésits y los cuadros de honor. En su discurso, cita el ejemplo de las hermanas Rabinovitch, que han realizado un recorrido ejemplar desde que entraron en la institución.

Myriam, que pronto cumplirá catorce años, obtiene el premio de excelencia de su clase y se lleva los primeros y segundos premios de todas las asignaturas menos gimnasia, costura y dibujo. Noémie, con diez años, también recibe felicitaciones.

Emma se pregunta, casi preocupada, si todo eso no es demasiado bonito para ser verdad. Ephraïm está pletórico. Por fin, sus hijas forman parte de la élite parisina.

«Orgulloso como un castaño frondoso, que muestra sus frutos al caminante», así lo habría definido Nachman.

Después de la ceremonia, Ephraïm decide que toda la familia volverá a pie a la rue de l'Amiral-Mouchez.

La calma de los jardines del Luxemburgo, en ese 13 de julio, es irresistible. En la armonía de ese jardín a la francesa, donde revolotean las mariposas bajo la mirada de las estatuas de las *Reinas de Francia y mujeres ilustres*, los niños vacilan al dar sus primeros pasos junto al estanque de los barquitos de madera. Las familias vuelven tranquilamente a sus casas, disfrutando de la belleza de los parterres y del murmullo de las fuentes. Se saludan con un gesto de la cabeza, los señores se descubren y sus esposas sonríen con gracia, delante de las sillas de color verde que esperan los traseros de los estudiantes de la Sorbona.

Ephraïm agarra con fuerza el brazo de Emma. No da crédito, no acaba de creerse que sea uno de los personajes de ese decorado tan francés.

—Pronto tendremos que buscarnos otro apellido —dice mirando a lo lejos con aire serio.

La seguridad de conseguir la nacionalidad francesa le da miedo a Emma, que estrecha con fuerza la manita de su hijo menor, como para conjurar la suerte. Les da vueltas a las frases que ha oído, durante el discurso de la directora, de algunas madres que cuchicheaban a su espalda:

—¡Qué vulgares son esas personas, exultantes de orgullo por sus hijas!

—¡Están tan pagados de sí mismos!

—Quieren aplastarnos empujando a sus hijas a que ocupen los mejores puestos.

Durante la velada, Ephraïm propone a su mujer y a sus hijas ir al baile popular del barrio para celebrar la toma de la Bastilla, como todo buen francés.

—Las niñas se han esforzado, ¿no? Podemos celebrarlo.

Ante el buen humor de su marido, Emma ahuyenta los malos pensamientos.

Myriam, Noémie y Jacques nunca han visto bailar a sus padres. Contemplan con sorpresa cómo se enlazan al son del estribillo de la tonada.

—Ese 13 de julio, Anne, recuerda bien esta fecha, ese 13 de julio de 1933 es un día de fiesta para los Rabinovitch, hasta diría que un día de felicidad perfecta.

12

Al día siguiente, el 14 de julio de 1933, Ephraïm se entera por la prensa de que el partido nazi se ha convertido oficialmente en el único partido de Alemania. El artículo precisa que se impondrá la esterilización a las personas afectadas de enfermedades físicas y mentales con el fin de salvaguardar la pureza de la raza germánica. Ephraïm cierra el periódico y decide que nada alterará su buen humor.

Emma y los niños hacen las maletas. Pasan el fin del mes de julio en Lodz, en casa de los Wolf. Maurice, el padre de Emma, regala a Jacques su *talit*, el gran chal de oración de los hombres:

—Así llevará a su abuelo a sus espaldas el día en que jure fidelidad a la Torá —dice Maurice a su hija, evocando así la Bar Mitzvá de su nieto.

Ese regalo designa a Jacques como el heredero espiritual de su abuelo. Emma, emocionada, coge el chal ancestral, desgastado por el tiempo. Y, a pesar de todo, en el momento de colocarlo en la maleta, siente en la yema de los dedos que ese regalo podría envenenar su pareja.

En agosto, Emma y los niños pasan quince días en la granja experimental del tío Borís, en Checoslovaquia, mientras Ephraïm permanece en París, aprovechando la tranquilidad del piso para poner a punto su máquina de amasar pan.

Esas vacaciones suponen para los hijos Rabinovitch una felicidad profunda. «Echo de menos Polonia —escribe Noémie, unos días después de volver a París—. ¡Qué bien estábamos! Me parece que sigo oliendo el perfume de las rosas del tío Borís. ¡Ay, sí! Echo de menos Chequia, la casa, la huerta, las gallinas, los campos, el cielo azul, los paseos, el país».

Al año siguiente, Myriam se presenta al concurso general de español. Es la sexta lengua que domina. Se interesa por la filosofía. A Noémie le encanta la literatura. Escribe poemas en su diario íntimo y redacta novelitas cortas. Obtiene el primer premio de lengua francesa y de geografía. Su profesora, la señorita Lenoir, anota que «posee grandes cualidades literarias» y la anima a escribir.

«Ver mis escritos publicados un día», fantasea Noémie con los ojos cerrados.

La adolescente tiene ahora una larga melena negra recogida en unas trenzas que coronan su cabeza, a la manera de las jóvenes intelectuales de la Sorbona. Admira a Irène Némirovski, que se ha dado a conocer con su novela *David Golder*.

—He oído decir que da una mala imagen de los judíos —comenta preocupado Ephraïm.

—En absoluto, papá..., ni siquiera la conoces.

—Más te valdría leer los premios Goncourt y sobre todo a los novelistas franceses.

El 1 de octubre de 1935, Ephraïm presenta los estatutos de su sociedad, la SIRE, Sociedad Industrial de Radio-Electricidad, sita en la rue Brillat-Savarin n.ºs 10-12, en el distrito 13. En la Cámara de Comercio de París, donde queda registrada, el formulario indica que Ephraïm es «palestino». La SIRE es una sociedad de responsabilidad limitada, de veinticinco mil francos de capital, constituida por doscientas partes de cien francos cada una. Ephraïm posee la mitad, la otra mitad la comparten dos socios,

Mark Bologuski y Ozjasz Komorn, ambos polacos. Ozjasz pertenece como él al consejo de administración de la Sociedad de Carburantes, Lubricantes y Accesorios, sita en la rue du Faubourg Saint-Honoré, 56. La sociedad está fichada en el servicio de contraespionaje.

—Mamá, espera. Espera —dije abriendo la ventana de la habitación, llena de humo—. No te sientas obligada a entrar en cada detalle, a darme cada dirección.

—Todo es importante. Estos detalles son los que me han permitido reconstruir poco a poco el destino de los Rabinovitch, y te recuerdo que partí de la nada —me respondió Lélia mientras encendía un cigarrillo con la colilla del anterior.

Jacques, que tiene casi diez años, vuelve de la escuela conmocionado. Se encierra en su cuarto y no quiere hablar con nadie. Por culpa de una frase, pronunciada por uno de sus compañeros en el patio del recreo: «Tiradle de las orejas a un judío y todos oirán mal».

En ese momento no entiende qué quiere decir. Luego un alumno de la clase lo persigue para tirarle de las orejas. Y algunos chicos corren tras él.

Esas historias no le gustan nada a Ephraïm, que empieza a irritarse.

—Todo esto —dice a sus hijas— es por culpa de los judíos alemanes que desembarcan en París. Los franceses se sienten invadidos. Sí, sí, así es, os lo digo yo.

Las niñas se hacen amigas de Colette Grés, una alumna del Lycée Fénelon cuyo padre acabar de morir de repente. Ephraïm se alegra de que sus hijas entablen amistan con una *goi*. De hecho, pide a Emma que siga su ejemplo.

—Hay que hacer un esfuerzo, para nuestro expediente de nacionalización —le dice—. Evita codearte demasiado con los judíos...

—Entonces ¡dejo de dormir en tu cama! —contesta ella.

Eso hace reír a las niñas. A Ephraïm no.

Su amiga Colette vive con su madre en la rue Hautefeuille, en la esquina con la rue des Écoles, en la segunda planta de un edificio con patio empedrado y torreta medieval. Noémie y Myriam pasan largas tardes en esa extraña habitación redonda, rodeadas de libros. Ahí siguen soñando con su futuro. Noémie será escritora. Y Myriam, profesora de filosofía.

13

Ephraïm sigue de cerca la ascensión de Léon Blum. Los adversarios políticos, así como la prensa de derechas, se explayan. Se trata a Blum de «vil lacayo de los banqueros de Londres», «amigo de Rothschild y otros banqueros a todas luces judíos». «Es un hombre digno de ser fusilado —escribe Charles Maurras—, pero por la espalda». Este artículo tiene consecuencias.

El 13 de febrero de 1936, Léon Blum es agredido en el Boulevard Saint-Germain por miembros de la Action Française y de los Camelots du Roi que, al reconocerlo, lo hieren en la nuca y en la pierna. Lo amenazan de muerte.

En Dijon, se saquean escaparates y varios comerciantes reciben la misma semana esta carta anónima: «Tú perteneces a una RAZA que quiere arruinar a Francia y hacer la REVOLUCIÓN en nuestro país, que no es el tuyo, puesto que eres judío y los judíos no tienen patria».

Unos meses después, Ephraïm se hace con el panfleto de Louis-Ferdinand Céline, *Bagatelas para una masacre*. Quiere entender lo que leen los franceses: se han vendido más de setenta y cinco mil ejemplares en apenas unas semanas.

Con el libro en la mano, se instala en un café. Y como un auténtico parisino, pide una copa de vino de Burdeos —él, que nunca bebe alcohol—. Empieza la lectura. «Un judío está com-

puesto de 85 por ciento de desfachatez y de 15 por ciento de vacío. [...] Los judíos, ellos, no se avergüenzan de su raza judía, al
contrario, ¡Dios los libre! Su religión, su labia, su razón de ser,
su tiranía, todo el arsenal de los fantásticos privilegios judíos...».
Ephraïm hace una pausa con un nudo en la garganta, termina su
copa de vino y pide otra. «No recuerdo qué judío torpe (he olvidado su nombre, pero era un nombre judío) se esforzó, durante
cinco o seis números de una publicación supuestamente médica
(en realidad, una mierda judía), en cagarse en mis obras y mis
"ordinarieces" en nombre de la psiquiatría». Ephraïm se enciende
pensando en la cantidad de gente que compra esa logorrea deli-
rante. Sale a la calle tambaleándose, nauseabundo. Sube a pie por
el boulevard Saint-Michel, bordea con dificultad las verjas del
Jardin du Luxembourg. Y mientras lo hace, recuerda ese pasaje
de la Biblia que lo aterrorizaba de niño:

«Y Dios dijo a Abraham: "Ten por cierto que tus descendientes serán extranjeros en una tierra que no es suya, donde serán
esclavizados y oprimidos cuatrocientos años"».

14

Myriam deja el instituto con su título de bachiller en el bolsillo y el premio de la Asociación de Antiguas Alumnas del Lycée Fénelon, otorgado todos los años «a la alumna ideal, inestimable desde el punto de vista moral, intelectual y artístico».

Noémie pasa a la clase superior, laureada por sus profesoras. Jacques, en el Collège Henri IV, tiene notas menos brillantes que sus hermanas, pero se desenvuelve muy bien en gimnasia. En diciembre entra en su decimocuarto año, la edad de la Bar Mitzvá. Es la ceremonia más importante en la vida de un judío, el paso a la edad adulta, la entrada en la comunidad de los hombres. Pero Ephraïm no quiere ni oír hablar de ello.

—¿Solicito la nacionalidad francesa y tú quieres ponerte a celebrar ritos folclóricos? ¿Te has vuelto loca? —increpa a su mujer.

La Bar Mitzvá provoca una fisura en la pareja. Es el desacuerdo más profundo que han tenido desde el comienzo de su matrimonio. Emma debe resignarse a no ver nunca a su hijo haciendo un *minyán*, con los hombros cubiertos con el *talit* que le ha regalado su abuelo. Su decepción es total.

Jacques no entiende bien qué sucede, no sabe nada de la liturgia judía, pero siente en lo más profundo de su ser que su padre le niega algo, sin saber exactamente qué.

Jacques celebra su decimotercer cumpleaños el 14 de diciembre de 1938. Sin ir a la sinagoga. En el segundo trimestre sus notas bajan. Se convierte en el último de su clase y en casa se refugia en las faldas de su madre como un niño. En primavera, Emma empieza a preocuparse.

—Jacques ha dejado de crecer —observa—. Su desarrollo se ha detenido.

—Se le pasará —responde Ephraïm.

15

Ephraïm se concentra en su solicitud de nacionalidad, para él y para su familia. Presenta los documentos a las autoridades competentes, con una carta de recomendación del escritor Joseph Kessel. La opinión del comisario de policía es favorable: «Bien integrado, habla la lengua con fluidez. Buenos informes...».

—Pronto seremos franceses —promete a Emma.

En los documentos cumplimentados por la Administración, de momento aparecen como «palestinos de origen ruso».

Ephraïm tiene confianza en que todo salga bien, pero todavía hay que esperar varias semanas por lo menos para obtener la respuesta oficial. Entretanto, ha escogido ya un nuevo patronímico. Es un nombre que suena a personaje de novela decimonónica: Eugène Rivoche. A veces hace chasquear ese nombre entre los labios mientras se contempla en el espejo del cuarto de baño.

—Eugène Rivoche. ¡Qué elegante!, ¿no crees? —pregunta a Myriam.

—Pero... ¿cómo lo has escogido?

—Pues bien, voy a contestarte... ¿Has leído en alguna parte en un libro de genealogía, por ejemplo, que éramos primos de los Rothschild?

—No, papá —responde Myriam entre risas.

—Claro. Por eso tenía que encontrar un nombre a partir de mis iniciales: ¡para no tener que volver a bordar todas mis camisas y mis pañuelos!

Ephraïm siente que las puertas de París van a abrirse pronto ante él. Se esfuerza mucho en dar a conocer su invento, su máquina de amasar. Ha registrado la patente en Alemania y en Francia, en sendos ministerios de Comercio e Industria, con dos nombres, Ephraïm Rabinovitch y Eugène Rivoche. Le explica a Jacques:

—Ya verás, hijo mío, que en la vida hay que saber anticiparse. Recuerda bien esto: ir un paso por delante es más útil que tener ingenio.

—Al principio —me dijo Lélia— no entendía por qué me encontraba en los archivos dos registros de patente idénticos, con la misma fecha, pero con nombres distintos. Era un auténtico misterio para mí. Transcurrió bastante tiempo antes de que descubriera que ambos nombres remitían a una misma persona.

Ephraïm Rabinovitch, alias Eugène Rivoche, inventó, pues, una máquina que reduce el tiempo necesario para la fabricación del pan: permite acelerar el proceso de fermentación de la masa y ganar dos horas al día, ¡algo enorme en la vida de un panadero!

Enseguida, la máquina de Ephraïm despierta interés. Aparece en el *Daily Mail* un gran artículo sobre el invento de Ephraïm-Eugène, titulado «A Major Discovery», que te dejaré leer. En él se cuenta que están haciéndose pruebas cerca de Noisiel, bajo la iniciativa del industrial y senador de Seine-et-Marne Gaston Menier —sí, el Menier del Chocolat Menier—, para mostrar el rendimiento de la máquina. Ephraïm sueña con un éxito fulgurante, como el de Jean Mantelet, que acaba de inventar el pasapurés con dos discos: el Moulinex.

Mientras espera que su patente para la masa de pan encuentre apoyos, Ephraïm-Eugène se lanza a nuevas aventuras propias de un sabio: a la investigación sobre la disgregación mecánica del sonido. Quiere fabricar bobinas para los receptores de galena. Compra un lote de treinta radios, que invaden el apartamento. Sus hijas aprenden a montarlas y desmontarlas con él, les parece muy divertido.

Unas semanas después, la solicitud de nacionalidad de la familia Rabinovitch es rechazada. Ephraïm está roto, es presa de dolores repentinos, por todo el esófago y en la parte trasera del esternón. Intenta entender de dónde viene esa negativa. Le aconsejan que haga una nueva solicitud más completa transcurridos seis meses.

A partir de ese momento, Ephraïm cree ver a agentes de la Administración detrás de cada farola, dispuestos a poner en duda su perfecta «integración». Huye de todo lo que pueda evocar sus orígenes extranjeros. Antes le daba vergüenza pronunciar su nombre. Ahora evita hacerlo. En la calle oye hablar ruso, yidis o incluso alemán y cruza de acera. Emma no tiene ya permiso para ir a comprar la comida a la rue des Rosiers. Ephraïm se afana en perder su acento ruso y hablar como sus hijos, con acento «norteño».

El único judío con el que se ve Ephraïm es su hermano.

—Tengo cada vez más problemas para que me den un papel —explica Emmanuel—. Se oye por todas partes que hay demasiados judíos en el cine. No sé qué va a ser de mí.

Ephraïm piensa en las palabras de su padre, veinte años antes: «Hijos míos, apesta a mierda».

Entonces decide actuar. Se compra una casa de campo para alejarse de París. Encuentra una granja, en el departamento del Eure, cerca de Évreux, conocida como Le Petit Chemin, en una aldea llamada Les Forges. Es un hermoso edificio, con su tejado de pizarra, su bodega, su viejo pozo, su granero y su aguazal en un terreno de algo más de veinticinco áreas.

—Seamos discretos, os lo ruego —pide Ephraïm a su mujer y a sus hijos al llegar al pueblo.

—¿Ser discretos, papá? ¿Qué quiere decir eso?

—¡Quiere decir no proclamar a voz en grito que somos judíos! —dice él con su acento ruso, que le traiciona más que al resto de la familia.

Pero aquel verano de 1938, un viento de Yidiskait va a soplar sobre su casa del Eure. Porque el viejo Nachman llega de Palestina a pasar las vacaciones con sus nietos.

—No parece judío. —Ephraïm suspira al ver a su padre desembarcar en Normandía—. Parece cien judíos juntos.

16

Al ver el estado del jardín, el viejo Nachman sacude su larga barba blanca. Alguien tendrá que ocuparse de todo esto, hacer un huerto, poner el pozo en funcionamiento, transformar la caseta en un gallinero. También habrá que plantar flores para su nuera Emma, que le encantan los ramos. Ella le replica que mejor haría en descansar y dejar de agitarse sin parar.

—*Kolz man es rirt zij an eiver, klert men nit fun keiver.* Mientras se mueva un solo miembro, uno no piensa en la tumba —contesta él.

Acto seguido, Nachman se remanga y se pone a layar la tierra de Normandía.

—¡Es mantequilla comparada con la tierra de Migdal! —dice, riéndose.

Las manos de Nachman parecen insuflar vida a las plantas. A sus ochenta y cuatro años, es el más fuerte de la familia, fresco como una lechuga, da órdenes que todos obedecen encantados. Sobre todo, Jacques, que se encuentra por primera vez con ese abuelo. Sin quejarse nunca, empuja carretillas llenas de escombros, remueve la tierra, planta semillas y clava tablones, de la mañana a la noche. A la hora de la comida, el viejo y el adolescente se quedan en la huerta para almorzar en el lugar de trabajo, como dos auténticos jornaleros.

—¡Tenemos faena! —explican a Emma, que les propone que coman en la cocina, más cómodos.

Jacques descubre el irresistible acento de su abuelo, su forma de hablar raspando el fondo del paladar, hasta la laringe. También descubre el yidis, esa lengua de palabras almibaradas que ruedan en la garganta de Nachman como caramelos. A Jacques le gustan esos ojos medio azules, medio grises, que brillan como dos canicas de vidrio; su tonalidad es pálida, de un color melancólico y lejano, deslavado por el sol de Migdal. El nieto queda subyugado por el encanto del abuelo de Palestina. Esther no ha venido, ya no soporta los viajes largos, por su reuma.

Emma observa, encantada, el cuerpo frágil y vivaz del muchacho que se menea en torno a la figura maciza y lenta del anciano. A veces, Nachman se queda quieto, se le acelera el corazón, se lleva una mano al pecho. Entonces, Jacques acude corriendo, por miedo a que su abuelo se caiga en medio de los aperos. Pero Nachman se recupera y levanta la mirada al cielo sacudiendo la cabeza:

—No te preocupes, chico... ¡Pienso seguir vivo una buena temporada!

Luego añade, guiñándole el ojo:

—Aunque solo sea por curiosidad.

Mientras tanto, Myriam, matriculada en Filosofía, lee los libros del plan de estudios. Noémie ha empezado a escribir una novela y una obra de teatro. Trabajan la una al lado de la otra, sentadas en unas tumbonas, con un sombrero de paja cubriéndoles la cabeza, mientras esperan a su amiga Colette, que pasa las vacaciones a solo unos kilómetros de ahí, en una casa que compró su padre poco antes de morir.

Después de trabajar un buen rato, se van las tres en bicicleta a pasear por el bosque; luego vuelven para la cena familiar alrededor de la mesa. El ambiente es jovial. El tío Emmanuel ha venido a visitarlos; se ha separado de la pintora Lydia Mandel para irse a vivir con Natalia, una riguesa que trabaja de vendedora en la tienda de confección Toutmain, sita en el número 26 de la Avenue des Champs-Élysées. Se han mudado a la rue de l'Espérance, 35, en el distrito 13 de la capital.

—Mira qué dulce es la vida cuando dejas de preocuparte por todo —dice Emma a su marido mientras enciende una vela.

Ephraïm acepta que todos los viernes Emma prepare los *jalot*, ese pan trenzado de *sabbat*, para dar gusto a Nachman.

—¿Te apena que tu hijo no crea en Dios? —pregunta Jacques a su abuelo.

—Hace tiempo, sí, me entristecía. Pero hoy me digo que lo importante es que Dios crea en tu padre.

Emma constata que Jacques crece un centímetro al día. Le llaman «Jack y las habichuelas mágicas». Hay que encargarle unos pantalones nuevos y, mientras, utiliza los de su padre. Está mudando la voz y ha empezado a salirle pelusilla en las mejillas. Él, que nunca se interesó por nada aparte del fútbol y las canicas, descubre que sus padres también fueron jóvenes, que vivieron en distintos países, Rusia, Polonia, Letonia, Palestina. Hace preguntas sobre su familia, quiere conocer los nombres de sus primos, en todos los rincones de Europa. Bebe vino; no le gusta el sabor, pero así hace lo mismo que los adultos.

—¿Cómo has conseguido que nuestro hijo crezca tan deprisa? —pregunta Emma a su suegro.

—Muy buena pregunta, a la que voy a dar una muy buena respuesta. Los sabios dicen que hay que educar a un niño teniendo en cuenta su carácter. Pues Jacques tiene un carácter muy diferente al de sus hermanas, no le gustan las reglas escolares, no le gusta aprender por aprender, es un chico que necesita entender el interés inmediato de lo que está haciendo. Es lo que los ingleses llaman un *late bloomer*. Ya verás. Tu hijo será un constructor, un fundador. Más adelante estarás orgullosa de él.

Esa noche, los adultos cuentan viejas historias a la vez que sorben un vasito de *slivovitz* traído de Palestina. Emma se hace la siguiente reflexión: Nachman nunca se atreve a hablar de la familia Gavronski. Hace veinte años. Hace veinte años que su suegro evita el tema delante de ella. Entonces Emma, con una mezcla de orgullo, embriaguez y provocación, adopta un aire indiferente y pregunta:

—¿Y tiene noticias de Anna Gavronski?

Nachman carraspea y lanza una ojeada furtiva a su hijo.

—Sí, sí —responde, incómodo—. Aniuta vive ahora en Berlín con su marido y su único hijo. Estuvo a punto de morir en el parto, el bebé era demasiado grande. Creo que, por desgracia, ya no puede tener más hijos a raíz de eso. En un momento dado tenían pensado ir los tres a Estados Unidos, pero no sé en qué habrá quedado la cosa.

Al escuchar esas palabras, Ephraïm no puede ni imaginarse qué le habría sucedido si le hubieran anunciado la muerte de Aniuta. Ese pensamiento le produce un temblor que le recorre todo el cuerpo. Está tan alterado que a la hora de irse a la cama no puede ocultar su turbación:

—¿Por qué le has hecho esa pregunta a mi padre?

—Me sentía humillada. Tu padre evita el tema, como si aún fuera una rival.

—Ha sido un error —dice Ephraïm.

«Sí, ha sido un error», piensa Emma.

Ephraïm se deja invadir por el recuerdo de su prima durante todo el mes de agosto, Aniuta aparece en el calor de sus siestas. Vuelve a ver la gracia de su talle, tan fino que podía rodearlo con ambas manos y tocarse los dedos en una vuelta completa. Se la imagina desnuda y entregada a él.

A finales de ese verano, la familia se prepara para volver a París tras dos meses de vacaciones; hay que cerrar la casa.

Gracias a Jacques y a Nachman, el jardín se ha convertido en una pequeña explotación agrícola. Jacques anuncia a su abuelo su deseo de hacerse ingeniero agrícola.

—*Shein vi di ziben velten!* ¡Maravilloso como los siete mundos! —lo felicita Nachman—. ¡Vendrás a trabajar conmigo a Migdal!

—Nachman —dice Emma—, quédese unas semanas más con nosotros. Podrá disfrutar de París, la ciudad está preciosa en septiembre.

Pero el anciano rehúsa.

—*Un gast iz vi regen az er doi'ert tzu lang, vert er a last.* Un invitado es como la lluvia: cuando se demora, se convierte en una molestia. Os quiero, hijos míos, pero debo ir a morir a Palestina, sin testigos. Sí, sí, como un animal viejo.

—¡Calla, papá! ¡Tú no vas a morirte!...

—¿Ves, Emma? ¡Tu marido es como todos los hombres! Sabe que va a morir y sin embargo no quiere creerlo... ¿Sabéis una cosa?, el año que viene iréis a ver mi tumba. Y aprovecharéis para instalaros en Migdal. Porque Francia...

Nachman no termina la frase y barre el aire con la mano como si espantara de su cara unas moscas invisibles.

17

En septiembre de 1938, los hijos de los Rabinovitch vuelven a clase. Myriam está matriculada en Filosofía en la Sorbona; a Noémie le toca pasar la primera parte de la reválida en el Lycée Fénelon y se apunta a la Cruz Roja; Jacques estudia el último año de primaria en el colegio Henri IV.

Ephraïm intenta adelantar su expediente de nacionalización, pero tiene la impresión de que cada cita con la Administración es como dar un paso atrás. Siempre hay un nuevo problema, un papel que falta, un detalle por aclarar. Ephraïm vuelve taciturno de sus audiencias y deja el sombrero en la entrada del apartamento agitando la cabeza de izquierda a derecha. Se acuerda de la expresión de su padre: «Un montón de gente. Y ni una sola persona de verdad».

A principios del mes de noviembre empieza a preocuparse en serio ante la llegada de refugiados de Alemania. Unos acontecimientos terribles han empujado a los judíos fuera del país, de un día para otro. Algunos se han ido con lo poco que les cabía en una maleta, dejando todo tras de sí. Ephraïm suspira y no quiere ni oír hablar del tema.

—Porque ya sé lo esencial: todos esos judíos que aterrizan en Francia no van a arreglar mis asuntos, precisamente...

Unos días más tarde, Emma aparece por casa con una noticia insólita.

—Me he encontrado con tu prima Anna Gavronski, está en París con su hijo. Han huido de Berlín, su marido ha sido detenido por la policía alemana.

Ephraïm está tan sorprendido que se queda callado, con la mirada perdida, fija en la jarra de agua que hay sobre la mesa.

—¿Dónde la has visto? —acaba por preguntar.

—Te buscaba, pero había perdido tu dirección, así que fue a varias sinagogas y ahí se topó... conmigo.

Ephraïm no cae en la cuenta de que su mujer sigue acudiendo a los lugares de culto a pesar de sus consejos.

—¿Habéis hablado? —pregunta febrilmente.

—Sí. Le he propuesto que viniera a cenar a casa con su hijo. Pero ha dicho que no.

Ephraïm siente una contracción en el pecho, como si alguien le apretara muy fuerte.

—¿Por qué? —pregunta.

—Ha dicho que no podía aceptar la invitación porque no podría corresponder.

Ephraïm piensa que esa respuesta le pega mucho a Aniuta, y se ríe nervioso.

—Hasta en medio del caos tiene que pensar en los buenos modales. Desde luego, se ve que es una Gavronski...

—Le he dicho que éramos de la familia, y que no pensábamos así.

—Has hecho bien —contesta Ephraïm levantándose de la silla, que cae al suelo por la brusquedad de su gesto.

Emma tiene otra cosa importante que decirle. Arruga en su bolsillo, nerviosa, un trozo de papel que le ha dado Aniuta, con la dirección del hotel donde se ha instalado con su hijo. Emma duda si darle ese mensaje a su marido. La prima sigue siendo guapa, su cuerpo no se ha estropeado con el embarazo. Es cierto que se le han hundido algo las mejillas y que su busto es menos prominente que antaño, pero sigue siendo muy atractiva.

—Le gustaría que fueras a verla —acaba por decir Emma tendiéndole el trozo de papel.

Ephraïm reconoce enseguida la escritura delicada, redonda y aplicada de su prima. Esa visión lo trastorna.

—¿Qué crees que debo hacer? —pregunta Ephraïm a Emma metiéndose las manos en los bolsillos para que no se dé cuenta de que le tiemblan.

Emma mira a su marido a los ojos.

—Creo que deberías ir a verla.

—¿Ahora? —pregunta Ephraïm.

—Sí. Dice que quiere irse de París lo antes posible.

Inmediatamente, Ephraïm coge el abrigo y se pone el sombrero. Siente que se le crispa todo el cuerpo y le hierve la sangre, igual que de joven. Cruza París, el Sena, como si flotara por encima del suelo; los pensamientos, agolpados, escapan de su cabeza, las piernas recobran la musculatura de antaño; camina a toda velocidad hacia el norte de la ciudad. Entiende que esperaba este momento, que lo esperaba y también lo temía desde hacía mucho tiempo. La última vez que vio a Aniuta fue para anunciarle oficialmente su enlace con Emma, en 1918. Hace veinte años, prácticamente tal día como hoy. Aniuta fingió sorprenderse, pero ya estaba al corriente de los planes de su primo. Al principio lloró un poco ante él. Aunque Aniuta era de lágrima fácil, a Ephraïm aquello lo conmocionó.

—Una palabra tuya y anulo la boda.

—¡Qué cosas tienes! —contestó ella pasando de las lágrimas a la risa—. ¡Eres de un dramático! Es una tontería, pero me haces reír... Vamos, vamos, seremos primos para siempre.

Era un mal recuerdo para Ephraïm. Un recuerdo malísimo.

El hotel de Aniuta, escondido detrás de la Gare de l'Est, estaba casi en ruinas.

«Extraño lugar para una Gavronski», se dice Ephraïm observando el estado de la moqueta, tan vieja como la señora de la recepción.

Tras la mampara, la mujer busca en el registro, pero no encuentra a la prima entre los clientes del hotel.

—¿Está seguro de que es ese el apellido?

—Perdone, le he dado el apellido de soltera...

Ephraïm se da cuenta de que es incapaz de recordar el apellido del marido. Lo sabía, pero se le había olvidado.

—Intente con Goldberg...; no, ¡Glasberg! A no ser que sea Grinberg...

Su nerviosismo le impide pensar, entonces oye la campanilla de la puerta de entrada del hotel. Se vuelve y ve a Aniuta, que hace su aparición con un abrigo de pieles moteado y un gorro de leopardo de las nieves. El aire frío le ha enrojecido las mejillas y tensado la piel del rostro, dándole ese aspecto orgulloso de princesa rusa que vuelve locos a los hombres. Lleva en la mano unos cuantos paquetes con bonitos envoltorios.

—Ah, ¿ya estás aquí? —dice ella, como si se hubieran visto la víspera—. Espérame en el salón, voy a la habitación a dejar mis cosas.

Ephraïm se queda como estremecido ante semejante visión, casi sobrenatural, porque le parece que Aniuta no ha cambiado nada en veinte años.

—Pídeme un chocolate caliente, serás un ángel. Perdona, es que no me esperaba que llegaras tan rápido —le dice ella en un francés adorable.

Ephraïm se pregunta si esa frase es un reproche. Tiene que saber que ha salido corriendo como un perro a la vuelta de su amo.

—Una mañana nos despertamos mi marido y yo —explica Aniuta mientras bebe a sorbitos su chocolate—, y habían roto todos los escaparates de los comerciantes *jude* en la calle que hay junto a nuestra casa. Había trozos de vidrio por todas partes, todo el barrio brillaba como el cristal. No puedes ni imaginártelo, yo no había visto cosa igual en mi vida. Luego recibimos una llamada de teléfono que nos informó de que habían asesinado a un amigo de mi marido, en su casa, en plena noche, ante su mujer y sus hijos. Nada más colgar, unos policías llamaron a la puerta para llevarse a mi marido. Justo antes de irse, me hizo prometerle que me marcharía inmediatamente de Berlín con nuestro hijo.

—Hizo bien —contesta Ephraïm, cuyas piernas golpean nerviosamente el borde de la silla.

—¿Te das cuenta? Ni siquiera recogí mis enseres. Me fui dejando la cama sin hacer. Con una sola maleta. En medio de la precipitación más espantosa.

La sangre le golpea en las sienes con tanta fuerza que a Ephraïm le cuesta concentrarse en lo que cuenta su prima. Aniuta tiene exactamente la misma edad que Emma, cuarenta y seis años, pero parece una jovencita. Ephraïm se pregunta cómo es posible.

—Me voy a Marsella en cuanto pueda, y desde allí embarcaremos para Nueva York.

—¿Qué puedo hacer por ti? —pregunta Ephraïm—. ¿Necesitas dinero?

—No, eres un cielo. He cogido todo el dinero que mi marido tenía preparado para que pudiéramos instalarnos mi hijo y yo en Estados Unidos. No sé por cuánto tiempo, de hecho...

—Entonces, dime, ¿en qué puedo serte de utilidad?

Aniuta pone su mano en el antebrazo de Ephraïm. Ese gesto lo turba tanto que le cuesta entender las palabras de su prima.

—Mi querido Fedia, tú tienes que marcharte también.

Ephraïm permanece silencioso unos segundos, sin poder apartar la mirada de la manita de Aniuta, apoyada en la manga de su chaqueta. Sus uñas de un rosa nacarado lo excitan. Se imagina en un trasatlántico de lujo con Aniuta, acompañados por David, al que considerará un nuevo hijo. Nota cómo la brisa marina y la sirena del barco revigorizan sus sentidos. Esa visión le causa tal impacto que se le hincha la vena del cuello.

—¿Quieres que me vaya contigo? —pregunta Ephraïm.

Aniuta mira a su primo y frunce el ceño. Luego suelta una carcajada. Sus pequeños dientes brillan.

—¡Claro que no! —dice Aniuta—. ¡Oh, me haces reír! ¡No sé cómo lo consigues! Con lo que nos ha tocado vivir. Pero hablemos en serio... Escúchame, tienes que irte lo antes posible. Con tu mujer. Con tus hijos. Dejad arreglados vuestros asuntos, vended vuestros bienes. Todo lo que os den, cambiadlo por oro. Y comprad los pasajes de barco para América.

La risa de Aniuta, silbante como la de un pajarillo, resuena en los oídos de Ephraïm de manera insoportable.

—Escúchame —añade, sacudiendo el brazo de su primo—, esto que voy a decirte es importante: te he contactado para avisarte, para que te enteres. No solo quieren que nos vayamos de Alemania. No se trata de ponernos de patitas en la calle: ¡quieren destruirnos! Si Hitler logra conquistar Europa, no estaremos seguros en ninguna parte. ¡En ninguna parte, Ephraïm! ¿Me oyes?

Pero Ephraïm lo único que oye es esa risa punzante, malévolamente tierna, la misma que hace veinte años, cuando le propuso anular su boda por ella. Ahora solo tiene ganas de una cosa: alejarse de esa mujer, pretenciosa como todos los Gavronski, de hecho.

—Tienes una mancha de chocolate en la comisura del labio —le dice Ephraïm levantándose de la mesa—. Pero he entendido tu mensaje, te lo agradezco; ahora tengo que irme.

—¿Ya? ¡Quiero presentarte a mi hijo, David!

—Imposible, mi mujer me está esperando. Lo siento, no tengo tiempo.

Ephraïm se da cuenta de lo ofendida que está Aniuta al ver que se despide tan rápido. Para él es una victoria.

«¿Qué se pensaba? ¿Que iba a pasar la velada en el hotel? ¿En su habitación?».

Para volver, Ephraïm coge un taxi, aliviado al ver el hotel de Aniuta alejándose por el retrovisor. En el coche le entra la risa, una risa extraña. El taxista piensa que su cliente está ebrio. Y en cierta manera sí lo está, ebrio de una libertad recuperada.

—Ya no estoy enamorado de Aniuta —dice para sí hablando en voz alta como un loco en la parte trasera del automóvil—. Qué ridícula, repitiendo como un loro las frases de su marido, sin duda un tipo importante, muy rico, uno de esos patronos insoportables que despiertan el odio contra los judíos. Además, tampoco está ya tan guapa. Tiene el óvalo de la cara caído, como los párpados. Y se le veía alguna que otra mancha oscura en la mano...

Ephraïm se pone a sudar en el coche, su cuerpo exuda todo el amor por su prima, que escapa por cada poro de su piel.

—¿Ya estás aquí? —se sorprende Emma, que no esperaba que su marido volviera tan pronto.

Emma pela verdura en silencio para tener ocupadas las manos, que le tiemblan.

—Sí, ya —responde Ephraïm dándole un beso en la frente, dichoso por encontrarse de nuevo en el calor del piso, por percibir los olores de la cocina y el ruido de los niños en el pasillo.

Su hogar nunca le había parecido más acogedor.

—Aniuta quería anunciarme que se va a América. Tampoco íbamos a pasar la noche hablando de eso. Ella cree que también nosotros deberíamos tomar las medidas necesarias y huir de Europa lo antes posible. ¿Qué opinas?

—¿Y tú? —contesta Emma.

—No sé, quería saber tu opinión.

Emma se toma tiempo para pensarlo. Se levanta de la mesa, echa la verdura en la cazuela de agua, el vapor caliente le quema la cara. Luego se vuelve hacia su marido.

—Siempre te he seguido. Si tenemos que irnos y volver a empezar, te seguiré.

Ephraïm mira amorosamente a Emma. ¿Cómo lo ha hecho para merecer una esposa tan entregada y fiel? ¿Cómo puede amar a otra mujer que no sea ella? Se levanta para abrazarla.

—Esto es lo que pienso —responde Ephraïm—: si mi prima Aniuta tuviera conocidos en la política, hace tiempo que lo sabríamos. Creo que es demasiado sensible. Por supuesto, lo que sucede en Alemania es terrible..., pero Alemania no es Francia. Ella lo mezcla todo. ¿Sabes qué?, tenía la mirada de una loca. Las pupilas dilatadas. Y además, ¿qué haríamos en América? ¿A nuestra edad? ¿Tú plancharías pantalones en Nueva York? ¡Por cuatro perras, encima! ¿Y yo? No, no, no, ya hay demasiados judíos allí. Los buenos puestos estarán todos cogidos. Emma, no quiero imponerte eso.

—¿Estás seguro de lo que dices?

Ephraïm se toma unos segundos para reflexionar en serio acerca de la pregunta de su mujer, y concluye:

—Sería completamente estúpido. Marcharnos justo en el momento en que estamos a punto de obtener la nacionalidad francesa. No se hable más, y llama a los niños. Diles que es hora de cenar.

18

Tras once años de investigaciones, finalmente el tío Borís ha puesto a punto un aparato que tiene la capacidad de determinar el sexo de los polluelos antes de que nazcan. Observando la evolución de esa especie de tela de araña que presenta el huevo, los filamentos rojos que constituyen las venas del futuro polluelo, permite predecir si este será hembra o macho. Una auténtica revolución, comentada en distintos periódicos checos como el *Prager Presse* y el *Prager Tagblatt*, un diario praguense francófilo, y el *Národní Osvobození*.

A principios de diciembre de 1938, Borís llega de Checoslovaquia para registrar todas las patentes de su invento en Francia. La sociedad de Ephraïm, la SIRE, será la que represente sus trabajos científicos. Por eso, los dos hermanos se encierran durante días enteros en el despacho para redactar los documentos. Se encuentran en un estado de excitación que salpica a toda la casa. Emma respira un poco; su marido deja por un tiempo de enfurecerse contra la Administración.

En vacaciones de Navidad, toda la familia se va al campo, a la casa de Les Forges en Normandía.

—¡Un verdadero *koljós*! ¡Veo que Nachman ha pasado por aquí! —exclama el tío Borís al llegar—. Pero vamos a tener que hacer alguna mejora...

El tío Borís, convertido en campesino después de haber sido un alto cargo del PSR, lo sabe todo acerca de la vida de los animales. Gracias a él, la pequeña granja de los Rabinovitch se amplía. Borís se hace con unas gallinas y unos cerdos. A Myriam y Noémie les encanta ese tío soñador. Los adultos sin descendencia fascinan a los niños y también les dan seguridad.

A Emma le gustaría celebrar la Janucá en familia, pero los dos hermanos se oponen a ello. Ante tal coalición y el buen humor de su marido, ella no insiste.

—Pero ¡os prometo, niños —anuncia Ephraïm—, que en cuanto obtengamos la nacionalidad francesa, celebraremos la Navidad y compraremos un abeto!

—¿Y el belén con el niño Jesús? —pregunta Myriam para burlarse de su padre.

—No..., tampoco hay que exagerar... —contesta él mirando a su mujer.

Cuando vuelven a París, el 5 de enero de 1939, Borís recibe una invitación de la Universidad de Maryland para participar al año siguiente en el congreso mundial de avicultura, el Speeding Up Production, Seventh World's Poultry Congress. Supone su consagración y, para celebrarlo, Ephraïm compra una botella de champán. Emmanuel acude a cenar a la rue de l'Amiral-Mouchez. Anuncia a sus hermanos que piensa marcharse a Estados Unidos para probar suerte en Hollywood.

—Hoy siento no haber escuchado a papá cuando nos dijo que nos fuéramos a América. Habría tenido éxito, como Fritz Lang, Lubitsch, Otto Preminger o Billy Wilder, que se largaron en el momento adecuado... Yo era demasiado joven, me creía más listo que mi padre...

Pero Borís y Ephraïm le aconsejan que espere un poco, que madure su proyecto.

De vuelta en Checoslovaquia, el tío Borís envía a sus sobrinas y a su hermano Ephraïm unas postales donde da muestras de su preocupación.

La situación en Europa se deteriora.

«No nos dábamos cuenta», escribe.

En marzo, Alemania invade Checoslovaquia. Borís se ve atrapado en el territorio y tiene que renunciar a asistir al congreso mundial de avicultura en el estado de Maryland. Supone una gran decepción. Le viene a la mente la conversación con Emmanuel y se pregunta si no debería haberlo animado a que partiera para Estados Unidos antes de que sea imposible.

Nachman pide a toda la familia que vaya a Palestina a pasar las vacaciones del verano de 1939. Pero Emma y Ephraïm, que recuerdan semanas terribles bajo una canícula asfixiante, prefieren quedarse en el frescor de su casa de Normandía. Además, Ephraïm no pierde la esperanza de que le concedan la nacionalidad: un viaje a Haifa no causaría buena impresión en su expediente.

En mayo, Francia se compromete a ayudar militarmente a Polonia en caso de un ataque alemán. Emma escribe a diario a sus padres cartas que viajan hasta Lodz. No da muestras de su preocupación a nadie, sobre todo a los niños.

Durante las vacaciones, Myriam se pone a pintar pequeños bodegones, cestos de fruta, vasos de vino y otras vanitas. Prefiere la expresión inglesa para hablar de sus cuadros: *still life*. Todavía vivo. Noémie escribe su diario íntimo, todos los días, meticulosamente. Y Jacques se empolla el *Sommaire d'agronomie*, de Lasnier-Lachaise. A principios del mes de septiembre, la víspera de su retorno a París, Myriam y Noémie van a Évreux para hacer acopio de témperas y lienzos pequeños.

Al pasar por delante del imponente edificio de la caja de ahorros, empujando las bicicletas junto a ellas, oyen la alarma de la gran Tour de l'Horloge. Suenan unos toques repetidos y prolongados, que parecen no terminar jamás. Luego todas las campanas de las iglesias se ponen a repicar. Cuando llegan a la altura de la tienda de pinturas, el dueño baja la persiana metálica en medio de un estruendo de ferralla.

—¡Volved a casa! —les espeta el vendedor a las hermanas.

Un grito atraviesa una ventana abierta.

Myriam se acordará del ruido que hace una declaración de guerra.

Las dos chicas se apresuran a regresar en bicicleta a la granja. Por el camino, el campo sigue exactamente igual, indiferente.

La familia Rabinovitch, que estaba a punto de cerrar la casa, deshace las maletas. No irán a París, debido a las amenazas de bombardeos.

Los padres van al ayuntamiento a declarar la casa de Les Forges su residencia principal. Eso permitirá a Noémie y a Jacques ir al instituto en Évreux.

Se sienten más seguros en el campo y, además, los vecinos son amables. Es fácil alimentarse gracias a la huerta plantada por Nachman, y las gallinas de Borís ponen unos huevos gordos bien frescos. En medio de ese caos, Ephraïm se felicita por haber comprado esa granja en el momento adecuado.

Una semana después, Noémie y Jacques empiezan las clases. Noémie en el último curso de bachillerato, Jacques en primero de secundaria. Myriam va y viene a París para asistir a las clases de Filosofía en la Sorbona. Emma ha mandado traer un piano para poder seguir con sus escalas. Los domingos, Ephraïm juega al ajedrez con el marido de la maestra.

—Estamos en guerra —repiten los Rabinovitch, como si el sentido de esas palabras pudiera acabar siendo tangible en medio de esa vida completamente normal.

Por el momento, son palabras empleadas en la radio, palabras leídas en los periódicos, que se repiten de vecino en vecino en el bar.

En una carta dirigida a su tío Borís, Noémie escribe: «Sin embargo, no tengo ganas de morir. Es tan bonito vivir cuando el cielo es azul...».

Pasan las semanas así, en una atmósfera extraña. Es esa despreocupación solemne de los periodos convulsos, cuando a lo lejos resuena el rumor irreal de la guerra. Y la masa abstracta de los muertos en el frente.

—He encontrado entre los papeles de Myriam unas hojas de un cuaderno de Noémie. Escribe: «Y el resto del mundo seguimos a lo nuestro, comemos, bebemos, dormimos, atendemos nuestras necesidades y eso es todo. Ah, sí, sabemos que por ahí están luchando. Qué puede importarme a mí, que tengo todo lo que necesito. Bromas aparte, nosotros diciendo que la gente se muere de hambre mientras nos ponemos morados de todo tipo de comida. Otra vez Barcelona, quiero música, y el botón de la TSH gira sustituyendo las noticias que da el presentador por la voz maravillosamente arrulladora de Tino Rossi. Qué éxito. Indiferentes, completamente indiferentes. Con los ojos cerrados y ese aire cándido, inocente. Seguimos discutiendo, gritando mucho, tirándonos del moño, reconciliándonos, y mientras tanto los hombres mueren».

Los alemanes han invadido Polonia. Los franceses y los ingleses lanzan débiles ofensivas, como si no se lo tomaran muy en serio.

Es una especie de «falsa guerra», que los ingleses han apodado *the phoney war*. Un periodista francés se confunde con la palabra *funny* y esta historia se convierte para siempre en la «guerra divertida».

El padre de Emma, Maurice Wolf, escribe cartas a su hija en las que le cuenta la campaña de septiembre y la entrada de los blindados en la ciudad de Lodz. Los Wolf van a tener que mudarse para dejar su casa a las tropas alemanas de ocupación, y puede incluso que tengan que ceder la hilandería, así como la hermosa dacha en cuya escalinata de piedra aprendió Jacques a dar sus primeros pasos. Resulta doloroso imaginar a los soldados alemanes subiendo por las escaleras por las que asciende la hiedra. Toda la ciudad ha sido reorganizada y los barrios, divididos en territorios. Stare Miasto, Baluty y Marysin están reservados a los judíos. Los Wolf tienen que mudarse a Baluty e instalarse en un pequeño apartamento. Se instaura el toque de queda. Los habitantes no tienen derecho a salir de su casa entre las siete de la tarde y las siete de la mañana.

Ephraïm, como la mayoría de los judíos de Francia, no entiende lo que se está urdiendo.

—Polonia no es Francia —le repite a su mujer.

Al final del curso escolar se termina la guerra divertida. Los exámenes se retrasan o se anulan. Las chicas no saben cómo conseguirán sus diplomas. Ephraïm se entera por el periódico de que los alemanes están en París: amenaza extraña, a la vez cercana y lejana. Los primeros bombardeos. El 23 de junio de 1940, Hitler decide visitar la ciudad con su arquitecto personal, Speer, con el fin de que este se inspire en París para el proyecto *Welthauptstadt Germania*, es decir, «Capital mundial Germania». Adolf Hitler quiere hacer de Berlín una ciudad modelo, reproduciendo los mayores monumentos de Europa, pero con unos volúmenes diez veces superiores a los originales, entre los que se encuentran los Campos Elíseos y el Arco de Triunfo. Su edificio preferido es la Ópera Garnier, con su arquitectura neobarroca.

—¡Posee la escalinata más bella del mundo! Cuando las damas, con sus maravillosos atuendos, descienden por ella ante los uniformados de la guardia de honor... Señor Speer, ¡también nosotros tenemos que construir algo así!

No todos los alemanes se muestran tan entusiastas como Hitler ante la idea de ir a Francia. Los soldados de la Ocupación tienen que dejar sus hogares, su patria, a sus mujeres y sus hijos. La oficina de propaganda nazi lanza una gran campaña publicitaria. La idea consiste en promocionar la calidad de vida francesa. Se manipula cínicamente una expresión yidis para convertirla en un eslogan nazi, *Glücklich wie Gott in Frankreich,* «Feliz como Dios en Francia».

La familia Rabinovitch no vuelve a París tras el anuncio del armisticio del 22 de junio de 1940. Se suman a las partidas que se dirigen al oeste y se instalan durante unas semanas en Bretaña, en Le Faouët, cerca de Saint-Brieuc. Lo primero que sorprende a las hijas es el olor a algas, a sal y a sargazos en la orilla del agua. Luego se acostumbran. Una mañana, el océano se ha retirado muy lejos, hasta perderse de vista. Las chicas nunca han visto nada así, se quedan un momento calladas.

—Es como si el mar también tuviera miedo... —comenta Noémie.

Durante varios días no se publican periódicos; la ocupación de París se convierte entonces en algo irreal, sobre todo cuando aprovechan los últimos rayos de sol en la playa. Con los ojos cerrados. La cara hacia el mar. El ruido de las olas y los niños haciendo castillos de arena. Los últimos días de agosto dan, más que nunca, la impresión de que esos momentos de felicidad no volverán. Los días de despreocupación, los momentos inútiles. Esa sensación desagradable de los últimos días, de que todo lo que se ha vivido hay que darlo ya por perdido.

19

La vuelta a clase en 1940. Francia se ajusta al huso horario alemán impuesto por Berlín. Las administraciones tienen que adelantar una hora todos los relojes y la gente se pierde, sobre todo con las conexiones de los trenes. A partir de ese momento, las cartas llevan un matasellos con la sobrecarga «Deutsches Reich» y la cruz gamada flota en la cámara de los diputados. Se requisan las escuelas, se impone un toque de queda desde las nueve de la noche hasta las seis de la mañana, el alumbrado público ya no funciona por la noche y se necesitan las cartillas de racionamiento para hacer las compras. Los civiles deben cegar todas sus ventanas cubriéndolas con una tela de rasete negra, o con pintura, para evitar la localización de las ciudades por los aviones aliados. Los soldados alemanes hacen verificaciones. Los días se acortan. Pétain es el jefe del Estado francés. Emprende una política de renovación nacional y firma la primera «ley sobre el estatuto de los judíos». Todo empieza ahí. Con la primera ordenanza alemana del 27 de septiembre de 1940 y la ley del 3 de octubre siguiente. Myriam escribirá más adelante, para resumir la situación: «Un día todo se perturbó».

Lo propio de esta catástrofe reside en la paradoja de su lentitud y su crueldad. Se vuelve la mirada atrás y uno se pregunta por qué no reaccionó antes, cuando aún estaba a tiempo. Uno se dice: «¿Cómo he podido ser tan confiado?». Pero es demasiado tarde. La ley de 3 del octubre de 1940 considera judía a «toda persona que tenga tres abuelos judíos o bien dos si el cónyuge es, asimismo, judío». Prohíbe a los judíos ocupar cargos en el funcionariado. Los docentes, el personal de los ejércitos, los agentes del Estado, los empleados de las colectividades públicas, todos deben cesar en sus funciones. También les prohíbe publicar artículos de prensa en los periódicos. O ejercer oficios relacionados con el espectáculo: teatro, cine, radio.

—¿No había una lista de autores prohibidos a la venta?

—Efectivamente, la «lista Otto», que debe su nombre al embajador de Alemania en París, Otto Abetz. Establece la relación de todas las obras retiradas de la venta de las librerías. Figuraban en ella, evidentemente, todos los autores judíos, pero también los escritores comunistas, los franceses «molestos» para el régimen, como Colette, Aristide Bruant, André Malraux, Louis Aragon, y hasta los muertos, como Jean de La Fontaine...

El 14 de octubre de 1940, Ephraïm es el primero en ir a censarse como «judío» en la prefectura de Évreux. Él, Emma y Jacques tienen, respectivamente, los números de orden 1, 2, y 3 en el registro, compuesto por copias de gran formato, con hojas cuadriculadas y sus respectivos calcos. Como Ephraïm no ha recibido la concesión de su nacionalidad francesa, la familia aparece fichada como «judíos extranjeros». Sin embargo, hace más de diez años que viven en Francia. Ephraïm espera que la administración francesa se acuerde un día de su diligencia a la hora de obedecer. Debe detallar su identidad y especificar su oficio, lo que le plantea un problema. Las ordenanzas alemanas prohíben a los judíos los cargos de «empresario, director y administrador». Así que le está prohibido decir la verdad: que dirige una pequeña empresa de ingeniería. Pero no por eso significa que esté sin trabajo, de modo que se ve obligado a mentir, a inventarse un empleo buscando en la lista de los oficios autorizados. Ephraïm escoge «labriego» —él, que tanto odió la vida agrícola en Palestina—. Al firmar el registro, Ephraïm escribe al margen que está orgulloso de los que han luchado en la guerra en Alemania en 1939-1940, y firma por segunda vez. Las chicas encuentran humillante la actitud de su padre. Se avergüenzan de su ridículo gesto.

—¿Crees que Pétain va a leer el registro o qué?

Ellas se niegan a ir a censarse. Ephraïm se enfada, sus hijas no se dan cuenta del peligro que corren. Emma está toda alterada. Les ruega que obedezcan. Cuatro días después, el 18 de octubre de 1940, las muchachas acaban por personarse juntas en la prefectura para firmar de mala gana el registro censal. Se declaran sin religión y les asignan los números 51 y 52. La prefectura les entrega nuevos carnets de identidad en los que figura la palabra *judío*. Los carnets están expedidos por la prefectura de Évreux, el 15 de noviembre de 1940, n.º 40 AK 87577.

Emmanuel sigue albergando la esperanza de poder partir a América. Pero debe encontrar los fondos para pagarse la travesía —no ha conseguido ningún compromiso de trabajo desde que le está prohibido actuar en películas—. No sabe dónde encontrar el dinero y, entretanto, no se apunta al censo. Ephraïm se enfada con su hermano pequeño, siempre buscando desmarcarse de los demás.

—Es obligatorio presentarse en la prefectura —le precisa.

—La Administración me agobia —contesta Emmanuel mientras enciende, despreocupado, un cigarrillo—. Que les den por el culo.

—¿Emmanuel no fue a registrarse en el censo?

—No, escogió la ilegalidad. ¿Ves?, toda su vida, Nachman y Esther se inquietaron por su hijo Emmanuel, porque era un niño excesivamente despreocupado, que no quería aplicarse en la escuela ni hacer nunca nada como los demás. Y esa desenvoltura lo salvará. Mira a Ephraïm y a Emmanuel. Aquí los tienes, los dos hermanos opuestos en todo. Dos hermanos mitológicos. Ephraïm siempre fue trabajador, fiel a su esposa, preocupado por el bien común. Emmanuel nunca respetó sus promesas a las mujeres, se esfumaba a la menor dificultad y Francia le importaba un bledo. En tiempos de paz son los Ephraïm los que fundan un pueblo, porque tienen hijos y los educan con amor, con paciencia e inteligencia, día tras día. Son los garantes de que un país funcione. En tiempos de caos son los Emmanuel los que salvan al pueblo, porque no se someten a ninguna regla y siembran de niños otros países, hijos a los que no conocerán, a los que no educarán, pero que les sobrevivirán.

—Es terrible decir que Ephraïm obedece al Estado cuando el Estado organiza su destrucción.

—Pero eso él no lo sabe. No puede siquiera imaginárselo.

Una ordenanza anuncia que los ciudadanos extranjeros de «raza judía» van a ser «internados en campos», «en residencia forzosa». Es breve, lapidaria. Y poco clara. ¿Por qué deberían estar internados en campos? ¿Con qué fin? Los rumores evocan partidas a Alemania para «trabajar allí», sin mayor concreción. En las ordenanzas, los judíos extranjeros y sin profesión están considerados «excedentarios para la economía nacional». Así que van a servir de mano de obra en el país de los vencedores.

—También es importante precisar que las primeras partidas conciernen únicamente a los «judíos extranjeros».

—Estaba calculado, supongo...

—Por supuesto. Los franceses asimilados tienen apoyos en la sociedad. Si las ordenanzas hubieran empezado por atacar a los judíos «franceses», la gente habría reaccionado más; por los amigos, los compañeros de trabajo, los clientes, los cónyuges... Mira lo que sucedió con el caso Dreyfus.

—Los extranjeros están menos enraizados en el país, así que son «invisibles»...

—Viven en la zona gris de la indiferencia. ¿Quién va a ofuscarse porque se metan con la familia Rabinovitch? ¡No conocen a nadie aparte de su círculo familiar! Lo que cuenta, al principio, cuando se dictan esas ordenanzas, es hacer de los judíos una categoría «aparte». Con, en el interior de dicha categoría, distintas subcategorías. Los extranjeros, los franceses, los jóvenes, los viejos. Es un sistema totalmente pensado y bien organizado.

—Mamá, tiene que haber un momento en que ya no se pueda decir «no sabíamos»...

—La indiferencia concierne a todo el mundo. ¿Hacia quién eres tú indiferente? Pregúntatelo. ¿Qué víctimas, los que viven en tiendas de campaña bajo los puentes de las autopistas o «aparcados» lejos de las ciudades, son tus invisibles? Lo que el régimen de Vichy persigue es extraer a los judíos de la sociedad francesa, y lo consigue...

Ephraïm recibe una citación de la prefectura. Fuera de ese desplazamiento, ya no está autorizado a viajar.

Lo reciben para poner al día la información relativa a él y su familia.

—En la cita anterior, se declaró usted «labriego» —afirma el agente administrativo que lo recibe.

Ephraïm se siente mal, sabe que ha mentido.

—¿Cuántas hectáreas posee? ¿Tiene empleados? ¿Peones? ¿Qué máquinas utiliza?

Ephraïm no tiene más remedio que decir la verdad. Aparte de su huerta, sus tres gallinas, sus cuatro cerdos y un pequeño terreno de árboles frutales que comparte con el vecino..., no se puede decir que esté a la cabeza de una explotación agrícola.

La persona encargada de actualizar la ficha de Ephraïm tacha enseguida la mención «labriego» con un lápiz. Escribe al margen: «El señor Rabinovitch posee una propiedad de veinticinco áreas donde tiene plantados unos pocos manzanos. Cría conejos y gallinas para consumo propio».

—¿Entiendes la lógica? ¡Es imparable!

—Sí, te fuerzan a mentir y luego te tratan de mentiroso. Te impiden trabajar y a continuación te explican que eres un parásito en ese territorio.

—En la ficha sustituyen la mención «labriego» por «s. p.»: «sin profesión». Así es como Ephraïm se ve transformado en un parado apátrida que se aprovecha de una tierra de la que ha querido ser «propietario», pero que nunca debería haberle pertenecido. Y eso no es todo. Ya no es «apátrida», sino «de origen indeterminado».

—Ya veo. Ser apátrida es ser algo. Ser indeterminado es ser sospechoso.

En ese mismo momento, las empresas y los bienes pertenecientes a los judíos tienen que ser embargados. Los comerciantes y los patronos deben ir en persona a declarar a la comisaría de su barrio. Es lo que se llamó la «arianización de las empresas». Ephraïm tendrá que ceder la SIRE a unos gerentes franceses, con sus inventos, sus patentes y las de su hermano, es decir, veinte años de trabajo; todo eso acaba en manos de la Compañía General de Aguas.

Mientras se confecciona esa red de pesca, hilo a hilo, por parte del Estado francés y el ocupante, la vida de las hermanas Rabinovitch prosigue con gran vitalidad. Noémie escribe una novela que da a leer a su antigua profesora del Lycée Fénelon, la señorita Lenoir, que tiene contactos en el mundillo de la edición. Evidentemente, habrá que buscar un seudónimo, pero Noémie cree en su talento. En cuanto a Myriam, conoce en el Barrio Latino a un joven llamado Vicente. Tiene veintiún años. Su padre es el pintor Francis Picabia; su madre, Gabriële Buffet, es una figura de la élite intelectual parisina. No son padres, son genios.

20

Vicente Picabia es un joven que ha crecido solo, como la mala hierba que trae de cabeza a los jardineros, como el diente de león, que es indestructible. Se ha colado por todas partes desde que nació hasta sus veintiún años; nadie ha querido saber nada de él, precedido siempre por su mala fama, despreciado por sus profesores, yendo de internado en internado. De pequeño se quedaba solo a menudo el porche de la escuela, el día de las vacaciones, a la hora que sus compañeros volvían a casa. Sus padres no iban a buscarlo, demasiado ocupados en intentar ser ellos mismos unos niños.

Gabriële pasaba el menor tiempo posible con su hijo menor, no lo encontraba suficientemente especial. No tenía nada que decirle, esperaba a que se volviera más interesante antes de intentar conocerlo. Vicente había nacido bastante más tarde que sus hermanos y hermanas, sin duda por accidente —sus padres llevaban separados mucho tiempo—. Gabriële lo matriculó como interno en la École des Roches, en Verneuil, en el departamento del Eure, una institución moderna que se inspiraba en los métodos educativos ingleses, basados en el deporte al aire libre y las actividades de taller. Había leído, como todo el mundo, el superventas de Edmond Demolins, traducido a más de ocho lenguas, *En qué consiste la superioridad de los anglosajones*, cuya contracubierta daba la respuesta inmediata, haciendo caso omiso del suspense: «En la educación».

A pesar de estas iniciativas, Vicente no aprendió nada en la École des Roches. No encontraba las palabras para expresarse y repetía sin parar el principio de las frases. No conseguía concentrarse, y cuando le mandaban leer en voz alta delante de toda la clase invertía letras y palabras.

—La escuela no sirve de nada, hijo mío. Lo importante es vivir, sentir —le decía su madre.

—No te agobies con la ortografía —le repetía su padre—. Lo bonito es inventar palabras.

Cuando conoce a Myriam, en octubre de 1940, Vicente no tiene ningún título, ni siquiera el del bachillerato elemental. Antes de la guerra fregaba platos en un restaurante. Ahora quiere convertirse en guía de montaña y poeta. Su problema es la gramática. Ha puesto un anuncio en la Sorbona para buscar a algún alumno que pueda darle clase. Así es como ha conocido a Myriam. Nacieron con tres semanas de intervalo, Myriam en alguna parte de Rusia, en agosto, y Vicente, el 15 de septiembre en París.

—No es una casualidad —le dije a Lélia.

—¿Qué quieres decir?

—No es una casualidad que yo naciera un 15 de septiembre, exactamente como tu padre.

—¿Sabes?, el azar puede explicarse bajo tres ángulos. O sirve para definir acontecimientos maravillosos, o acontecimientos aleatorios, o acontecimientos accidentales. ¿Te ubicas tú en alguna de estas tres categorías?

—No sé. Tengo la impresión de que un recuerdo nos conduce hacia los lugares conocidos por nuestros ancestros, nos empuja a celebrar fechas que fueron importantes en el pasado, o a apreciar a gente, sin que lo sepamos, cuya familia se cruzó en otro tiempo con la nuestra. Puedes llamar a esto psicogenealogía o creer en la memoria de las células..., pero yo no hablo de una casualidad. Nací un 15 de septiembre, estudié el bachillerato en el Lycée Fénelon, luego la carrera en la Sorbona, vivo en la rue Joseph-Bara, como el tío Emmanuel... La lista de detalles es de lo más inquietante, mamá.

—Puede ser..., ¿quién sabe?

Myriam y Vicente se encuentran dos veces por semana en el café L'Écritoire, en la plaza de la Sorbona. Myriam lleva la gramática de Vaugelas, y también cuadernos y bolígrafos para escribir. Vicente llega con las manos en los bolsillos, el pelo revuelto, desprendiendo un extraño olor a cuadra. Se viste raro, un día envuelto en una vieja capa, al día siguiente con su traje de cazador alpino, pero nunca dos veces igual. Myriam jamás ha visto a un chico así.

Enseguida se da cuenta de que Vicente tiene un problema de dicción, se traba con las palabras difíciles. También le cuesta concentrarse, pero es divertido y enternecedor. Le encanta hacerle perder su seriedad profesoral contándole chistes. La joven suelta una carcajada en medio de las palabras irregulares y las concordancias de los participios.

Vicente pide unos grogs. Invadido por cierta embriaguez, inventa frases absurdas para los dictados, demuestra el carácter ilógico de las reglas gramaticales. Se burla de la seriedad pontificadora de los estudiantes de la Sorbona, imita a los profesores bebiéndose un té doctamente.

—Estaríamos mejor en la piscina Lutetia —concluye hablando en voz alta.

Al final de la clase, Vicente hace preguntas a la estudiante, un montón de preguntas, sobre sus padres, su vida en Palestina, los países por los que ha pasado. Le dice que repita la misma frase en todas las lenguas que conoce. Luego la mira, absorto. Nadie se ha interesado nunca por Myriam con tal intensidad.

Él, al contrario, se abre poco. De lo único que logra ella enterarse es de que ha dejado el empleo de «representante de barómetros».

—Me echaron al cabo de un mes. Se me habría dado mejor vender libros. A mí me gustan los autores americanos. ¿Conoces *The Savoy Cocktail Book*?

Desde el primer día, Myriam se siente turbada por la belleza de su cara de español, su cabello negro y, bajo los ojos, una sombra, como la marca de un dolor antiguo. Posee los rasgos de su abuelo, un ser flemático que no trabajó en su vida; flaco como un joven torero, se casó en segundas nupcias con una alumna de la escuela de danza de la Ópera con edad de ser su hija. También tenía ojeras.

Al cabo de unas semanas, esas citas se convierten en lo único importante para Myriam. A su alrededor, el espacio encoge, el tiempo también, por el toque de queda, el último metro, las tiendas cerradas, los libros censurados, los viajes prohibidos, las barreras por todas partes. Pero ella ya no sufre desde que conoce a Vicente, su nuevo horizonte.

Ella, que nunca lo había sido, se vuelve coqueta. En ese periodo de penuria en que hay que lavar la ropa con agua fría y sin jabón, consigue hacerse con un bote de champú Edjé medio vacío, así como con un poco de perfume que le cuesta todos sus ahorros, Soir de Paris de Bourjois, con un aroma a rosas de Damasco y violetas conocido como «el filtro de amor» que se granjeó fama de escandaloso en su lanzamiento.

Al ver el frasco, Noémie comprende que su hermana mayor ha conocido a alguien. Molesta por no ser partícipe de la confidencia, deja volar su imaginación. Seguro que es un hombre casado o uno de los profesores de la Sorbona, piensa.

Un día, Vicente no acude a la cita. Myriam aguarda, impaciente por comenzar la clase, maquillada, perfumada. Luego empieza a preocuparse, ¿quizá su alumno esté atrapado en el metro por culpa de una alerta? Después de cuatro horas de espera se apodera de ella un sentimiento de humillación y le duele haberse perdido la clase de Gaston Bachelard sobre la filosofía de las ciencias.

La vez siguiente, cuando Myriam llega al café, el camarero le informa de que «el joven de costumbre» ha dejado un sobre para ella. En su interior hay una hoja, con algo escrito a lápiz. Un poema.

¿Sabes?, a la mujer
no hay que intentar retenerla.
Es como el cabello:
solo se puede retrasar algo la pérdida,
pero siempre acaba por desaparecer.
Tú no respondes como las otras,
¿de qué época vienes?
Los amigos a mi alrededor me hacen sentir que
no hay nadie.
Tú eres la luna de ojos negros.
Tenía muchas cosas que decirte,
pero lo he olvidado todo.
Me siento agotado.
Mi cabeza se derrumba lentamente.
Quedan cigarrillos, pero el mechero ya no funciona

y las cerillas del mundo entero están mojadas por las lágrimas.
La vida no es lo contrario de la muerte,
como tampoco el día es lo contrario de la noche.
Quizá sean dos hermanos gemelos que no tienen
la misma madre.
Inicio del mundo.
Tú o yo.
Fin del mundo.
No me queda tinta.
¿Por suerte para ti?

En el dorso de la hoja, Vicente ha escrito mal adrede: «Té inbito ha huna fiesta hen casa de mí madre maña ná por la tarde. Por fabor ben». Myriam se echa a reír, pero de repente el corazón empieza a latirle con fuerza.

—Pone la dirección, pero no indica la hora —dice Myriam a Noémie enseñándole la cuartilla—. ¿Qué crees que debería hacer? Porque no me gustaría llegar ni demasiado pronto ni demasiado tarde.

Noémie descubre de golpe que su hermana está enamorada de un poeta que es guapo y que organiza fiestas en casa de su madre.

—¿Puedo ir contigo?

—No, esta vez no —contesta Myriam en un susurro, como para atenuar la pena.

¿Cómo explicar a Noémie que esa noche le pertenece, que quiere vivirla ella sola, por una vez? Siempre han sido dos, pero, en esta historia, esa cifra es imposible.

Noémie, ofendida, se siente menospreciada. Odia a ese hombre que la aleja de su hermana. Detesta que escriba poemas hermosos y extraños. Myriam tendría que haberse echado de novio a un estudiante joven con quien preparar oposiciones a profesores de filosofía. Los poetas, los hijos de pintores, los marginales, eso es lo que le pegaba a ella. A ella tenían que escribirle poemas los hombres, a ella debían organizarle fiestas alegres, a ella, la bella luna de ojos negros. Se encierra en su cuarto y empieza a escribir con rabia en los cuadernos que esconde bajo la cama.

Al día siguiente, por la tarde, Myriam pide a su amiga que la ayude a pintarse las piernas. Con mano segura, Colette traza una línea de color negro en sus pantorrillas, para simular la costura de las medias.

—Puedes dejarle que te acaricie, pero que no vaya demasiado lejos o acabará por darse cuenta del engaño —le dice Colette entre risas.

Myriam se dirige a la fiesta de Vicente, febril. Al subir las escaleras no oye ni voces ni música. Silencio. ¿Se habrá confundido de día? Violenta, llama a la puerta del piso. Myriam duda, cuenta hasta treinta antes de marcharse, pero de pronto aparece Vicente en el umbral. Su bello rostro está sumido en la penumbra, es evidente que estaba durmiendo y que el apartamento está vacío.

—Lo siento, me he confundido de día... —se excusa Myriam.

—La he anulado. Espérame aquí, voy a buscar una vela.

Vicente vuelve vestido con una bata oriental que desprende un olor a incienso y polvo; la vela que sostiene en la mano hace brillar los espejitos que lleva cosidos la prenda. Vicente abre la marcha, con los pies descalzos, como un marajá.

Myriam entra en el piso alumbrado tan solo por la luz de la llama, cruza habitaciones llenas de cosas viejas, todas desordenadas, como una tienda de antigüedades, con cuadros amontonados unos encima de otros a los pies de las paredes, fotografías en las estanterías y estatuillas africanas.

—No debemos hacer ruido —dice Vicente susurrando—, porque hay gente durmiendo...

En silencio, Vicente conduce hasta la cocina a Myriam, que, gracias a la luz eléctrica, descubre que él se ha maquillado los ojos con polvo de kohl. Vicente abre un vino que prueba directamente de la botella. Luego le pasa un vaso a Myriam. Ella se da cuenta de que está desnudo debajo de esa bata femenina.

—Me ha gustado mucho el poema —dice ella.

Pero Vicente no contesta «gracias» porque, en realidad, el poema no es suyo: lo ha robado rebuscando entre las cartas que Francis Picabia envía a Gabriële Buffet. Aunque lleven quince años divorciados, su correspondencia sigue siendo amorosa.

—¿Quieres? —pregunta él mostrando un cesto de fruta.

Entonces, Vicente pela una pera, aparta la piel, corta unos trocitos y se los tiende, uno a uno, rezumando jugo, a Myriam, que los come dócilmente.

—Ya no me apetecía la fiesta porque he descubierto esta mañana que mi padre ha vuelto a casarse. Hace seis meses. Nadie me avisó —le dice a Myriam—. Le importo un comino a esta familia.

—¿Con quién se ha vuelto a casar?

—Con una suiza alemana, una estúpida. Era nuestra chica *au pair*. Siempre pensé que se escribía *au père*.

Es la primera vez en su vida que Myriam conoce a un chico con los padres divorciados.

—¿Lo pasaste mal? —pregunta la joven.

—Oh, ya sabes, quien habla mal de mí a mis espaldas mi culo contempla... ¡Mi padre y la suiza se casaron el 22 de junio! El mismo día del armisticio. Ya ves, eso lo dice todo de su unión... Cuando pienso que ni siquiera me invitaron. Estoy seguro de que el gemelo sí estaba.

—¿Tienes un hermano gemelo?

—No. Lo llamo así porque no consigo decirle «hermano».

Entonces Vicente le cuenta a Myriam la extraña historia de su nacimiento.

—Mis padres se separaron; entonces mi padre se instaló en casa de su amante, Germaine, y mi madre empezó a vivir aquí con Marcel Duchamp, el mejor amigo de mi padre. Bueno. Ya ves el plan...

Myriam no ve nada, pero escucha. Nunca ha oído historias semejantes.

—Germaine se quedó embarazada de Francis, es lo que buscaba. Pero cuando entendió que Gabriële también estaba encinta, se imaginó toda una historia, se preguntó si Francis no seguiría secretamente enamorado de su mujer... Francis la tranquilizó asegurándole que el hijo no era suyo, sino de Marcel. ¿Me sigues?

Myriam no se atreve a decirle que no.

—Las dos se quedaron preñadas a la vez. Mi madre y la amante de mi padre. Es sencillo, ¿no?

Vicente se levanta para ir a buscar un cenicero.

—Germaine protestó mucho, aunque, a pesar de todo, quería casarse con mi padre, para oficializar la situación del niño. Pero Francis escribió «Dios inventó el concubinato. Satán, el matrimonio» en los muros de su propio edificio. Los vecinos se quejaron, se produjo un escándalo bastante grande...

Vicente nació el primero. Y Marcel lo trajo al mundo. ¿Quizá esperaba ser el padre de aquel *ready-made* vivito y coleando? Pero Vicente era negro como un torillo español y nadie puso en duda que era hijo de Francis Picabia. Todo el mundo quedó decepcionado. Francis el primero, que tuvo que escoger el nombre en calidad de padre. Decidió llamarlo Lorenzo. Unas semanas después, Marcel Duchamp, liberado de sus responsabilidades, partió para

América. Y la otra mujer parió a su vez a un niño de cabello negro. Francis tuvo que volver a elegir un nombre y, como se quedó sin ideas, decidió llamarlo Lorenzo también.

—Hay que ver el lado práctico de las cosas.

Vicente odiaba su nombre y a su hermanastro. Tenía que pasar las vacaciones con él, en el sur de Francia, cuando iba a ver a su padre. A Francis le encantaba hacer la gracia:

—Os presento a mis dos hijos, Lorenzo y Lorenzo.

Vicente sufría.

Francis contrató a una joven *au pair*, Olga Molher, a quien los chicos habían apodado Olga Mala u Olga Molar. Era menos inteligente que Gabriële, menos guapa que Germaine, pero sabía manejar a Francis. Lo consiguió todo de él y entonces reveló su auténtica naturaleza: no le gustaba ocuparse de los niños.

—No me encontraba a gusto en ninguna parte y nadie quería saber nada de mí. Entonces, con seis años, intenté suicidarme. Estaba en el internado, salté del segundo piso. Por desgracia solo me rompí dos costillas y el brazo. Nadie habló del incidente a mis padres. A los once años, una mañana decidí que no me volvieran a llamar Lorenzo, sino Vicente. Y en 1939, me enrolé en el 70.º regimiento de los BAF, los batallones alpinos de fortaleza. Me incorporé como soldado de segunda clase. Mi madre me había enseñado a esquiar y pensé que estaría orgullosa de mí por una vez en su vida. Luego pedí partir con los cazadores alpinos a la Campaña de Noruega. Participé en la batalla de Narvik. Me evacuaron en junio, con los polacos. Luego desembarqué en Brest. Ya ves que ni siquiera la muerte quiere saber nada de mí. Es así.

Vicente corta trocitos de fruta que Myriam va comiendo despacio, sin rechazar uno solo, por miedo a que Vicente deje de hablar.

—Mierda, no se notará mucho que estoy llorando, ¿verdad? —pregunta mientras se restriega el ojo carbonoso con sus dedos endulzados, llenos de jugo.

Se levanta para ir a buscar un trapo, Myriam le coge las manos para llevárselas a la boca. Le lame los dedos. Él pega sus labios a los de ella, torpemente, sin moverse. Myriam siente el torso desnudo de Vicente bajo la bata. Él la coge de la mano y la lleva hasta un dormitorio pequeño, al fondo de un pasillo.

—Es la habitación de mi hermana Jeanine, puedes quedarte a dormir, por el toque de queda —le dice él—. Ahora vuelvo.

Myriam se tumba vestida en la cama, que no se atreve a deshacer. Mientras espera a Vicente, vuelve a pensar en el olor de sus dedos, en su belleza sombría y ardiente, en ese extraño beso. Con un calor desconocido en lo más hondo de su vientre, mira la luz del amanecer atravesar las contraventanas cerradas. De repente oye un ruido en la cocina y piensa que Vicente está preparando café.

—¿Quiere algo? —le pregunta una señora menuda con la bata india que llevaba su hijo la víspera.

Antes de que a Myriam le dé tiempo a contestar, Gabriële le sirve una taza y añade:

—Menudo desbarajuste habéis dejado en la cocina.

Myriam se sonroja al ver la botella de vino acabada, las mondas de la fruta y las colillas.

Gabriële examina a Myriam. Es menos guapa que la anterior, la pequeña Rosie. Su hijo rompe corazones con una constancia que solo le conoce en ese terreno.

—Con él, las cosas siempre terminan mal.

A Gabriële le habría gustado que su hijo fuera homosexual, le parecía chic y provocador. Le decía a menudo: «Es más sencillo con los chicos, créeme».

«¡Qué sabrás tú!», respondía con sequedad Vicente, que no soportaba que su madre hablara con esa libertad.

Vicente tenía una belleza que provocaba el deseo espontáneo de las jovencitas por los señores entrados en años. En la escuela experimentó las aventuras de los internados y los tocamientos vergonzosos de los profesores salaces. Y cuando volvía a casa de sus padres, encontraba de nuevo un mundo de adultos de vida demasiado libre para su mente infantil, y reconocía el olor a esperma en las sábanas. Al final, todo aquello terminó por trastornarlo. Sus historias de amor eran siempre raras. Pero ¿qué hacer?, se preguntaba su madre.

Vicente entra en la cocina, con los ojos aún dormidos y los párpados hinchados. Ve la cara de su madre, contrariada, y entonces, sin pensarlo, coge la mano de Myriam y dice con voz solemne:

—Mamá, te presento a Myriam, vamos a casarnos.

Myriam y Gabriële se quedan paralizadas a la vez, la joven quiere que se la trague la tierra, pero la madre permanece tranquila, no se cree nada.

—Llevamos dos meses viéndonos —añade él tranquilamente—. Nunca te he hablado de ella porque es algo muy serio.

—Bien, no sé qué decirte —responde Gabriële, confusa.

—Myriam está estudiando Filosofía en la Sorbona, habla seis idiomas, sí, seis, su padre era un revolucionario, ella ha atravesado toda Rusia en un carro, ha estado en la cárcel en Letonia, ha visto los Cárpatos desde un tren, ha recogido naranjas con los árabes en Palestina...

—¡Jovencita, su vida parece una novela! —dice Gabriële, burlándose un poco del énfasis que pone su hijo.

—¿Estás celosa? —pregunta Vicente con descaro.

Myriam se precipita a las calles de París con la sensación de que se ha jugado toda su vida en una noche. Llega a su casa de madrugada; como en un cuento, la luna le ha concedido a un prometido. Y ya nada será como antes a causa de ese muchacho complicado pero guapo, de una belleza insultante.

21

Las semanas siguientes, Myriam presenta a su novio a su hermana y a Colette delante de un chocolate caliente en la pastelería vienesa de la rue de l'École-de-Médecine. Colette lo encuentra fascinante. Noémie es más reservada, siente la aventura de su hermana como un abandono.

—Ve con cuidado. No te eches a los brazos del primero que pasa —le aconseja—. Te recuerdo que Pétain quiere prohibir el divorcio.

Myriam adivina indicios de celos tras esos consejos llenos de buenas intenciones. No se da por enterada.

También Vicente presenta a su novia a sus amigos. Son extraños y maleducados, comen mermelada con hachís, toman copas, o *glasses*, como dicen ellos, odian a los burgueses, llevan el pelo largo y engominado y chaquetas de fuelle, y solo se mueven por los tres montes: Montmartre, Montparnasse y Villa Montmorency, donde ciertas noches, en la Avenue des Sycomores, Vicente ha dormido en casa de André Gide.

Myriam les parece demasiado seria.

—Es anodina, mediocre. Rosie era burguesa, pero por lo menos era bonita.

Entonces, Vicente contesta con esta frase que le dijera un día su padre frente a una puesta de sol:

—Desconfía de lo bonito. Busca lo bello.

—Pero ¿qué belleza le encuentras?

Vicente se queda mirando a sus amigos haciendo énfasis en ambas palabras:

—Es judía.

Myriam es su grito de guerra. Es su fragmento negro de belleza. Con ella fastidia al universo entero. A los alemanes, a los burgueses y a Olga Molar.

Noémie, que siempre había sido una alumna brillante, empieza a estudiar de manera inconsistente. Su profesor de alemán escribe en la libreta de notas, al final del primer trimestre: «Alumna desconcertante. Lo hace o muy bien o muy mal».

Acaba el bachillerato y empieza a ir a clases de literatura a la Sorbona como oyente libre; y así coincide con su hermana. Está dispuesta a esperarla durante horas, delante de las puertas del anfiteatro Richelieu, solo para poder volver en metro con Myriam, como hacían antes al salir del colegio.

—Me agobia —dice Myriam a su madre.

—Pero es tu hermana y tienes suerte de tenerla —contesta Emma con un nudo en la garganta.

Myriam se da cuenta de que ha metido la pata. Sabe que su madre no tiene noticias de sus padres ni de sus hermanas desde hace semanas. Las cartas enviadas a Polonia se quedan sin respuesta.

Una mañana, en Lodz, los padres de Emma se despiertan presos. Les han clausurado el barrio con unas vallas de madera recubiertas de alambre de espino. Las patrullas de policía regular impiden la huida de la gente. Imposible entrar, imposible salir. Las tiendas están desabastecidas. Los gérmenes y los microbios se extienden.

Semana tras semana, el gueto se convierte en una tumba a cielo abierto. Cada día, decenas de personas mueren allí de hambre o enfermedad. Los cuerpos se amontonan en carretas con las que nadie sabe qué hacer. Se propagan olores infectos. Los alemanes no entran a causa de las epidemias. Esperan. Es el principio del exterminio por muerte «natural».

Por eso Emma ya no tiene noticias de sus padres, ni de Olga, Fania, Maria o Viktor, su hermano pequeño.

Noémie se matricula en un curso de formación acelerada para docentes que le permitirá obtener un diploma en el mes de julio si no se posponen los exámenes. Y así, ganarse la vida a la vez que sigue escribiendo.

—Mira esta carta. Se ve que, a pesar de la prohibición a los judíos de escribir libros, ella no abandona su proyecto.

Sorbona, 9.00 h, esperando al profe

Querida mamá, querido papá, querido Jacquot:

Hace tres semanas tuve una especie de «shock sentimental». Y desde entonces he escrito con mucha facilidad bastantes poemillas en prosa.

De todo lo que llevo escrito son, con toda seguridad, los más publicables, en el sentido de que son maduros y tienen alma. Los mandé a la señorita Lenoir y ayer me pidió que fuera a verla para que habláramos de ello. Le han gustado. Incluso hubo ciertos momentos en que me decía qué cosas le gustaban más, yo estaba avergonzada... En fin, que está embalada.

Biblioteca de la Sorbona, 3.20 h

Los ha pasado a máquina y se los ha enviado a alguien que pueda emitir un juicio más imparcial, porque dice que tiene miedo de ser demasiado severa o no lo suficiente. Ciertamente, ayer fue un gran día para mí.

No sé exactamente cómo decir las cosas, pero ayer sentí con mucha intensidad que más adelante, no más adelante como se dice un día, sino dentro de dos o tres años, puede que antes, puede que algo más tarde, escribiré y publicaré.

Os contaría cosas más precisas aún. Pero no puedo. Es demasiado complicado y, de momento, también doloroso. El caso es que es a causa de una persona. Que no está mal. A la que quiero mucho.

Os mando un fuerte abrazo y espero a Jacquot el viernes que viene. Estaré en la estación.

Un beso,

NO

Esta carta, sin datar, se escribió antes de junio de 1941. En esa fecha, Myriam y Noémie se enteran de que ahora un *numerus clausus* limita la matrícula de estudiantes judíos en la universidad. Tienen que renunciar a la Sorbona.

Numerus clausus. La expresión les choca. La oían en boca de su madre, que no pudo estudiar Física como soñaba. Esas palabras latinas evocaban un periodo remoto, Rusia, el siglo XIX... Nunca habrían imaginado que un día pudieran concernirles.

En París se cometen atentados contra soldados alemanes. A modo de represalia, se fusila a rehenes. Y se cierran teatros, restaurantes y cines por cierto tiempo. Las chicas sienten que no pueden hacer nada.

Unos días después, Ephraïm se entera de que los alemanes han entrado en Riga. La gran sinagoga coral adonde tanto le gustaba ir a su mujer ha sido incendiada por los nacionalistas. Han encerrado a la gente en su interior y la han quemado viva.

Ephraïm no cuenta nada a Emma. Del mismo modo en que Emma oculta a Ephraïm que ya no recibe correo de Polonia. Cada uno protege al otro.

Deben presentarse en la prefectura para firmar los registros. Ephraïm, que ha oído hablar de las partidas hacia Alemania, hace preguntas al agente de la Administración.

—Pero ¿qué hacen exactamente en Alemania?

El agente tiende a Ephraïm un folleto donde se ve a un obrero mirando hacia el este. En letras de imprenta puede leerse: SI QUIERES GANAR MÁS, VEN A TRABAJAR A ALEMANIA. INFORMACIÓN: OFICINA DE COLOCACIÓN ALEMANA O FELDKOMMANDATUR O KREISKOMMANDATUR».

—¿Por qué no? —dice Ephraïm a Emma—. ¿Quizá trabajar unos meses, en nombre de Francia, podría acelerar nuestra nacionalización? Eso sería una prueba de nuestros esfuerzos y sobre todo de nuestra buena voluntad.

En los pasillos, los Rabinovitch se cruzan con Joseph Debord, el marido de la maestra de Les Forges, que es empleado en la prefectura.

—¿Qué opina usted? —pregunta Ephraïm mostrándole el folleto.

Joseph Debord mira de reojo a izquierda y derecha; luego, sin decir nada, coge el folleto de las manos de Ephraïm y lo rompe en dos. Los Rabinovitch lo ven alejarse en silencio por el pasillo.

22

Frente a la Ópera Garnier, la fachada de un inmueble *art déco* se asemeja a una gigantesca caja de galletas rosa, con su galería comercial, su cine Le Berlitz y su sala de baile, cuya decoración ha pintado Zino. Una decena de obreros, auténticos trapecistas colgados de cuerdas, izan un cartel de dimensiones gigantescas. Se descubre entonces el dibujo, de varios metros de altura, de un viejo de dedos ganchudos, labios carnosos, que se agarra a un globo terráqueo como si quiera poseerlo. En letras mayúsculas rojas puede leerse: EL JUDÍO Y FRANCIA. La exposición está organizada por el Instituto para el Estudio de la Cuestión Judía, cuya misión principal reside en orquestar una propaganda antisemita de gran magnitud por cuenta del ocupante.

La exposición se inaugura el 5 de septiembre de 1941 y tiene por función explicar a los parisinos por qué los judíos constituyen una raza peligrosa para Francia. Se trata de probar «científicamente» que son ávidos, mentirosos, corruptos y obsesos sexuales. Esta manipulación de la opinión pública permite demostrar que el enemigo de Francia es el judío. No el alemán.

La exposición es pedagógica y lúdica. Desde la entrada, los visitantes pueden hacerse fotos delante de la reproducción gigante de una nariz judía. Unas maquetas ponen en escena distintas facciones: narices ganchudas, labios gruesos, pelo sucio.

A la salida, una pared presenta las fotografías de diferentes personalidades judías: Léon Blum, Pierre Lazareff, Henri Bernstein o Bernard Natan, que encarnan, todos, «el peligro judío en todos los dominios de la actividad nacional». Francia aparece simbolizada por la imagen de una hermosa mujer «víctima de su generosidad».

A continuación, los visitantes pueden comprar una entrada para ir al cine Le Berlitz a ver un documental alemán, supervisado por Goebbels, titulado *El judío eterno*. El escritor Lucien Rebatet lo califica de obra de arte.

Esta manipulación de la opinión pública tiene consecuencias. En el mes de octubre estallan bombas en seis sinagogas parisinas unos militantes colaboracionistas armados por el ocupante. En la rue Copernic la bomba destruye una parte del edificio, arranca las ventanas. Al día siguiente, un informe de los servicios secretos generales menciona: «El anuncio de los atentados cometidos ayer contra las sinagogas no ha provocado entre el público ni sorpresa ni conmoción. "Tenía que pasar", se oye decir, con cierta indiferencia».

Esta propaganda permite también justificar las medidas antisemitas, que se intensifican. Las familias que poseen una radio tienen que llevarla a la comisaría a la vez que se continúa con las anotaciones complementarias en las listas. Todas las cuentas bancarias se ven sometidas al Servicio de Control de los administradores provisionales. Comienzan las detenciones, principalmente de polacos en edad de trabajar.

Las prefecturas se encargan de censar los bienes de cada una de las familias presentes en su territorio, con el fin de que el Estado pueda confiscar todo lo que le interese. Se decretará que los judíos deben pagar una multa de mil millones de francos.

—Como podrás comprobar en la ficha que he encontrado, los Rabinovitch ya no poseían gran cosa.

Ordenanza relativa a una multa impuesta a los judíos.

Apellido: Rabinovitch.

Nombres: Ephraïm, Emma y sus hijos.

Residencia: Les Forges.

Indicación de los objetos embargables sin perjuicio para la economía general ni para los acreedores franceses (plata, joyas, obras de arte, bienes muebles, etcétera): un automóvil y mobiliario de primera necesidad.

Todos los domingos, Ephraïm juega al ajedrez con Joseph Debord, el marido de la maestra.

—Creo que los judíos deberían intentar irse de Francia —dice a Ephraïm mientras desplaza un peón en el tablero.

—No tenemos documentación y además estamos bajo arresto domiciliario —contesta Ephraïm.

—Quizá... puedan conseguir información a pesar de todo.

—¿Cómo?

—Por ejemplo, alguien podría hacerlo por ustedes.

Ephraïm entiende bien el mensaje que quiere transmitirle Debord. Pero está acostumbrado a ocuparse de sus asuntos personalmente, sobre todo si conciernen a su familia.

—Escuche —susurra Debord—, si un día tuviera un problema..., venga a verme a casa, pero nunca a la prefectura.

Pese a todo, esas palabras penetran en la mente de Ephraïm, que reflexiona acerca de las posibilidades de partir al extranjero. ¿Por qué no volver a casa de Nachman por una temporada si encuentran un medio de viajar clandestinamente? Pero Gran Bretaña ya no autoriza que los judíos emigren a Palestina, bajo mandato británico. Ephraïm se informa entonces sobre Estados Unidos, pero se han endurecido las políticas de acogida de inmigrantes. Roosevelt ha puesto en marcha una política restrictiva de inmigración. Un trasatlántico que huía del Tercer Reich ha tenido que dar media vuelta y los mil pasajeros del Saint-Louis han sido devueltos a Europa.

Erigen fronteras por todas partes. Lo que aún era posible hacía unos meses, en este momento ya no lo es.

Para partir habría que encontrar dinero, pero todas sus pertenencias han sido confiscadas por el Estado francés. Y, además, habría que viajar clandestinamente y empezar allí de nuevo desde cero. Ephraïm se siente demasiado viejo para hacerlo, ya no tiene fuerzas para embarcar a su familia en un carro y cruzar bosques nevados.

Su cuerpo cansado es también un límite, una frontera.

Vicente y Myriam se casan el 15 de noviembre de 1941 en el ayuntamiento de Les Forges, sin tarta ni fotógrafo. Los Picabia, para quienes eso no es un acontecimiento, no se desplazan hasta allí. Myriam lleva un vestido polaco de su madre, de lino pesado, con una cenefa roja bordada. Para ir al ayuntamiento, tienen que cruzar todo el pueblo. Los habitantes contemplan el paso de la comitiva de los Rabinovitch, con su aspecto extraño; Noémie se ha puesto un tocado con velo que le ha prestado la señora Debord, la maestra. Y Myriam, un tapete doblado a la manera de un pañuelo. Al alcalde le recuerdan a esos saltimbanquis que se ve vagar por las proximidades de las ciudades, medio artistas, medio ladrones.

—Estos judíos, desde luego, qué raros son... —dice a su secretaria en el ayuntamiento.

Nadie ha visto una cosa así en Les Forges, una boda sin misa, sin canción de regimiento, ni baile al son de un acordeón. Ciertamente, la ceremonia es un poco sosa, pero libera a Myriam: la tachan de la lista de judíos del departamento del Eure para transferirla a la de París.

Así que Myriam se instala oficialmente en París, rue de Vaugirard, en un apartamento en la quinta y última planta. Tres buhardillas conectadas entre sí por un largo pasillo.

Myriam, como joven ya casada, intenta llevar la casa. Pero Vicente no quiere cambiar ninguna de sus costumbres.

—Déjalo, no nos hemos convertido en unos pequeñoburgueses. Y, además, nos importa un bledo la limpieza de la casa.

No obstante, hay que comer. Cuando no va a clase a la Sorbona, Myriam hace cola en las tiendas de comestibles. Como judía, no le está permitido comprar a la vez que las francesas: solo entre las tres y las cuatro de la tarde. Con los tiques de racionamiento DN se obtiene tapioca; con los DR, guisantes, y con los números 36, judías verdes. A veces, para cuando le toca el turno, ya no queda nada. Ella le pide disculpas a Vicente.

—¡No te disculpes! ¡Vamos a beber! ¡Mucho mejor que comer!

A Vicente le gusta aturdirse con el estómago vacío, se lleva a Myriam a las bodegas prohibidas, al Dupont-Latin, en la esquina de la rue des Écoles, y al café Capoulade, en la rue Soufflot. Myriam escribirá: «Una velada en la rue Gay-Lussac con Vicente. El ruido que hacemos molesta a los vecinos. Llaman a la policía. Entonces salto por una ventana. Era noche cerrada. Al llegar a la altura de la rue des Feuillantines, oigo que viene una patrulla de dos agentes franceses. Me acurruco en un rincón oscuro».

Saltar, esconderse, escapar de la policía: es como un gran juego del que hay que salir viva. Myriam no duda de nada, sobre todo de que es invencible.

—Tras la guerra, se descubrirá un síndrome de depresión que va a afectar a algunos resistentes. Porque nunca se habían sentido tan vivos como cuando estaban a punto de morir a cada momento. ¿Crees que pudo pasarle eso a Myriam?

—A mi padre sí, desde luego. Vicente sufrió con el retorno a la «vida normal». Necesitaba mantener la llama del riesgo.

Poco a poco, a medida que la Administración lleva a cabo su minucioso trabajo como despiojadora, buscando censar uno a uno a cada judío en suelo francés, el ocupante continúa emitiendo nuevas ordenanzas que restringen cada vez más su libertad. Es un trabajo lento, eficaz. Entre finales de 1941 y mediados de 1942, se decreta que los judíos no pueden alejarse de su casa en un radio de más de cinco kilómetros. Se les implanta el toque de queda desde las ocho de la tarde. No tienen derecho a mudarse. Desde mayo de 1942, han de llevar una estrella amarilla bien visible en el abrigo para facilitar el trabajo de la policía, que debe verificar el respeto al toque de queda y las restricciones de desplazamiento.

En señal de protesta, los estudiantes de la Sorbona se cosen en la chaqueta unas estrellas amarillas con la inscripción FILOSOFÍA. La policía los arresta en el Barrio Latino. Los padres se vuelven locos.

—Pero ¿os dais cuenta del peligro que corréis?

La familia Rabinovitch está encerrada en el campo, no tiene derecho a viajar, ni a salir por la noche, ni a coger un tren.

Myriam y Vicente sí pueden ir y venir entre París y Normandía. A la ida se llevan las maletas llenas de objetos de primera necesidad y, a la vuelta, comida. Esas idas y venidas le dan cierto respiro a la familia Rabinovitch.

La situación más dolorosa es la de Noémie, sobre todo cuando ve a su hermana coger el tren para irse a París con su joven y guapo marido.

Una noche, Myriam, sentada en la terraza de la Rhumerie Martiniquaise, en el número 166 del boulevard Saint-Germain, toma unas copas con Vicente y sus amigos. Empieza a hacerse tarde, el toque de queda prohíbe a los judíos estar en la calle después de las ocho, pero a Myriam no le apetece dejar a ese alegre grupo que se parte de risa gracias a los efluvios del alcohol. Es mayor de edad, está casada, es mujer, quiere sentir en su piel la mordedura de la libertad. Cierra los ojos y echa la cabeza hacia atrás para apreciar mejor el ardor provocado por el ron, desde los labios hasta el fondo de la garganta.

Cuando abre los ojos de nuevo, la policía ha hecho acto de presencia. Control de documentación. Es todo rápido como una inundación. Unos segundos antes podía levantarse, marcharse —librarse—. En un santiamén la atrapan, arrestada, se terminó. Nota estrechas caricias heladas en las mejillas y la nuca, bajo los brazos. Sensación de ahogamiento. Sin embargo, casi podría reír de embriaguez. El alcohol le da la placentera sensación de que quizá no sea una escena de la vida real.

En la Rhumerie Martiniquaise, la tensión sube entre los bebedores sentados en la terraza, la presencia de los uniformes no es agradable, los clientes dan muestras de cierta hostilidad. Los hombres rebuscan en sus bolsillos, demasiado tiempo, para poner nerviosos a los policías. Las señoras suspiran mientras intentan encontrar la documentación en el bolso.

Myriam sabe que está acabada. Ideas inútiles le pasan por la mente como un fogonazo. ¿Encerrarse en el servicio? La policía irá a buscarla ahí. ¿Pagar la copa y marcharse como si no pasara nada? No. Ya se han fijado en ella. ¿Salir corriendo? Le darían alcance enseguida. Myriam ha caído en la trampa. Todo se vuelve absurdo. Su copa de ron. El cenicero. Las colillas aplastadas. Morir por sentirse libre bebiendo alcohol en la terraza de un café parisino. Qüé absurda es la vida cuando se detiene. Myriam tiende su carnet de identidad en el que aparece estampada la palabra JUDÍO.

—Está usted cometiendo una infracción.

Sí, lo sabe. Es susceptible de reclusión. Desde ese mismo momento pueden enviarla a esos extraños «campos» donde nadie sabe qué ocurre. Se levanta en silencio. Coge sus enseres, el abrigo, el bolso, hace un gesto con la mano a Vicente y sale tras los agentes. Los clientes la ven alejarse, con las esposas en las manos. Durante unos minutos, la gente se indigna contra la suerte reservada a los judíos.

—Esa joven no ha hecho nada.

—Esas ordenanzas son humillantes.

Luego se reanudan las risas. Y todo el mundo acaba por beberse los cócteles de ron.

Vicente, desesperado, abandona la mesa para ir a casa de su madre y contarle lo que acaba de pasar.

—¿Y puede saberse qué hacíais en la calle? —grita Gabriële—. ¡Menudos idiotas estáis hechos! ¿Pensáis que esto es un juego? Te dije que Myriam no debía salir más a la calle por la noche.

—Pero, mamá, es mi mujer —dice Vicente—, no puede quedarse en nuestra casa encerrada toda la velada.

—Escúchame bien, Vicente, porque esto no es ninguna broma. Vamos a hablar en serio tú y yo.

Mientras madre e hijo mantienen la primera conversación de su vida, Myriam es conducida a la comisaría de la rue de l'Abbaye, donde pasa la noche. Por la mañana la trasladan a pie a la jefatura de policía, en la Île Saint-Louis, en condición de prisión preventiva, pero ya no le ponen las esposas. Duerme otra noche en la cárcel.

El domingo por la mañana, un policía va a buscarla.

La cara del hombre tiene rasgos duros, cerrados. No mira nunca a Myriam a los ojos, siempre al suelo. Una vez en la calle le ordena que entre en un coche y le dice:

—Suba, sin replicar.

Mientras el agente rodea el vehículo para ir a sentarse al volante, Myriam respira el olor de su blusa a la altura de las axilas, para darse cuenta, azorada, de que huele muy mal después de dos días en una celda.

Myriam pregunta si la trasladan a otra prisión parisina. Pero el policía no responde. Circulan por un París vacío y silencioso. Desde que los franceses no tienen derecho a utilizar el coche, la capital está terriblemente tranquila. Myriam y el agente siguen los carteles blancos bordeados de negro que se han colocado por todas partes en la ciudad para que los alemanes no se pierdan.

Myriam acaba por entender, inquieta, que la lleva a la estación, porque el policía toma sistemáticamente la dirección Der Bahnhof Saint-Lazare. Se pregunta si van a enviarla a uno de esos campos alejados de París. Espantoso.

Ve por la ventanilla el desfile de los empleados de oficina, a esos transeúntes de gafas doradas, con sus carteras de cuero, sus trajes negros y sus zapatos de charol, que corren para coger uno de los escasos autobuses que ruedan despacio a causa del mal gasógeno. Se pregunta si algún día volverá a formar parte de lo que ahora le parece un decorado detrás de una ventanilla.

De repente, el coche se detiene en una de las callejuelas adyacentes. El policía se saca del bolsillo del uniforme tres monedas de diez francos que entrega a Myriam. Ella se da cuenta de que sus manos son finas y que le tiemblan.

—Para su billete de tren. Vuelva a casa de sus padres —dice el agente dándole el dinero.

La frase está muy clara. Pero Myriam se queda inmóvil, mirando en su mano las espigas de trigo bajo la divisa de Francia: libertad, igualdad, fraternidad.

—Dese prisa —añade el policía, nervioso.

—¿Son mis padres quienes...?

—Nada de preguntas —corta el agente—. Entre en la estación, estaré vigilándola.

—Déjeme solo escribir una carta, por favor, quiero prevenir a mi marido.

—Espera, mamá, esta historia del policía me parece un poco rara. ¿Eres tú la que te imaginas que las cosas sucedieron así?

—No, hija mía, no me invento nada. Restituyo y reconstruyo. Es todo. Mira. O mejor, lee.

Lélia me tendió una hoja, arrancada de un cuaderno escolar, una hoja cuadriculada escrita por ambas caras. Reconocí la letra de Myriam.

Es verdad que se me ha presentado a menudo la suerte. ¿La estrella? Nunca la he llevado. La Rhumerie Martiniquaise en Saint-Germain-des-Prés. ¿Llevaba ya el bonito sello rojo, judía, o fue simplemente por mi apellido? Una verificación de identidad, hora tardía, ¿hacia las ocho de la tarde? Los judíos debían respetar el toque de queda, así que arrestada y conducida a la comisaría de la rue de l'Abbaye. Dormí sobre el hombro de un muchacho encantador, chulo de profesión, Riton, creo que se llamaba, y por la mañana, a pie, sin esposas ni numeritos, un policía de civil me llevó a la jefatura de policía en la Île Saint-Louis. Servían café a los que podían pagárselo. Yo estaba ahí con una española enorme que echaba pestes contra los franceses. Me quedaba algo de dinero. Cuando el muchacho de los cafés vino a buscar las tazas vacías, se llevó con la vajilla una nota que le había dado junto con unas cuantas monedas a modo de propina. «Le doy todo lo que tengo y le ruego que indique mi presencia aquí a este número de teléfono..., para decir que me encuentro en la jefatura de policía». Pasé la noche allí, y el domingo por la mañana vino a buscarme un policía. «Me han encargado llevarla a la estación. Tengo el dinero para su billete». No pude pasar por mi casa. El policía me autorizó a escribir una nota a mi marido. Me devolvió los papeles y de ahí me fui a Les Forges.

—¿Te acuerdas de cuando te decía que retuvieras la fecha del 13 de julio de 1933 como un día de felicidad perfecta?

—¿El día de la entrega de premios en el Lycée Fénelon...?

—Hemos llegado exactamente a nueve años después. El 13 de julio de 1942. En Les Forges.

23

Jacques ha aprobado la primera parte de la reválida —ha ido a Évreux a buscar las notas con la estrella amarilla en la chaqueta—. En el trayecto de vuelta, Jacques y Noémie se han acercado en bicicleta a ver a Colette para darle la buena noticia.

Ha sido un día caluroso. Se han divertido mucho los tres. Desde que Myriam se casó, Jacques ha encontrado su lugar entre las dos chicas. Noémie aprecia la nueva alianza, inesperada. Descubre a su hermanito, de carácter jovial. Colette piensa en decirles que se queden a dormir, pero al final desiste.

Al volver a casa de sus padres, Jacques y Noémie se detienen en la plaza del pueblo de Les Forges, donde se prepara el baile de esa noche, con su estrado y sus farolillos.

—¿Crees que podríamos venir un rato después de cenar? —pregunta Jacques a Noémie.

Ella despeina a su hermano con gesto burlón. Él protesta gesticulando con los brazos. No soporta que le toquen el pelo.

—Vamos, hombre, ya sabes la respuesta.

Vuelven a casa de los padres con las chaquetas dobladas en el portaequipajes para que no se vea la estrella. Menos mal. Se cruzan con una patrulla alemana y ya es la hora del toque de queda.

Para la cena, Emma ha encontrado con qué preparar una buena comida y pone la mesa, bonita, bajo los árboles. Hay que celebrar las notas de Jacques. Desde que decidió hacerse ingeniero agrónomo, estudia tanto como sus hermanas.

Emma decora el mantel con flores, que coloca cuidadosamente a la manera de un tapete. Myriam también está. No ha vuelto a París desde su milagrosa liberación de la cárcel. Toda la familia cena en el jardín, detrás de la casa. Están los cinco, ocupando los mismos sitios que alrededor de la mesa en Palestina, en Polonia, luego en París en la rue de l'Amiral-Mouchez —esa mesa es su barca—. La noche parece no querer caer, el aire del jardín aún rezuma la calidez del día.

De pronto, el ronroneo de un motor irrumpe en la paz de esa velada. Se acerca un coche. No, son dos coches. En el jardín se interrumpen las conversaciones; las orejas se yerguen, como las de los animales inquietos. Esperan a que se aleje el ruido, que se esfume. Pero no. Persiste, se amplifica. Los corazones se crispan. Los cinco retienen la respiración. Oyen el ruido de los portazos y de las botas.

Las manos se buscan por debajo de la mesa, los dedos se entrelazan, con un desgarro en los corazones. Golpes en la puerta, los hijos se sobresaltan.

—Que todo el mundo permanezca tranquilo, voy a abrir —dice Ephraïm.

Sale, ve dos coches aparcados, uno con tres militares alemanes y el otro con dos gendarmes franceses, uno de los cuales es el encargado de traducir las instrucciones. Pero Ephraïm, que habla alemán, entiende las consignas y las conversaciones.

Los gendarmes han venido a buscar a sus hijos.

—Llévenme a mí en su lugar —dice inmediatamente a los policías.

—Imposible. Que preparen rápido una maleta para el viaje.

—¿Qué viaje? ¿Adónde van?

—Se le informará a su debido tiempo.

—¡Son mis hijos! Necesito saberlo.

—Van a trabajar. Nadie les hará daño. Tendrá noticias suyas.

—Pero ¿cuándo?, ¿dónde?

—No hemos venido a charlar, tenemos orden de llevarnos a dos personas, y nos iremos con esas dos personas.

¿Dos personas?

«Por supuesto —piensa Ephraïm—, Myriam está en las listas de París. Hablan de Noémie y Jacques».

—Están todos acostados —dice él—. Mi mujer también, sería más fácil que volvieran mañana.

—Mañana es 14 de julio, la gendarmería estará cerrada.

—Entonces déjenme al menos unos minutos, que mi mujer y mis hijos tengan tiempo de vestirse.

—Un minuto, ni uno más —dicen los policías.

Ephraïm se dirige con calma hacia la casa mientras piensa: «¿Será mejor pedirle a Myriam que se vaya con ellos? Es la mayor, la más espabilada, podría irse con los dos menores, ayudarlos a salir adelante; ¿acaso no se las arregló para escaparse sola de la cárcel? O, al contrario, ¿más vale decirle a Myriam que se esconda y que no se arriesgue a que la detengan?».

En el jardín, todo el mundo espera al padre en silencio.

—Es la policía. Han venido a buscar a Noémie y a Jacques. Subid a preparar vuestras maletas. Tú no, Myriam, tú no estás en la lista.

—Pero ¿adónde van a llevarnos? —pregunta Noémie.

—A trabajar a Alemania. Así que llevaos unos jerséis. Vamos, daos prisa.

—Yo me voy con ellos —dice Myriam.

Se levanta de golpe para ir también ella a hacer su maleta. Entonces a Ephraïm le pasa algo por la cabeza. El recuerdo lejano de aquella noche en que la policía bolchevique fue a detenerlo. Emma se sintió mal y él se acercó a su vientre, por miedo a que el niño hubiera muerto.

—Ve a esconderte al jardín —le dice agarrándola con fuerza del brazo.

—Pero, papá... —protesta Myriam.

Ephraïm oye a los policías que llaman a la puerta para entrar en la casa. Coge a su hija del cuello de la blusa, lo aprieta hasta casi estrangularla, antes de ordenarle, mirándola fijamente a los ojos y con la boca deformada por el miedo:

—Lárgate lejos de aquí. ¿Lo has entendido?

24

—¿Por qué detienen a los hijos Rabinovitch y no a los padres?

—Sí, parece extraño, porque tenemos en mente esas imágenes donde se ve a familias enteras detenidas juntas: padres, abuelos, hijos... Pero hay varios tipos de arrestos. El proyecto del Tercer Reich, el exterminio de millones de personas, era tan vasto que tuvieron que proceder por etapas durante varios años. En un primer momento hemos visto cómo la promulgación de las ordenanzas pretendía neutralizar a los judíos para impedirles que actuaran. ¿Has entendido la maniobra?

—Sí, separar a los judíos de la población francesa, alejarlos físicamente, hacerlos invisibles.

—Hasta en el metro, donde ya no tenían derecho a subirse en los mismos vagones que los franceses...

—Pero no todo el mundo permanecerá indiferente. Me acuerdo de esta frase de Simone Veil: «En ningún otro país hubo una reacción de solidaridad comparable a la que tuvo lugar aquí».

—Tenía razón. La proporción de los judíos salvados de la deportación durante la Segunda Guerra Mundial en Francia fue elevada en comparación con los demás países ocupados por los nazis. Pero volviendo a tu pregunta, no, en efecto, los judíos al principio no eran deportados en familia. Los primeros deportados, los de 1941, eran únicamente hombres en la flor de la vida.

La mayoría, polacos. A aquello se le llamó la «razia de la tarjeta verde». Porque los hombres a los que se llevaban recibían una citación en forma de tarjeta de color verde.

»Primero escogen a los hombres enérgicos, para dar credibilidad a la idea de que se trata de mano de obra que se envía para trabajar. A los jóvenes padres de familia, los estudiantes, los obreros fornidos, etcétera. Ephraïm, que tiene más de cincuenta años, no entra en esa franja. Esto permite eliminar en primer lugar a los hombres fuertes. A los que pueden combatir, a los que saben servirse de un arma. ¿Ves?, cuando decías que no entendías por qué la gente soportó aquello, como muertos en vida, y que esa idea te resultaba insoportable... Pues bien, aquellos hombres, los "tarjetas verdes", no se dejaron atrapar así como así. Para empezar, casi la mitad de ellos no acudió a la convocatoria. Luego se resistieron. Muchos se escaparon —o intentaron escaparse— de los campos franceses de tránsito donde estaban encerrados. He leído relatos de evasiones, de peleas terribles con los vigilantes de los campos. De los tres mil setecientos tarjetas verdes detenidos, casi ochocientos consiguieron escapar, aunque la mayoría fueron detenidos de nuevo.

»Todo eso está calculado para hacer creer a la gente que se trata "solo" de encarcelar a los judíos y llevarlos a trabajar a algún lugar en Francia. No de matarlos. *Grosso modo*, se les asocia a prisioneros de guerra. Y luego, poco a poco, se detendrá también a los jóvenes, como Jacques y Noémie; más tarde, a los de otras nacionalidades, y así, progresivamente, a todo el mundo: los jóvenes, los viejos, los hombres, las mujeres, los extranjeros, los no extranjeros..., hasta los niños. Insisto en esta cuestión de los niños; sin duda sabrás que los alemanes querían deportar a los hijos después de los padres. Por su parte, el gobierno de Vichy quería deshacerse de los niños judíos lo antes posible. La Administración francesa comunicó a la Administración alemana "el deseo de ver que los convoyes con destino al Reich incluyen igualmente a los niños". Está escrito con letras de molde.

»Los alemanes, según parece, inventaron un nombre en clave, Viento Primaveral, para designar la operación que proyectaba acelerar el proceso de deportación de los judíos de Europa del oeste. La idea original consistía en detener a todo el mundo el mismo día, en Ámsterdam, en Bruselas y en París.

—¡El mismo día! Ahí se ve la megalomanía del sueño antisemita: ¡detener a todos los judíos de Europa a la vez, a la misma hora!

—Pero el plan resulta más complicado de llevar a cabo. El 7 de julio de 1942 se organiza un encuentro en París entre representantes de ambos países. Los alemanes exponen su proyecto. A los franceses les corresponde ejecutarlo. La operación prevé, entre otras cosas, la partida de cuatro convoyes de tren por semana, cada uno debiendo transportar a mil judíos. Lo que supone dieciséis mil al mes enviados hacia el este con el fin de obtener, en un trimestre, un primer contingente de cuarenta mil judíos deportados de Francia. Digo bien, un primer contingente. Porque el objetivo fijado para el año 1942 es deportar a cien mil judíos del territorio francés. Y no es más que el principio. Está todo claro, nítido y preciso.

»El día después de la reunión, los comandantes de la gendarmería de diferentes departamentos franceses reciben las órdenes siguientes. Te leo la nota tal como se escribió: "Todos los judíos entre dieciocho y cuarenta y cinco años de edad, ambos inclusive, de los dos sexos, de nacionalidad polaca, checoslovaca, rusa, alemana y anteriormente austriaca, griega, yugoslava, noruega, holandesa, belga, luxemburguesa, y apátridas, deberán ser detenidos de inmediato y transferidos al campo de tránsito de Pithiviers. No se arrestará a los judíos que a simple vista sean reconocidos como lisiados, ni a los judíos nacidos de matrimonios mixtos. Las detenciones se ejecutarán, en su totalidad, el 13 de julio a las 20 h. Los judíos arrestados deberán ser trasladados al campo de tránsito hasta el 15 de julio a las 20 h, plazo límite".

—El 13 de julio es el día de la detención de los hijos Rabinovitch. Noémie tiene diecinueve años, ella entra dentro de los criterios. Pero ¿Jacques? Solo tiene dieciséis años y medio (y dieciocho años son dieciocho años), y la Administración suele respetar las reglas.

—Desde luego. Llevas razón. No deberían haberse llevado a Jacques. Pero el Estado francés tiene un problema. En algunos departamentos, el número de judíos disponibles para la deportación no alcanza los objetivos de rentabilidad exigidos por los alemanes. ¿Te acuerdas de lo que acabo de decirte? Mil judíos por convoy, cuatro convoyes por semana, etcétera. Se da, pues, la orden oficiosa de que el límite de edad de detención de los judíos se amplíe por debajo hasta los dieciséis años. Creo que por eso Jacques aparece en la lista.

—¿Y Myriam? ¿Qué habría sucedido si se hubiera presentado ante los alemanes esa noche?

—Se la habrían llevado con su hermano y su hermana, para alcanzar...

—... los objetivos de rentabilidad.

—Pero aquella noche no estaba en la lista porque acababa de casarse. Es el fino hilo del azar del que pende cada una de nuestras vidas.

25

Pegados el uno al otro, Noémie y Jacques van sentados en la parte trasera del coche de policía hacia un destino desconocido. Jacques ha apoyado la cabeza en el hombro de su hermana mayor, con los ojos cerrados, y piensa en ese juego de antaño que consistía en encontrar series de palabras que empezaran por la misma letra en diferentes categorías. Deporte, batallas célebres, héroes. Noémie tiene cogida con una mano la de su hermano y con la otra la maleta. Hace la lista de todo lo que ha olvidado debido a las prisas: su pomada Rosat para los labios cortados, un trozo de jabón y su rebeca color burdeos que tanto le gusta. Siente haberse llevado el frasco de loción capilar Pétrole Hahn de Jacques, que ocupa un espacio inútil.

Apoya la cara contra la ventanilla y mira las calles del pueblo, que conoce como la palma de su mano. En esa noche particular, los jóvenes de su edad acuden al baile, van caminando en grupos pequeños. Los faros del coche iluminan sus piernas y sus bustos. Sus caras no. En el fondo se alegra de que sea así.

Noémie se dice que esta prueba hará de ella una escritora; sí, un día narrará todo esto. Para no olvidarse de nada observa cada detalle: las chicas andan descalzas, llevan los zapatos de charol en la mano para no estropearlos con las piedras del camino; van con el pecho henchido, comprimido por los corpiños demasiado ceñidos. Contará cómo, delante de ellas, van los muchachos empujando sus bicicletas y emitiendo gritos de animales para hacerlas reír, con el cabello engominado, brillante bajo la luna. Y describirá que se siente en el aire la promesa erótica de la danza, a esa juventud embriagada sin haber bebido, ebria debido a los estribillos del baile cuyas notas se escuchan, transportadas por el viento pesado y perfumado de la noche estival.

El coche de policía sale del pueblo en dirección a Évreux. En la linde del bosque, una pareja aparece de entre los matorrales, sorprendida in fraganti en medio de la luz de los faros. Se cogen de la mano. Esa visión hiere a Noémie. Como si supiera que nunca le sucederá a ella.

El coche penetra en el bosque, el silencio envuelve la carretera, luego la casa donde Ephraïm y Emma se encuentran solos, petrificados por el susto, y el silencio reina también en el jardín donde se esconde Myriam. Está esperando a que suceda algo, aunque no sabe exactamente qué.

Un día, mucho tiempo después, a mediados de los años setenta, en el consultorio de un dentista, en Niza, una tarde muy calurosa, Myriam entenderá de pronto qué era lo que estaba esperando tumbada en aquel jardín. El recuerdo de esa espera la invade. Revivirá la sensación de la hierba en los labios. Y la del miedo en el cuerpo. Comprenderá entonces que esperaba a que su padre cambiara de opinión. Ni más ni menos que eso. Esperaba a que su padre fuera a buscarla para pedirle que se marchara con Jacques y Noémie.

Pero Ephraïm no reconsidera su decisión y pide a Emma que cierre las contraventanas y se acueste, siempre manteniendo la calma. Que el pánico no se apodere de su casa.

—El miedo siempre hace que se tomen las decisiones equivocadas —dice antes de apagar las velas.

Myriam ve que sus padres han cerrado las ventanas del dormitorio. Espera un poco más y, cuando entiende que nadie irá a buscarla a ese jardín, en medio de la noche, del silencio, coge la bicicleta de su padre, aunque sea demasiado grande para ella. Al agarrar el manillar, Myriam siente las manos de Ephraïm deslizándose en las suyas para infundirle valor. La bicicleta entera se convierte en el cuerpo del padre, una osamenta fina pero sólida, unos músculos resistentes y flexibles, capaces de conducir a su hija durante toda la noche hasta París.

Se siente confiada, sabe que hay que aprovechar la generosidad de la oscuridad y, sobre todo, la bondad del bosque, que no juzga a nadie y alberga en su seno a todos los fugitivos. Sus padres le habían contado tantas veces la huida de Rusia, el episodio del carro soltándose. Huir, arreglárselas, ella sabe cómo hacerlo. De repente, en la cuneta, Myriam percibe la forma de un animal que la fuerza a frenar en seco. Se detiene ante el cadáver de un pájaro muerto, cuya sangre negra se mezcla con las plumas desperdigadas. Esa visión mórbida la turba como un mal presagio. Myriam recubre con humus el cuerpo abombado del animal, aún caliente, luego recita entre susurros los versos arameos que le enseñó Nachman en Palestina, el *kadish* del duelo, y solo después de pronunciar esas palabras rituales encuentra la fuerza para seguir su camino, hija del ave, vuela por los senderos, se oculta en las lindes del bosque, se desliza con destreza, como los animales a su paso; con ellos no se siente sola, son sus compañeros de desaparición.

Con las primeras vibraciones del aire, con los primeros albores del día, Myriam divisa por fin la Zona de París. Casi ha llegado.

—Lo que se llama la Zona —me explicó Lélia— era en un principio un gran solar que rodeaba París. Un área de tiro... reservada para los cañones de la artillería francesa. *Non ædificandi.* Pero poco a poco fue afincándose allí toda la pobreza de los excluidos de la capital, de los miserables de Victor Hugo, de las familias con mil niños; todos aquellos a los que las grandes obras del barón Haussmann expulsaron del centro de París se amontonaron ahí en barracas, en cabañas de madera o caravanas, chozas bañadas en el lodo y el agua estancada, casuchas recompuestas. Cada barrio tenía su especialidad: estaban los ropavejeros de Clignancourt y los traperos de Saint-Ouen, los bohemios de Levallois y los silleros de Ivry; los cazadores de ratas, que revendían los bichos a los laboratorios de los muelles del Sena para sus experimentos; los recogedores de excrementos blancos, que proveían de esa mierda por kilos a artesanos guanteros que la utilizaban para blanquear el cuero. Cada barrio tenía su comunidad; estaban los italianos, los armenios, los españoles, los portugueses..., pero todos eran apodados los *zonards* o los *zoniers*, los «zonales».

A la hora en que Myriam cruza el cinturón negro de la Zona, todo está tranquilo en ese lugar sin agua y sin electricidad, pero no sin humor, pues los habitantes que crecen ahí, en medio del moho, han denominado sus calles con juegos de palabras imaginativos: así, Myriam cruza la rue-Barbe, como «ruibarbo», la rue-Bens, como el pintor, pero también la rue-Scie, que se lee como «Rusia».

Son las seis de la mañana; las putas de la Zona han concluido su labor nocturna, los obreros y los artesanos empiezan su jornada, es el final del toque de queda para los trabajadores que portan la estrella azul y bronce y acuden a sus empleos en la capital al amanecer soñando con un café con leche. Myriam espera con ellos a que se abran las puertas de París, se mezcla con todas las bicicletas que van avanzando, poniendo mucho cuidado en acatar las reglas obligatorias para los habitantes que usen ese medio de locomoción por las calles de la ciudad. No soltar el manillar. No meterse las manos en los bolsillos. No apartar los pies de los pedales. Respetar la prioridad de los vehículos con matrículas WH, WL, WM, SS o POL.

Myriam atraviesa un París prácticamente vacío, los raros transeúntes pasan volando y pegados a los muros. La belleza de la ciudad le infunde esperanza. El nuevo día borra sus pensamientos, el frescor de esa mañana estival que comienza lava las ideas negras de la noche.

—¿Cómo he podido imaginar que iban a mandar a mi hermano y a mi hermana a Alemania? Es absurdo, Jacques incluso es menor aún.

Myriam recuerda que una noche, en el piso de Boulogne, la primera casa donde vivió la familia a su vuelta de Palestina, su hermana no podía dormir por culpa de una araña que había junto a la cama de ambas. Pero al amanecer se dio cuenta de que el bicho espantoso no era sino un trozo de hilo enrollado. Esas son las ideas negras: nimiedades que la imaginación cubre de pelos en la oscuridad, se dice Myriam. Y el alba evacúa las delirantes angustias de la noche.

Myriam cruza el Pont de la Concorde en dirección al boulevard Saint-Germain. No se fija en la inmensa banderola colgada de la fachada del Palais-Bourbon, «Deutschland siegt an allen Fronten», aureolada con una inmensa V de victoria. Sigue pensando que sus padres recuperarán a Jacques y a Noémie antes de que los envíen a Alemania.

«Cuando se den cuenta de que mi hermano y mi hermana apenas si saben hacer nada con sus diez dedos, los alemanes los devolverán a casa», se dice para darse fuerzas y subir de cuatro en cuatro los peldaños de seis pisos, hasta su apartamento de la rue Vaugirard.

Vicente abre la puerta en medio de una nube de humo. Deja entrar a Myriam y vuelve al salón para seguir tomándose su café, sumido en los pensamientos que lo han mantenido despierto toda la noche, según delatan las ojeras y el cenicero lleno encima de la mesa. Myriam le cuenta nerviosa la detención de Jacques y Noémie, su vuelta en bicicleta hasta París, pero Vicente no escucha, está en otra parte, y es que, efectivamente, él tampoco ha dormido nada. Enciende en silencio otro cigarrillo con la colilla del anterior, va a buscar una taza de Tonimalt a la cocina, una bebida elaborada a base de granos de malta transformados en escamas que sustituye al café y que Vicente compra a precio de oro en la farmacia.

—Espérame aquí, ahora vuelvo —le dice tendiéndole la taza.

Una nube de humo se escapa por encima de la cabeza de su marido en el momento en que desaparece por el pasillo, y Myriam se imagina una locomotora entrando en un largo túnel. Luego se tumba en la alfombra, agotada, le duele todo el cuerpo tras esa noche de fuga, se siente literalmente machacada por las miles de pedaladas que ha tenido que dar. Está temblando, echada en el suelo sobre esa polvorienta jarapa del salón, cierra los ojos y de repente cree oír unos ruidos procedentes de la habitación del fondo. La voz de una mujer.

—¿Una mujer? ¿Así que una mujer habría dormido en mi cama con mi marido? No, es imposible.

Y Myriam cae en un sueño profundo hasta que un pequeño personaje en miniatura, una mujercita, la sacude enérgicamente para despertarla.

26

—Te presento a mi hermana mayor —precisa Vicente, como si la menuda estatura de la joven pudiera hacer dudar de ello.

Jeanine tiene tres años más que Vicente, pero le llega muy por debajo del hombro. Como Gabriële. De hecho, Myriam encuentra que hija y madre se parecen como dos gotas de agua, con esa frente amplia de mujer inteligente, con esos labios finos y decididos.

—En algunas fotos de archivo —dijo Lélia— he llegado a confundirlas, ¿sabes?

—¿Cómo puede ser que Myriam no conociera a la hermana de su marido hasta entonces?

—Te recuerdo que a los Picabia nunca les interesó el concepto de «familia», salvo para destruirlo como una noción burguesa. Ningún miembro de los Picabia se dignó asistir a la boda de Vicente y Myriam, y además es cierto que Jeanine era una joven muy ocupada. Dos años antes, en marzo de 1940, obtuvo su diploma de enfermera de la Cruz Roja, antes de incorporarse a la sección sanitaria del regimiento número 19 del Ejército de Tierra en Metz. Después del armisticio y hasta la desmovilización en diciembre de 1940, la asignaron a la sección de Châteauroux para gestionar el abastecimiento de los campos de prisioneros de Bretaña y Burdeos. No se está cruzada de brazos, ¿entiendes? Es una mujer que conduce ambulancias. Aunque, de espaldas, pudieran confundirla con una niña de doce años.

—¿No estarás embarazada? —pregunta Jeanine sin rodeos.

—No —contesta Myriam.

—Vale, en tal caso, podremos meterla en el Citroën de mamá.

—¿En el Citroën? —pregunta Myriam.

Pero Jeanine no responde, se dirige únicamente a Vicente.

—Ocupará el lugar de las maletas de Jean, que tú llevarás en tren. ¿Qué quieres que te diga? De todas formas, ahora ya no tenemos elección. Nos vamos mañana en cuanto se levante el toque de queda.

Myriam no entiende nada, pero Jeanine le hace una seña para que no haga preguntas.

—¿Te acuerdas del «milagro» que se produjo cuando fue un policía a sacarte de la cárcel? Ese «milagro», señorita mía, tenía una cara, un nombre, una familia e hijos. Ese milagro fue arrestado por la Gestapo la semana pasada, ¿entendido? Así que esta es la situación. No puedes permanecer en zona ocupada. Es demasiado peligroso ahora que sabemos que la policía es susceptible de buscarte como hizo con tu hermano y tu hermana. Es peligroso para ti. Así que también para tu marido. Por consiguiente también para mí. Vamos a pasarte a la zona libre. No podemos salir hoy porque es festivo. Los coches no tienen permitido circular. Nos marcharemos mañana por la mañana, a primera hora, desde casa de mi madre. Prepárate, nos vamos a su casa ahora.

—He de avisar a mis padres.

Jeanine suspira.

—No, no puedes prevenirlos... Vicente y tú sois realmente unos críos.

Vicente entiende que su hermana no soportaría nada más y por primera vez en su vida se dirige a Myriam como un marido:

—Dejémonos de charlas. Te vas con Jeanine. Inmediatamente. Así son las cosas.

—Ponte todas las prendas de ropa que puedas, unas encima de otras —le aconseja Jeanine—, porque no podrás llevar maleta.

Al salir del edificio, Jeanine coge a Myriam del brazo.

—No hagas preguntas, sígueme. Y si nos cruzamos con la policía, déjame hablar a mí.

A veces la mente se adhiere a superficies inútiles. Hay detalles absurdos que retienen la atención cuando la realidad se vacía de toda su sustancia habitual, cuando la vida se vuelve tan ilógica que no se puede recurrir a ninguna experiencia. Y mientras las dos muchachas bajan por la calle que bordea el Théâtre de l'Odéon, el cerebro de Myriam fija una imagen que queda grabada en su memoria: el cartel de una comedia de Courteline. Mucho tiempo después de la guerra, quizá a causa de la asociación fonética de las palabras *culote* y *Courteline*, auténtico despropósito, toda evocación del dramaturgo le hará pensar automáticamente en los cinco culotes que se puso aquel día, uno sobre otro, aquellos cinco culotes que hacían que se le pegara la falda al andar, rozando las paredes del teatro bajo las arcadas de piedra ocre. Esos cinco culotes que le durarían todo un año, hasta desgastarse, hasta que se agujerearon en la entrepierna.

Cuando llegan a casa de Gabriële, Jeanine dice a Myriam:

—No comas nada salado y mañana no bebas ni un sorbo de agua, ¿entendido?

Jacques y Noémie se despiertan en un calabozo como si fueran criminales. Han sido encarcelados en Évreux la noche anterior, a las 23.20, según el registro de presos. Motivo de la detención: judíos. Jacques se llama ahora Isaac. Está encerrado con Nathan Lieberman, un alemán nacido en Berlín de diecinueve años. Israel Gutman, un polaco de treinta y dos años, y su hermano Abraham Gutman, de treinta y nueve años.

Jacques vuelve a pensar en los relatos de sus padres, que también pasaron por la cárcel cuando salieron huyendo de Rusia, justo antes de entrar en Letonia. Para ellos, todo acabó bien.

—Los liberaron al cabo de unos días —les cuenta a Nathan, Israel y Abraham para tranquilizarlos.

Ese 14 de julio se moviliza al conjunto de las brigadas de la gendarmería. Los alemanes temen los desbordamientos patrióticos y prohíben todo desfile o agrupamiento callejero. Se postergan los traslados. Jacques y Noémie pasan otra noche en Évreux.

Esa mañana, a unos kilómetros de la cárcel donde se encuentran sus hijos, Ephraïm permanece en la cama con los ojos muy abiertos. Le obsesiona una frase, una frase pronunciada por su padre, la última noche del Pésaj con toda la familia reunida: «Un día querrán vernos desaparecer a todos».

«No..., no es posible...», piensa Ephraïm.

Y no obstante... Se pregunta por qué han dejado de tener noticias de sus suegros desde Lodz. Y de Borís desde Praga. Ninguna noticia de sus antiguas amistades de Riga. Por todas partes, un silencio de muerte.

Ephraïm piensa de nuevo en la risa de Aniuta, en su risa cruel que le impidió tomarse en serio sus planes de fuga. Ella lleva cuatro años en Estados Unidos, cuatro años ya. Le parece una eternidad. Y él ¿qué ha hecho en esos cuatro años? Sumirse en una situación inextricable, caer en la trampa de la contemplación de la crecida de las aguas. Lenta pero segura. En el mismo momento, en París, Jeanine despierta a Myriam en el apartamento de Gabriële. Ha dormido vestida, se siente como después de una noche de viaje en tren.

Las dos muchachas salen del piso y se dirigen hacia una callejuela apartada donde las espera un coche. En su interior está Gabriële, con las manos enguantadas, fular, sombrero y actitud decidida. Parece que vaya a la cabeza de un rally automovilístico, con su Citroën tracción falso cabriolé dotado de un motor de cuatro cilindros con válvulas. El asiento trasero se encuentra enteramente recubierto por una pila de bolsas y maletas, coronada por un montón de paquetes envueltos. Myriam ve emerger unas formas oscuras cubiertas con papel de periódico, de las que asoman cuatro cabezas de cuervos. Visión extraña, Myriam se pregunta cómo va a sentarse en medio de todo ese desorden; entonces, Jeanine mira a derecha e izquierda, la callejuela está vacía, ningún transeúnte, ningún coche a la vista, con un gesto rápido aparta las bolsas para enseñar a Myriam una trampilla en el asiento.

—Métete ahí dentro, rápido.

Myriam entiende entonces que han fabricado un doble fondo en el respaldo del asiento trasero, que comunica con el maletero del coche.

Con la ayuda de un amigo mecánico, Jeanine había acondicionado el coche de su madre para instalar dentro un espacio secreto donde se introduce Myriam. Como Alicia en el país de las maravillas, se encoge para entrar en el maletero y se hace un ovillo en su escondite, pero a la hora de estirar las piernas siente que algo se mueve en el fondo de la madriguera, algo vivo; piensa primero en un animal, pero es un hombre que estaba esperando ahí, sin moverse.

Myriam no puede verlo entero, adivina fragmentos, su mirada clara de poeta, su flequillo redondo, como una tonsura sacerdotal, y en la barbilla, un hoyuelo de payaso.

—Es Jean Hans Arp, que tiene en ese momento cincuenta y seis años.

—¿El pintor?

—Sí, era amigo íntimo de Gabriële. Descubrí este episodio al encontrar los escritos de Myriam, tras su muerte, donde mencionaba el «cruce de la línea de demarcación en un maletero con Jean Arp». Luego me enteré de que en ese momento va a Nérac, en el sudoeste de Francia, donde ha quedado con su mujer, Sophie Taeuber. Huyen de París porque Jean es de origen alemán, pero también porque son artistas «degenerados», y pueden ser detenidos por ello.

Tumbados uno junto al otro, la joven y el pintor no se dicen nada, pues el tiempo del silencio ha empezado ese día, palabras que no se pronuncian para protegerse, preguntas que no se hacen, ni siquiera a uno mismo, para no exponerse a ningún peligro. Jean Arp no sabe que la muchacha es judía. Myriam no sabe que Jean Arp escapa de los nazis por motivos ideológicos.

El coche avanza despacio hacia la Porte d'Orléans. Allí, Jeanine y Gabriële tienen que justificar su presencia mostrando sus *Ausweis*, un pase que las autoriza a desplazarse. Son falsos, por supuesto, los que enseñan con aplomo a los soldados. A las dos mujeres se les ha ocurrido la historia de una boda. Se supone que Jeanine tiene que ir al encuentro de su futuro esposo para celebrar la ceremonia. Ante los soldados, Jeanine finge ser una jovencita azorada, y Gabriële, una madre superada por los acontecimientos. Nunca antes madre e hija habían estado más encantadoras, ni más sonrientes.

—¡Si supieran la cantidad de equipaje que me ha obligado mi hija a meter en el maletero! ¡Una auténtica mudanza! Ha querido ir con su ajuar al completo y luego tendremos que volver a traérnoslo a París. ¿No es absurdo? ¿Están ustedes casados? No se lo aconsejo.

Gabriële hace reír a los soldados, les habla en alemán, que aprendió de joven, cuando estudiaba música en Berlín. Los hombres aprecian a esa francesa vivaracha que se dirige a ellos en una lengua impecable, la felicitan, ella se lo agradece, se entretienen charlando. Gabriële propone dar a los soldados una de las aves muertas que llevan para la boda. Los cuervos son un plato muy apreciado en tiempos de la Ocupación, se venden hasta por veinte francos la pieza, y sale un caldo muy bueno con ellos.

—*Willen Sie eins?* —propone Gabriële.

—*Nein, danke, danke.*

La verificación de la documentación transcurre sin percances, los soldados dejan marchar a las dos mujeres. Y Gabriële arranca tranquilamente el coche; ante todo, no precipitarse.

Ephraïm y Emma Rabinovitch no han dormido en toda la noche, han esperado a que se hiciera de día y se abrieran las oficinas municipales. Se visten con calma. Emma quiere decir algo a Ephraïm, pero su marido le da a entender con un gesto que, por el momento, solo puede soportar el silencio. Después de arreglarse, Emma baja a la cocina y pone en la mesa los tazones de los hijos, sus cucharas y sus servilletas. Ephraïm la mira sin decir nada, sin saber qué pensar de ese gesto. Luego acuden juntos, erguidos y dignos, al ayuntamiento de Les Forges. El señor Brians, el alcalde, les abre la puerta esa mañana. Es un hombre bajito, de flequillo negro pegado a su frente blanca, reluciente como el vientre de un pez. Desde que los Rabinovitch se instalaron en su pueblo solo desea una cosa: verlos desaparecer de allí.

—Queremos saber adónde han llevado a nuestros hijos.

—La prefectura no nos dice nada —contesta el alcalde con su débil vocecilla.

—¡Uno de ellos es menor! Así que está usted obligado a comunicarnos su paradero.

—No estoy obligado a nada. Hábleme en otro tono. Y no merece la pena que insistan.

—Querríamos darles dinero, sobre todo si tienen que viajar.

—Bueno, pues yo, en su lugar, me guardaría el dinero para mí.

—¿Qué quiere decir?

—No, no, nada —contesta el alcalde, cobarde.

A Ephraïm le entran ganas de partirle la cara, pero se pone el sombrero y se marcha, esperando que su buena conducta le permita ver pronto a sus hijos.

—¿Y si fuéramos a ver a los Debord? —pregunta Emma al salir del ayuntamiento.

—Tendría que habérsenos ocurrido antes.

Emma y Ephraïm llaman a su puerta, pero nadie responde. Aguardan un poco, con la esperanza de ver a la maestra y a su marido volver del mercado. Pero un vecino que pasa por ahí les explica que los Debord se fueron de vacaciones de verano hace dos días ya.

—Era él quien llevaba las maletas, y puedo decirle que iba bien cargado.

—¿Sabe cuándo van a volver?

—No creo que sea antes de que acabe el verano.

—¿Tiene una dirección adonde pudiera escribirles?

—¡Ah, no! Me temo que tendrá que esperar hasta el mes de septiembre.

Los alemanes requisan la gasolina. Jeanine y Gabriële, como todos los franceses, deben utilizar, pues, otros productos líquidos capaces de hacer funcionar motores de explosión. Un coche puede funcionar con coñac Godet, colonia, quitamanchas para ropa, disolvente y hasta vino tinto. El coche de Jeanine y Gabriële corre ese día con una mezcla a base de gasolina, benzol y alcohol de remolacha.

Los efluvios procedentes de la tracción delantera dejan a Myriam y Jean en un estado de embriaguez rayano en la semiinconsciencia. Se precipitan el uno sobre el otro en las curvas, los saltos del coche los propulsan contra la chapa del maletero. El escultor hace lo posible por excusarse cuando su brazo o su muslo aplastan el cuerpo de la muchacha. «Perdón por tocarla —parece decirle con la mirada—, perdón por estar pegado a usted»... De vez en cuando, el coche se detiene en la cuneta junto a un sotobosque. Jeanine deja salir entonces a Myriam y Jean. Incorporarse, hacer que circule la sangre. Y luego volver al maletero varias horas más. Cada kilómetro los acerca a la zona libre. Pero habrá que pasar los controles ubicados en la línea de demarcación.

Esa línea divide Francia en dos a lo largo de casi mil doscientos kilómetros. Fracciona el territorio no sin cierto dislate, pues al entrar en el castillo de Chenonceau, construido sobre el lecho del río, se está en zona ocupada, pero se puede pasear con total libertad por los jardines adyacentes.

Gabriële y Jeanine han decidido pasar por Tournus, en el departamento de Saône-et-Loire, que no es la ruta más corta para llegar a Nérac, pero es un camino que Gabriële conoce como la palma de su mano; en tiempos lo recorrió muchas veces con Francis, y también con Marcel y Guillaume.

El puesto fronterizo para pasar la «dema» se encuentra en Chalon-sur-Saône. Gabriële y Jeanine han previsto llegar a la hora del almuerzo, cuando los trabajadores atraviesan la ciudad para ir a comer a sus casas.

«A los soldados no les apetecerá ponerse meticulosos», piensa Jeanine.

Cuando cruzan la ciudad, Gabriële y Jeanine pasan por la Place de l'Hôtel de Ville, donde ondea la bandera nazi como una amenaza. Se paran para preguntar qué dirección tomar, y luego, muy despacio, bordean los distintos edificios del cuartel Carnot, que ha sido requisado para alojar a las tropas alemanas y rebautizado «cuartel Adolf Hitler». Llegan a la Place du Port-Villiers, donde ha quedado huérfano un pedestal cuyo bronce se ha recuperado por el ocupante para su fundición. El fantasma de la estatua, el retrato de cuerpo entero de Joseph Nicéphore Niépce, el inventor de la fotografía, parece flotar en el aire en busca de su zócalo.

Las dos mujeres divisan el Pont des Chavannes, donde se halla el puesto de control, una garita de madera instalada a la entrada, en el mismo lugar en el que, en la Edad Media, se situaban los peajes. Del lado alemán, son los hombres del Servicio de Vigilancia de Fronteras los encargados del control. Y, del lado francés, los guardias móviles de la reserva (GMR). Son muchos y parecen bastante menos simpáticos que los soldados de la barrera de París. Las grandes redadas de judíos que acaban de tener lugar por toda la Francia ocupada obligan a los servicios de policía a redoblar la vigilancia, a causa de los intentos de fuga.

Los corazones de madre e hija laten con fuerza en su pecho. Por suerte, tal como habían previsto, no son las únicas en querer pasar la frontera a esa hora. Numerosas bicicletas circulan en ambos sentidos, lugareños que cruzan la línea a diario para ir a trabajar y que tienen que enseñar su *Ausweis* «de vecindad», válido en un radio de cinco kilómetros.

Mientras esperan su turno, Jeanine y Gabriële leen el cartel, colocado la víspera, que precisa las represalias previstas para las familias que pretendan ayudar a personas buscadas por la policía:

1. Todos los parientes cercanos masculinos en línea ascendente, así como los cuñados y los primos a partir de los dieciocho años, serán fusilados.

2. Todas las mujeres en el mismo grado de parentesco serán condenadas a trabajos forzados.

3. Todos los niños hasta los diecisiete años cumplidos, hombres y mujeres afectados por estas medidas, serán conducidos a un reformatorio.

Madre e hija quedan advertidas de lo que les espera. No es momento de echarse atrás. Los guardias se acercan al Citroën para el control. Las dos mujeres tienden sendos *Ausweis* falsos, vuelven a hacer gala de sus encantos y cuentan de nuevo su historia, los nervios propios de la boda, el vestido de novia, el ajuar, la dote, los invitados. Los guardias se muestran menos amables que los de París, pero acaban dejándolas pasar —una madre que casa a su hija, eso es algo que merece respeto—. Luego les toca a los alemanes, situados unos metros más allá.

Hay que convencerlos como sea de no deshacer las maletas ni abrir el maletero. El hecho de que Gabriële hable perfectamente alemán es una ventaja, los soldados son sensibles a los esfuerzos que hace la dama, que les pregunta por Berlín, la ciudad que debe de estar muy cambiada desde que estudió música allí, en 1906, cómo pasa el tiempo, ¿verdad?, le encantaron los berlineses... De repente, los perros se ponen a olisquear junto al maletero, tiran de las correas, insisten, ladrando cada vez más, quieren dar a entender a sus amos que han olido una presencia viva dentro del vehículo.

Myriam y Jean Arp escuchan los golpes rabiosos de sus fauces en la chapa. Myriam cierra los ojos y deja de respirar.

Fuera, los alemanes intentan comprender por qué los perros están volviéndose locos.

—*Tut mir leid meine Damen, das ist etwas im Kofferaum*. Perdón, señoras, hay algo en su maletero que pone nerviosos a nuestros perros...

—¡Ah, son los cuervos! —dice Gabriële en alemán—. *Die Krähen! Die Krähen!*

Gabriële coge las aves que yacen en el asiento trasero. «¡Son para el banquete de bodas!». Y pone los cuervos delante del hocico de los canes, que se abalanzan sobre los señuelos, olvidándose del maletero del coche. Las plumas negras vuelan por todas partes, los soldados ven el ágape nupcial esfumándose en el estómago de los animales.

Azorados, dejan pasar el Citroën.

En el retrovisor, Gabriële y Jeanine observan cómo la garita de los soldados va haciéndose más pequeña, hasta desaparecer. A la salida de Tournus, Jeanine pide a su madre que se detengan, quiere tranquilizar a los pasajeros. Myriam tiembla como una hoja.

—Ya está, lo hemos conseguido —dice para calmarla.

Luego Jeanine da unos pasos por la carretera y llena sus pulmones de aire de la zona libre. Le flaquean las piernas, pone una rodilla en tierra, luego la otra. Y se queda unos segundos así, postrada, con la cabeza inclinada hacia delante.

—Vamos, cariño, todavía nos quedan seiscientos kilómetros antes de que se nos haga de noche —dice Gabriële poniendo una mano en el hombro de su hija.

Es la primera vez que da muestras de una ternura sincera hacia uno de sus hijos.

Gabriële y Jeanine circulan sin detenerse. Un poco antes de medianoche, a la hora del toque de queda, entran en una gran propiedad. Myriam nota que el coche se ralentiza y oye unas voces que susurran. Le piden que salga del maletero, no es fácil con los miembros entumecidos. La conducen como a una prisionera a una habitación desconocida, donde se queda dormida inmediatamente.

Cuando Myriam se despierta al día siguiente, tiene moratones por todo el cuerpo. Le cuesta ponerse en pie, pero se acerca a la ventana. Descubre un castillo con un majestuoso camino de acceso bordeado de robles imponentes. Parece una de esas grandes mansiones italianas, con su fachada ocre y sus balaustradas de opereta. Nunca había cruzado el Loira, descubre la belleza de la luz húmeda centelleando en los árboles. Una mujer entra en ese momento en el cuarto, con una jarra y un vaso de agua.

—¿Dónde estamos? —le pregunta.

—En el castillo de Lamothe, en Villeneuve-sur-Lot —contesta la desconocida.

—¿Dónde están los demás?

—Se han marchado esta mañana, temprano.

Myriam se da cuenta, efectivamente, de que el Citroën ya no está en el patio.

«Me han abandonado aquí», piensa antes de tumbarse en el suelo, porque ya no siente las piernas.

27

Al amanecer del 15 de julio, Jacques y Noémie salen de la cárcel de Évreux acompañados por otras catorce personas. Jacques es el más joven. El grupo es trasladado a la sede de la 3.ª legión de la gendarmería, en Ruan, donde se reúne a todos los judíos detenidos en el departamento del Eure durante la redada que había tenido lugar el 13 de julio.

Al día siguiente por la tarde, el 16 de julio de 1942, los padres Rabinovitch se enteran de que ha habido detenciones masivas en París esa misma mañana. A partir de las cuatro de la madrugada han sacado de la cama a familias enteras, obligadas a salir de inmediato con una maleta nada más, so pena de ser apaleados. Los arrestos no pasan desapercibidos. La Dirección General de Inteligencia en París señala en un informe: «Aunque la población francesa sea, en su conjunto y de manera general, bastante antisemita, juzga con severidad estas medidas, que califica de inhumanas».

—Se llevan incluso a mujeres jóvenes con sus hijos, me lo ha contado mi hermana, que es portera en París —le dice una vecina del pueblo a Emma—. La policía ha ido con cerrajeros, y cuando la gente se niega a abrir fuerzan la entrada.

—Y luego —añade el marido— van a ver al portero del edificio para decirle que cierre el gas de los pisos porque no van a volver en una temporada...

—Se han llevado a las familias al Velódromo de Invierno, según parece. ¿Conocen el sitio?

El Velódromo, sí, Emma se acuerda perfectamente de ese estadio, en la rue Nélaton, en el distrito 15, donde se celebran las competiciones de ciclismo, de hockey sobre hielo y los combates de boxeo. Cuando Jacques era pequeño, un año su padre lo llevó al Patín de Oro, una carrera de patines de ruedas.

«Pero ¿qué historia es esa?», se dice Ephraïm, lleno de miedo.

Emma y Ephraïm vuelven al ayuntamiento para intentar enterarse mejor. El señor Brians, el alcalde de Les Forges, se enfada ante esa pareja de extranjeros, envueltos en dignidad, que se pasan el tiempo merodeando por los pasillos del ayuntamiento.

—Hemos oído decir que han reagrupado a los judíos en París. Querríamos ir a ver si nuestros hijos se encuentran entre ellos —dice Ephraïm al alcalde.

—En tal caso, necesitaríamos una autorización especial de desplazamiento —añade Emma.

—Vayan a la prefectura —contesta el alcalde cerrando la puerta de su despacho con llave.

El alcalde se toma una copita de coñac para reponerse. Pide a su secretaria que, en adelante, le evite todo contacto con esa gente. La joven tiene un bonito nombre: Rose Madeleine.

28

El 17 de julio, Jacques y Noémie son trasladados a un campo de internamiento que se halla a doscientos kilómetros de la cárcel de Ruan, en el departamento del Loiret, cerca de Orleans. El viaje dura todo el día.

Lo primero que ven al llegar al campo de Pithiviers son los miradores equipados con proyectores, así como las alambradas. Detrás de esas cercas siniestras se perfila toda suerte de edificios. Se parece a una cárcel al aire libre, a un campo militar de máxima seguridad.

Los policías mandan bajar a todo el mundo del camión. En la entrada del campo, el hermano y la hermana hacen cola con otros, delante y detrás de ellos. Todos esperan a ser registrados. El oficial que inscribe a los recién llegados está sentado detrás de una mesita de madera, se esmera en su trabajo, secundado en la tarea por un soldado. Jacques se fija en sus gorras rutilantes, sus botas de cuero brillan al sol de julio.

Jacques queda inscrito en el registro de presos con el número 2.582. Noémie, con el 147. Todos rellenan la ficha de cuentas especiales: Jacques y Noémie no llevan un céntimo encima. Su grupo se reúne después con los demás recién llegados en el patio. Los altavoces les dicen que se pongan en fila, con calma, para escuchar el reglamento del campo. El horario es el mismo todos los días: a las 7.00, café; de 8.00 a 11.00, faenas de limpieza y orden; a las 11.30, almuerzo; de 14.00 a 17.30, de nuevo faenas de limpieza y orden; a las 18.00, cena, y a las 22.30 se apagan las luces. Se pide a los presos que sean pacientes y cooperativos, se les prometen mejores condiciones de vida cuando los asignen a su lugar de trabajo, en el extranjero. El campo es solo una etapa de tránsito, a cada uno le corresponde ser responsable y obediente. Los altavoces les ordenan que se pongan en marcha para trasladarse a sus respectivos barracones. Jacques y Noémie descubren el campo de Pithiviers. Se compone de diecinueve barracones y puede acoger a hasta dos mil internos. Los edificios son de madera, todos construidos según el modelo «Adrian», que toma el nombre de Louis Adrian —un ingeniero militar que concibió esos barracones rápidamente desmontables durante la Primera Guerra Mundial—. De treinta metros de largo por seis metros de ancho, con un pasillo central que divide dos hileras de armazones de literas recubiertos de paja. Son los lechos de los internos.

En esos barracones se asfixian de calor en verano y se mueren de frío en invierno. Las condiciones sanitarias son deplorables, las enfermedades circulan tan deprisa como las ratas que corren por decenas sobre las paredes. Se oye el ruido de sus garras ganchudas en la madera, día y noche. Jacques y Noémie descubren los lavabos y los retretes que se encuentran en el exterior, si se puede llamar retretes a esas letrinas donde, para hacer sus necesidades, se tienen que poner en cuclillas sobre unas fosas recubiertas de cemento. Y han de hacerlo delante de los demás.

Las cocinas y los edificios administrativos son construcciones fijas. Al pasar por delante de la enfermería, Noémie nota que la mira una mujer con bata blanca, una francesa de unos cuarenta años, de cabello rizado, que parece estar tomándose un pequeño descanso fuera, en las escaleras. Se queda observando a Noémie largo rato, con sus ojos claros e intensos.

Jacques y Noémie están de nuevo lejos el uno del otro: Jacques ocupa el barracón 5 y Noémie, el 9. Cada separación es penosa y a Jacques le provoca ataques de pánico. La compañía de los hombres no le es familiar.

—Vendré a verte en cuanto pueda —le promete su hermana.

Noémie entra en su barracón, donde una mujer polaca le muestra cómo colgar la ropa para que no se la roben durante la noche. Se dirige a ella en un dialecto mal hablado y Noémie le contesta en polaco. Los presos de julio de 1942 son en su mayoría judíos extranjeros: polacos, rusos, alemanes, austriacos. Muchos de ellos no hablan bien francés y, en particular, las mujeres, que se quedan la mayor parte del tiempo en los barracones. En el campo, el yidis es la lengua común, la que entiende todo el mundo. De hecho, hay un prisionero encargado de traducir las órdenes que difunden los altavoces a lo largo del día.

Mientras Noémie coloca sus cosas siente de pronto una mano que agarra su brazo con firmeza. Un puño de hombre. Pero cuando se vuelve se encuentra frente a la mujer de ojos claros que se quedó mirándola fijamente delante de la enfermería.

—¡Tú!, ¿hablas francés?

—Sí —responde Noémie, sorprendida.

—¿Hablas más idiomas?

—Alemán. También hablo ruso, polaco y hebreo.

—¿Yidis?

—Un poco.

—Perfecto. En cuanto acabes de instalarte, ve a la enfermería. Si los soldados te preguntan algo, les dices que la doctora Hautval está esperándote. Date prisa.

Noémie obedece las órdenes. Coloca sus cosas. Y encuentra en el fondo de la maleta la pequeña pomada Rosat que pensaba haber olvidado. Luego se dirige directamente a la enfermería.

Una vez allí, la mujer de intensa mirada le arroja una bata blanca.

—Ponte esto. Y fíjate en lo que hago yo —le dice.

Noémie contempla la bata.

—Sí, está sucia —afirma la mujer—, no hay nada mejor.

—Pero ¿quién es la doctora Hautval? —pregunta la muchacha.

—Yo. Voy a enseñarte todo lo que debe saber una enfermera; retén los términos, respeta las reglas de higiene, ¿entendido? Si te las arreglas bien, vendrás todos los días a trabajar conmigo.

Hasta la noche, sin descanso, Noémie observa atentamente el trabajo de la doctora. Se encarga de la desinfección del instrumental. La adolescente comprende enseguida que lo esencial de su labor consiste también en tranquilizar, escuchar, apoyar a las mujeres que pasan por la enfermería. El día transcurre muy deprisa porque las enfermas llegan sin parar, mujeres de todas las nacionalidades, de las que hay que ocuparse urgentemente.

—Muy bien —le dice la doctora Hautval al acabar la jornada—. Lo memorizas todo. Quiero verte mañana por la mañana aquí. Pero ten cuidado: te acercas demasiado a las enfermas. No debes tocar su sangre ni respirar sus miasmas. Si caes enferma, ¿quién va a ayudarme?

—Espera, mamá, esta historia de la doctora y la enfermería, ¿cómo la conoces?

—No me invento nada. La doctora Adélaïde Hautval existió realmente; escribió un libro al terminar la guerra, *Medicina y crímenes contra la humanidad*. Toma, aquí lo tengo; cógelo, por favor. He subrayado algunos pasajes. Mira, describe la jornada del 17 de julio cuando llegan los nuevos internos por oleadas: «Veinticinco mujeres. Todas extranjeras que viven en Francia. En cuanto llegan me llama la atención una joven, No Rabinovitch. Rostro de tipo lituano, cuerpo robusto, sano, recio. Tiene diecinueve años. Enseguida me fijo en ella. Se convertirá en mi mejor colaboradora».

—Resulta conmovedor que esa mujer recuerde a Noémie y escriba sobre ella.

—Ya verás, habla mucho de ella en su libro. Esa Adélaïde Hautval fue una *juste parmi les nations*. En la época del relato, tenía treinta y seis años; era neuropsiquiatra, hija de pastor protestante; la habían trasladado a Pithiviers para que se ocupara de la enfermería del campo. Su libro no es el único testimonio sobre Noémie que he encontrado: dejaba huella en la gente allí por donde pasaba. Voy a contarte.

Al final de aquella primera jornada, la doctora Hautval da a su nueva auxiliar dos terrones de azúcar blanco. Noémie atraviesa el campo llevándolos bien agarrados en el bolsillo, tiene mucha prisa por dárselos a su hermano. Pero cuando lo encuentra, Jacques está furioso.

—No has venido a verme ni una sola vez, he estado esperándote todo el día.

Luego deja que se fundan los dos terrones en su boca y se relaja.

—¿Qué has hecho? —le pregunta Noémie.

—Las faenas. Me han mandado a los retretes con los jóvenes. Si vieras las lombrices, gordas como dedos, así, el fondo de las letrinas; es un auténtico hervidero. Es asqueroso. Tenemos que rociarlo todo con creolina, un desinfectante granulado, pero el olor acre me ha dado dolor de cabeza y he tenido que volver al barracón. Esto es horrible, te lo juro. No te das cuenta. Hay ratas. Se las oye cuando nos echamos en los catres. Me gustaría poder volver a casa. Haz algo. Myriam seguro que habría encontrado una solución.

Noémie no soporta esa observación y agarra a su hermano pequeño de los hombros para zarandearlo.

—¿Dónde está Myriam? ¿Eh? Vete a verla. Pídele una solución. ¡Venga, ve!

Jacques pide perdón bajando la mirada. Al día siguiente, Noémie se entera de que el campo autoriza el envío de una carta por persona al mes. Decide escribir enseguida a sus padres para tranquilizarlos. Llevan cinco días separados de ellos. Cinco días sin noticias los unos de los otros. Noémie adorna la situación: dice que trabaja en la enfermería y que Jacques se encuentra bien.

Luego se incorpora a su puesto de trabajo para una nueva jornada. Cuando llega Noémie, la doctora está en plena discusión con el administrador del campo, denuncia la falta de medios de su equipo. El administrador replica con amenazas. Noémie entiende entonces que la doctora Hautval no es una empleada del campo, sino una presa. Una prisionera como ella.

—Cuando murió mi madre, el pasado mes de abril —le confía la doctora Hautval al final del día—, quise acudir a París para asistir a su entierro. Pero no tenía *Ausweis*. De manera que decidí franquear ilegalmente la línea en Vierzon y me detuvo la policía. Luego me encerraron en la cárcel de Bourges. Allí vi a un soldado alemán maltratando a una familia judía e intervine. «Puesto que defiendes a los judíos, compartirás su suerte», me respondió el soldado, que estaba muy ofendido al ver que una mujer francesa le plantaba cara. Me obligaron a llevar la estrella amarilla y un brazalete con la inscripción AMIGA DE LOS JUDÍOS. Poco tiempo después, el campo de Pithiviers hizo saber que necesitaban a un médico. Así es como me enviaron aquí, para llevar la enfermería. Pero siempre como presa. Al menos ayudo a los demás.

—Precisamente, ¿cree que podría ayudarme a conseguir un poco de papel y un bolígrafo?

—¿Para qué? —pregunta la doctora Hautval.

—Para mi novela.

—Voy a ver qué puedo hacer.

Esa misma noche, la doctora Hautval lleva a Noémie dos bolígrafos y unas cuantas hojas de papel.

—He podido obtener esto de la Administración, pero me tienes que hacer un favor.

—¿Qué puedo hacer?

—Mira, ¿ves a esa mujer, allí? Se llama Hode Frucht.

—La conozco, está en mi barracón.

—Pues entonces esta noche escribirás una carta para su marido.

—¿Te has enterado de todo esto por el libro de la doctora Hautval?

—Me enteré por casualidad, cuando llevaba a cabo mis pesquisas, de que Noémie se convirtió en la escribana pública de las mujeres de Pithiviers. Al dar con los descendientes de Hode Frucht. Me enseñaron cartas manuscritas de Noémie, con esa escritura suya tan bonita. ¿Sabes?, como todas las adolescentes, Noémie tenía fantasías caligráficas. Hacía las M mayúsculas con un palo ondulado, aparecen así en todas las cartas redactadas para sus compañeras de campo.

—¿Qué contaban las mujeres en aquellas cartas?

—Las presas querían tranquilizar a sus parientes, no asustarlos, decirles que todo iba bien... No contaban la verdad. Por eso esta correspondencia la han utilizado posteriormente los revisionistas.

Jacques va a ver a Noémie a la enfermería. Las cosas no van bien, un soldado le ha confiscado su loción Prétole Hahn, le duele la tripa, se siente solo. Noémie le aconseja que haga amigos.

Esa noche, los hombres del campamento organizan un *sabbat* en un rincón del campo. Jacques se une a ellos y se coloca al fondo. Le gusta esa sensación de formar parte de un grupo. Después de las oraciones, los hombres se quedan charlando, como en la sinagoga. Jacques escucha entonces sus conversaciones, hablan de trenes que parten. Nadie sabe exactamente adónde van. Algunos evocan Prusia oriental, otros la región de Königsberg.

—Será para trabajar en las minas de sal en Silesia.

—Yo he oído algo de granjas.

—Si fuera verdad, no estaría mal.

—Sí, claro. ¿Qué te crees?, ¿que vas a ir a ordeñar vacas?

—A nosotros sí que nos van a llevar al matadero. Con una bala en la nuca. Delante de unas fosas. Uno a uno.

Esas historias le dan miedo a Jacques. Se las cuenta a Noémie, que a su vez pregunta a la doctora Hautval qué piensa ella de esos rumores espantosos. La doctora agarra a Noémie del brazo y, mirándola fijamente a los ojos, le espeta:

—Escúchame bien, querida No: a eso lo llamamos nosotros «radio macuto». Mantente al margen de esas historias repugnantes. Y dile a tu hermano que haga lo mismo. Aquí las condiciones son duras, hay que soportarlas. Esos relatos horribles, hay que huir de ellos. ¿Me entiendes?

—En ese momento, la doctora Hautval creía sinceramente que los presos del campo de Pithiviers eran enviados a Alemania para trabajar. En sus memorias escribirá: «Me queda aún mucho camino por recorrer antes de entender». Una manera púdica de expresar a qué va a verse confrontada al poco tiempo. Si quieres hacerte una idea, lee el subtítulo del libro: *Medicina y crímenes contra la humanidad: la negativa de un médico, deportado a Auschwitz, a participar en experimentos médicos*. Cógelo si quieres, te aconsejo que tengas a mano una palangana porque te aseguro que da ganas de vomitar, y no es una forma de hablar.

—Pero ¿por qué van a enviar a la doctora Hautval a Auschwitz? No es ni judía ni presa política.

—Hablaba demasiado, defendía demasiado a los débiles. La deportarán a principios del año 1943.

El 17 y el 18 de julio son días muy calurosos. Hay mucho trabajo en la enfermería. Desvanecimientos, mareos, las mujeres embarazadas tienen contracciones. Una húngara pide una inyección de coramina: es médica y sabe que está sufriendo un ataque al corazón.

Al día siguiente, 19 de julio, las primeras familias aterrizan en el Velódromo de Invierno. Las ocho mil personas, detenidas desde hace varios días, han sido repartidas entre los distintos campos de tránsito, Pithiviers y Beaune-la-Rolande. Por primera vez son, en su mayoría, mujeres con sus hijos. También personas mayores.

—Unos días antes de las grandes redadas circularon rumores por París. Algunos cabezas de familia pudieron huir. Solos. Porque nadie pensó, esta vez, que se llevarían a las mujeres y a los niños. ¿Te imaginas el sentimiento de culpa de esos padres? ¿Cómo seguir viviendo después de aquello?

El campo de Pithiviers no tiene capacidad para acoger a tanta gente de golpe. Ya no hay sitio en los barracones, ni camas en ningún lado, no se había previsto ni adaptado nada para aquella oleada.

Los autobuses siguen llegando sin parar. La avalancha de familias en Pithiviers provoca un pánico que se apodera de todos, de los presos que estaban allí antes que ellos, de los administradores del campo, de los médicos y los auxiliares de enfermería, y de los propios policías. No obstante, el Secretariado General de la Salud había enviado una misiva al secretario general de la Policía, René Bousquet, para advertirle que los campos de Pithiviers y Beaune-la-Rolande «no están adaptados para recibir un número demasiado importante de internos. [...] No podrían albergarlos, ni siquiera por un tiempo relativamente corto, sino en detrimento de las reglas más elementales de higiene y a riesgo de ver desarrollarse, sobre todo en la temporada de calor, epidemias de enfermedades contagiosas». Pero no se toma ninguna medida higiénica. Por el contrario, el 23 de julio, el prefecto del departamento del Loiret envía a cincuenta gendarmes más.

La administración penitenciaria no ha previsto nada para los niños de corta edad. No hay alimentos apropiados, no hay nada con que lavarlos ni cambiarlos. No hay medicamentos adaptados. En medio del calor de ese mes de julio, la situación de las madres es espantosa: no tienen pañales ni agua limpia, las autoridades no han pensado que habría que proporcionales leche ni utensilios para hervir el agua. Se envía un informe a ese respecto al prefecto. Que no hará nada. Pero sí se mandan rápidamente nuevas alambradas para reforzar las existentes. Los gendarmes temen que los niños puedan escaparse deslizándose a través de ellas.

En el campo, el informe de un policía indica que «el contingente de judíos llegado hoy se compone, en un noventa por ciento al menos, de mujeres y niños. Todos los internos están muy cansados y deprimidos tras su paso por el Velódromo de Invierno, donde estaban muy mal instalados y carecían de lo más básico». Cuando Adélaïde Hautval recibe ese informe se dice que los conceptos «muy cansados» y «deprimidos» son extraños eufemismos. Las familias llegan del «Vél d'Hiv», como se llama al Velódromo, en un estado de desamparo absoluto. Han pasado varios días amontonados en un estadio, durmiendo en el suelo, sin servicios sanitarios, en unas gradas chorreando orina, de un hedor insoportable. El calor era asfixiante. El aire, saturado de polvo, irrespirable. Los hombres están sucios, los han tratado como a ganado, humillado, golpeado; las mujeres también apestan por el calor, las que han tenido la regla llevan la ropa toda ensangrentada; los niños están cenicientos y en un estado de agotamiento inimaginable. Una mujer se ha suicidado precipitándose sobre la muchedumbre desde lo alto de las gradas. De los diez retretes, han condenado la mitad porque las ventanas daban a la calle y la gente podía escapar por ahí. Solo quedaban, pues, cinco letrinas para cerca de ocho mil personas. Desde la primera mañana, los váteres se desbordaron y hubo que sentarse sobre los excrementos. Como no se les daba alimentos ni agua, los bomberos acabaron por abrir las bocas de incendio para refrescar a los hombres, mujeres y niños que morían literalmente de sed. Desobediencia civil.

El 21 de julio, Adélaïde y Noémie asisten al desplazamiento de madres e hijos de corta edad, a quienes se ubica en hangares que hasta entonces servían de talleres, ahora requisados y transformados en dormitorios. Los obligan a acostarse en el suelo con un poco de paja. No hay bastantes cucharas y escudillas para todo el mundo, así que echan la sopa en viejas latas de conserva. A los niños se les sirve en antiguas cajas de galletas de la Cruz Roja. Las usan para comer, pero también para recoger la orina por la noche. Los niños se hacen heridas con la hojalata, que les desgarra la piel.

La situación sanitaria se degrada y se propagan epidemias. Jacques cae enfermo de disentería. Permanece en el barracón todo lo que puede, donde hay, «como en las jaulas de conejos, paja, polvo, gusanos, enfermedades, peleas, gritos. Ni un minuto de aislamiento posible», escribe Adélaïde Hautval en sus memorias.

Noémie, por su parte, ayuda a gestionar el desbordamiento de la enfermería. La doctora Hautval añade: «En la enfermería somos dos. No y yo. Nos encontramos con todo tipo de enfermedades: disenterías graves, escarlatinas, difterias, tosferinas, sarampiones». Los gendarmes reclaman bonos de gasolina para sus camiones en la estación de Pithiviers, piden nuevos barracones para instalar a los recién llegados. No los han formado para eso.

—¿Qué cuentan a sus mujeres cuando vuelven a casa por la noche?

—La historia no lo dice.

Noémie impresiona a la doctora no solo por su capacidad de trabajo, sino también por su sabiduría. Dice a menudo que ella misma habrá de superar pruebas terribles y demostrar un enorme coraje. Lo siente así. «¿De dónde le viene ese conocimiento?», escribiría la doctora Hautval en sus memorias. Por la noche, en el barracón, Noémie redacta su novela hasta que la oscuridad le impide ver.

Una polaca se acerca a hablarle.

—La que se acostaba aquí, en tu lugar. La mujer antes que tú. También escritora.

—¿Sí? —pregunta Noémie—. ¿Había una mujer escritora aquí?

—¿Cómo se llamaba? —pregunta la polaca a otra mujer.

—Solo recuerdo su nombre —contesta—: Irène.

—¿Irène Némirovski? —pregunta Noémie frunciendo el ceño.

—¡Eso es! —responde la joven.

Irène Némirovski permaneció solo dos días en el campo de Pithiviers, barracón número 9. Fue deportada con el convoy número 6 del 17 de julio, es decir, unas horas antes de la llegada de Noémie.

El 25 de julio, la doctora Hautval comprende, al pasar por los pasillos, que se está preparando otro convoy. Van a enviar a mil personas a Alemania con el fin de descongestionar el campo. Tiene miedo de que la separen de Noémie. «No, mi auxiliar, es magnífica —escribe—. Mira la vida de frente, esperando de ella algo fuerte, algo importante. Está dispuesta a lanzarse a ello en cuerpo y alma, desbordante de posibilidades, sabiendo que está llamada a ser esa persona en la que se fijen los ojos de muchas otras». Adélaïde Hautval piensa en una posible solución para conservar a No junto a ella. Habla con uno de los administradores del campo.

—No se lleve a esta enfermera. He invertido mucho tiempo en formarla. Es eficaz.

—Muy bien. Vamos a buscar una solución. Déjeme pensarlo.

La carta de Noémie enviada a sus padres llega a Les Forges ese mismo sábado 25 de julio. Se quedan más tranquilos. Ephraïm coge entonces la pluma para escribir una misiva al prefecto del departamento del Eure. Quiere saber qué piensa hacer la Administración francesa con sus hijos. ¿Cuánto tiempo van a quedarse en el campo de Pithiviers? ¿Cuál será la situación en las semanas venideras? Adjunta a su correo un sobre con sello para obtener una respuesta.

—Un día, en los archivos de la prefectura del departamento del Eure, me topé con esa carta de Ephraïm. Fue muy conmovedor. Tuve en mis manos el sobre que adjuntó, con su sello de 1,50 francos, con la efigie del mariscal Pétain. Nadie le contestó.

—Creía que los archivos de la Administración se destruyeron tras la guerra.

—En realidad, no; digamos que el Estado francés hizo limpieza en sus administraciones, sobre todo de los dosieres comprometedores. Pero hubo tres departamentos que no obedecieron, entre los cuales, por suerte para nosotras, se encuentra el Eure. No puedes imaginarte lo que hay ahí todavía, en esos archivos, como un mundo subterráneo, un mundo paralelo, aún vivo. Ascuas sobre las que basta soplar para reavivarlas.

Pasan los días. Puntuados por las gestiones de Ephraïm y Emma en el ayuntamiento para notificar su presencia. ¿Qué otra cosa pueden hacer sino esperar noticias de sus hijos?

Mientras, la doctora Hautval y el administrador del campo de Pithiviers han encontrado una solución para que Noémie no figure en la lista del siguiente convoy. En ese julio de 1942, ciertas personas siguen excluidas de los envíos a Auschwitz: los judíos franceses, los judíos casados con franceses, los rumanos, los belgas, los turcos, los húngaros, los luxemburgueses y los lituanos.

—¿Su ayudante pertenece a una de estas categorías?

Adélaïde se acuerda de que Noémie ha nacido en Riga. Sabe que es Letonia, y no Lituania, pero lo intenta. El administrador no diferencia entre los dos países.

—Búsqueme la ficha de entrada que pruebe su nacionalidad lituana y me encargaré de que se quede.

Hautval corre a las oficinas de la Administración para recuperar su ficha de ingreso. Por desgracia, el lugar de nacimiento de Noémie no aparece mencionado.

—Intente encontrar una partida de nacimiento —propone el administrador del campo—. Mientras, yo señalo que hay cosas que no están claras y que se suspenda su marcha.

El administrador del campo redacta, ese martes 28 de julio, una lista titulada: «Campo de Pithiviers: personas que parecen haber sido detenidas por error». En dicha lista inscribe los nombres de Jacques y Noémie Rabinovitch.

—¿Encontraste esa lista, mamá?

Lélia asintió. Me pareció que estaba tan emocionada que no podía articular palabra. Imaginé lo que pudo sentir al leer estas palabras: «Personas que parecen haber sido detenidas por error». Pero a veces imaginar es imposible. En tales casos, simplemente hay que escuchar el eco del silencio.

Adélaïde Hautval formula una solicitud especial a la Administración para intentar encontrar la documentación de entrada en Francia de Jacques y Noémie. No cree en los milagros, pero de este modo gana tiempo.

En el campo se difunde la noticia de que la partida de un nuevo convoy es inminente. ¿Adónde se dirigen esos trenes? ¿Qué va a ser de los niños? Una agitación de pánico se apodera de las internas. Algunas mujeres gritan que las envían a una muerte segura. Propagan la idea de que acabarán asesinadas. Se aparta a esas mujeres, consideradas «locas», para que no contaminen la moral de las demás. La doctora Adélaïde Hautval escribe en sus memorias: «Una de ellas clama: "¡Nos meterán en trenes y luego, después de cruzar la frontera, harán saltar los vagones por los aires!". Esas palabras nos dejan pensativos. ¿Podría ser verdad, que poseyera esa clarividencia iluminada de que a veces dan muestra los enajenados?».

Se prepara el convoy número 13 en Pithiviers. La doctora Hautval consulta la lista de nombres en las oficinas de la Administración. No tiene derecho a ello, se arriesga mucho. Descubre que todo el grupo de presos de Ruan forma parte del convoy. Incluidos Jacques y Noémie. Intenta por última vez convencer al jefe del campo que retrase la partida de los Rabinovitch.

—Estoy esperando una verificación sobre su posible nacionalidad lituana —le dice.

—No hay tiempo para esperas —responde el jefe del campo.

La doctora Hautval se enfada.

—¿Cómo lo hago sin ella? ¡Estamos desbordados en la enfermería! ¿Quiere que las epidemias se propaguen aún más? Esto va a ser una auténtica catástrofe, y afectará también a gendarmes y policías...

Sabe que ese es el mayor temor de la Administración. Los trabajadores externos no quieren ir por culpa de las epidemias y es cada vez más complicado encontrar mano de obra. El jefe del campo suspira.

—No le garantizo nada.

Se convoca a todos los presos en el patio. La lista de los seiscientos noventa hombres, trescientas cincuenta y nueve mujeres, y ciento cuarenta y siete niños, anunciada por los altavoces, se termina.

Jacques y Noémie no están en ella.

Las madres que deben ir en el primer convoy, dejando a sus hijos en el campo, a veces bebés, se niegan a hacerlo. Algunas se tiran al suelo para golpearse la cabeza. Los gendarmes desnudan a una mujer, la pasan por la ducha fría y la devuelven a la fila sin ropa. El comandante del campo pide a Adélaïde Hautval que tranquilice a todas esas mujeres que hacen que la situación resulte imposible de gestionar; sabe que la doctora tiene mucha influencia sobre las internas.

Adélaïde accede a hablarles a condición de que le expliquen de qué trato van a ser objeto los niños por parte del Gobierno francés. El comandante del campo le muestra una carta de la prefectura de Orleans: «Los padres serán enviados primero para preparar el campo. Se hará prueba de la mayor diligencia para que las condiciones de esos niños sean las mejores posibles». Tranquilizada por la misiva, que da pruebas de buen trato, la doctora Adélaïde promete a las madres que pronto sus hijos se reunirán con ellas y gozarán de buena salud.

—Por fin van a reagruparos a todos.

Jacques y Noémie ven a sus compañeros de Ruan salir por el portalón. A través de las alambradas miran cómo los ponen en grandes filas en el terreno colindante. Ahí los despojan de sus objetos de valor y luego parten a pie hacia la estación de Pithiviers.

El campo, las horas siguientes a las marchas al convoy son calladas. Nadie habla. En mitad de la noche, un grito desgarra el silencio. Un hombre se ha abierto las venas con el cristal de su reloj.

29

Noémie y la doctora Hautval deben ocuparse de los niños de corta edad cuyas madres han partido en el último convoy: «No y yo tenemos que ocuparnos de los cuidados nocturnos. Se oye por todas partes "pipí" y "caca"». Hablan entre ellos la lengua de los críos del campo, que los adultos no entienden. Muchos están malos: fiebre, otitis, sarampión, escarlatina, todas las enfermedades infantiles. Algunos niños tienen piojos hasta en las pestañas. Los mayores vagan por el campo, en pandillas; observan desde lo alto de las letrinas los objetos arrojados en el último momento por los que tenían que partir, negándose a dejar en manos de los gendarmes sus preciados recuerdos. Y los chicos miran, fascinados, esos objetos que brillan en medio de la mierda, en los agujeros, en el fondo de las cloacas.

Al día siguiente, el 1 de agosto, la doctora Adélaïde Hautval se entera de que se prepara un nuevo convoy. El comandante del campo, que trabaja por cuenta de la policía judicial, le encarga que prepare la separación de madres e hijos.

—Dígales que, una vez allí, los chavales irán a la escuela. Esas mujeres se niegan a dejar a sus hijos y se vuelven locas, atacan a los guardias, desafiando sin miedo sus golpes. A algunas las aporrean hasta dejarlas inconscientes, porque solo así sueltan a sus hijos.

Noémie es la encargada de coser el apellido, el nombre y la edad de los niños en unas cintitas blancas.

—Es para facilitar los traslados —dicen a las madres que están a punto de partir—. Para que podáis reencontrar a vuestros hijos cuando vayan a reunirse con vosotras.

Pero los críos no entienden nada. Nada más ponerles las cintas, se las arrancan o las intercambian unos minutos después.

—¿Cómo encontraremos a nuestros hijos?

—¿Acaso no saben su apellido?

—¿Cómo vais a hacer para enviárnoslos?

Los niños deambulan sucios, desorientados, con los mocos colgando y la mirada vacía. Unos gendarmes se divierten con ellos como si se tratara de animalitos. Con la maquinilla de cortar el pelo les hacen dibujos en los cráneos, peinados ridículos, añadiendo la humillación a la miseria. Para ellos es un juego, un entretenimiento.

En los hangares se reconoce a los pequeños ya separados de sus madres desde la última partida porque han dejado de llorar. Algunos están inmóviles, medio entumecidos en la paja. Sorprendentemente dóciles, son como muñecos de trapo, perdidos, en un estado de suciedad indescriptible. A su alrededor zumba una nube de insectos, como esperando que, de un momento a otro, la carne viva se convierta en cadáver. El espectáculo es insoportable.

Los niños no responden cuando se les llama por su nombre. Son demasiado pequeños. Los gendarmes se ponen nerviosos. Un chico se acerca y pregunta en voz baja si puede jugar con el silbato del señor. El hombre no sabe qué contestar, se vuelve hacia su superior.

Al día siguiente, la doctora descubre que Noémie y su hermano figuran en la lista de un nuevo convoy. Hay que salvarlos una vez más.

Adélaïde cuenta con el comandante alemán. Es su último recurso. Siempre está presente los días de salida para supervisar la organización del convoy. Tiene autoridad sobre los franceses.

En cuanto llega, la doctora Hautval le explica la lamentable pérdida que supondría la marcha de su enfermera para la administración del campo.

—¿Y por qué?

—Porque no tiene hijos.

—No veo la relación.

—Vaya a dar una vuelta por el hangar y entenderá que ninguna madre podría soportar trabajar ahí. Necesito a alguien que pueda mantener la calma.

—*Einverstanden* —responde el comandante alemán—. Voy a mandar que la borren de la lista.

Ese día, el 2 de agosto de 1942, hace mucho calor. El convoy prevé la salida de 52 hombres, 982 mujeres y 108 niños. Los gritos de las madres deportadas sin sus hijos se oyen desde el pueblo de Pithiviers. Unos alumnos declararán, décadas después, haber oído los chillidos de las mujeres mientras estaban jugando en el patio de la escuela. En medio de semejante caos, los nombres de Jacques y Noémie resuenan a través de los altavoces. La doctora Hautval está furiosa, va en busca del comandante alemán, que la tranquiliza:

—No he olvidado mi promesa —le dice—, ella no partirá. Solo va a someterse al cacheo como las demás, pero luego haré que vuelva.

Agrupan a las mujeres en filas antes de enviarlas al terreno situado en el exterior del campo; los niños pequeños se agarran a lo que pueden, se arrastran, los gendarmes los patean sin piedad. No obstante, un superviviente recordará haber visto a un gendarme llorar al ver unas manos minúsculas abriéndose camino entre las alambradas.

Los altavoces repiten:

—Los hijos y los padres se reunirán más adelante.

Pero las madres no se lo creen, las mujeres forman un enjambre que gira en todos los sentidos. Los gendarmes franceses no saben qué hacer. La muchedumbre crece y se apelotona frente a la puerta de entrada, empujan, empujan, la puerta está a punto de ceder. Pero de repente se abre de par en par y un camión alemán se detiene delante de la multitud. En su interior, cada soldado está provisto de una metralleta con la que apunta a las mujeres. Un responsable es el encargado de explicar que todo el mundo debe volver a su barracón si no quieren que haya un baño de sangre. Salvo los que han sido llamados, a quienes se ordena que se pongan en fila y conserven la calma.

Noémie y Jacques se dirigen hacia el terreno donde tienen lugar los registros. Se incorporan a una fila. Todos deben depositar encima de una mesa las joyas y el dinero que posean. Cuando las mujeres no se dan bastante prisa, les arrancan los pendientes directamente de las orejas. A continuación, sufren un examen ginecológico y anal con el fin de verificar que no esconden dinero en sus entrañas. Pasan las horas y «el sol pega muy fuerte en el prado donde es imposible resguardarse», escribe la doctora Hautval, que se preocupa porque Noémie no vuelve. Por fin encuentra al comandante.

—Me lo ha prometido, hace horas que se han ido.

—Voy —le contesta.

Noémie, en su sitio, ve llegar al comandante alemán. Conversa con los jefes franceses. Luego la señala. Noémie entiende que los hombres están hablando de ella, que Adélaïde ha conseguido intervenir en su favor. El comandante alemán pasa entre las filas y se dirige hacia ella. El corazón de Noémie se acelera.

—¿Eres tú la enfermera?

—Sí —responde ella.

—Bueno, pues te vienes conmigo —dice él.

Noémie lo sigue a través de las filas. Luego se para. Busca a los lejos la silueta de Jacques.

—¿Y mi hermano? —pregunta al comandante—. También hay que ir a buscarlo a él.

—Que yo sepa, él no trabaja en la enfermería. Vamos, date prisa.

Noémie explica que no es posible, que no puede separarse de su hermano. Molesto, el comandante hace una señal a los gendarmes; finalmente la muchacha se queda en su fila. El convoy ya puede irse a la estación. Silbato. Hay que ponerse en marcha. En medio del prado, rompiendo el silencio, una voz de hombre se eleva al cielo:

—*Frendz, mir zenen toyt!* Amigos míos, estamos todos muertos.

30

Son las siete de la tarde. El convoy número 14, conocido después como «el convoy de las madres», se dirige a la estación. Adélaïde Hautval intenta ver a Noémie entre la muchedumbre que desfila delante de las alambradas, pero es en vano.

En la estación de Pithiviers, el hermano y la hermana ven el tren que los espera, un tren de mercancías cuyos vagones estaban concebidos en un principio para albergar ocho caballos. Los soldados cuentan a los hombres y a las mujeres mientras los empujan a su interior, hasta ochenta personas por vagón. Una mujer se resiste y se niega a subir. Entonces la golpean y le rompen la mandíbula.

Luego explican a los presos:

—Si alguno de vosotros intenta huir durante el viaje, se ejecutará a todo el vagón.

El tren permanece en el andén. Los mil pasan una noche entera esperando, inmóviles, apretados en sus respectivos vagones. Sin saber qué van a hacer con ellos. Los más afortunados son los que se encuentran junto a las rejillas de ventilación: pueden respirar algo. A Jacques le entran ganas de vomitar por el olor, y está muy débil a causa de la disentería. Al amanecer oye la señal de salida. Mientras el tren se pone en marcha, se oye una voz masculina por encima de los vagones:

—*Itgadál Veitkádash Shemé Rabá. Be 'almá Divrá Kirhuté. Veiamlij Maljuté...*

Son las primeras palabras del *kadish d'Rabanan*, la oración de los muertos. Una madre furiosa chilla a la vez que tapa los oídos de su hija:

—*Shtil im!* ¡Cerradle la boca!

Para darse valor, los jóvenes imaginan los trabajos que van a hacer en Alemania.

—Tú eres doctora, podrás trabajar en un hospital —dice una niña a Noémie.

—Pero ¡si no soy doctora! —contesta la adolescente.

—¡Callaos! —replican los adultos—. No malgastéis saliva.

Tienen razón. El calor de ese mes de agosto es asfixiante. Los prisioneros, hacinados, unos encima de otros, no tienen agua. Cuando asoman las manos por los vagones pidiendo algo de beber, los gendarmes se las golpean con las porras, rompiéndoles los dedos contra la madera.

Jacques se tumba para pegar la cara al suelo y respirar algo de aire entre los listones. Noémie se pone sobre él para impedir que los otros lo pisoteen. En las horas en que el sol pega más fuerte, algunos se desvisten, hombres y mujeres se quedan en ropa interior, semidesnudos.

—¡Parecemos animales! —exclama Jacques.

—No deberías decir eso —replica Noémie.

El viaje dura tres días y tienen que hacer sus necesidades delante de todo el mundo en un orinal. Cuando este se llena, solo queda la esquina del montón de paja. Los que piensan en arrojarse fuera no lo hacen por miedo a que maten a los demás. Para resistir, Noémie piensa en su novela, que se quedó en su habitación: reescribe mentalmente el principio e imagina lo que sigue.

Al cabo de tres días, el tren, que no había silbado ni una sola vez en ninguna de las cincuenta y tres estaciones por las que ha pasado, se pone a emitir un sonido estridente. Frena de golpe. Las puertas de los vagones se abren con estruendo. A Jacques y a Noémie los ciegan las luces de los proyectores, mucho más potentes que los de Pithiviers. No ven, no entienden dónde se encuentran, oyen los ladridos de perros que tiran con fuerza de sus correas para tratar de morderlos. Además de a los perros, oyen los gritos de los guardias enfadados, «Alle runter!», «Raus!» y «Schnell!», para hacer que salgan las mil personas que ocupan tren. Los guardias aporrean a los enfermos tumbados en los vagones, hay que despertar a los que se han desmayado y evacuar a los muertos. A Noémie, uno le pega en plena cara, e inmediatamente se le hincha el labio. La violencia del golpe la deja desorientada, no sabe hacia dónde avanzar y suelta la mano de Jacques. Luego vuelve a encontrarlo, corriendo por la rampa delante de ella. Mientras echa a correr también para alcanzarlo, bajo las órdenes alemanas, la invade de repente un olor espantoso, un olor que nunca antes, está segura, ha percibido; nauseabundo, un olor como a cuerno y grasa quemados.

—Di que tienes dieciocho años —oye Jacques en medio de la precipitación sin saber exactamente de dónde viene la frase.

Es uno de esos cadáveres andantes, en pijama de rayas, el que le ha susurrado el consejo. Parece que a esos seres longilíneos, con la piel pegada a los huesos, les hayan sacado hasta la última gota de sangre. Llevan en la cabeza el extraño gorro redondo de los malhechores. Tienen la mirada fija, como si contemplaran con horror algo invisible que solo ellos pueden percibir. «Schnell, schnell, schnell», «Rápido, rápido, rápido»; los guardias les ordenan retirar la paja sucia de los vagones.

Cuando todo el mundo está en la rampa, ponen aparte a los enfermos, las mujeres embarazadas y los niños. Los que están cansados pueden unirse a ellos. Llegan unos camiones para llevarlos directamente a la enfermería.

Pero todo se detiene bruscamente. Gritos, ladridos de perros, garrotazos.

—¡Falta un niño!

Las metralletas apuntan. Las manos se levantan. Pánico.

—Si se ha escapado un niño, fusilaremos a todos los demás.

Las armas brillan a la luz de los proyectores. Hay que encontrar como sea al pequeño que falta. Las madres tiemblan. Transcurren los segundos.

—¡Ya está! —grita un hombre uniformado que pasa por delante de ellos.

El hombre lleva en la mano el cadáver de un crío, que apenas abulta como un gato atropellado, encontrado bajo la paja de un vagón. Bajan las metralletas. Se reanuda el movimiento. Empieza la clasificación de hombres y mujeres.

—Estoy cansado —dice Jacques a Noémie—. Quiero subirme al camión de la enfermería.

—No, nos quedamos juntos.

Jacques duda, pero al final acaba por seguir a los otros.

—Nos encontraremos allí —dice mientras se aleja.

Noémie, impotente, lo ve desaparecer en la parte trasera del camión. Vuelven a asestarle un golpe en la cabeza. No hay tiempo para pararse. Hay que ponerse en columna para después dirigirse al edificio principal. Es un rectángulo de ladrillo, de un kilómetro de largo más o menos. En el centro, una torre con un tejado triangular hace las veces de puerta para entrar en el campo. Parece la boca abierta del infierno, con unos miradores en lo alto, como dos ojos rezumantes de odio. Un grupo de SS interroga sucintamente a los nuevos detenidos. Se forman dos grupos: a un lado, los aptos para el trabajo; al otro, los juzgados como inaptos. Noémie forma parte de los seleccionados para el trabajo. (En el verano de 1942, aún no se practican los tatuajes del antebrazo izquierdo. Solo se marca a los presos soviéticos con una placa compuesta por agujas que forman unas cifras, y que les aplican en el pecho. Los *Schreiber* —detenidos encargados de tatuar cifra a cifra a los recién llegados— empezarán esa labor en 1943 para permitir que los nazis racionalicen la gestión de los muertos simplificando su identificación).

Un oficial superior se dirige a los que acaban de llegar. Lleva un uniforme rutilante; todo brilla en él, desde el cuero de las botas hasta los botones de la chaqueta. Hace el saludo nazi antes de anunciar:

—Os encontráis en el campo modelo del Tercer Reich. Aquí hacemos trabajar a los parásitos que siempre han vivido a expensas de los demás. Por fin vais a aprender a ser útiles. Podéis estar satisfechos de contribuir al esfuerzo bélico del Reich.

Seguidamente mandan a Noémie a la izquierda, al campo de las mujeres, donde pasa por el centro de desinfección, que denominan «sauna». Las desnudan a todas antes de sentarlas en unas gradas, unas junto a otras. Deben esperar su turno desnudas, y cuando les toca las afeitan por entero —cráneo, vello púbico— y las duchan. Solo algunas jóvenes se libran del rasurado, las que enviarán al burdel del campo.

Al pasarle la maquinilla, el largo cabello de Noémie, ese pelo del que estaba tan orgullosa, que recogía en forma de corona en la parte superior de la cabeza, cae al suelo. Se mezcla con el de las otras mujeres, formando una inmensa alfombra que cosquillea los pies. Con esos cabellos, según la circular de Glücks de aquel 6 de agosto de 1942, se fabricaron zapatillas para la tripulación de los submarinos. Y medias aterciopeladas para los miembros de la compañía del ferrocarril.

La ropa de los recién llegados se reúne en unos barracones llamados Canadá, donde se clasifica, así como los objetos que puedan tener algo de valor. Los pañuelos, peines, brochas de afeitar y maletas se envían a la Oficina de Enlace para los Alemanes Étnicos. Los relojes van a la Oficina Económica y Administrativa central de las SS en Uraniemburgo. Las gafas, al servicio sanitario. En los campos, todo lo que puede rentabilizarse se recupera y recicla. Hasta los cuerpos se explotan. Las cenizas humanas, ricas en fosfatos, se utilizan como abono en las marismas desecadas. Los dientes de oro proporcionan todos los días, después de fundirlos, varios kilos de oro puro. Junto al campo se ha instalado una fundición de donde salen los lingotes para engrosar las cajas fuertes de las SS en Berlín.

A Noémie le dan una escudilla y una cuchara antes de conducirla a su barracón. Descubre el campo, veinte veces más grande que el de Pithiviers. Hay que caminar mucho, siempre bajo la vigilancia de los guardias armados, los gritos de los hombres y los ladridos de los perros. Cree oír los violines de una orquesta, se dice que es imposible, y sin embargo ve a unos músicos judíos subidos a un estrado: acompañan con su música las actividades del campo. Para divertirse, los guardias han disfrazado a esos hombres con ropa de mujer. El director de la orquesta lleva un vestido blanco de novia.

En los barracones, todas las mujeres van con la cabeza rapada, algunas sangran por los cortes de la navaja de afeitar. Noémie se encuentra con los mismos armazones de cama que en Pithiviers, salvo que aquí tiene que compartir lecho con cinco o seis muchachas más. No hay paja, duermen directamente sobre los tablones de madera.

Noémie pregunta a una presa dónde están. En Auschwitz. Ella nunca ha oído ese nombre. No sabe situarlo en un mapa. Explica a las otras chicas que su hermano se ha ido en el camión de los enfermos, que querría saber cómo dar con él. Una prisionera agarra a Noémie del hombro, la lleva hasta la entrada del barracón y le señala con el dedo las chimeneas, de donde sale una densa humareda aceitosa y negra. Noémie piensa que es la dirección de la enfermería, y espera encontrarse con su hermano al día siguiente.

El camión de Jacques cruza el campo hacia un bosquecillo de abedules. En ese bosque hay unos cobertizos donde, según le dicen, va a poder asearse. Al llegar, alguien le pregunta por sus estudios. Los adultos tienen que indicar su oficio. Se trata de seguir haciendo creer a los presos que van a trabajar.

Jacques no miente sobre su fecha de nacimiento, no les hace creer que tiene dieciocho años, como le han aconsejado. No se ha atrevido, por miedo a las represalias. A continuación lo llevan hasta una escalera subterránea que conduce a una sala donde ha de desnudarse. Ahí se forma una gran cola, como una larga serpiente negra, porque a los primeros camiones se han unido los juzgados «inaptos» para el trabajo.

Jacques se entera entonces de que va a darse una ducha con un producto especial, para desinfectarse, antes de instalarse en el campo. Le entregan una toalla y un trozo de jabón. Los SS les explican que después de la ducha tendrán derecho a una comida. Incluso podrán descansar y dormir, antes de su jornada de trabajo, que empezará al día siguiente. Esas palabras hacen que Jacques albergue alguna esperanza. Se da prisa: cuanto antes se desinfecte, antes podrá llenar el vientre vacío. La debilidad física explica también la pasividad de los prisioneros.

En la sala donde se desnudan, a lo largo de las paredes hay unos números. Jacques se sienta en una pequeña plancha de madera para quitarse la ropa. No le gusta desnudarse delante de los hombres. No le gusta que miren su sexo, se siente incómodo frente al cuerpo de los otros. Un SS de guardia, acompañado por un preso encargado de traducir, le explica que tiene que memorizar el número bajo el que deja sus enseres, con el fin de recuperarlos fácilmente cuando salga de la ducha. También le dice que ate los cordones de sus zapatos, uno con otro.

Todo debe quedar bien doblado y ordenado, para facilitar el trabajo de clasificación cuando lleguen los bártulos al Canadá.

«Schnell, schnell, schnell». Empujan a Jacques y a los demás prisioneros para que mantengan la cadencia, pero también para que no tengan tiempo de reflexionar, de reaccionar.

Los guardias SS los apremian con sus metralletas para llenar la sala de la ducha con el mayor número de gente posible. Jacques recibe un culatazo que le disloca el hombro. Una vez repleta la sala, los guardias cierran la puerta con llave. En el exterior, dos prisioneros del Sonderkommando levantan una trampilla para introducir gas en la estancia, Zyklon B, un gas elaborado con ácido cianhídrico que hace efecto en apenas unos minutos. Los presos miran hacia las alcachofas que se encuentran en el techo. Enseguida se dan cuenta de lo que pasa.

Veo el rostro de Jacques, su cabeza morena de niño pegada al suelo de la cámara de gas.

Poso las manos sobre sus ojos abiertos para cerrárselos en esta página.

Noémie muere de tifus unas semanas después de su llegada a Auschwitz. Como Irène Némirovski. La historia no dice si se encontraron.

31

A finales del mes de agosto, Ephraïm y Emma Rabinovitch reciben la visita de Joseph Debord. A la vuelta de sus vacaciones se ha enterado de que los hijos Rabinovitch fueron detenidos a principios del verano.

—Puedo ayudarles a llegar a España —les dice.

—Preferimos esperar a que vuelvan nuestros hijos —contesta Ephraïm mientras acompaña al marido de la maestra hasta la puerta de entrada.

Ephraïm vuelve al interior de la casa. Pone la mesa, coloca los cubiertos y los platos de los chicos. Como hace todos los días desde su arresto.

El jueves 8 de octubre de 1942, a las cuatro de la tarde, los Rabinovitch oyen unos golpes muy fuertes en la puerta principal. Llevan mucho tiempo esperando este momento. Abren con actitud tranquila a los dos gendarmes franceses que han ido a buscarlos. Se ha lanzado una nueva operación general contra los judíos apátridas.

—Tengo el nombre de los gendarmes —me dijo Lélia—. ¿Quieres que te los diga?

Me lo pensé y le dije a mi madre que prefería no saberlo.

Emma y Ephraïm están listos, tienen hechas las maletas, han ordenado la casa, han cubierto los muebles con unas sábanas para protegerlos del polvo. Emma ha clasificado los papeles de Noémie. Ha guardado en un cajón los cuadernos de su hija. CUADERNOS DE NOÉMIE, ha escrito en el sobre.

Los Rabinovitch no oponen resistencia; sienten, saben que van a reunirse con sus hijos. Se rinden a los gendarmes; esa es la palabra: se rinden.

Ephraïm lleva puesto un elegante sombrero gris. Emma, su traje de chaqueta azul marino, cómodo, un abrigo con el cuello de piel, un par de zapatos rojos de tacón bajo para poder andar cómodamente. En el bolso lleva un lápiz, un portaminas, una navaja de bolsillo, una lima de uñas, unos guantes negros, un monedero y una cartilla de racionamiento. Y todo su dinero.

Portan una maleta para los dos, con casi nada, solo algunas cosillas que les gustarán a los chicos cuando se encuentren con ellos. Emma ha cogido para Jacques su juego de tabas y para Noémie un cuaderno nuevo de papel muy bonito. Les harán ilusión. Ephraïm y Emma franquean el umbral de la puerta de la casa de Les Forges entre los dos gendarmes.

No vuelven la cabeza.

El coche los lleva a la gendarmería de Conches, donde serán encarcelados durante dos días antes de su traslado a Gaillon, una pequeña población del departamento del Eure. El lugar de internamiento administrativo es un castillo del Renacimiento, en la ladera de una colina que domina la ciudad. Fue transformado en prisión en tiempos de Napoleón. Desde septiembre de 1941 está reservado a los comunistas, a los delincuentes y a las personas que se dedican al «tráfico ilícito de alimentos», es decir, al mercado negro. Algunos judíos pasan por ahí, antes de ser transferidos a Drancy.

Las formalidades del encarcelamiento se llevan a cabo en las oficinas de la gendarmería. Ephraïm tiene la ficha 165 y Emma, la 166. Están en posesión, respectivamente, de 3.390 francos y 3.650 francos.

En la ficha de Ephraïm aparece especificado que tiene los ojos «azul pizarra».

Unos días después, Ephraïm y Emma salen de Gaillon. Llegan al campo de Drancy el 16 de octubre de 1942, donde les quitan todo el dinero que llevan encima. Ese día, el registro de los nuevos ingresados reporta un beneficio de 141.880 francos a la Caja de Depósitos y Consignas.

En Drancy, la organización es distinta de la de Pithiviers. Los internos no están distribuidos por barracones, sino en escaleras. El ritmo de la vida lo marcan distintos pitidos de silbato que hay que saber reconocer. Tres largos, tres cortos: llamada a los jefes de escalera para una entrega de nuevos internos. Tres largos: cierre de ventanas. Dos largos: faenas de cocina, pelar patatas. Cuatro largos: faenas de cocina, pan y verduras. Uno largo: llamada y fin de llamada. Dos largos, dos cortos: faenas generales.

La noche del 2 de noviembre los llamados son unos mil. Entre ellos, Emma y Ephraïm. Los reúnen en el interior de un espacio alambrado del patio donde van a dar las escaleras 1 a 4. Esas escaleras están reservadas para las partidas inminentes.

Los internos de las «escaleras de salida» están separados del resto del campo y no tienen derecho a mezclarse con los demás. Emma es asignada a la escalera 2, habitación 7, 3.er piso, puerta 280. Antes de marchar, un último cacheo. Hace frío, las mujeres deben presentarse descalzas y sin ropa interior. Son las últimas consignas para evitar almacenamientos a la llegada.

Más tarde, Ephraïm y Emma son trasladados en autobuses hasta la estación de Le Bourget. Como sus hijos, pasan una noche esperando en el tren antes de la partida del convoy, que sale el 4 de noviembre a las 8.55 h.

Ephraïm cierra los ojos. Algunas imágenes. Las manos de su madre cuando era un niño olían bien, a crema. La luz en los árboles alrededor de la dacha de sus padres. En una comida familiar, un vestido blanco de su prima que le oprimía el pecho como dos palomas encerradas en una jaula de encaje. El vidrio quebrado bajo su pie el día de su boda. El sabor del caviar que le hizo rico. Su alegría al ver a las dos niñas jugando entre los naranjos de sus padres. La risa de Nachman en el jardín, con su hijo Jacques. El bigote de su hermano Borís, concentrado en la contemplación de su colección de mariposas. La patente que registró a nombre de Eugène Rivoche y, en el camino de vuelta a casa, la sensación de que, por fin, su vida iba a comenzar de verdad.

Ephraïm mira a Emma. Su rostro es un paisaje que él ha recorrido muchas veces... Coge los pies de su mujer, sus pies helados a causa del frío en el vagón de ganado. Y los calienta con las manos y soplando.

Emma y Ephraïm fueron gaseados nada más llegar a Auschwitz, la noche del 6 al 7 de noviembre, por su edad, cincuenta y cincuenta y dos años.

«Orgulloso como un castaño frondoso, que muestra sus frutos al caminante».

Todas las semanas, el señor Brians, alcalde de Les Forges, debe enviar una lista a la prefectura del Eure. Una lista titulada: «Judíos existentes a día de hoy en la población».

Ese día, el alcalde escribe, aplicándose, con esa caligrafía suya tan bonita, bien trazada, y la satisfacción del trabajo bien hecho: «Ninguno».

—Eso es todo, hija mía. Así se acaban las vidas de Ephraïm, Emma, Jacques y Noémie. Myriam nunca contó nada, en toda su vida. Jamás la oí pronunciar el nombre de sus padres ni de su hermano y su hermana. Todo lo que sé lo he reconstruido gracias a los archivos, leyendo libros, y también porque encontré notas entre los papeles de mi madre después de su muerte. Esta, por ejemplo, la escribió en la época del juicio de Klaus Barbie. Toma, léela.

El caso Barbie

Sea cual sea la forma del juicio, los recuerdos se despiertan, y todo lo que guardo en alguna parte de mi memoria surge, poco a poco, ordenada o desordenadamente, con algunas lagunas y muchos [ilegible]. «Recuerdos» es mucho decir: no, son momentos de la vida en que *man hat es erlebt* —lo has vivido, está en ti, está como impregnado, una marca, quizá—, pero no tengo ganas de vivir con esos recuerdos, porque no extraigo ninguna experiencia de ellos. Toda descripción es banal. Conseguíamos seguir viviendo, sin esperar, a menudo impotentes y sin embargo activos ante la magnitud del cataclismo. Quien sobrevive a un accidente de avión ¿puede saber de dónde le vino la suerte? Si hubiera llegado unos minutos antes, o después, ¿habría ocupado el asiento bueno? No es ningún héroe: solo ha tenido suerte, eso es todo.

Los grandes golpes de suerte que me salvaron

1) En el transcurso de una verificación de identidad en el tren que me llevaba a París después del éxodo.

2) Tras el toque de queda en la esquina de la rue des Feuillantines con la rue Gay-Lussac.

3) En mi detención en la Rhumerie Martiniquaise.

4) En el mercado de la rue Mouffetard.

5) En el cruce de la línea de demarcación en Tournus en el maletero del coche con Jean Arp.

6) Con los dos gendarmes en la meseta de Buoux.

7) En las citas en Filles du Calvaire al final de la guerra, cuando entré en la Resistencia.

Las situaciones más banales: 1, 4, 6;

las más cómicas: 2;

una suerte insólita: 3;

arriesgada: 5;

aceptada, riesgo calculado: 7.

Ya fueran estas situaciones banales, arriesgadas, cómicas, insólitas o aceptadas, el caso es que la suerte jugó a mi favor. Siempre intenté conservar la esperanza y la mayor sangre fría posible. Recordar es rápido. Redactar es otra cosa. Lo dejo aquí por hoy.

—Los personajes son sombras —concluyó Lélia mientras abría la ventana al caer la noche para encender el último cigarrillo del paquete—. Nadie podrá contar ya cómo fueron ellos en vida. Myriam se llevó a la tumba la mayoría de sus secretos. Pero pronto tendremos que retomar la historia en el momento en que se detiene para Myriam. Y redactar. Vamos, ven, vamos a dar una vuelta hasta el estanco, así nos da un poco el aire.

Mientras esperaba a Lélia en el coche aparcado en doble fila, en el cruce de La Vache Noire, donde el estanco permanecía abierto hasta las ocho de la tarde, oí un ligero ruido, luego sentí un líquido correr entre mis muslos. Un chorrito de agua tibia que no conseguí retener salió de mi cuerpo.

LIBRO II

Recuerdos de una niña judía sin sinagoga

—Abuela, ¿eres judía?

—Sí, soy judía.

—¿Y el abuelo también?

—Ah, no, él no.

—Ah, ¿y mamá también es judía?

—Sí.

—Entonces ¿yo también?

—Sí, tú también.

—Eso me parecía.

—Pero ¿por qué pones esa cara, cariño?

—Me disgusta mucho lo que me dices.

—Pero ¿por qué?

—Porque en la escuela no gustan mucho los judíos.

Todos los miércoles, mi madre viene a París en su cochecito rojo a buscar a mi hija a la escuela al final de la mañana. Es su día, su pequeña jornada. Comen juntas; luego, mi madre lleva a Clara a judo antes de volverse a su barrio de la periferia.

Como siempre, llegué mucho antes de que acabara la clase. Es mi momento preferido de la semana. El tiempo se detiene en el gimnasio, iluminado por unos viejos fluorescentes. Jigorō Kanō, el inventor del judo, vigila, amable, a los pequeños leones mientras se pelean en unos tatamis descoloridos por el tiempo. Entre ellos está mi hija de seis años; su cuerpecito flota en un kimono blanco demasiado grande para ella. La contemplo fascinada.

Me suena el teléfono. No se lo habría cogido a nadie, pero era mi madre. Su voz parecía febril, tuve que pedirle varias veces que se tranquilizara y que me explicara qué sucedía.

—Se trata de una conversación que he tenido con tu hija.

Lélia intentó encender un cigarrillo para relajarse, pero su mechero no funcionaba.

—Ve a buscar cerillas a la cocina, mamá.

Lélia dejó el auricular para ir a buscar fuego mientras mi hija, con un gesto seguro y enérgico, tiraba al suelo a un chico más grande que ella. Sonreí, orgullo de madre. La mía volvió, su respiración iba calmándose a medida que el humo entraba y salía de sus pulmones, y entonces me dijo la frase pronunciada por Clara: «Porque en la escuela no les gustan mucho los judíos».

Mis oídos se pusieron a zumbar, me entraron ganas de colgar, mamá, te dejo, la clase de Clara se está acabando ya, te llamo luego. El fondo de la garganta se me inundó de saliva caliente, el gimnasio empezó a tambalearse, así que para no ahogarme me agarré al kimono de mi hija como a una balsa blanca, conseguí hacer los gestos propios de una madre, decirle que se diera prisa, ayudarla a ponerse la ropa en los vestuarios, doblar el kimono, meterlo en su bolsa de deporte, encontrar los calcetines escondidos en el dobladillo de las perneras de su pantalón, hallar las chanclas ocultas bajo los bancos del vestuario, todos esos objetos en miniatura —zapatos, táper de la merienda, manoplas unidas por un cordón— concebidos para extraviarse en cualquier rincón. Cogí a mi hija en brazos y la abracé con todas mis fuerzas para aplacar mi corazón.

«Porque en la escuela no les gustan mucho los judíos».

En el camino de vuelta vi la frase flotando en la calle, encima de nuestro cuerpo; sobre todo no quería hablar de ello, quería olvidar la conversación, que no hubiera existido; me puse las zapatillas y me deslicé en la rutina vespertina, me confeccioné una armadura con el baño, los espaguetis con mantequilla, los cuentos del *Osito pardo*, el cepillado de dientes —todas esas tareas repetitivas que te impiden pensar—. Pasar a otra cosa. Volver a ser esa madre fuerte con la se puede contar.

Al ir al cuarto de Clara para darle un beso de buenas noches, sabía que tenía que hacerle la pregunta. «¿Qué ha pasado en la escuela?».

En lugar de eso, tropecé con algo en el interior de mí misma.

—Buenas noches, cielo —dije apagando la luz.

Me costó dormirme. Daba vueltas en la cama, tenía calor, me ardían los muslos, abrí la ventana. Me levanté, con los músculos entumecidos. Encendí la lámpara de noche, pero seguía invadiéndome un gran malestar. Noté a los pies de la cama las aguas turbias de un baño salobre, un jugo que rezumaba, el jugo sucio de la guerra, estancado en zonas subterráneas, ascendiendo desde las cloacas hasta filtrarse por las láminas de mi parqué.

Entonces me vino una imagen. Muy nítida.

Una fotografía del edificio de la Ópera Garnier, tomada al atardecer. Fue como un flash.

A partir de ese momento empecé a investigar. Quise encontrar, costara lo que costara, al autor de la postal anónima que mi madre había recibido dieciséis años antes. Me obsesioné con la idea de hallar al culpable, tenía que entender por qué lo había hecho. ¿Por qué esa postal surgió para atormentarme en ese momento preciso de mi vida? Estaba ese desencadenante, desde luego, lo que le había sucedido en la escuela a mi hija Clara. Pero con la distancia creo que otro acontecimiento, más silencioso, tuvo que ver con aquello: yo iba a cumplir cuarenta años.

Esa conciencia de la mitad del camino recorrido explica también mi empeño a la hora de querer resolver el enigma, que me tuvo ocupada, día y noche, durante meses. Había llegado a una edad en la que una fuerza te obliga a mirar atrás, porque el horizonte de tu pasado es ya más vasto y misterioso que el que te espera en adelante.

1

Al día siguiente por la mañana, después de dejar a mi hija en la escuela, llamé a Lélia.

—Mamá, ¿te acuerdas de la postal anónima?

—Sí, me acuerdo.

—¿Sigues guardándola?

—Estará en alguna parte, en mi despacho...

—Me gustaría verla.

Extrañamente, Lélia no pareció sorprendida; no me pidió explicaciones, no me preguntó por qué de repente evocaba una historia tan antigua.

—Está en casa. Si la quieres, ven.

—¿Ahora?

—Cuando quieras.

Dudé, tenía trabajo que hacer, páginas que escribir. Aunque no era razonable en absoluto, respondí:

—Ahora mismo voy.

Vi que me quedaban dos tickets de RER en el monedero. Pero estaban caducados. Desde que nació mi hija, siempre he ido a casa de mis padres en coche. Y una o dos veces al año, no más.

Al llegar al andén de Bourg-la-Reine, volví a pensar en los cientos de veces que efectué ese trayecto entre París y las afueras. De adolescente, esperaba el RER B ahí mismo, todos los sábados. Los minutos eran interminables, el tren nunca llegaba lo bastante pronto para llevarme a la capital y sus alicientes. Me ponía siempre en el mismo sitio, al fondo del vagón, junto a la ventanilla, en el sentido de la marcha. Los asientos rojos y azules, imitación cuero, se pegaban a los muslos en verano. El olor a metal y huevo duro tan característico del RER B en la década de 1990, ese olor al que estábamos acostumbrados, era para mí el de la libertad. Desde los trece hasta los veinte años fui tan feliz en ese tren que me alejaba del extrarradio, con las mejillas ardiendo, embriagada por la velocidad y el sombrío ruido de las máquinas... Veinte años después tenía prisa, pero en sentido contrario. Quería que el RER acelerara y me llevara cuanto antes a casa de mi madre para poder ver la postal.

—¿Cuánto tiempo hace que no me visitabas? —me preguntó mi madre al abrirme la puerta.

—Lo siento, mamá, precisamente estaba diciéndome que tendría que venir más a menudo. ¿La has encontrado?

—No he tenido tiempo de buscarla. Estaba preparándome un té.

Yo quería ver la postal, no tomar un té.

—Siempre con prisas, hija mía —dijo Lélia como si me leyera el pensamiento—. Pero al final del día la noche cae a la misma hora para todo el mundo, ¿sabes? ¿Has hablado con Clara de lo que ha pasado en la escuela?

Puso agua a calentar en el hervidor y abrió la caja de té chino ahumado.

—No, mamá, aún no.

—Es importante, ¿sabes? No puedes dejar pasar algo así —dijo buscando un cigarrillo en un paquete ya abierto.

—Lo haré, mamá. Bueno, ¿vamos a tu despacho a buscarla?

Lélia me hizo pasar a su despacho, que no cambiaba con los años. Aparte de una foto de mi hija, sujeta en la pared con una chincheta, todo estaba exactamente igual que antaño. Los muebles cubiertos con los mismos objetos y los mismos ceniceros, las estanterías llenas de los mismos libros y los mismos archivadores. Mientras se ponía a buscar cogí un pequeño tintero, biselado por los costados, que brillaba sobre la mesa como una obsidiana. Databa de la época en que recargaba ella misma los cartuchos, y yo observaba cómo escribía sus artículos en una máquina de escribir. Yo tenía la edad de Clara.

—Creo que está aquí —dijo Lélia abriendo un cajón del escritorio.

Sus dedos tanteaban a ciegas, buscaban entre talonarios de cheques, facturas de electricidad, agendas caducadas y una colección de viejas entradas de cine, papeles que yacían amontonados y que las generaciones venideras dudarán en tirar cuando vacíen los cajones de nuestros muebles tras nosotros.

—¡Aquí está! ¡La tengo! —exclamó mi madre igual que en otro tiempo al quitarme una astilla del pie.

Lélia me la tendió diciendo:

—¿Qué quieres hacer exactamente con esta postal?

—Querría encontrar a la persona que nos la mandó.

—¿Para algún guion?

—Nada que ver..., no... Quiero saber, eso es todo.

Mi madre pareció asombrada.

—Pero ¿cómo vas a hacerlo?

—Vas a ayudarme tú —le dije levantando la vista para señalarle su biblioteca.

Los archivos del despacho de Lélia habían aumentado de volumen.

—Tengo la intuición de que su nombre está ahí, en alguna parte.

—Escucha, guárdala si quieres..., pero yo no tengo tiempo de pensar en todo eso.

Mi madre me prevenía a su manera de que esta vez no iba a ayudarme. No era propio de ella.

—Cuando recibiste la postal, ¿te acuerdas?, lo hablamos todo juntos...

—Sí, lo recuerdo.

—¿No pensaste en nadie en particular?

—No. Nadie.

—¿No te dijiste: «Anda, Fulano podría haberme enviado esta postal»?

—No.

—Qué extraño.

—¿Qué te resulta extraño?

—No pareces curiosa por enterarte de quién...

—Cógela si quieres, pero no me hables del tema —dijo Lélia cortándome.

Se acercó a la ventana para encenderse un cigarrillo —algo en el aire se volvió inflamable, y sentí que mi madre intentaba calmarse alejándose físicamente de mí—. Y como una hoja de papel cuya filigrana surge ante una fuente luminosa, en el momento en que mi madre se puso delante de la ventana vi aparecer en su interior la forma de una caja de hojalata, fría, con los bordes pegados por el óxido —mi madre la tenía guardada ahí por motivos que ahora me parecen evidentes, pero que hasta entonces no me había planteado—. Lo que mi madre había encerrado en el fondo del pozo negro de su caja de hojalata, tomo aquí prestadas las palabras de Helen Epstein, «era tan poderoso que las palabras se desmoronaban antes de llegar a describirlo».

—Perdona, mamá, lo siento. No quería molestarte. Entiendo que no quieras oír hablar de esta postal. Venga..., vamos a tomarnos ese té.

Volvimos a la cocina, donde mi madre me preparó una bolsa con un frasco de pepinillos malossol, mis preferidos, que merendaba de niña a eso de las cuatro de la tarde. Me gustaba esa mezcla de blandura y crujiente, y su insípido sabor agridulce. Lélia nos alimentaba a base de arenques marinados, de rebanadas de pan negro, de pasteles de queso blanco, de tortitas de patata, de tarama, de blinis, de caviar de berenjena y de patés de hígado de ave. Era su manera de perpetuar una cultura desaparecida. A través del gusto de la Mittel Europa.

—Vamos, te llevo en coche a la estación del RER —me dijo.

Al bajar las escaleras de la entrada, me fijé en el rutilante buzón nuevo.

—¿Habéis cambiado el buzón?

—El otro al final murió.

Me quedé inmóvil unos segundos, decepcionada por la desaparición de nuestro antiguo armazón, como si un testigo esencial en mi investigación acabara de sucumbir.

En el coche reproché a mi madre que no me hubiera prevenido del cambio. Lélia se sorprendió y bajó la ventanilla, encendió su enésimo cigarrillo y me prometió:

—Te ayudaré a encontrar al autor de la postal. Con una condición.

—¿Cuál?

—Que soluciones lo antes posible lo ocurrido en la escuela con tu hija.

2

Tras la ventanilla del RER veía desfilar los paisajes de la periferia sur, donde reconozco cada centro comercial, cada bloque de viviendas o de oficinas. Recordé que fue allí, entre Bagneux y Gentilly, donde estaba antiguamente la «Zona» de París, el barrio de los silleros y de los cesteros, por donde Myriam cruzó en bicicleta en el verano de 1942 para ponerse a salvo.

Después de la estación Cité U aparecen edificios viejos, de ladrillo rojo anaranjado, de seis plantas. Los llamaban los HBM, *habitations bon marché* o «casas baratas», ancestros de los HLM, «casas de alquiler moderado», en aquella época de alojamientos populares con precios sociales y exoneraciones fiscales. Siguen existiendo. Los Rabinovitch vivieron en uno de ellos, en el número 78 de la rue de l'Amiral-Mouchez, en la época en que ellos eran «los extranjeros de Francia». Setenta y cinco años después, yo hice realidad el sueño de Ephraïm, el sueño de integración. Ya no vivía en la periferia, sino en el centro. Una auténtica parisina.

Saqué la postal del bolso y empecé a estudiarla. La Ópera Garnier me recordó los años negros de la Ocupación. Seguro que el autor no escogió ese monumento por causalidad. El primero que visitó Hitler a su paso por París.

Al llegar a mi parada, me pregunté si no había que cambiar de forma de pensar. Quizá el autor eligiera esa postal al azar, porque la tenía a mano. Sin mensaje especial. Para llevar a cabo mi investigación, debía desconfiar de las evidencias y, sobre todo, de las suposiciones.

Al dorso, los cuatro nombres escritos como versos corridos, uno debajo de otro, formando una suerte de puzle de escritura extraña, en especial la de los nombres, que parecía deliberadamente falseada. Nunca había visto una *a* escrita así, al final de «Emma», como si fueran dos eses al revés, que quizá había que leer en un espejo a la manera de los enigmas especulares de Leonardo da Vinci.

La fotografía de la Ópera se había tomado en otoño, sin duda durante uno de esos suaves atardeceres del mes de octubre, en el momento del cambio de hora, cuando las farolas parecen encendidas por equivocación, porque el cielo aún está azul como en verano. De hecho, lo imaginaba así, a él, al autor anónimo, como un ser crepuscular en la frontera de los mundos. Un poco como el hombre de espaldas en el primer plano de la foto, con un bolso en el hombro derecho. Su transparencia le confería un aura fantasmal. Ni vivo del todo, ni muerto del todo.

La postal era muy anterior a su envío en 2003. ¿Qué había sucedido? ¿Cambió de opinión al llegar a la oficina de correos? ¿Sintió la necesidad de pensárselo un poco más?

Duda, está a punto de echarla al buzón, pero se contiene en el último momento. Aliviado, quizá, o puede que preocupado, da media vuelta, se va a su casa, y la deja encima de su escritorio. Hasta el siglo siguiente.

Esa noche, después de cenar con mi hija, después de bañarla, ponerle el pijama, darle un beso y acostarla, no le pregunté qué había pasado en la escuela. Se lo había prometido a mi madre. Pero, una vez más, algo me lo impidió.

En lugar de eso, fui a la cocina, puse la postal a la luz de la campana y me quedé mirándola largo rato, como si así pudiera acabar por entender.

Pasé suavemente los dedos por la superficie del cartón, con la sensación de estar frotando una piel, la membrana de un ser vivo cuyo pulso podía sentir, primero débilmente, luego cada vez más fuerte a medida que la acariciaba. Los llamé, a Ephraïm, a Emma, a Jacques y a Noémie. Quería pedirles que me guiaran en la búsqueda.

Me tomé unos segundos para poner en claro mis ideas, preguntándome por dónde empezar a abordar el problema. Me quedé de pie en la cocina, en medio del silencio del apartamento. Luego fui a acostarme. Empezaba a dormirme cuando me pareció verlo. Al autor de la postal. Fue una visión rápida. En la oscuridad de un piso viejo, al final de un pasillo sombrío, como en el fondo de una gruta, ahí estaba, esperando desde hacía décadas, paciente, a que yo fuera a buscarlo.

—Es extraño lo que voy a decirte... Pero a veces tengo la impresión de que me empuja una fuerza invisible...

—¿Tus *dibuks*? —me preguntó Georges al día siguiente, a la hora de comer.

—En cierta manera sí, creo en una especie de fantasma... Pero ¡me gustaría que te tomaras mi historia en serio!

—Me la tomo muy en serio. ¿Sabes qué?, deberías enseñarle la postal a un detective privado, tienen técnicas para encontrar a la gente, tienen guías de teléfonos antiguas, filones en los que nosotros ni pensamos...

—Pero es que no conozco a ningún detective privado —dije entre risas.

—Deberías ir a Duluc Detective.

—¿Duluc Detective? ¡Como en las películas de Truffaut!

—Sí, eso es.

—Ya no existe esa agencia, eso era en los años setenta...

—Claro que existe, Duluc Detective, paso por delante a diario de camino al hospital.

Conocía a Georges desde hacía unos meses. Teníamos la costumbre de comer juntos cerca del hospital donde ejercía de médico. Y a veces nos veíamos los sábados por la noche, cuando yo no tenía a mi hija ni él a sus hijos. Ambos separados, nos apetecía ir poco a poco y disfrutar del principio de aquella historia. No teníamos prisa.

—No te olvides del Séder. Es mañana, me recordó Georges al final de la comida.

No me había olvidado. Era la primera vez que íbamos a oficializar nuestra relación. También era la primera vez que yo iba a celebrar el Pésaj. Y eso me hacía sentirme incómoda: le había dicho a Georges que era judía, pero sin precisar que jamás había puesto los pies en una sinagoga.

En nuestra primera cena a solas, le conté la historia de mi familia. Los Rabinovitch, que salieron de Rusia en 1919. Y él me contó la de sus padres; su padre, también nacido en Rusia, miembro de la Resistencia con los francotiradores y los partisanos, mano de obra emigrante. Hablamos durante horas de los destinos cruzados de nuestras familias. Habíamos leído los mismos libros, habíamos visto los mismos documentales. Por todo ello, nos daba la impresión de que ya nos conocíamos.

Después de esa cena, él hizo averiguaciones en una página de internet que menciona Mendelsohn en *Los desaparecidos*, donde se encuentran los documentos genealógicos de las familias askenazíes del siglo XIX. Georges se enteró de que, en 1816, en Rusia, un Chertovski se casó con una Rabinovitch.

—En efecto, nuestros ancestros ya se amaban —me dijo por teléfono—. Y en realidad son ellos quienes han organizado nuestro encuentro.

Por absurdo que pueda parecer, me enamoré de Georges cuando pronunció esa frase.

Al volver a casa después de la comida, me senté en el despacho para trabajar, pero era incapaz de concentrarme. Volvía a pensar una y otra vez en la postal. ¿Era una reparación para quienes se habían visto privados de toda sepultura? ¿El epitafio de una tumba cuya placa era un rectángulo de cartón de quince por diecisiete centímetros? O, al contrario, ¿tenía que ver con una voluntad de hacer el mal? ¿De provocar miedo? Poema macabro de un *memento mori* de risa sardónica. Mi intuición oscilaba sin cesar entre dos posibles caminos de interpretación, entre la luz y la sombra, igual que las dos estatuas que coronan el edificio de la Ópera Garnier. En la postal, la Armonía está iluminada mientras que la Poesía desaparece en la noche, como dos espíritus alados opuestos por la luz. Entonces, en lugar de trabajar, escribí «agencia Duluc» en el motor de búsqueda de Google.

«Casa fundada en 1913, investigación, búsquedas, seguimientos, París». El retrato oficial del señor Duluc apareció en la pantalla de mi ordenador, un hombre pequeñito, moreno, de rostro anguloso, con las cejas perfiladas como los cuernos de un carnero. Su bigote, desmesuradamente grande, se enrollaba sobre sí mismo hasta los orificios de la nariz, y era de un negro tan profundo que parecía postizo, de fieltro.

«Presente en la misma dirección desde 1945, en el distrito I de París, la Agencia Duluc se ha desarrollado diversificando sus actividades: investigación y búsquedas por cuenta de empresas y particulares. La agencia está a su disposición veinticuatro horas al día, siete días de la semana. Nuestras consultas son gratuitas. "Para poder decidir, hay que saber"».

El lema me dejó pensativa. Enseguida envié un e-mail con mis datos: «Buenos días, les escribo porque necesito de sus servicios para encontrar al autor de una postal anónima enviada a mi familia en 2003. Es muy urgente e importante para mí. Les agradecería una pronta respuesta».

Un minuto después me sonó el móvil con un mensaje del detective de la agencia. Así que la publicidad no mentía. «Veinticuatro horas, siete días por semana».

«Buenos días, ¡me sorprende su reacción 16 años + tarde! Ahora me encuentro volviendo a París; estaré en la oficina dentro de una hora. Saludos cordiales, F. F.».

Después de cruzar el pont des Arts, avisté de lejos un rótulo en mayúsculas, verde fluorescente, que me resultó familiar. Lo había visto más de una vez, brillando, entrada la noche, al cruzar la rue de Rivoli a la altura del Louvre. Algunas letras ya no se encendían. Se leía D UC DE C IVE. Siempre había pensado que se trataba de un viejo club de jazz pasado de moda.

Delante de la puerta de madera había una placa de latón dorada, atornillada justo encima del portero automático: «Investigaciones» y «1.er piso».

La puerta se abrió sola; recorrí el pasillo hasta una sala de espera. No había nadie, todo estaba en silencio. El diploma original del señor Jean Duluc, el fundador de la agencia, enmarcado en la pared me confirmó que no me había confundido de sitio. La habitación estaba vacía, a excepción de algunos bibelots expuestos en una vitrina. Me pregunté si esos objetos tenían valor sentimental para el detective privado o si los había comprado únicamente para decorar la sala de espera. Los objetos eran tan heterogéneos que poseían un poder hipnótico. El primer bibelot era una figurita de porcelana que representaba el jarrón chino del *Lotus azul*, del que surgían Tintín y Milú. Al lado, bajo un grifo de vidrio, había unas esculturas de dos peces rojos que se besaban, así como numerosos acuarios en miniatura. Si bien la presencia de Tintín entre los objetos expuestos tenía sentido en ese lugar —el joven belga no era detective privado, pero, en cierta manera, sus pesquisas como reportero lo conducían a menudo a resolver enigmas—, los acuarios me resultaron más enigmáticos.

Cogí de la mesa baja un folleto de la agencia.

«Para poder decidir, hay que saber. Pero buscar información, aportar una información completa, fiable, útil, no se improvisa. Hacen falta mucha experiencia y técnica, rigor e intuición, medios materiales y humanos. Y una total garantía de confidencialidad».

El resto del folleto explicaba que Jean Duluc había nacido el 16 de junio de 1881 en Mimizan, en el departamento de las Landas; veintinueve años más tarde había obtenido un diploma de detective expedido por la prefectura de policía de París. Las numerosas fotografías reproducidas indicaban incluso que medía 1,54 metros, un hombre bajito para su época, por tanto, pero de bigote muy largo: un bigote extraordinario con forma de manillar, como los de las brigadas del Tigre, enrollado sobre sí mismo en los extremos.

La puerta de la sala de espera se abrió antes de que pudiera leer el final del texto.

—Sígame —me dijo el detective, sin aliento, como si viniera de una persecución infernal—. Mi tren ha llegado con retraso, lo siento.

Simpático, bajo, fornido, de unos sesenta años, medio canoso, Franck Falque llevaba un grueso par de gafas de concha, pantalón con tirantes, de una pana color marrón más o menos a juego con la chaqueta, y una camisa que seguramente no había visto una plancha en su vida; y tenía cara redonda de buen vividor. Lo seguí hasta su despacho, un cuarto estrecho donde casi se podían tocar las paredes al extender los brazos. La ventana daba a la rue du Louvre y a su animación.

Justo debajo se encontraba un acuario iluminado por neones azules donde nadaban una veintena de guppys, esos peces de agua dulce originarios de América Latina. Eran todos de colores vivos, azulados o amarillos, y sus escamas perfiladas de negro me hicieron pensar en las gafas del detective. Deduje que Franck era un apasionado de esos peces..., de ahí la presencia de los bibelots «acuáticos» en la sala de espera.

Detrás de la mesa había carpetas amontonadas unas encima de otras, como sándwiches reventados desbordándose por los lados.

—Y bien, ¿tiene la postal? —me dijo con acento del sudoeste, sin duda el mismo que, ya hacía un siglo, tuviera Jean Duluc, nacido en Mimizan.

—La he traído —dije sentándome frente a él—, aquí está.

Saqué la postal del bolso para dársela.

—Fue su madre quien recibió esta postal anónima, ¿no?

—Exacto. En 2003.

Falque se tomó su tiempo para leerla.

—¿Y quiénes son estas personas, Ephraïm..., Emma..., Jacques y Noémie?

—Los abuelos de mi madre. Su tío y su tía.

—Bueno..., ¿y no pudo ser una de estas cuatro personas la que enviara la postal? —me preguntó suspirando, como el mecánico del taller que te pregunta de entrada si no te habrás olvidado de poner aceite.

—No, murieron todos en 1942.

—¿Todos? —preguntó el detective, perturbado.

—Sí. Los cuatro. Murieron en Auschwitz.

Falque se me quedó mirando con una mueca. Yo no sabía si me compadecía o si no había entendido bien el sentido de mi respuesta.

—En el campo de exterminio —precisé.

Pero Falque permaneció en silencio y con el entrecejo fruncido.

—Asesinados por los nazis —añadí, para estar bien segura de que nos habíamos entendido.

—¡Oh, qué historia tan horrible! ¡Oh, no, realmente terrible!

Tras esas palabras, Falque agitó la postal con un movimiento de vaivén, a la manera de un abanico. No debía de tener costumbre de oír términos y expresiones como *Auschwitz* o *campos de exterminio* en su oficina. Así que se quedó un momento mudo, atónito.

—¿Cree que podría ayudarme a encontrar al autor? —repetí para relanzar la conversación.

—¡Oh! —repitió Falque, agitando mi postal—. ¿Sabe usted?, mi mujer y yo nos ocupamos de adulterios, de espionajes de empresa, de conflictos vecinales..., cosas de la vida cotidiana. Pero de esto..., ¡no!

—¿Nunca investiga sobre cartas anónimas? —pregunté.

—Sí, sí, sí, claro, de vez en cuando —contestó Falque sacudiendo enérgicamente la cabeza—, pero esto... sinceramente me parece demasiado complicado.

No sabíamos qué más decirnos. Falque vio la decepción reflejada en mi cara.

—¡Fue en 2003! ¡Podía haberse despertado antes! Sinceramente, señora, tiene usted pocas probabilidades de encontrar vivo al autor del envío...

Cogí mi abrigo y le di las gracias.

Franck Falque se me quedó mirando por encima de sus gruesas gafas de concha, empezaba a sudar y noté que solo tenía ganas de una cosa: verme salir de allí cuanto antes. Aun así, consintió en concederme unos minutos más.

—Bueno —añadió suspirando—, voy a decirle lo que se me pasa por la cabeza... ¿Por qué la Ópera Garnier?

—No sé. ¿Se le ocurre algo a usted?

—¿Cree que habrían podido esconderse ahí algunos miembros de su familia?

—Sinceramente, no creo...; habría sido muy arriesgado.

—¿A qué se refiere?

—Durante la Ocupación, la Ópera Garnier era un lugar frecuentado por los círculos mundanos alemanes. Las fachadas de la Ópera estaban cubiertas de cruces gamadas.

Franck se puso a reflexionar de nuevo.

—¿Su familia vivía cerca de allí?

—No. En absoluto. Estaban en el distrito 14, en la rue de l'Amiral-Mouchez.

—¿Tal vez fuera un lugar de encuentro? ¿Eran de la Resistencia? No sé..., como una estación de metro o algo así.

—Sí. Es posible. Un lugar de encuentro...

Dejé voluntariamente la frase abierta, para que el detective desarrollara su idea.

—¿Había músicos en su familia? —me preguntó tras unos segundos de silencio.

—¡Sí! Emma, la del nombre que ve usted, era pianista.

—¿Quizá tocó en la Ópera, formó parte de una orquesta?

—No, solo era profesora de piano. No daba conciertos. Y además, ¿sabe usted?, a los judíos no les permitían tocar en la Ópera durante la guerra. Los compositores fueron eliminados del repertorio.

—Escuche —dijo mirando sucesivamente ambos lados de la postal—, no sé qué más decirle...

Falque consideraba que había cumplido con su deber, había mirado la postal, y ahora quería que me fuera. Pero yo insistí.

—Sí —me dijo suspirando—, se me ocurre algo...

Luego Falque se secó la frente en silencio, creo que se arrepentía de haberme dicho que se le había ocurrido algo.

—¿Sabe usted?, mi suegro... era gendarme..., y nos contaba siempre historias de gendarmes...

De repente, Falque dejó de hablar. Parecía estar pensando en algo muy remoto, completamente absorto.

—Tenía que ser muy interesante —dije, por reanudar la conversación.

— No, qué va. Más que nada chocheaba mucho, contaba siempre las mismas anécdotas, pero a veces era útil, va a entender por qué. ¿Se ha fijado en el sello?

—¿El sello? Sí. He visto que está pegado al revés.

—Pues bien. Quizá sea por algo... —dijo Falque agitando la cabeza de arriba abajo.

—¿Quiere decir que sería algo intencionado por parte del autor?

—Eso es.

—¿Como un mensaje?

—Correcto. Como un mensaje.

Falque miró al frente, sentí que iba a decirme cosas determinantes.

—¿No le importa que tome notas?

—No, no, adelante —dijo mientras se limpiaba los cristales empañados de las gafas—. Figúrese que, en otro tiempo, le hablo del... siglo XIX..., había que pagar el correo dos veces. Una vez para enviar la carta. Y una segunda vez para recibirla. ¿Entiende?

—¿Había que pagar para leer? No tenía ni idea...

—Sí, al principio de la historia del servicio de correos era así. Pero uno tenía derecho a rechazar la carta que se le enviaba. Y en ese caso no se pagaba... Entonces la gente imaginó un código para no pagar la segunda vez. Según cómo estuviera pegado el sello en el sobre, quería decir algo en particular; por ejemplo, si se ponía el sello de lado, inclinado hacia la derecha, eso significaba «enfermedad». ¿Ve usted?

—Perfectamente —contesté—. No había necesidad de abrir la carta ni de pagar la tasa. El mensaje venía en el propio sello. ¿Es así?

—Exacto. Desde entonces, la gente le ha atribuido un sentido a la posición del sello. Por ejemplo, aún hoy, los aristócratas pegan los sellos al revés como señal de protesta. Una manera de decir: «Abajo la República».

—Así que usted piensa que en mi postal se habría colocado el sello al revés adrede...

Falque asintió de nuevo, luego me dio a entender que debía escucharle atentamente.

—Entre los miembros de la Resistencia, enviar una carta con el sello al revés significaba: «Léase lo contrario». Por ejemplo, si se enviaba una carta donde ponía: «Todo va bien», había que interpretar: «Todo va mal».

Luego, el detective volvió a apoyar la espalda en el respaldo de su sillón, lanzando una especie de suspiro, aliviado por haber conseguido sacar algo de aquella postal.

—OK. Hay algo que no acabo de entender. Usted me dice: «Se la enviaron a mi madre». «M. Bouveris» ¿quién es? No es su madre. ¿O sí?

—Ah, no, no. «M. Bouveris» es «Myriam Bouveris», mi abuela. Su apellido de soltera era Rabinovitch; luego se casó con un hombre apellidado Picabia, con quien tuvo a mi madre, y después con otro hombre apellidado Bouveris. En resumidas cuentas, se la enviaron a mi abuela, pero a la dirección de mi madre, que se llama Lélia.

—No he entendido nada.

—Bueno, rue Descartes, 29, es la dirección de mi madre, Lélia. Pero «M. Bouveris» es mi abuela, Myriam. ¿Lo entiende?

—OK, OK, entendido. Pero ¿qué opina de esto Myriam?

—Nada. Mi abuela murió en 1995. Ocho años antes del envío de la postal.

Franck Falque se tomó unos momentos para reflexionar, entornando los ojos.

—No, si le digo esto es porque, al principio, cuando me ha enseñado la postal, he leído... «Señor Bouveris». ¿Entiende? M. de *Monsieur,* señor.

Esa respuesta me pareció totalmente pertinente.

—Sí, tiene usted razón, nunca pensé que pudiera ser «Señor Bouveris»...

Lo apunté en la libreta, tenía que hablar de todo aquello con Lélia.

Franck Falque se inclinó hacia mí. Sentí que iba a seguir beneficiándome de las luces del detective.

—Bueno. ¿Y quién es el señor Bouveris? ¿Puede decirme algo más?

—No gran cosa. Era el segundo marido de mi abuela, murió a principios de los noventa. Creo que era un hombre muy melancólico. Trabajó para el fisco un tiempo, pero ni siquiera estoy segura de eso.

—¿De qué murió?

—No está claro. Creo que se suicidó. Como mi abuelo antes que él.

—¿Su abuela tuvo dos maridos y ambos se suicidaron?

—Sí, eso es.

—¡Vaya! —replicó levantando sus pobladas cejas al techo—, en su familia no mueren a menudo en una cama, ¿no?... Entonces ¿su abuela vivió en esta dirección? —me preguntó mostrándome la postal.

—No, Myriam vivía en el sur de Francia.

—En tal caso, la cosa se complica...

—¿Por qué?

—El apellido de su abuela, Bouveris, ¿figuraba en el buzón de sus padres?

Negué con la cabeza.

—Entonces ¿por qué la dejó ahí el cartero si no hay ningún «M. Bouveris» inscrito en el buzón?

—Nunca lo he pensado... Es extraño, en efecto.

En ese momento, ambos dimos un respingo debido al timbre de la puerta, que acababa de sonar. Un pitido estridente. Era la cita del señor Falque.

Me levanté tendiéndole la mano para mostrarle toda mi gratitud.

—Muchísimas gracias. ¿Cuánto le debo?

—Nada —contestó el detective.

Antes de franquearme la salida, Franck Falque me dio una tarjeta de visita toda arrugada.

—Tenga, es un amigo, puede llamarlo de mi parte, es especialista en análisis grafológicos de cartas anónimas.

Me metí la tarjeta en el bolsillo. Era hora de ir a la escuela. Cogí el autobús para no llegar tarde. Durante el trayecto volví a pensar en los *dibuks* de los que me había hablado Georges, esos espíritus perturbados que entran en los cuerpos de la gente para vivir a través de ellos historias tan fuertes como invisibles, y recuperar así la sensación de estar vivos.

3

«Vestimenta adecuada para el Pésaj».

Escribí estas cinco palabras en el buscador Google. Apareció Michelle Obama en la pantalla de mi ordenador. Estaba sentada en una mesa, rodeada de hombres con kipás. Ella exhibía esa sonrisa franca típica suya y un vestido azul marino, sencillo, bastante parecido a uno mío guardado en alguna parte de mi armario. Eso me tranquilizó, tuve la sensación de que la cena en casa de Georges no tenía por qué ser necesariamente una catástrofe.

Llegó la canguro. Mientras le leía un cuento a mi hija, yo seguí buscando. Las fotografías que se sucedían en la pantalla mostraban libros en hebreo encima de una mesa, platos que contenían cosas extrañas. Huesos, hojas de lechuga, huevos duros... Un laberinto de signos. Un mundo desconocido donde tenía miedo a perderme. Georges creía, tras nuestras conversaciones, que yo conocía la liturgia de las festividades judías y que sabía leer en hebreo.

No se lo desmentí.

Era la primera vez que salía con un hombre de confesión judía. Antes de él nunca se me había planteado la cuestión de si sabía o no cómo transcurría el Séder ni si había hecho mi Bar Mitzvá. Mi apellido no era judío, de forma que cada vez que salía con un hombre, al cabo de un tiempo, se sorprendía:

—¡Ah! ¿Eres judía?

Sí, a pesar de las apariencias...

En la facultad me hice amiga de una chica, Sarah Cohen, de pelo negro y tez morena. Me contó que los hombres con los que salía siempre se imaginaban que era judía. Pero como su madre no lo era, ella tampoco, según la ley. Sarah acabó cogiendo complejo.

Yo era judía, pero no se me notaba. Sarah parecía judía, pero según nuestros textos sagrados no lo era. Nos reímos de aquello. Era absurdo. Irrisorio. Y sin embargo, marcaba nuestra vida.

Con los años, la cuestión seguía siendo complicada, incomprensible, sin parangón posible. Podía tener un abuelo de sangre española y otro de sangre bretona, un bisabuelo pintor u otro comandante de un rompehielos, pero nada, absolutamente nada, era comparable con el hecho de venir de un linaje de mujeres judías. Nada me condicionaba tanto en la mirada que mis parejas proyectaban sobre mí. Rémi tuvo un abuelo colaboracionista. Théo se interrogaba sobre sus posibles orígenes judíos ocultos. Olivier parecía judío y a menudo lo tomaban por uno. También ahora con Georges. Nunca era anodino.

Acabé por escoger el vestido azul marino. Me apretaba algo en la cintura, porque me había ensanchado un poco a raíz del embarazo. Pero no tenía tiempo de encontrar otro. Llegaba tarde. Todos los invitados estaban ya en casa de Georges.

—¡Por fin! —dijo cogiéndome el abrigo—. Pensaba que no llegarías nunca. Anne, estos son mi primo William y su mujer, Nicole. Sus dos hijos están en la cocina. Te presento también a François, mi mejor amigo, y a su mujer, Lola. Por desgracia mis hijos se han tenido que quedar en Londres, pero es que están en pleno periodo de exámenes. Es triste, es el primer Séder que voy a pasar sin ellos. Aquí está Nathalie, que ha escrito un libro que voy a regalarte. ¡Ah! —dijo al ver a una mujer que hacía su aparición en el salón—, ¡y esta es Déborah!

Nunca me había encontrado con ella, pero sabía perfectamente quién era Déborah. Georges me había hablado de ella en repetidas ocasiones.

Su mirada me hizo comprender varias cosas. Que Déborah era una mujer autoritaria y segura de sí misma. Y que le desagradaba mi presencia en esa cena.

Déborah y Georges se conocieron cuando los dos eran internos. En aquella época, Georges estaba muy enamorado de Déborah, pero no era correspondido. Ella lo rechazó. ¿Cómo había podido imaginar por un momento que una chica como ella pudiera interesarse por un muchacho como él?

«Prefiero que seamos amigos», había replicado ella.

Habían transcurrido más de treinta años. Georges y Déborah vivieron sus respectivas vidas sin perderse de vista. Trabajaron en los mismos hospitales. Georges tuvo dos hijos y un divorcio largo. Déborah tuvo una hija y una separación rápida. Siguieron frecuentándose de cuando en cuando, en los cumpleaños de los colegas médicos, sin volver a hablarse realmente.

«Nos conocemos mal desde hace mucho tiempo», decía Déborah refiriéndose a Georges.

«Nos conocimos bien en otro tiempo», decía Georges a propósito de Déborah.

Hasta que, treinta años después, Déborah se fijó de nuevo en Georges y por fin le pareció interesante.

Pensó que Georges se sentiría dichoso al recuperar el amor de su época como internos. Pero las cosas no sucedieron así y Georges le propuso: «Déborah, desearía realmente que siguiéramos siendo amigos».

Ella concluyó entonces que reconquistar el amor de Georges sería menos fácil de lo que había pensado.

«Mejor así», se dijo ella.

Georges mantenía con Déborah lo que él denominaba «amistad», pero que en el fondo era una suerte de revancha, porque se sentía halagado. Esa chica que antaño le hiciera sufrir tanto ahora lo cortejaba.

Cuando Déborah me vio llegar a casa de Georges al principio se sorprendió. Georges le había hablado de mí, pero ella había pensado que no sería una rival seria, puesto que no era médica. Mi presencia en la cena del Pésaj la obligó a ver las cosas de otra manera. Que Georges no la hubiera avisado la ofendió. Consideró que él la había humillado.

—¿Cenamos? —dijo Georges.

«Te vas a enterar», pensó Déborah.

Mientras los hombres se ponían las kipás, Déborah hizo un chiste sobre la diferencia entre un Pésaj sefardí y un Pésaj askenazí, que todo el mundo encontró muy divertido. Menos yo, claro. Déborah subrayó mi ignorancia excusándose.

—Lo siento, son bromas judías...

—Pero si Anne también es judía —dijo Georges.

—¡Ah! Pensaba que tu apellido era bretón... —puntualizó ella, circunspecta.

—Mi madre es judía —dije sonrojándome.

Georges empezó a pronunciar la oración en hebreo y mi corazón comenzó a palpitar; todo el mundo seguía sus palabras puntuándolas con un «amén» que pronunciaban como «o-mein». Y aquello me turbó, porque creía que solo los cristianos decían «amén». Notaba que Déborah observaba cada uno de mis gestos, todo aquello se asemejaba a una pesadilla.

Georges pidió a uno de sus sobrinos, que preparaba la Bar Mitzvá, que explicara la bandeja del Séder.

—Los símbolos son el *maror*, las hierbas amargas que evocan la aspereza de la esclavitud en Egipto, la vida amarga de nuestros ancestros, en recuerdo de los sufrimientos soportados por los hebreos cautivos. La *matzá*, que representa el ansia con que los judíos recobraron su libertad...

Mientras el sobrino recitaba la lección, todo el mundo se sentó. Al ir a aposentarme en mi silla, se me desgarró el vestido por un costado. Déborah sonrió.

—Coged todos una *Hagadá* —dijo Georges—. He encontrado las de mis padres. Por una vez, hay una por persona.

Tomé el libro colocado encima de mi plato, intentando ocultar mi confusión, pues todo estaba escrito en hebreo.

Déborah se inclinó hacia mí, hablando en voz alta para que todo el mundo la oyera:

—La *Hagadá* se abre por la derecha.

Me puse a balbucear excusas, torpemente. Con voz grave, Georges inició el relato de la salida de Egipto.

—«Este año somos esclavos...».

La historia de la *Hagadá* recordaba a todos los presentes en la mesa las terribles pruebas que tuvo que sufrir Moisés.

Me dejé mecer por las respuestas y por la belleza del relato de la liberación del pueblo hebreo. El vino del Pésaj me procuraba una embriaguez intensa, alegre, y la sensación de que ya había vivido esa escena, de que conocía todos los gestos que estábamos haciendo. Todo me resultaba cercano, pasar de mano en mano los *matzot*, remojar las hierbas amargas en agua salada, poner con la punta de mi dedo una gota de vino en mi plato y colocar mi codo sobre la mesa. Las bandejas de cobre donde se encontraban los alimentos simbólicos del Pésaj también me parecían conocidos, como si los hubiera tenido ante la vista desde siempre. Los cánticos hebreos sonaban familiares a mis oídos. El tiempo estaba como abolido, me sentí fascinada, invadida por la calidez de un profundo júbilo que venía de lejos. La ceremonia me transportaba a tiempos remotos, tuve la sensación de que unas manos se deslizaban dentro de las mías. Los dedos de Nachman, rugosos como las raíces de un viejo roble. Su rostro se acercó a mí por encima de las velas para decirme:

—Somos todos perlas de un mismo collar.

Fue el final del Séder. Empezó la cena.

Voluble, cómoda con todos, Déborah ejercía de anfitriona. Hacía cumplidos a todo el mundo. Menos a mí, claro. Yo era esa pariente lejana a la que se invita para no dejarla sola un día de fiesta, pero a quien no se tiene nada que decir.

Parlanchina, guapa, divertida, Déborah se puso a contar con humor la cena que había preparado para Georges, unos ajíes que se le habían quemado, la receta de caviar de berenjena que le venía de su madre, la de los pimientos marinados, que le transmitiera su padre. Hablaba, hablaba, hablaba, y todos la escuchaban.

—Y bien, tu madre ¿cómo prepara el *gefilte fish*? —me preguntó Déborah.

No contesté, como si no hubiera oído. Seguidamente, Déborah se volvió hacia Georges.

—Lo que más me sorprende todos los años de la *Hagadá* es esa orden tan antigua, que hemos de ir a Israel para escapar de las persecuciones. «Reconstruye Jerusalén, la ciudad santa, rápidamente en nuestros días». Está escrito con claridad. Desde hace más de cinco mil años.

—Parece que estás pensando en establecerte en Israel... —dijo Georges a su primo.

—Sí, imagínate. Cuando leo los periódicos, cuando veo lo que nos pasa aquí, en Francia, me digo que la gente no quiere saber nada de nosotros.

—Siempre exageras, papá —dijo el hijo de William—. Nadie nos persigue.

William echó la silla hacia atrás, estupefacto ante la apostilla de su hijo.

—¿Quieres que hagamos la cuenta de todos los actos antisemitas que han tenido lugar desde principios de año? —preguntó a su hijo.

—Papá, todos los años hay muchas más agresiones contra los negros y contra los árabes en Francia.

—¿Has visto que tienen la intención de reeditar el *Mein Kampf*? Con «comentarios bien documentados». Qué cinismo. Y será un éxito de ventas.

La mujer de William lanzó una mirada a su hijo para decirle que no merecía la pena que replicara. Y François, el mejor amigo de Georges, cambió de tema.

—¿Te irás si gana las elecciones el Frente Nacional? —preguntó a Georges.

—No, yo no me voy.

—¿Por qué? ¡Estás loco! —dijo William.

—Porque voy a resistir, y la resistencia se organiza *in situ*.

—No entiendo ese razonamiento. Si tienes ganas de luchar, ¿por qué no lo haces ahora, antes de que sea demasiado tarde? La idea es evitar que se nos venga encima —dijo Lola, la esposa del mejor amigo de Georges.

—Tiene razón. Estamos aquí, esperando la catástrofe, sentados en nuestras sillas...

—Para ti, en el fondo, lo que está en juego es la posibilidad de revivir lo que vivió tu padre durante los años de la guerra y la

Resistencia. Pero la historia nunca se repite. ¡No vas a echarte al monte!

—Es cierto, es un fantasma familiar muy fuerte.

—Ese es el problema —dijo el hijo de William, que tenía ganas de discutir con los viejos—. Son vuestros fantasmas. Os decís que con la llegada del Frente Nacional por fin podréis pelear, como vuestros padres en Mayo del 68, y como vuestros abuelos en la guerra. En realidad, os encantaría que ganara la extrema derecha para sentiros activos. Vosotros, los poderosos de la izquierda. Estáis esperando la catástrofe para que por fin suceda algo en vuestra vida.

—Mi hijo se ha vuelto loco, perdonadle —dijo William.

—¡No! No, al contrario, es interesante lo que expresa —respondió François.

—Para la catástrofe..., espera un poco —moderó Lola—. Aunque salga elegido el Frente Nacional, aunque no lo creo, la verdad, incluso si nos precipitáramos hasta ese extremo no veo por qué nosotros, los judíos, sufriríamos con esa situación. Seamos realistas. Estoy de acuerdo con tu hijo, William. Aunque sea judía creo que son los indocumentados, las poblaciones africanas, los migrantes los que van a peligrar. Perdón si os decepciono, señores, pero no seréis vosotros los detenidos en la calle.

—¿Y por qué no? —preguntó William.

—¡Sabes que Lola tiene razón! A ti, a mí no nos sucederá nada —añadió Nicole, la mujer de William—. No van a ponernos la estrella amarilla.

—Pero habrá otras formas de violencia contra los judíos...

—No os enteráis de nada. Son los ciudadanos de origen africano, especialmente los del norte de África, los que correrán riesgos en caso de que el Frente Nacional consiga una victoria. Mucho más que nosotros.

—La cuestión es: ¿estáis dispuestos a luchar por los otros? ¿Y si os convirtierais en justos? Mirad a las familias en la calle, con los niños muriéndose de hambre en unos colchones. ¿No os recuerda a nada? ¿Y si ahora os tocara a vosotros ser generosos? ¿Traer a alguien a vuestra casa, a dormir en vuestro sofá? ¿Os atreveríais a dar el paso? ¿Y si por una vez no fuerais las víctimas, sino los que pueden ayudar?

—Los judíos tenían enemigos en Francia. Los migrantes no tienen enemigos en nuestro territorio.

—¿Y vuestra indiferencia? ¿No es una forma de colaboración?

—Eh, eh, eh, cálmate, ¿vale? Y no hables así a tu padre.

—Ese discurso biempensante es simplista —contestó William—. Y culpabilizador para los judíos. Vivimos en un país donde aún hay mucho antisemitismo. Lo estamos comprobando ahora mismo. Imagínate que, de repente, con la llegada del Frente Nacional al poder, tienes que vértelas con la justicia cuando la cúspide de la pirámide estatal no esté de tu parte. Pues bien, para mí eso cambia la percepción de ser judío en este país, desde luego.

—Con semejantes discursos catastrofistas tranquilizas tu conciencia si no haces nada por los demás.

—¡No podéis entenderlo! —exclamó William—. Georges y yo, en nuestra generación, sufrimos mucho antisemitismo, y algo así deja huella, ¿a que sí, Georges?

Georges se echó a reír porque William, de golpe, se había puesto muy dramático.

—Escucha, William —le contestó—, estoy de acuerdo en todo contigo. Pero si he de serte sincero, nunca he sufrido ningún acto antisemita. Ni en la escuela ni en mi trabajo.

William apoyó los brazos sobre su vientre. No daba crédito a que su primo soltara una estupidez así. Sonriente, seguro del efecto que iba a provocar, preguntó a Georges:

—Ah, ¿estás realmente seguro?

—Sí —confirmó Georges—. Estoy seguro.

—¿Quieres decir que nunca te has preguntado por lo que te sucedió el año de tu Bar Mitzvá?

Fue en ese momento cuando Georges comprendió la alusión de su primo.

—OK, OK... —admitió con un gesto contrito que mostraba que se confesaba vencido—. Estaba en el interior de la sinagoga la tarde del atentado de la rue Copernic.

—¡¿Y eso no es un acto antisemita?! —gritó William levantándose.

La silla cayó hacia atrás, parecía una obra de teatro interpretada por ambos primos. ·

—Sí, era el 3 de octubre de 1980, unos meses después de mi Bar Mitzvá, en esa época me sentía todavía un ferviente judío. Uno de esos raros periodos en que iba con mucha regularidad a la sinagoga...

—Perdona que te interrumpa —dijo William—, pero me gustaría precisar algo a mi hijo: ¡la fecha fue escogida para celebrar la noche del 3 de octubre de 1941, cuando se atacaron seis sinagogas en París! Entre ellas, la de la rue Copernic.

—Era el oficio del viernes por la tarde, la sinagoga estaba llena; yo me encontraba rezando con mi hermana. Unos diez minutos antes de que acabara la ceremonia, durante el Adon Olam Asher..., estalló la bomba. Oímos una fuerte deflagración. Los cristales de las ventanas cayeron sobre algunos miembros de la congregación. El rabino nos sacó enseguida por la puerta de atrás. Mi hermana y yo vimos coches en llamas. Nos dirigimos hacia la izquierda, hasta la Avenue Kléber, donde cogimos el autobús. Al llegar a casa, Irène, nuestra niñera, estaba viendo las noticias en el canal FR3. Unos minutos antes habían informado del atentado. Enseguida se dio cuenta de que acabábamos de escapar de un peligro inmenso.

—¿Y tú?

—Yo en ese momento no. Pero por la noche, en la cama, me temblaban las piernas y no podía controlarlas.

—Luego —añadió William— acuérdate de las declaraciones antisemitas de Raymond Barre.

—Sí, entonces era primer ministro..., dijo que el atentado era aún más chocante porque había «franceses inocentes» entre las víctimas, que se encontraban en la calle por casualidad, delante de la sinagoga.

—¿Dijo «franceses inocentes»?

—Sí, sí. Como si para él, nosotros, los judíos, no fuéramos inocentes del todo, ni franceses de verdad...

—¿Y no piensas que ese atentado te haya dejado huella?

—No, creo que no.

—Eso es negacionismo.

—¿Tú crees?

—Sí, es negacionismo. Soterramiento. Y también cierto sentimiento de seguridad debido a la asimilación.

—¿Qué quieres decir?

—Míranos, alrededor de esta mesa —dijo François—. Todos somos hijos o nietos de migrantes. Lo somos nosotros mismos. ¿Acaso nos imaginamos así? En absoluto. Nos vemos como burgueses franceses, nacidos en el seno de familias de clase media que han triunfado socialmente. Todos nos sentimos perfectamente integrados. Nuestros apellidos tienen todos sonoridad extranjera, y sin embargo, conocemos bien los vinos de aquí, hemos leído la literatura clásica francesa, sabemos cocinar la blanqueta de ternera como todo francés que se precie... Pero pensadlo bien y preguntaos si ese sentimiento de hallarse profundamente integrados en este país no se parece al que tenían los judíos franceses de 1942. Muchos sirvieron al Estado en la Primera Guerra. Y sin embargo los metieron en aquellos trenes.

—Exactamente. Eso es negacionismo. Pensar que no puede pasarte nada.

—Pero nadie os pide la documentación cuando cogéis el metro. Dejad de flipar —dijo el hijo de William.

—No estamos «flipando». Francia atraviesa un periodo de mucha violencia, económica y social. Si miras la historia de Rusia de finales del siglo XIX, de la Alemania de los años treinta, esos factores siempre provocaron manifestaciones antijudías: desde que el mundo es mundo. Dime, ¿por qué sería distinto hoy?

—Escuchad, la hija de Anne ha tenido un problema en la escuela, ¿verdad? Cuéntales.

Todas las miradas se volvieron hacia mí. Casi no había participado en el debate desde el principio de la comida. Y los amigos de Georges tenían curiosidad por escucharme: él les había hablado mucho de mí.

—Esperad, todavía no sabemos qué ha sucedido... —empecé a decir—. Pero algo la perturbó y... le preguntó a mi madre si era judía...

—¿Quieres decir que tu hija no sabe que es judía? —preguntó Déborah interrumpiéndome.

—Sí, pero no muy bien... Yo no soy practicante. Así que es cierto que no la desperté un día diciendo: «Ah, se me olvidaba, que sepas que somos judíos...».

—¿No celebráis las fiestas?

—Justamente. ¡Todas! También Navidad..., el roscón Reyes..., Halloween..., los huevos de Pascua... Me imagino que tiene un batiburrillo en la cabeza.

—Bueno —dijo Georges—, cuéntales qué ha sucedido.

—Mi hija dijo: «En la escuela no gustan mucho los judíos».

—¿Qué?

—¡Qué horror!

—¿Qué ha sucedido para que pueda pensar una cosa así?

—No sé muy bien, de hecho...

—¿Cómo?

—No se lo he preguntado... todavía.

Se me encogió el corazón. Los amigos de Georges, a los que veía por primera vez, estaban tomándome por una madre indigna y una mujer incongruente.

—En realidad, aún no he tenido tiempo de hablar con ella... —añadí—, sucedió hace apenas unos días.

El que no decía nada era Georges, pero me daba cuenta de que no sabía cómo ayudarme.

La tensión se hizo palpable, sus amigos, sus primos parecían haber cambiado de cara. Todo el mundo me miró con desconfianza.

—No me apetece hacer de eso un drama —añadí para defenderme—. No quiero alimentar el comunitarismo. Y además, si ahora nos ponemos a tomar en serio los insultos de los recreos...

Sentí que mis argumentos causaban efecto. De todas maneras, los amigos de Georges estaban deseando darme la razón y cambiar de tema; de hecho, era hora de pasar al salón. Georges propuso que nos levantáramos. Entonces Déborah espetó:

—Si fueras judía de verdad, no te lo tomarías a la ligera.

Su frase rozó los demás rostros antes de estamparse contra el mío. A todo el mundo le sorprendió la violencia de su observación.

—¿Qué quieres decir? —preguntó Georges—. Te ha dicho que su madre es judía. Su abuela es judía. Su familia murió en Auschwitz. ¿Qué más quieres? ¿Necesitas un certificado médico?

Pero Déborah no se echó atrás.

—Ah, sí. ¿Hablas del judaísmo en tus libros?

Yo no sabía qué contestar, me desestabilizó. Empecé a balbucear. Entonces Déborah me miró fijamente a los ojos y me dijo:

—En realidad, si lo he entendido bien, tú eres judía cuando te conviene.

4

Georges:

Las observaciones de Déborah me han herido, pero, si he de ser sincera, albergaban parte de verdad.

No me sentía cómoda yendo a celebrar el Pésaj a tu casa.

Y todo debido a un malentendido entre nosotros desde nuestra primera cena.

Te hablé de mi familia, de su destino. Naturalmente, tú pensaste que había crecido en una cultura que también es la tuya, y me comunicaste que ese hecho nos hacía sentirnos más cercanos. Yo no lo desmentí porque tenía ganas de que nos sintiéramos «más cercanos».

Pero no es la verdad.

Soy judía, pero no sé nada de esa cultura.

Tienes que entender que, después de la guerra, mi abuela Myriam se adhirió al Partido Comunista para proseguir así con el ideal revolucionario de sus padres cuando vivían en Rusia. Pensaba que sus hijos, sus nietos, nacerían en un mundo nuevo, sin relación con el mundo del pasado.

Mi abuela, la única superviviente de la guerra, no volvió a poner los pies en una sinagoga. Dios había muerto en los campos de la muerte.

A su vez, mis padres no nos educaron, ni a mis hermanas ni a mí, en el judaísmo. Los mitos fundamentales de mi infancia, de mi cultura, pertenecen esencialmente al socialismo laico y republicano, tal y como lo soñó toda una generación de jóvenes de finales del siglo XX. En eso, mis padres se parecen a mis abuelos, de los que te he hablado, a Ephraïm y Emma Rabinovitch.

Nací de unos padres que tenían veinte años en 1968 y para quienes aquel Mayo fue muy importante. Esa ha sido mi religión, por así decirlo.

Por esa razón nunca he entrado en una sinagoga. Para mis padres, la religión era el opio del pueblo. No celebrábamos el *sabbat* los viernes por la noche. Ni el Pésaj, ni el Kipur. Los grandes momentos de reuniones familiares eran la fiesta de L'Humanité, con los conciertos de Barbara Hendricks cantando «Le Temps des cerises» en la Place de la Bastille, y «la fiesta de los padres», una festividad que nos habíamos inventado nosotros, una versión no petenista y anticapitalista de la fiesta de las Madres. No conozco ningún texto bíblico, no conozco ningún rito, no he estudiado en el Talmud Torá. Por el contrario, mi padre me leía a veces fragmentos del *Manifiesto del Partido Comunista* por la noche, antes de dormirme. No sé leer en hebreo, pero me he leído todo Roland Barthes, porque cogía sus ensayos de la biblioteca de mis padres.

No conozco los cánticos del Kipur, pero sí toda la letra del «Canto de los partisanos». No íbamos a la sinagoga a oír al jazán en las fiestas, pero mis padres nos hacían escuchar a los Doors, y yo conocía todas sus canciones antes de cumplir los diez años. No me enseñaron que un pueblo había sido elegido para salir de Egipto, pero sí me explicaban que debería trabajar muy duro porque era mujer y no tendría ninguna herencia.

No conozco la vida del profeta Elías, pero sí las aventuras del Che y del subcomandante Marcos. Nunca oí hablar de Maimónides, pero mi padre me aconsejó que leyera a François Furet cuando estudié la Revolución francesa. Mi madre no hizo la Bar Mitzvá, pero sí el Mayo del 68.

Una educación así no proporcionaba armas para enfrentarse a la vida. Pero esa cultura, un poco romántica, esa leche con la que me alimentaron, no la cambiaría por ninguna otra. Mis padres me inculcaron los valores de igualdad entre los seres, creyeron realmente en el advenimiento de una utopía, de manera que nos formaron, a mis hermanas y a mí, para llegar a ser mujeres intelectualmente libres, en una sociedad donde la Cultura ilustrada acabaría, por su inteligible claridad, con toda clase de oscurantismo religioso. No lo consiguieron, claro. Pero lo intentaron. Lo intentaron de verdad. Y los admiro por eso.

Sin embargo.

Sin embargo, un elemento perturbador aparecía periódicamente para contradecir esa educación.

Ese elemento perturbador era una palabra, la palabra *judío*, esa palabra extraña que surgía de vez en cuando, a menudo en boca de mi madre, sin que yo entendiera de qué se trataba. Mi madre siempre evocaba esa palabra, esa noción, o, mejor dicho, esa historia secreta, inexplicada, a la que ella acudía siempre desordenadamente y que a mí me parecía brutal.

Me veía confrontada a una contradicción latente. Por una parte, con esa utopía que describían mis padres como un modelo de sociedad por construir, grabando en nosotras día tras día que la religión era una plaga que había que combatir por encima de todo. Y, por otra parte, agazapada en una región oscura de nuestra vida familiar estaba la existencia de una identidad oculta, de una ascendencia misteriosa, de una estirpe rara cuya razón de ser residía en el corazón de la religión. Éramos todos una gran familia, fuera cual fuera el color de nuestra piel, nuestro país de origen, todos nos hallábamos unidos, unos a otros, por nuestra humanidad. Pero en medio de ese discurso de las Luces que me enseñaban estaba esa palabra que reaparecía una y otra vez como un astro negro, como una constelación extraña revestida de un halo de misterio. Judío.

Y las ideas se enfrentaban dentro de mi cabeza. Cara, la lucha contra toda forma de herencia patrimonial. Cruz, la revelación de una herencia judaica transmitida por mi madre. Cara, la igualdad de los ciudadanos ante la ley. Cruz, el sentimiento de pertenencia a un pueblo elegido. Cara, el rechazo de todo lo «innato». Cruz, una afiliación designada en el momento del nacimiento. Cara, éramos seres universales, ciudadanos del mundo. Cruz, extraíamos nuestros orígenes de un mundo tan particular como encerrado en sí mismo. ¿Cómo aclararse? De lejos, las cosas enseñadas por mis padres me parecían claras. Pero de cerca ya no.

Olvidé meses, años enteros de mi existencia; olvidé las ciudades que visité, los acontecimientos que me sucedieron; olvidé las historias que la gente no suele olvidar, mis notas de bachillerato, el nombre de mis maestras de la escuela, y muchas cosas más. Y a pesar de esa memoria olvidadiza, puedo describir con precisión todas las veces que oí la palabra *judío* en mi infancia. Desde la primera: tenía yo seis años.

Septiembre de 1985

Durante la noche pintaron en la fachada de nuestra casa una cruz gamada. Por supuesto, yo no tengo ni idea de qué significa eso.

—No es nada —dice mi madre.

Pero la noto afectada.

Lélia intenta borrar la cruz con una esponja y lejía, pero la pintura negra no se va, el tinte es denso y se ha quedado agarrado.

La semana siguiente vuelven a hacer una pintada en la casa. Esta vez, un círculo tachado que parece una diana. Mis padres pronuncian unas palabras que yo nunca había escuchado antes, esa palabra *judío* que me sorprende como una bofetada, ese término que viene por primera vez a irrumpir en mi vida. También oigo la palabra *gud*, cuya sonoridad, onomatopeya cómica, deja huella en mi mente infantil.

—Bueno, tranquila, no hay que darle ninguna importancia, olvídalo. Esos dibujos no tienen nada que ver con nosotros —me dice mi madre.

Entiendo, a pesar de las palabras tranquilizadoras, que Lélia se siente amenazada por «algo», y que ese «algo», el antisemitismo, existe en un mundo contiguo al mío, un círculo de espacio y tiempo que gira alrededor de mi planeta de niña.

Enero de 1986

Cuando habla mi madre, las palabras vuelan por encima de mi cabeza como insectos que zumban junto a mis oídos. Entre ellas, hay una que vuelve siempre en sus conversaciones, una que nunca se pronuncia como las demás, con una sonoridad particular: una palabra que me da miedo y me excita al mismo tiempo. Mi repulsión natural al escucharla se ve contradicha por los escalofríos de mi cuerpo en cuanto aparece, porque he entendido que esa palabra tiene que ver conmigo, sí, me siento «designada» por ella.

En el patio de recreo, con los demás niños, ya no me gusta jugar al escondite porque siento el doloroso miedo de que me descubran —el miedo de la presa—. A una de las cuidadoras que me pregunta por qué lloro, le contesto: «En mi familia somos judíos». Recuerdo su mirada de asombro en ese momento.

Otoño de 1986

Estoy en clase con mis compañeros de siete años. Van casi todos a catequesis y se reúnen los miércoles por la tarde para hacer actividades.

—Mamá, querría apuntarme al catecismo.

—No puede ser —contesta Lélia, irritada.

—Pero ¿por qué?

—Porque somos judíos.

No sé qué quiere decir con eso, pero me doy cuenta de que más vale no insistir. De repente me avergüenzo de mis deseos, siento vergüenza de haber querido asistir a la catequesis; y todo porque las niñas llevan bonitos vestiditos blancos los domingos delante de la iglesia.

Marzo de 1987

En los azucarados envoltorios de los chicles Malabar viene una calcomanía. Hay que retirar el papel protector, ponerlo bajo el agua y luego esperar a que se pegue la imagen en la piel. Me pongo una en el interior de la muñeca.

—Quítate ese tatuaje inmediatamente —me dice Lélia.

—Quiero dejármelo, mamá.

—La abuela se enfadaría muchísimo si viera lo que te has hecho.

—Pero ¿por qué?

—Porque los judíos no se hacen tatuajes.

Otro misterio. Sin más explicaciones.

Principios del verano de 1987

Por primera vez, la televisión francesa emite *Shoah*, de Claude Lanzmann. Por la noche, cuatro días seguidos. Siento perfectamente, a pesar de tener solo ocho años, que se trata de un acontecimiento muy importante. Mis padres deciden grabar las emisiones televisadas gracias al reproductor de vídeo comprado el año anterior para ver la Copa del Mundo de fútbol.

Las cintas de *Shoah* están guardadas aparte, no las mezclan con las otras VHS. Mi hermana mayor ha dibujado una estrella de David en el lomo de cada estuche, con signos de exclamación en rojo y esta orden en letra grande: NO BORRAR. Esas cintas me dan miedo, me alegro de que estén guardadas aparte.

Mi madre las ve durante horas y horas. Y nadie puede molestarla.

Diciembre de 1987

Acabo por preguntar a mi madre:

—Mamá, ¿qué quiere decir «ser judío»?

Lélia no sabe qué responder realmente. Se lo piensa. Luego va a buscar un libro a su despacho. Lo pone en el suelo, encima de la alfombra de gruesa lana blanca que suelta pelusa por los bordes.

Frente a esas fotografías en blanco y negro, esas imágenes de cuerpos descarnados en pijama de rayas, de alambradas bajo la nieve, de cadáveres amontonados unos sobre otros y de montañas de ropa, de gafas y de zapatos, mis ocho años no bastan para lograr organizar una resistencia mental. Me siento físicamente agredida, herida por ellas.

—Si hubiéramos nacido en esa época, nos habrían transformado en botones —dice de repente Lélia.

Las palabras contenidas en esa frase, «nos habrían transformado en botones», conforman una idea demasiado extraña que me devasta.

Ese día, las palabras queman la piel de mi cerebro. Es un lugar donde ya nada crecerá, un ángulo muerto del pensamiento.

¿Se equivocó mi madre aquel día utilizando el término *botón*? ¿O fui yo la que lo confundí con *jabón*? Las experiencias efectuadas con los restos humanos de los judíos tenían como finalidad fabricar, a partir de la grasa, jabones, y no «botones».

Sin embargo, esa es la palabra que se me ha quedado grabada en la cabeza para siempre. Odio coser botones, por la más que desagradable idea de que puedo estar cosiendo a uno de mis antepasados.

Junio de 1989

Es el año del bicentenario de la Revolución francesa. Mi escuela organiza un espectáculo sobre el año 1789. Se distribuyen los papeles. Me escogen para hacer de la reina María Antonieta y el chico elegido para hacer de Luis XVI se llama Samuel Lévy.

El día del espectáculo, mi madre y el padre de Samuel charlan entre sí. Lélia hace un comentario irónico sobre la elección de los actores para interpretar a las cabezas coronadas, destinadas a la decapitación. De nuevo, esa palabra *judío* que llega a mis oídos con la espantosa frialdad de una guillotina. Siento una emoción confusa, el orgullo de ser diferente, mezclado con una amenaza de muerte.

Ese mismo año 1989

Mis padres compran *Maus I. Mi padre sangra la historia* y luego, más adelante, *Maus II. Y aquí comenzaron mis problemas.* Miro las cubiertas de esos cómics como espejos terroríficos que están pidiendo a gritos que los atraviesen. Dudo. Tengo diez años y siento que, si me adentro en esos cómics, me arriesgo a emprender un viaje que podría transformarme para siempre. Acabo por abrirlos.

Las páginas de *Maus* se pegan a mis dedos, el papel se incrusta en la carne de mis manos, ya no puedo soltarlo. Los personajes en blanco y negro vienen a depositarse en mí, a tapizar los tabiques de mis pulmones, me arden las orejas. Por la noche me cuesta dormirme, miro proyectada en las paredes de mi cerebro la danza macabra de los gatos y de los cerdos corriendo tras los ratones, linternas mágicas horripilantes. Unas presencias descoloridas se sientan a mi alrededor hasta en la cama, formas que llevan pijamas de rayas. Es el principio de las pesadillas.

Octubre de 1989

Tengo diez años. Veo con mi madre *Sexo, mentiras y cintas de vídeo*, la película de Soderbergh que acaba de obtener la Palma de Oro en Cannes, en nuestro pequeño cine de barrio. El cajero de la sala, que también es el acomodador y el proyeccionista, me deja entrar a pesar de mi corta edad.

La película gira en torno a una palabra que no entiendo. De vuelta a casa, ya sola en mi cuarto, abro el diccionario. *Masturbación*. Decido poner en práctica la definición, tumbada en la moqueta, con el diccionario abierto a mi lado. Se abre todo un mundo. Un mundo desconocido y poderoso.

Los días siguientes entiendo por las reacciones de los adultos que no debería haber ido a ver esa película que, sin embargo, me ha encantado. La cuidadora del comedor escolar, con la que me entiendo bien, no quiere creerme. Me trata de mentirosa y dice que deje de contar que mi madre me ha llevado a ver esa película. Entonces comprendo que hay dos cosas que preocupan a los adultos, dos temas que ocultan a los niños: la sexualidad y los campos de concentración.

Las imágenes de *Sexo, mentiras y cintas de vídeo* se superponen a las de *Maus*. Poco a poco voy prohibiéndome el placer, a causa del sufrimiento que han padecido los ratones, a causa del pueblo judío al que siento que pertenezco, pero sin saber muy bien por qué.

Noviembre de 1990

Estoy en sexto de primaria; la mejor en dictado, gramática y sobre todo en redacción. Soy la primera de la clase, la preferida. Nuestra profesora de francés es una mujer larguirucha, flaca y gris, siempre vestida con faldas de lana. En vacaciones de Todos los Santos nos pide que hagamos nuestro árbol genealógico. No pondrá nota a esos trabajos hechos en casa, pero tendremos que exponerlos en clase al volver.

Los apellidos por parte de mi madre son complicados de escribir, hay demasiadas consonantes para pocas vocales, y la profesora de francés no se siente muy cómoda con esa ciudad de Auschwitz que aparece en mi árbol en varias ocasiones.

Desde ese día noto que algo ha cambiado. Ya no soy la preferida en absoluto. Sin embargo, redoblo los esfuerzos, mis notas son mejores aún, pero no hay nada que hacer. La ternura y el afecto se han visto sustituidos por una especie de desconfianza.

Y esa impresión de estar nadando en aguas turbias, de verme asociada a tiempos oscuros.

Abril de 1993

Esa primavera gano el cuarto premio del Concurso Nacional de la Resistencia y la Deportación, abierto a todos los escolares de Francia. Desde hace unos meses, leo todo lo que hay en los libros de historia sobre la Segunda Guerra Mundial. Mi padre me acompaña a la entrega de premios que tiene lugar en el Hôtel de Lassay, en medio del dorado esplendor de la República. Me siento feliz con él a mi lado. En los discursos se alude a menudo a los «judíos», y de nuevo me invade ese sentimiento de orgullo mezclado con el miedo de pertenecer a un grupo cuya historia es objeto de estudio en los libros. Me gustaría decir a los asistentes que soy judía, como valor añadido al premio que acabo de recibir. Pero algo me lo impide. Me siento incómoda.

Primavera de 1994

Cojo el RER todos los sábados para ir con mis amigas al rastro de la Porte de Clignancourt. Nos compramos camisetas de Bob Marley y bolsos de cuero que huelen a vaca. Una tarde vuelvo con una estrella de David colgada al cuello. Mi madre no dice nada. Mi padre tampoco. Pero entiendo por sus miradas que no aprecian que lleve puesta esa joya. No intercambiamos ni una palabra. La guardo en una caja.

Otoño de 1995

Todas las clases de mi curso están reunidas en el gimnasio para un torneo de balonmano. Cuatro o cinco chicas explican al profesor de deporte que no participarán porque «es el Kipur». Las envidio y me veo excluida de un mundo que debería ser el mío. Me siento herida por tener que jugar con los «no judíos» en la cancha de balonmano.

Ese día, al volver a casa, estoy triste. Tengo la impresión de que lo único a lo que de verdad pertenezco es el dolor de mi madre. Esa es mi comunidad. Una comunidad constituida por dos personas vivas y varios millones de muertos.

Verano de 1998

Al final de mi último año de bachillerato voy a ver a mis padres, que se han ido un semestre a Estados Unidos. A mi padre le han nombrado «profesor invitado» en el campus de la universidad de

Mineápolis. Cuando llego, el ambiente no es muy halagüeño: desde su llegada a tierras americanas, Lélia ha sufrido verdaderas angustias, «crisis» extrañas.

—Es porque pienso en los miembros de mi familia que no pudieron venir a refugiarse a Estados Unidos. En estos momentos siempre me siento culpable por haber sobrevivido. Por eso estoy tan mal.

Me sorprende mucho que mi madre nos hable de «su familia» como si nosotras, sus propias hijas, fuéramos, de pronto, unas extrañas.

También me asombra ese resurgimiento en el presente de una vivencia pasada, que además resulta bastante desconcertante —mi madre parece confundir de repente los vínculos genealógicos, las identidades de cada uno...—. Por suerte, de vuelta en Francia las crisis desaparecen y todo vuelve a la normalidad.

Al final de aquel verano me fui de casa de mis padres y empecé a vivir mi vida.

Preparé el ingreso a la universidad en el instituto donde estudiaron mi abuela Myriam y su hermana setenta años antes que yo —sin saberlo—. No aprobé la selectividad, pasé diez años de sufrimiento que concluyeron cuando empecé a escribir, me enamoré y tuve un hijo.

Todo eso me absorbió mucha energía, se apoderó de mí por completo.

Y al final del camino me encuentro contigo, Georges.

No puedes imaginar hasta qué punto me ha parecido preciosa esa fiesta del Pésaj. ¿Cómo podía echar tanto de menos algo que no conocía? Sentí que mis antepasados me rozaban con los dedos, ¿sabes?... Georges, está amaneciendo. He escrito este e-mail que leerás al despertarte. No me arrepiento de esta noche en blanco, porque tengo la impresión de haberla pasado a tu lado.

En unos minutos voy a entrar en el cuarto de Clara para despertarla. Y voy a decirle: «El desayuno está listo. Date prisa, cariño, tengo una pregunta importante que hacerte».

5

—Clara, cariño, tu abuela me ha contado que le has hablado de un problema.

—No. No tengo ningún problema, mamá.

—Sí, le dijiste... que te parecía que no les gustaban mucho...

—¿Mucho qué, mamá?

Clara había entendido, pero tuve que insistir.

—¡Sí! Dijiste a la abuela que en la escuela no gustan mucho los judíos.

—¡Ah, sí! ¡Es verdad! No es nada serio, mamá.

—Tienes que contármelo.

—Vale, no te pongas nerviosa. Con mis amigos del fútbol, en el recreo, estábamos hablando del paraíso, de la vida después de la muerte, y entonces cada uno dijo su religión, y yo dije que era judía, porque te había oído decirlo, ¿sabes?, entonces mi amigo Assan me contestó: «Es una pena, ya no te escogeré para mi equipo». «¿Por qué?», le pregunté. «Porque en mi familia no nos gustan mucho los judíos». «Ah, bueno». Estaba decepcionada, mamá, porque Assan es el mejor en fútbol y siempre ganamos con él en el recreo. Así que pensé un poco y le pregunté: «¿De qué país eres tú?». «Mis padres son de Marruecos». Esperaba de verdad que me contestara eso y ya tenía la respuesta preparada: «No te preocupes, Assan», le dije, no hay problema. «¿Sabes qué?, tus padres están equivocados. A los marroquíes les caen muy bien los judíos». «¿Y tú qué sabes?». «Porque mi madre y yo fuimos allí, a un hotel, de vacaciones. Y fueron muy amables con nosotras. Eso prueba que les gustan los judíos». «Ah, vale», me contestó Assan. «Entonces, está bien, puedes jugar en mi equipo».

—Y después..., ¿volvisteis a sacar el tema?

—No. Después seguimos jugando en el recreo como antes.

Yo estaba orgullosa de mi hija, y de la reacción del otro niño, tan simple, tan lógica, besé su amplia e inteligente frente, que podía borrar en un instante la estupidez del mundo entero. Asunto concluido. Y, una vez tranquilizada, la llevé a la escuela.

—Lo siento —me dijo Georges al teléfono—, por todo lo que me has escrito, por todo lo que me has contado, tienes que notificarlo al director de la escuela, no puedes tolerar comentarios antisemitas en una escuela pública...

—¡No son comentarios antisemitas, sino unas palabras tontas de un niño que no sabe lo que dice!

—Precisamente, alguien tiene que explicárselo. Y ese alguien es la escuela laica y republicana.

—Su madre es limpiadora. No voy a ir a ver al director para denunciar al hijo de una limpiadora.

—¿Por qué no?

—Sería socialmente un poco violento que lo denunciara, ¿no te parece?

—Si fuera el hijo de un «francés como Dios manda» el que hubiera dicho a Clara: «En mi familia no nos gustan mucho los judíos», ¿irías a hablar con el director?

—Sí, probablemente. Pero no es lo que ha sucedido.

—¿Te das cuenta, y no quiero ofenderte, de la condescendencia de tu reacción?

—Sí, me doy cuenta. Y la asumo. Prefiero eso a la vergüenza que sentiría al perjudicar a una mujer que viene de la emigración.

—¿Y tú de dónde vienes?

—Ok, muy bien... Georges, tú ganas. Voy a enviar un e-mail al director de Clara para pedirle una cita.

Antes de colgar, Georges me dijo que reservara el fin de semana de mi cumpleaños.

—Es dentro de dos meses —le dije.

—Por eso, me imagino que estás libre. Me gustaría que hiciéramos un viaje juntos.

Me pasé el día pensando cómo presentaría el asunto al director. Quería preparar bien la conversación mentalmente, para no dejarme llevar por la emoción. Y no dejarme desestabilizar por sus preguntas.

«He venido a notificarle una conversación que ha tenido lugar en el patio del recreo entre mi hija y otro alumno de la escuela. Entienda que no quiero dar a este acontecimiento más importancia que la que tiene...».

«La escucho...».

«Y también desearía que esto quedara entre usted y yo. No quiero hablar de ello con la maestra».

«Muy bien».

«Bueno, el caso es que un niño le ha dicho a mi hija que en su familia no les gustaban mucho los judíos».

«¿Perdón?».

«Sí..., era una conversación entre niños... sobre religión..., que ha desembocado en esa frase absurda. Y digamos que esa observación ha perturbado ligeramente a mi hija. Tampoco demasiado, a decir verdad. Tengo la impresión de que nos molesta más a nosotros, a los adultos».

«¿Quién es el alumno en cuestión?».

«No, lo siento, querría preservar el anonimato del niño».

«Escuche, necesito saber lo que sucede en mi centro».

«Sí, por eso he venido a verlo, pero no quiero denunciar a nadie».

«Quiero que la maestra de Clara hable a los niños de los valores de la escuela laica...».

«Escuche, señor, entiendo su reacción. Pero...».

Todo se magnificaba, yo ya no podía controlar nada. Las consecuencias para mi hija serían más graves aún, tendría que cambiarla de escuela... y ya veía los reportajes, a los periodistas tendiendo el micrófono: «¿Piensa usted que hay un problema de antisemitismo en este centro?», las camionetas de los canales informativos de veinticuatro horas apareciendo en masa por la calle...

Me imaginé, pues, lo peor, hasta la hora de la cita.

En la entrada de la escuela me quedé mirando los dibujos pegados en los paneles, las pelotas de plástico abandonadas en los rincones, las colchonetas azul petróleo, las paredes de colores chillones..., hasta que una mujer acudió a buscarme para llevarme al despacho del director. Al pasar por delante de las ventanas acristaladas del comedor donde se apilaban los vasos de duralex a la espera de la hora de la comida recordé que nosotros leíamos nuestra edad en el fondo de los vasos.

Cuando el director me abrió la puerta le estreché la mano... La escena resultaba bastante irreal. Sin embargo, su despacho era tal como me lo había imaginado. Un corcho con horarios sujetos con chinchetas y un calendario de todo el curso. Unas postales que evocaban viajes lejanos. Una estantería con dosieres y, en su mesa, un vaso lleno de clips.

El director se instaló en su sillón con ruedas, y me sonrió con unos dientecillos planos y separados que me hicieron pensar en los de un hipopótamo.

Me armé de valor, inspiré profundamente y le presenté la situación. El director me escuchó con la cabeza ligeramente inclinada hacia delante, su rostro estaba tranquilo y casi inmóvil. De vez en cuando guiñaba los ojos.

—No quiero hacer de esto un escándalo —le dije—, entiéndame. Simplemente quiero notificarle el incidente que ha tenido lugar en el patio del recreo de su escuela.

—OK —me contestó—, queda anotado.

—... No quiero hablar de ello con la maestra, ni con los padres de los alumnos...

—Entendido. No se lo contaré. ¿Algo más?

—Pues... no...

—Muy bien, muchas gracias.

Estaba tan turbada que me quedé un instante mirándolo, sin moverme.

—¿Tiene algo más que decirme? —me preguntó, inquieto, al ver que no me levantaba de la silla.

—No —le respondí sin mover un dedo—. Y usted, ¿no tiene nada más que decirme?

—No.

Nos quedamos así, frente a frente, durante unos segundos interminables, en silencio.

—Entonces le deseo que pase buen día —dijo el director dirigiéndose hacia la puerta para darme a entender claramente que nuestra conversación había concluido.

Salí de su despacho muy agitada. Encendí el teléfono móvil: en total habían transcurrido seis minutos.

No tuve que insistir mucho para que se tratara el tema con discreción.

No tuve que convencerle de que no hablara con los niños.

—Sencillamente, le has hecho un favor diciéndole que no deseabas dar publicidad al asunto —me dijo mi madre.

—Sí, me di cuenta —le contesté—, un poco tarde, y de golpe.

—Pero ¿qué te esperabas?

—No sé... Pensaba que se sentiría... concernido.

6

—¿Pensabas que el director se sentiría «concernido»?

La risa de Gérard Rambert resonó en toda la sala del restaurante chino, una carcajada atronadora, de esas que hacen que los clientes de las mesas contiguas se vuelvan.

Gérard vive entre París y Moscú. Comemos juntos cada diez días, según sus viajes, siempre en el mismo restaurante chino, equidistante de su apartamento y el mío; siempre nos sentamos en el mismo sitio y tomamos el menú del día. Cuando se acerca el verano, escogemos un suplemento, yo un postre y él una jarra de cerveza, de la que solo bebe unos sorbos.

Gérard es un hombre alto, con una piel muy bonita, recia, y siempre muy bien afeitada. Habla en voz alta, huele bien y siempre se muestra alegre, aunque a veces no tenga razones para ello. Gérard me recuerda al típico romano perdido por París; sí, Gérard podría ser italiano, con sus trajes a medida, sus jerséis color violeta y sus calcetines de la Casa Gammarelli, donde se visten los cardenales del Vaticano.

Nunca te aburres con Gérard.

Eso es lo que piensan las escasas personas que tienen la suerte de frecuentarle.

—¿Sabes?, estoy en buena compañía cuando estoy conmigo mismo, a solas.

Ese día le conté toda la historia, la cita en la escuela, la reacción del director.

—¡No me digas que te extraña que el director de la escuela no se sienta concernido! Perdona que me parta de risa, si no, podría echarme a llorar. Y tú no tienes ganas de que me eche a llorar, ¿verdad? Entonces deja que me ría de ti. *Feygele*. Eres un pajarillo; te diré por qué eres un pajarillo, pero antes, por favor, dame a probar tus *nems* y abre bien los oídos. ¿Me estás escuchando? ¡Son deliciosos! Voy a pedir otros para mí. ¿Señorita? ¡Lo mismo que esta joven! Bueno, ¿me vas a escuchar?

—Sí, Gérard, te lo prometo.

—Estoy a punto de cumplir ocho años. Tengo un profesor de gimnasia en la escuela que me dice: «Gérard Rosenberg, es usted el digno representante de una raza mercantil».

»Estamos a principios de los años sesenta, Dalida canta "Itsy bitsy pequeño biquini", y, y, y Francia sigue igual de antisemita, ¿entiendes? El profesor en cuestión, como todos los franceses de esa época, conoce la existencia de las cámaras de gas. Las cenizas aún están calientes. Pero me dice: "Es usted el digno representante de una raza mercantil". Es una frase que no comprendí inmediatamente. Me dirás, es normal, tengo ocho años, no capto el sentido de cada palabra, ¿verdad? Pero la frase se queda grabada en mi cabeza, como en un disco duro. Y he vuelto a pensar en ella con frecuencia. ¿Quieres que te cuente cómo sigue la historia?

—¡Por supuesto, Gérard!

—Dos años más tarde, cuando cumplo los diez, estamos en 1963 y mi padre decide cambiar de apellido por decreto en Consejo de Estado. Sí, vamos a «cambiar de patronímico». ¿Por qué? Porque mi padre quería que mi hermano mayor, que entonces tenía quince años solamente, llegara algún día a ser médico. Y había oído que había mucho antisemitismo en la facultad de Medicina. Mi padre tenía miedo de que volviera el *numerus clausus*, lo que habría perjudicado los estudios de mi hermano. ¿Sabes lo que es el *numerus clausus*?

—Sí, sí..., en Rusia..., las Leyes de Mayo..., pero también las leyes de Vichy en Francia, solo un pequeño porcentaje de judíos tenía derecho a ir a la facultad...

—¡Eso es! ¡Así que sí sabes lo que es! La gente no quería que los «invadiéramos». La misma vieja historia de siempre que en realidad es también una historia muy nueva. Verás. Bueno. Mi padre decide, pues, de un día para otro, que toda la familia pasará de Rosenberg a Rambert. ¡No puedes imaginar lo enfadado que estaba yo!

—¿Por qué?

—¡Porque yo no quería cambiar de apellido! ¡Y mis padres decidieron también cambiarme de escuela! Cambiar de apellido, cambiar de escuela, es muy fuerte, ¿sabes?, sobre todo para un chaval de diez años. No estaba contento, no estaba nada nada contento. Monto un número, prometo a mis padres que recuperaré mi verdadero apellido en cuanto cumpla los dieciocho años. Llega el día de la vuelta a clase. El director pasa lista. «¡Rambert!». Yo no contesto porque no estoy acostumbrado. «¡Rambert!». Silencio. Me digo que el tal Rambert debería contestar cuanto antes, porque el director no parece un tipo fácil. «¡RAM-BERT!». ¡Mierda! De repente me acuerdo de que el Rambert de marras soy yo. Entonces respondo, sorprendido: «¡Presente!». Y por supuesto los chicos se ríen, normal. El director piensa que lo he hecho adrede, que hago el payaso, que quiero llamar la atención, ¡esas tonterías! Ni que decir tiene que en ese momento yo estoy muy descontento. Mucho. Muy muy des-con-ten-to. Pero poco a poco me doy cuenta de que en el patio llamarse Gérard «Rambert» no tiene nada que ver, de hecho, con llamarse Gérard «Rosenberg». ¿Y quieres saber cuál es la diferencia? Que ya no oía a diario «sucio judío» en la escuela. La diferencia es que ya no oía frases del tipo «Qué lástima que Hitler no acabara con tus padres». Y en mi nueva escuela, con mi nuevo apellido, descubro que es muy agradable que me dejen en paz.

—Dime, Gérard, ¿y qué hiciste finalmente a los dieciocho años?

—¿Cómo que qué hice?

—Acabas de decirme: «Prometo a mis padres que recuperaré mi verdadero apellido en cuanto cumpla los dieciocho años».

—Ese día, si alguien me hubiera preguntado: «Gérard, ¿quieres volver a ser Gérard Rosenberg?», habría contestado: «Por nada del mundo». Ahora, querida, acábate los *nems*, por favor; no has comido nada.

—Yo también tengo un apellido francés, francés puro. Y tu historia me hace pensar que...

—¿Qué?

—Que en el fondo yo también me siento más tranquila con que «no se note».

—Está claro. ¡Podrías pasar por católica! ¿Sabes?, te confesaré algo... Cuando me dijiste, y nos conocíamos desde hacía diez años, que eras judía..., ¡me quedé boquiabierto!

—¿En serio?

—¡Te lo aseguro! Antes de que me lo dijeras, si alguien me hubiera comentado: «¿Sabes que la madre de Anne es askenazí?», habría contestado: «¿Te burlas de mí? ¡No me tomes el pelo!». ¡Tienes el físico de la «mujer francesa» de los pies a la cabeza! ¡Una auténtica *goi*! ¡Una *shiksa*!

—¿Sabes, Gérard?, en mi vida siempre me ha costado mucho pronunciar la frase «Soy judía». No me sentía autorizada para decirla. Y, bueno..., es extraño..., es como si hubiera heredado los miedos de mi abuela. En cierta forma, la parte judía oculta en mí se sentía protegida por la parte *goi* que la recubre para volverla invisible. No levanto sospechas. Soy el sueño realizado de mi bisabuelo Ephraïm, tengo el rostro de Francia.

—Lo que eres es una pesadilla antisemita —dijo Gérard.

—¿Por qué? —le pregunté.

—Porque hasta tú lo eres —concluyó soltando una carcajada.

7

—Mamá, he hablado con Clara, he visto al director, he hecho todo lo que me pediste. Ahora debes cumplir tu promesa.

—Muy bien. Pregúntame e intentaré contestarte.

—¿Por qué no indagaste?

—Voy a explicártelo —respondió Lélia—. Espera, voy a buscar mi paquete de cigarrillos.

Lélia desapareció en su despacho y volvió a la cocina unos minutos después, encendiéndose uno.

—La comisión Mattéoli, ¿te suena de algo? —me preguntó—. En enero de 2003..., yo estaba metida hasta el fondo... Fue... fue muy extraño recibir esa postal en aquel preciso momento. Lo sentí como una amenaza.

No entendí inmediatamente la relación entre la comisión y la amenaza que mi madre había sentido como tal. Fruncí el ceño y Lélia comprendió que me hacían falta ciertas aclaraciones.

—Para que te hagas a la idea, como siempre, hemos de volver atrás.

—No tengo ninguna prisa, mamá...

—Después de la guerra, Myriam quiso presentar un informe oficial por cada uno de los miembros de la familia.

—¿Qué informe oficial?

—¡De actas de defunción!

—Sí..., claro, claro.

—Fue muy complicado. Casi dos años de papeleo constante para que Myriam pudiera finalmente presentar un informe. Y ojo, en ese momento, la administración francesa no habla oficialmente de «muertos en campo de concentración» ni de «deportados»..., se habla de «no retornados». ¿Sabes qué significa eso? ¿Simbólicamente?

—Por supuesto. El Estado francés dice a los judíos: «Vuestras familias no han sido asesinadas por nuestra culpa. Simplemente, no... han retornado».

—¿Te imaginas qué hipocresía?

—Sobre todo imagino el dolor de esas familias que no pudieron hacer su duelo. No hubo adioses, no ha habido una tumba donde ir a orar. Y para colmo, la Administración se sirve de un vocabulario sibilino.

—El primer informe que Myriam consiguió obtener sobre su familia lleva fecha del 15 de diciembre de 1947. Está firmado por ella y por el alcalde de Les Forges el 16 de diciembre de 1947.

—¿El mismo alcalde que firmaba las cartas para la partida de sus parientes? ¿Brians?

—El mismo, tuvo que tratar directamente con él.

—Esa fue la voluntad de De Gaulle: reconciliar a los franceses, mantener la infraestructura administrativa con las personas que solo «habían cumplido con su deber», reconstruir una nación sin dividirla... Pero eso debió de ser, sin duda alguna, difícil de aceptar para Myriam.

—Habrá que esperar un año, hasta el 26 de octubre de 1948, para que se reconozca oficialmente a Ephraïm, Emma, Noémie y Jacques como «desaparecidos». Myriam acusa la recepción de esas actas el 15 de noviembre de 1948. Empieza una nueva etapa para ella: deben certificarse oficialmente las defunciones. Solo un juicio de un tribunal civil puede reemplazar la ausencia de los cuerpos.

—¿Como para los marineros desaparecidos en el mar?

—Exactamente. Se dictó sentencia el 15 de julio de 1949, siete años después de las muertes. Y, agárrate, en los certificados de defunción facilitados por la Administración francesa, los lugares oficiales de los fallecimientos son Drancy para Ephraïm y Emma; y Pithiviers para Jacques y Noémie.

—¿La Administración francesa no reconoce que murieron en Auschwitz?

—No. Pasaron de «no retornados» a «desaparecidos», y luego a «muertos en suelo francés». La fecha que se mantuvo oficialmente es la de las partidas de Francia de los convoyes de deportación.

—No me lo puedo creer...

—Sin embargo, una carta del Ministerio de los Antiguos Combatientes y Víctimas de Guerra al fiscal del tribunal de primera instancia pedía que como lugar de las muertes constara Auschwitz. El tribunal no lo dispuso así. Pero esto no es todo: se negaban a decir que los judíos habían sido deportados por cuestiones raciales. Argumentaban que había sido por razones políticas. Las asociaciones de Antiguos Deportados conseguirán, solo en 1996, el reconocimiento de «muerte en deportación», así como la rectificación de los certificados de defunción.

—¿Y qué pasa con las imágenes de las liberaciones de los campos de concentración? ¿Y con los testimonios? Los recogidos por Primo Levi...

—¿Sabes?, hubo cierta toma de conciencia justo después de la guerra, en el momento de la liberación de los campos y el retorno de los deportados. Pero luego, poco a poco, en la sociedad francesa se barrió todo y se escondió debajo de la alfombra. Nadie quería oír ya hablar de todo aquello, ¿te das cuenta? Nadie. Ni las víctimas, ni los colaboracionistas. Solo unos pocos levantaron la voz. Pero habrá que esperar a los Klarsfeld, en los años ochenta, y a Claude Lanzmann, más o menos en la misma época, para decir: «No debemos olvidar». Ellos hacen ese trabajo. Un trabajo inmenso, la obra de toda una vida. Pero, sin ellos, el silencio habría sido total, ¿entiendes?

—Me cuesta hacerme a la idea, porque he crecido en la época en que, precisamente gracias a los Klarsfeld y a Lanzmann, se hablaba mucho de ello. No era consciente de las décadas de silencio que los precedieron.

—Volviendo a la comisión Mattéoli... ¿Sabes qué es?

—Sí, claro. «La misión de estudio del expolio de los judíos de Francia».

Alain Juppé, entonces primer ministro, definió el perfil de la misión en un discurso de marzo de 1997:

> Con el fin de ilustrar plenamente a los poderes públicos y a nuestros conciudadanos acerca de este aspecto doloroso de nuestra historia, deseo confiarles la misión de estudiar las condiciones en las que bienes, muebles e inmuebles, pertenecientes a judíos de Francia, fueron confiscados o, de manera general, adquiridos mediante fraude, violencia o robo, tanto por el ocupante como por las autoridades de Vichy, entre 1940 y 1944. En particular es mi deseo que intenten evaluar la amplitud de las expoliaciones que pudieron operarse así y que indiquen qué categoría de personas, físicas o morales, pudieron sacar provecho de ello. Precisarán igualmente qué destino fue reservado a dichos bienes desde el final de la guerra hasta nuestros días.

—Seguidamente, por medio de una instancia, se encargó examinar las solicitudes individuales formuladas por las víctimas de la legislación antisemita establecida durante la Ocupación (o por sus derechohabientes). Si se podía probar que habían expoliado bienes pertenecientes a la familia de uno, a partir de 1940, el Estado francés debería indemnizarle, sin plazo de prescripción.

—Si recuerdo bien, se trataba esencialmente de cuadros y obras de arte, ¿no?

—¡No! ¡Se trataba de todos los bienes! Pisos, sociedades, coches, muebles e incluso del dinero que el Estado había recuperado en los distintos campos de tránsito. La comisión para la indemnización de las víctimas de expoliaciones fruto de las legislaciones antisemitas en vigor durante la Ocupación debía garantizar un seguimiento del tratamiento de las solicitudes. Y aportar una reparación.

—¿Y qué sucedió en realidad?

—Lo conseguí, pero... no fue fácil. ¿Cómo demostrar que mi familia había muerto en el campo de Auschwitz? Sobre todo cuando el Estado francés había declarado que murieron en Francia. Estaba escrito en las actas de defunción del ayuntamiento del distrito 14. ¿Y cómo demostrar que sus bienes también habían sido expoliados? ¡El propio Estado francés había ordenado la desaparición de todo rastro! No era yo la única, claro está..., eran muchos los descendientes que, como yo, tenían las manos atadas...

—¿Cómo te las arreglaste?

—Investigué. Gracias a un artículo publicado en *Le Monde* en el año 2000. Un periodista facilitaba todas las direcciones adonde había que escribir si se quería presentar un dosier a la comisión. «Si quieren documentos, escriban aquí, aquí y aquí, digan que es para la comisión Mattéoli». Así pudimos tener acceso a los archivos franceses.

—¿Antes no podíais acceder a los archivos?

—En teoría, los archivos no estaban «prohibidos» al público..., pero la Administración lo ponía muy difícil y, sobre todo, no lo difundía. No era como hoy, con internet. No sabíamos a quién dirigirnos, dónde, cómo... Aquel artículo me cambió la vida.

—¿Escribiste?

—Escribí a las direcciones que venían en *Le Monde*, y recibí respuestas bastante rápidas. Concerté dos citas. Una en los archivos nacionales y otra en los de la prefectura de policía. Luego recibí documentos fotocopiados de los archivos del Loiret y de los del Eure. Gracias a todos esos documentos pude obtener las fichas de entrada y salida de los campos..., y preparar el informe que probaba que fueron deportados.

—Quedaban por determinar los bienes robados.

—Sí, eso fue complicado. Conseguí encontrar las fichas de la SIRE, la sociedad de Ephraïm, que probaban que su sociedad había sido expoliada por la Compañía General de Aguas en el momento de la arianización de las empresas. También incluí fotografías de familia que encontré en Les Forges, gracias a las que pude demostrar que tenían un coche, un piano..., y que todo aquello había desaparecido.

—Así que presentaste el dosier...

—Sí, en el año 2000. Era el dosier número 3.816. Me convocaron para una entrevista oral que debía celebrarse..., agárrate bien: a principios de enero de 2003.

—En el momento de la postal...

—Sí, por eso me sentí incómoda con esa historia.

—Lo entiendo. Como si alguien te amenazara para desestabilizarte en tus gestiones. ¿Y qué sucedió con la comisión?

—Me encontré delante de una especie de tribunal, algo parecido a cuando leí la tesis. Frente a mí estaba el presidente de la comisión, y también representantes del Estado, mi ponente... Demasiada gente... Me presenté brevemente. Me preguntaron si quería intervenir, si tenía alguna pregunta. Contesté que no. Y luego el ponente me dijo que nunca había visto un dosier tan bien presentado.

—Conociéndote, no me extraña, mamá.

—Unas semanas después recibí un documento que me indicaba la suma de dinero que iba a darme el Estado. Una suma... simbólica.

—¿Qué sentiste?

—¿Sabes?, para mí no era una cuestión de dinero. En el fondo, lo que me importaba era que la República francesa reconociera que mis abuelos habían sido deportados de Francia. Era mi único fin. De alguna manera... quería existir en Francia... a través de ese reconocimiento oficial.

—Pero ¿crees que la postal tenía algo que ver con la gente que se ocupaba de la comisión?

—Es lo que pensé entonces. Pero hoy creo que todo fue pura coincidencia...

—Pareces muy segura de ti misma.

—Sí. Lo he pensado mucho. Durante semanas y semanas. ¿Quién, de la comisión, podría haberme enviado algo así? ¿Y por qué? ¿Para intimidarme? ¿Para que no me presentara ante la comisión? Y luego, a fuerza de releer los nombres, los informes, tuve una revelación. Unos meses después...

Lélia se levantó para ir a buscar un cenicero. Me quedé contemplándola en silencio mientras salía y luego volvía.

—¿Te acuerdas de cuando te dije que los rusos tenían varios nombres? —me preguntó Lélia.

—Sí, como en las novelas rusas..., «acaba uno por perderse»...

—Pues bien, ellos también utilizaban diferentes ortografías. «Ephraïm» se escribía también «Efraïm». En el correo administrativo escribía su nombre con una *f.* Pero en el correo personal, lo escribía con *ph.*

—¿Adónde quieres ir a parar?

—Un día caí en la cuenta de que en los informes que presenté ante la comisión había escrito Efraïm con *f.* Y no con *ph,* como en la postal.

—Así que dedujiste que la postal no tenía nada que ver con la comisión...

—... y que venía forzosamente de una persona muy cercana a la familia.

8

1. Según las estadísticas, las cartas anónimas proceden siempre de un círculo cercano. En primer lugar, de los miembros de la familia, luego de los amigos, los vecinos y finalmente los compañeros de trabajo. (= Círculo cercano a los Rabinovitch).

2. Siempre según las estadísticas, los vecinos están relacionados a menudo con los sucesos. En la zona de París y alrededores, por ejemplo, más de un asesinato de cada tres se debe a altercados entre vecinos. (= Vecinos de los Rabinovitch).

3. Una célebre grafóloga, Suzanne Schmitt, afirma: «La experiencia nos dice que las personas que escriben cartas anónimas son muy a menudo discretas. Escribir una carta anónima es una forma de expresar lo que no pueden decir oralmente». (= Personalidad discreta).

4. Los correos anónimos están escritos, en la mayoría de los casos, en letras mayúsculas con el fin de borrar todo posible rastro. El autor escribe con la mano izquierda si es diestro y a la inversa, para así modificar su letra. «Pero incluso con la mano izquierda las particularidades sobresalen», matiza Suzanne Schmitt. (= El autor de la postal anónima no ha escrito con mayúsculas. ¿Letra modificada? ¿O, al contrario, quería que lo reconocieran?).

Leí a Lélia las anotaciones que había hecho en la libreta. Me escuchó, con la mirada perdida, como cuando está muy concentrada. Tracé tres columnas en la página: vecinos, amigos, familia. De repente, esas tres palabras, perdidas en la página en blanco, me parecieron irrisorias. Y sin embargo, eran nuestras únicas balizas —como esas que sirven a los navegantes para orientarse—, una roca, un campanario o una torre. Íbamos a agarrarnos a ellas.

—De acuerdo, te escucho —dijo Lélia encendiéndose un cigarrillo cortado por la mitad con unas tijeras, un invento suyo para fumar menos.

—Partamos de los amigos de Myriam y Noémie. ¿A quién conocías tú?

—Solo se me ocurre una persona: Colette Grés.

—Sí, me acuerdo, me hablaste de ella. ¿Sabes si seguía viva en 2003?

—Sí. Murió en 2005. Fui a su entierro. Tras la guerra, Colette trabajó de enfermera en los quirófanos del hospital Pitié-Salpêtrière. Era una gran mujer. Siempre se sintió muy cercana a mi madre. Colette se ocupó mucho de mí siendo yo pequeña, cuando Myriam rehízo su vida. Vivía en el número 21 de la rue Hautefeuille. Yo dormía en la torrecilla, en el segundo piso.

—¿Crees que podría ser la autora de la postal?

—¡En absoluto! No me la imagino mandándome una tarjeta anónima.

—¿Era tímida?

—Tímida no. No diría tímida. Discreta sí. Una mujer más bien reservada.

—¿No se le iba un poco la cabeza, quizá?

—Nunca. Incluso me escribió una carta muy sensata, un año o dos antes de morir... Pero el problema es... ¿Dónde estará esa carta? ¿Sabes?, encuentro, archivo..., pero en realidad no clasifico. Lo tengo todo desordenado... No puedo decirte dónde tengo las cosas exactamente...

Mi madre y yo levantamos la vista hacia la biblioteca repleta de archivadores. ¿Dónde podría estar guardada esa carta, entre los cientos de páginas plastificadas de esas decenas de archivadores? Tardaríamos horas en encontrarla. Teníamos que abrirlo todo, mirarlo todo, las cajas de cartón, las carpetas anotadas que contenían documentos administrativos facsimilados, fotocopias de viejas fotografías. Mientras nos poníamos las dos a buscar como si estuviéramos excavando en la arena le conté a Lélia mis últimas reflexiones.

—He hecho averiguaciones acerca de los editores de la postal, «La Cigogne» SODALFA, se puede leer la dirección en letras diminutas, en medio de la tarjeta, con el nombre del fotógrafo, Zona industrial BP 28, 95380 Louvres. Me dije que quizá pudieran ayudarme a encontrar la fecha en que fue tomada la foto. Pero esa pista no ha dado ningún resultado.

—Una pena —dijo Lélia.

—El matasellos es el de la oficina central de correos, en el Louvre. He investigado.

—Pero esa oficina del Louvre ha cerrado, ¿no?

—Sí, he mirado en internet. En 2003 era la única oficina abierta todos los días del año, incluidos domingos y festivos. Toda la noche. El matasellos es del 4 de enero de 2003: lo he verificado, era sábado.

—¿Y? —preguntó Lélia mientras seguía rebuscando.

—Y entonces podemos afirmar con certeza que el autor de la postal fue a la oficina central del Louvre entre la noche del viernes al sábado, desde las doce y un minuto de la noche, y la del sábado al domingo, hasta las doce menos un minuto, «a excepción de la franja horaria entre las 6.00 y las 7.30 de la mañana, reservada a operaciones informáticas de mantenimiento y copias de seguridad».

—¿Y qué puedes concluir de ello?

—He mirado en internet qué tiempo hacía ese día. Te cito el parte meteorológico: «Ocho centímetros de nieve en las calles del distrito 12 en París, lo nunca visto desde el 13 de enero de 1999 en la capital. A las 11.30 la lluvia se transforma en nieve, primero granulada, luego en forma de copos. La visibilidad es prácticamente nula».

—Ah, sí, ahora lo recuerdo, nevó mucho aquel fin de semana...

—Hay que tener mucha necesidad para salir a echar una postal en medio de una tempestad de nieve, ¿no te parece?

Nos quedamos unos segundos intentando imaginarnos por qué el autor de la tarjeta decidió ese día desafiar una intemperie capaz de bloquear toda visibilidad.

—¡Aquí está! —acabó por exclamar mi madre enarbolando un papel—. ¡Es la carta de Colette Grés!

Lélia me tendió un sobre donde aparecía la dirección de mi madre, pero a nombre de Myriam. Exactamente igual que en la postal. Por el contrario, la letra no tenía nada que ver. La misiva estaba escrita en un papel de cartas azul cielo, de grano, y muy grueso. Mi madre la leyó rápidamente, luego me la dio sin hacer comentarios. La noté alterada.

31 de julio de 2002

Mi querida Lélia:

¡Por fin una sorpresa muy agradable para mí! ¡No me has olvidado! Has hecho bien reconstruyendo el destino de tu familia Rabinovitch, tu madre estaba demasiado traumatizada por la pérdida de No y Jacques y de sus padres. Aquello fue demasiado duro para ella. Siempre quise mucho a Noémie, me mandaba unas cartas preciosas, habría sido una gran escritora.

Sentí remordimientos porque yo tenía una cabaña allí, junto a La Picotière, pero los soldados pasaban siempre muy cerca. ¡Quién sabe! ¡Justo por delante de la carretera! Iban a buscar conejos y huevos, supongo que a la granja de al lado.

He estado guardando tu carta mucho tiempo, te llamaré en septiembre... si me voy. Perdóname.

Te mando un afectuoso abrazo, Lélia.

COLETTE

—¿Por qué te pone Colette «no me has olvidado»?

—Muy sencillo: en 2002 yo estaba metida en mis investigaciones, así que se me ocurrió escribirle para que me hablara de la guerra y de sus recuerdos.

—¿Recuerdas en qué mes le escribiste?

—Yo diría que en febrero o marzo de 2002.

—Le mandas una carta en marzo... y ella espera al mes de julio para contestarte..., cuatro meses..., y estamos hablando de una señora mayor... que tiene todo el tiempo del mundo para escribirte... ¿Sabes?, ahora que caigo, julio es un mes especial para los Rabinovitch... En la carta alude al arresto de los chicos. Como si algo le hubiera removido los recuerdos...

—Pero eso no explica por qué Colette querría enviarme, seis meses después, una postal anónima...

—Pues ¡a mí me encaja perfectamente! En su carta te escribe: «Sentí remordimientos porque yo tenía una cabaña allí, junto a La Picotière». Es una palabra fuerte, *remordimientos*, no se emplea a la ligera. Hay algo que la obsesiona desde la detención, profundamente... Julio de 2002..., julio de 1942... Lo desconcertante es que habla como si fuera ayer: los soldados, los conejos... En el fondo, te cuenta que podría haber escondido a los chicos en esa cabaña... Como si te debiera una explicación. Una forma de decirte: habría podido esconder a Jacques y a Noémie en mi casa, quizá, pero puede que los hubieran descubierto igual..., así que no me guardes rencor.

—Eso es cierto. Se diría que se siente obligada a rendirme cuentas. Da la impresión de que se justifica por algo.

De repente, todo se aclaró en mi cabeza. Todo se volvió diáfano. Todo encajaba a la perfección.

—Dame un cigarrillo, mamá.

—¿Has vuelto a fumar?

—Bueno, no pasa nada, además es solo una mitad... Yo veo las cosas así. Después de la guerra, Colette se siente culpable. No aborda nunca el tema con Myriam, pero no se olvida del arresto de Jacques y Noémie. Sesenta años después de los hechos recibe tu carta. Y piensa que es una manera de interrogarla sobre su responsabilidad durante la guerra. Perturbada, sorprendida, te responde con esta carta donde, con medias palabras, evoca su sentimiento de culpa, sus «remordimientos», como ella dice. Tiene ochenta y cinco años, sabe que va a morir y no quiere irse al otro barrio con ese arrepentimiento. Entonces envía la postal para liberarse de alguna manera de ese peso.

—Tiene su lógica, pero me cuesta creerlo...

—Todo cuadra, mamá. Todavía vivía en 2003, conoció íntimamente a la familia Rabinovitch. Tenía tu dirección a mano..., puesto que le habías enviado una carta unos meses antes. ¿Qué más quieres?

—Entonces ¿esa postal sería una confesión? —se preguntó mi madre, que seguía sin estar convencida de mis argumentos.

—Exactamente. ¡Con un lapsus revelador! Puesto que te la manda a ti, pero a nombre de Myriam. Su objetivo inconsciente era revelárselo todo a Myriam, desde siempre. Dices que Colette se ocupó mucho de ti, y eso es que se sentía en deuda con su amiga, ¿no crees? Esa postal es, en cierta manera, lo que Jodorowsky denominaría «un acto psicomágico».

—No sé qué es eso...

—Jodorowsky dice, te lo cito: «Encontramos en el árbol (genealógico) lugares traumatizados, no digeridos, que buscan indefinidamente un alivio. Desde esos lugares se lanzan flechas hacia las generaciones futuras. Lo que no haya podido resolverse deberá repetirse y alcanzar a otro, una diana situada una o varias generaciones más allá». Tú eres la diana de la generación siguiente... Mamá, ¿Colette vivía cerca de la oficina de correos del Louvre?

—En absoluto. Vivía en el distrito 6, ya te lo he dicho, en la rue Hautefeuille... No me imagino a Colette, con ochenta y cinco años, poniendo un pie fuera en pleno temporal de nieve. Podría haberse roto los huesos en cada esquina de cada calle... hasta llegar a la oficina del Louvre, un sábado. No tiene ni pies ni cabeza.

—Habría podido pedirle a alguien que se la echara..., a una persona que trabajara en su casa, por ejemplo..., y que viviera cerca del Louvre.

—La letra de la postal y la de la carta no tienen nada que ver.

—¿Y qué? ¡Pudo falsificarla!...

Me quedé callada unos segundos. Todo se explicaba, todo era deducible con precisión y, sin embargo... Sin embargo, me fiaba de la intuición de mi madre: ella pensaba que no era Colette.

—Vale, mamá, te entiendo. Pero, a pesar de todo, quiero comparar ambas letras... Para quedarme tranquila.

Estimado Franck Falque:

Creo que mi madre y yo hemos encontrado a la autora de la postal. Se llamaría Colette Grés, era una amiga de mi abuela que conoció mucho a los hijos Rabinovitch. Murió en 2005. ¿Podría ayudarme a saber más?

Franck Falque contestó como de costumbre un minuto después:

Debería escribir a Jésus, el criminólogo de la tarjeta que le di.

Hacía tiempo que tendría que haberlo hecho.

Estimado señor:

Aconsejada por Franck Falque, le envío una foto de la postal anónima que recibió mi madre en 2003. ¿Podría decirme qué le parece? ¿Podría deducir un perfil psicológico del autor? ¿Su edad? ¿Su sexo? ¿O cualquier otra información que pudiera ayudarnos a identificarlo? Le pongo en un archivo adjunto la foto de ambas caras de la tarjeta. Agradeciéndole de antemano la atención que preste a mi solicitud, reciba un cordial saludo,

ANNE

Estimada señora:

Por desgracia las palabras de la postal no me bastan para efectuar un perfil psicológico por grafología. Solo puedo decirle que la letra no parece espontánea. Pero nada más.
Saludos cordiales,

JÉSUS

Estimado señor:

Entiendo que se muestre usted reticente a concluir un análisis a partir de una pequeña cantidad de palabras, porque la pertinencia de su trabajo podría peligrar. A pesar de ello, ¿no podría facilitarme algún elemento?

Aceptaría esos resultados a sabiendas de que hay que «cogerlos con pinzas».

Se lo agradecería infinitamente.

Cordialmente,

ANNE

Estimada señora:

Aquí le transmito, pues, los siguientes elementos que, como dice usted, hay que «coger con pinzas».

1. La A de Emma no es nada común. Diría, incluso, que no es en absoluto frecuente. Es una forma de trazar la A que traduce la intención de disfrazar la letra. O la falta de costumbre de escribir de la persona en cuestión.

2. Lo que es bastante desconcertante es que la letra de los nombres de la izquierda de la postal parece modificada, mientras que la de la derecha parece «sincera» —es el término que usamos nosotros para designar una letra espontánea, no modificada—. La cuestión es averiguar si se trata de la misma persona quien ha escrito a la derecha y a la izquierda. Tengo la impresión de que sí. Pero no puedo asegurarlo.

3. Las cifras de la dirección no aportan elementos. Lo cierto es que para nosotros las cifras nunca son muy concluyentes porque solo poseemos 10 cifras, del 0 al 9, mientras que disponemos de 26 le-

tras. Las cifras nunca están muy personalizadas, aprendemos a trazarlas en la escuela, todos de la misma manera. Luego evolucionan muy poco a lo largo de nuestra vida. Nunca son un elemento interesante en nuestro trabajo. Ahí, en su postal, aparte de los 3, especialmente angulosos, los demás números son vulgares. (Las mayúsculas plantean exactamente el mismo problema). Esto es todo lo que puedo observar.

No puedo decirle más.

Cordialmente,

JÉSUS

Estimado señor:

Tengo algo más que pedirle. Sospecho de alguien, de quien poseo una carta manuscrita.

¿Podría comparar la letra de la postal y la de una carta manuscrita de dos páginas?

Cordialmente,

ANNE

Estimada señora:

Sí, claro que es posible. Con una única condición: la carta debe ser de la misma época que el envío de la postal. La letra cambia cada cinco años.

Cordialmente,

JÉSUS

Estimado señor:

La carta se envió en julio de 2002 y la postal en enero de 2003; hay seis meses de diferencia.

Cordialmente,

ANNE

Estimada señora:

Envíemela y veré qué puedo hacer, si es posible establecer coincidencias gráficas entre la postal y la carta.

Cordialmente,

JESÚS

Estimado señor:

Le adjunto el archivo con la famosa carta manuscrita, fechada en julio de 2002. ¿Cree que podría ser el mismo autor que el de la postal?

Cordialmente,

ANNE

9

Jésus me previno de que me contestaría, pero no antes de quince días. Tenía que pensar en otra cosa mientras tanto, avanzar en mi trabajo, hacer la compra, ir a buscar a mi hija a la escuela, a judo, cocinar crepes y poner meriendas en los táperes correspondientes, comer con Georges e interesarme por Gérard, que se había marchado de nuevo a Moscú. Y, sobre todo, no mostrarme impaciente.

Sin embargo, todo me recordaba constantemente la postal. Volví a pensar en esa mujer, Nathalie Zajde, que conocí en casa de Georges, autora de un libro que él me había regalado. En su obra hablaba de los libros *yizkor*, esos «libros compilados tras la Segunda Guerra Mundial, llenos de recuerdos de la gente que se fue antes de que estallara la guerra y de testimonios de quienes no se marcharon, con el fin de conservar vestigios de las comunidades». Pensé en Noémie, en las novelas que llevaba dentro y que nunca se escribirían. Luego pensé en todos los libros muertos, con sus autores, en las cámaras de gas.

Tras la guerra, en las familias judías ortodoxas, las mujeres tuvieron como misión engendrar todos los hijos que pudieran con el fin de repoblar la tierra. Me parecía que con los libros sucedía lo mismo. Esa idea inconsciente de que debemos escribir todos los libros posibles para llenar las bibliotecas vacías de los libros que no pudieron ver la luz. No solo los que se quemaron durante la guerra. Sobre todo, los de los autores que murieron antes de poder escribirlos.

Pensé en las dos hijas de Irène Némirovski que, ya adultas, encontraron el manuscrito de *Suite francesa* bajo un montón de ropa en el fondo de un baúl. ¿Cuántos libros olvidados, escondidos en maletas o en armarios?

Salí para ir a caminar al Jardin du Luxembourg, me instalé en una de las sillas metálicas aprovechando el melancólico encanto de ese jardín que los Rabinovitch habían cruzado decenas de veces en otro tiempo.

De repente noté un olor a madreselva tras la lluvia; me dirigí hacia el Théâtre de l'Odéon como aquel día en que Myriam, después de ponerse cinco bragas, unas encima de otras, salió a cruzar toda Francia en el maletero de un coche. Los carteles no eran de una obra de Courteline, sino de Ibsen, *Un enemigo del pueblo*, con una puesta en escena de Jean-François Sivadier. Bajé por la rue de l'Odéon y las escaleras de la pequeña rue Dupuytren que desembocan en la rue de l'École-de-Médecine. Caminé por delante del número 21 de la rue Hautefeuille con su torrecilla octogonal, donde Myriam y Noémie Rabinovitch pasaron horas soñando con sus vidas, en casa de Colette Grés. Intenté oír las voces de esas chiquillas judías de antaño. Unos metros más allá, en la calle, un letrero histórico mencionaba: «El terreno delimitado por la rue Hautefeuille, entre los números 15 y 21, la rue de l'École-de-Médecine, la rue Pierre-Sarrazin y la rue de la Harpe fue en la Edad Media, hasta el año 1310, un cementerio judío». Los compartimentos del tiempo se comunicaban constantemente.

Crucé las calles de París con la impresión de estar deambulando, aturdida, por una casa demasiado grande para mí. Proseguí mi camino hacia el Lycée Fénelon. Allí estudié los dos años previos a la carrera de Letras.

Hoy, como hace veinte años, abandonaba la luz de la rue Suger para adentrarme en la penumbra y la frescura del vestíbulo. Esos veinte años habían pasado muy rápido. Entonces no sabía que Myriam y Noémie habían sido alumnas del mismo instituto; no obstante, algo en mí me decía que tenía que estudiar ahí y en ningún otro sitio. «Me interpela de una manera que los demás no pueden entender», escribió Louise Bourgeois refiriéndose a sus años en el Fénelon. También escribió esta otra frase que llevaba yo dentro: «Si no podéis decidiros a abandonar el pasado, entonces debéis recrearlo». Sentí, al cruzar el gran porche de madera, que Myriam y Noémie estaban más cerca que nunca de mí. Habíamos sentido las mismas emociones, los mismos deseos de jovencitas, en ese mismo patio de recreo. El reloj de madera oscura, con sus dos agujas talladas en forma de tijeras, los viejos castaños de troncos moteados del patio, las rampas de la escalera en hierro forjado eran los mismos en mis pupilas que en las suyas. Subí para contemplar el patio desde los corredores del primer piso; me pareció que la guerra seguía allí presente, por todas partes, en el espíritu de quienes la habían vivido, de los que no participaron en ella, de los hijos de quienes habían combatido, de los nietos de quienes no hicieron nada y que habrían podido hacer más. La guerra seguía guiando nuestras acciones, nuestros destinos, nuestras amistades y nuestros amores. Todo nos devolvía, siempre, a ella. Las deflagraciones seguían resonando en nosotros.

En el instituto me apasioné por la historia, aprendí a estudiar los factores de las crisis, los acontecimientos que las desencadenaban. Causas y consecuencias. Como un juego de dominó, donde cada ficha hace bascular la siguiente. Así me enseñaron los encadenamientos lógicos de los hechos, sin fenómenos aleatorios. Y sin embargo, nuestras vidas estaban hechas de tropiezos y de fracturas. Y, por retomar las palabras de Némirovski, «no hay quien entienda nada». Noté que una mano se posaba sobre mi hombro; me sobresalté.

—¿Qué busca usted? —me preguntó la vigilante de seguridad del instituto.

—De hecho, lo cierto es que no lo sé... —le respondí—. Estudié aquí hace años. Solo quería ver... si las cosas habían cambiado. Ya me voy. Perdone.

10

Me reuní con Gérard Rambert en el restaurante chino y pedimos el menú del día, siempre el mismo.

—¿Sabes? —me dijo Gérard—, en 1956, el Festival de Cannes anunció que entre las películas seleccionadas para representar a Francia en la competición por la Palma de Oro estaría la película de Alain Resnais *Noche y niebla*. ¿Y qué sucede?

—Ni idea...

—Abre bien los oídos, aunque tengas esas orejas tan pequeñas, rara vez he visto unas orejas tan pequeñas, la verdad, pero escucha bien. El Ministerio de Asuntos Exteriores de Alemania del Oeste pidió al Gobierno francés que retirara la película de la selección oficial. ¿Lo pillas?

—Pero ¿alegando qué?

—¡En nombre de la reconciliación franco-alemana! No habría que entorpecerla, ¿comprendes?

—¿Y se retiró la película de la competición?

—Sí. Sí. ¿Quieres que te lo repita? Sí. ¡Sí! Eso se llama, sencillamente, censura.

—Pero ¡yo pensaba que la película se había proyectado en Cannes!

—¡Ah! Hubo protestas, es normal. Y la película se proyectó, pero... ¡fuera de competición! Y eso no es todo: la comisión de censura francesa pidió que se suprimiera un archivo del documental, una foto donde se veía a un gendarme francés vigilando el campo de Pithiviers. No se tenía que correr demasiado la voz de que los franceses contribuyeron a la organización de todo aquello.

»¿Sabes?, después de la guerra, la gente estaba harta de oír hablar de nosotros. En casa era igual. Nadie mencionaba nunca lo que había sucedido durante la guerra. Jamás. Recuerdo un domingo de primavera, mis padres habían invitado a unas diez personas a casa y hacía calor aquel día, las mujeres llevaban vestidos ligeros, los hombres iban en manga corta. Y me fijo en algo: todos los invitados de mis padres tenían un número tatuado en el brazo izquierdo. Todos. Michel, el hermano del padre de mi madre... y Arlette, la mujer del hermano del padre de mi madre... tienen un número tatuado en el brazo izquierdo. Su primo y su mujer también. Lo mismo que Joseph Sterner, el tío de mi madre. Y yo estoy ahí, en medio de todas esas personas mayores, revoloteando como un mosquito, sin duda los estoy poniendo nerviosos a fuerza de dar vueltas a su alrededor. En ese momento el tío Joseph decide hacerme rabiar. Y de repente me dice: "Tú no te llamas Gérard". "¡Ah! ¿Y cómo me llamo, pues?". "Te llamas Supergranuja". El tío Joseph tenía un acento yidis muy marcado, recalcaba la primera sílaba y dejaba morir las últimas, lo que resultaba algo así como «SI-PER-gra-nuj».

»Me sienta muy mal el comentario porque soy un niño y todos los niños son susceptibles, ya lo sabes. No me hace ninguna gracia el chistecito del tío Joseph. Y de golpe todos esos viejos me irritan muchísimo. Entonces decido acaparar la atención de mi madre, para que me haga un poco de caso, la cojo aparte y le pregunto: "Mamá, ¿por qué Joseph lleva un número tatuado en el brazo izquierdo?". Mi madre hace una mueca y me manda a freír espárragos: "¿No ves que estoy muy ocupada? Vete a jugar por ahí, Gérard". Pero yo insisto: "Mamá, no solo es Joseph. ¿Por qué TODOS los invitados tienen un número tatuado en el brazo izquierdo?". Entonces mi madre me mira fijamente a los ojos y me suelta sin pestañear: "Son sus números de teléfono, Gérard". "¿Sus números de teléfono?". "Exacto", dice mi madre afirmando con la cabeza para ser más persuasiva. "Sus números de teléfono, ¿ves? Son personas mayores, así no se les olvidan". "¡Qué buena idea!", dije yo. "Pues sí", contestó mi madre. "Y no vuelvas a preguntar eso nunca más, ¿entendido, Gérard?".

»Y durante años creí a mi madre. ¿Me oyes? Durante años pensé que era genial que todos esos viejos no pudieran perderse por la calle gracias a su número de teléfono. Ahora vamos a pedir más *nems* porque tienen muy buena pinta. Voy a decirte una cosa, he estado toda la vida obsesionado por "eso". Cada vez que me cruzaba con alguien, me preguntaba: "¿Víctima o verdugo?". Hasta los cincuenta y cinco años más o menos. Después se me pasó. Y hoy rara es la vez en que me hago esa pregunta..., salvo cuando me tropiezo con un alemán de ochenta y cinco años... Bueno..., por suerte no me cruzo todos los días con un alemán de esa edad. ¡Porque eran todos nazis! ¡Todos! ¡Todos! ¡Hasta hoy! ¡Lo son hasta que revientan! Si hubiera tenido veinte años en 1945, me habría unido a los cazadores de nazis y habría dedicado mi vida a ello. Te juro que más vale no ser judío en este mundo... No es ningún defecto, pero tampoco es un valor añadido... Venga, vamos a compartir un postre, elige tú.

Después de despedirme de Gérard, recibí una llamada de Lélia, quería enseñarme cosas importantes, papeles que había encontrado en sus archivos. Tenía que ir a su casa.

Cuando llegué a su despacho, me tendió dos cartas escritas a máquina.

—No podremos mandarlas a examinar —dije a Lélia.

—Léelas —me contestó—, te van a interesar.

La primera carta tenía fecha del 16 de mayo de 1942. Es decir, dos meses antes de la detención de Jacques y Noémie.

Mamushka querida:

Estas cuatro letras son para decirte a toda prisa que he llegado bien. No puedo escribirte más porque tengo muchísimo trabajo, ¡debo sustituir a una que está de baja!

[...]

¿No te ha parecido que No estaba cambiada? Mucho menos alegre que antes. A pesar de todo, creo que estaba contenta por esas veinticuatro horas que pasamos juntas y por las que a ti te dejé tirada descaradamente. Hoy no para de llover. ¡Pobres habichuelas! [...] Espero que no me guardes rencor por haber pasado tan poco tiempo en el Pic Pic. Te mando un beso muy fuerte y te escribiré largo y tendido esta noche,

TU COLETTE

La segunda carta estaba fechada el 26 de julio, es decir, trece días después del arresto de los hijos Rabinovitch.

París, 23 de julio de 1942

Mi mamaíta:

He encontrado tu carta del 21 al llegar a casa. Sigo a máquina porque voy mucho más rápido, no es que quiera acabar la carta

cuanto antes, pero es que tengo tanto trabajo, demasiado. [...]
Noticias diversas:

1.º. Oficina: atmósfera de contienda entre Toscan y nosotros,
Étienne sigue queriendo marcharse a Vincennes. [...]

2.º. Recibida una carta a mediodía del señor o la señora Rabinovitch que me ha apenado: se han llevado a No y a su hermano,
como a muchos otros judíos, los padres no saben nada de ellos
desde entonces. De hecho, era la semana en que yo tenía que ir a
Les Forges. Ya ves, mi falta de entusiasmo era un mal presentimiento. Voy a intentar dar con Myriam. Pobrecita No. Diecinueve años, y su hermano apenas dieciséis. Según dicen, en París ha
sido espantoso. Separación de los hijos, de maridos y mujeres, de
madres, etcétera. ¡Solo dejaban con las madres a los hijos menores
de tres años!

3.º. He escrito a Raymonde: estoy contenta de que venga porque
desde mediodía estoy destrozada por las noticias de Les Forges.

[...] TU COLETTE

Me pareció muy extraño. «Se han llevado a No y a su hermano,
como a muchos otros judíos: los padres no saben nada de ellos
desde entonces». ¿Llevado? El término es desconcertante. Como
el carácter banal y cotidiano de esas cartas. La organización del
exterminio de los judíos aparecía evocada en medio de cuestiones
de racionamiento, de noticias sobre el gato y la lluvia. Se lo dije
a mi madre.

—No es fácil juzgar lo de ayer con los ojos de hoy, ¿sabes?
Quizá un día nuestras vidas sean consideradas desenfadadas e
irresponsables por nuestros descendientes.

—No quieres que juzgue a Colette..., pero esas dos cartas
confirman mis sospechas. A Colette le marcó profundamente lo

que les sucedió a los Rabinovitch durante la guerra. Se sintió culpable toda su vida.

—Puede ser —contestó Lélia levantando las cejas.

—Pero ¿por qué no quieres reconocer que todo concuerda? ¡No para de darle vueltas al mismo tema! Seis meses antes de que recibieras la postal. ¡Es absolutamente increíble! ¿No te parece?

—Reconozco que la coincidencia es inquietante.

—¿Pero?

—Pero Colette no envió la postal anónima.

—¿Por qué lo dices? ¿Qué te hace estar tan segura?

—Porque no me cuadra. No sé cómo explicártelo. Es como si me dijeras que dos más tres son cuatro. Por mucho que me lo demostraras te replicaría que... no me cuadra. ¿Entiendes? No me lo creo.

11

Estimada señora:

Como quedamos por teléfono, las escasas palabras examinadas no son suficientes para hacer una afirmación completa al ciento por ciento; no obstante, puedo afirmar que esas palabras no parecen proceder del mismo autor que el de la carta manuscrita. Quedo a su entera disposición para cualquier otra información que pudiera desear.

Cordialmente,

JÉSUS F.

Criminólogo, experto en caligrafía

y documentos

Jésus y mi madre estaban de acuerdo en un punto: Colette no era la autora de la postal anónima.

Me sentí muy decepcionada. Y también cansada.

Retomé mi vida cotidiana, poniendo tierra de por medio. Acostaba a Clara en su camita y le leía historias de *Momo, el cocodrilo enojado*, y luego, ya tumbada en mi cama, cerraba los ojos. Los vecinos de arriba tocaban el piano, la música que venía del techo me envolvía. Una noche tuve la sensación de que las notas musicales caían en mi dormitorio como una lluvia fina.

Los días siguientes me sentí abatida. No tenía ganas de nada. Estaba siempre aterida de frío y solo el chorro de una ducha bien caliente me devolvía a la vida. No almorcé con Georges. Estaba agotada. Lo único que me apetecía hacer era ir a la filmoteca a comprar películas de Renoir para ver al tío Emmanuel. Encontré *Escurrir el bulto* y *La noche de la encrucijada*. No les quedaba *La cerillera*. El seudónimo Manuel Raaby apareció en los créditos y pensé que era a la vez irreal y muy triste. Luego sentí un irresistible deseo de dormir, como si estuviera bajo los efectos de un somnífero, así que me puse el jersey bajo la cabeza y pensé en Emmanuel, se me ocurrió incluso llamar a Lélia para preguntarle la fecha exacta y las circunstancias de su muerte. Pero no tuve valor.

Me despertó el timbre de la puerta.

Georges surgió en la sombra con una botella de vino y un ramo de flores en las manos.

—Ya que no quieres salir de casa..., tenía que hacer algo; si no, ibas a acabar echándome demasiado de menos —dijo entre risas.

Pedí a Georges que pasara, sin hacer ruido para no despertar a Clara que dormía. Fuimos a la cocina a descorchar la botella de vino.

—¿Has recibido por fin la respuesta de Jésus? —me preguntó.

—Sí, y no es Colette. Me he desanimado. Me he dicho: «¿Para qué todo esto?»

—No te desanimes. Tienes que llegar hasta el final.

—Pensaba, al contrario, que ibas a animarme a tirar la toalla.

—No. Tienes que perseverar. Mantén la confianza.

—Nunca lo lograré. Voy a perder horas y horas para nada.

—Estoy seguro de que quedan más cosas por descubrir.

—¿Qué quieres decir?

—No sé..., vuelve a empezar donde lo dejaste. Ya verás hasta dónde te conduce.

Abrí mi libreta y se la enseñé a Georges.

—Aquí lo dejé.

La página contenía tres columnas. Familia. Amigos. Vecinos.

—La familia..., no quedaba nadie. Los amigos..., Colette era la primera y la última. Solo faltan los vecinos.

12

—¿Quieres que vayamos a preguntar a la gente del pueblo qué sucedió en los años cuarenta?

—Sí. Vamos a Les Forges y les sonsacamos a los vecinos. Les preguntamos qué vieron, de qué se acuerdan.

—¿En serio crees que vamos a encontrar a alguien que conociera a los Rabinovitch?

—Por supuesto. Los niños de 1942 tienen hoy ochenta años. Pueden tener recuerdos. Vamos mañana por la mañana. Saldremos pronto, en cuanto deje a Clara en la escuela.

Al día siguiente, Lélia estaba esperándome en la Porte d'Orléans, dentro de su pequeño Twingo rojo, con la radio a todo volumen, escuchando las noticias del día. El coche olía a tabaco frío y a su perfume, la misma fragancia de toda la vida. Para poder sentarme en el asiento delantero tuve que apartar un montón de cosas: un estuche de lápices, una vieja novela policiaca, un guante desparejado, un vaso de café vacío y su bolso. «El coche del inspector Colombo», me dije.

—¿Tienes la dirección exacta de la casa?

—No —respondió Lélia—. ¡Y eso que he encontrado un montón de papeles sobre Les Forges en mis archivos, pero ni uno con la dirección!

—Bueno, nos las arreglaremos cuando lleguemos allí, el pueblo es pequeño.

El GPS nos anunció un trayecto de una hora y veintisiete minutos. La radio encendida hablaba de las elecciones europeas y del gran debate nacional. De repente el cielo se oscureció. Estábamos concentradas en nuestra expedición. Bajé el volumen de la radio y empecé a pensar en voz alta sobre lo que podía haber ocurrido con la casa de Les Forges desde que los Rabinovitch se fueron, un día de octubre de 1942.

—Esperaban que fueran a detenerlos —dije a Lélia—, querían reunirse con sus hijos en Alemania. Así que seguro que antes de irse lo dejaron todo ordenado y dieron instrucciones a los vecinos. Suele dejársele una copia de las llaves a alguien de confianza, ¿no? Igual sigue existiendo esa llave.

—Se la dieron al alcalde —afirmó Lélia.

Mi madre aprovechó mi asombro para encenderse un cigarrillo.

—¿Al alcalde? —dije tosiendo—. Pero ¿cómo sabes eso?

—Mira los papeles que están en el asiento trasero. Vas a entenderlo.

Estiré el brazo por encima del respaldo del asiento para coger una carpeta verde.

—Mamá, por lo menos abre un poco la ventanilla o te juro que vomitaré.

—Pensaba que habías vuelto a fumar.

—No. Solo fumo para soportar tus cigarrillos. ¡Abre la ventanilla!

La carpeta contenía unos documentos fotocopiados, los que mi madre consiguió recuperar cuando preparó el dosier para la comisión Mattéoli. Saqué una carta con membrete del ayuntamiento de Les Forges, escrita a mano por el alcalde en persona.

Tenía fecha del 21 de octubre de 1942, es decir, doce días después del arresto de Ephraïm y Emma.

EL ALCALDE

Al Director de los Servicios Agrícolas del departamento del Eure

Señor Director:

Tengo el honor de informarle que tras la detención del matrimonio Rabinovitch procedí al cierre de las puertas de la vivienda, cuyas llaves he conservado. A continuación, y en presencia del síndico municipal recientemente nombrado, hice un somero inventario del mobiliario. Los dos cerdos que quedaban se hallan en la actualidad bajo la custodia del señor Jean Fauchère, junto con el grano que hemos encontrado. Pero la situación no puede prolongarse porque el operario pide un jornal diario de setenta francos (ahora está trillando la cebada a mano). Además, en la huerta hay fruta y verdura de la que se podría sacar partido. Y para liquidar esta situación sería necesario nombrar a un administrador oficial.

Desearía recibir alguna directriz por su parte ya que la Prefectura me ha respondido que por ahora no puede solucionar esta situación anómala.

Agradeciéndole de antemano su interés, le ruego reciba mi más respetuoso saludo,

EL ALCALDE

La letra del alcalde era rebuscada. Las *D* mayúsculas se enrollaban sobre sí mismas de forma un poco ridícula, y las *E* ascendían en forma de sofisticadas volutas.

—Tanta filigrana para escribir horrores.

—Tenía que ser un imbécil redomado.

—Mamá, tenemos que encontrar a los descendientes del señor Jean Fauchère.

—Coge la carta que está debajo. Es la contestación del director de los Servicios Agrícolas del departamento del Eure, que reaccionó al día siguiente. Envía una carta a la prefectura.

ESTADO FRANCÉS
El director de los Servicios Agrícolas
del departamento del Eure

Al Prefecto del departamento del Eure (3.ª División)
ÉVREUX

Tengo el honor de dirigir a usted una carta adjunta en la que el alcalde de Les Forges me indica que convendría liquidar la situación del matrimonio judío RABINOVITCH, vecino de su municipio, con el nombramiento de un administrador oficial encargado de ocuparse del mantenimiento de la casa perteneciente a dicho matrimonio.

Careciendo de competencias para encargarme personalmente de dicho asunto, que no corresponde a mis servicios, solo me cabe rogarle que le dé al alcalde de Les Forges las directrices pertinentes que solicita.

Fdo.: EL DIRECTOR

—Las administraciones se pasan la pelota unas a otras.

—Así es. Nadie quiere responder al alcalde de Les Forges. Ni la prefectura ni el director de los Servicios Agrícolas.

—¿Y por qué? ¿Qué opinas?

—Están sobrecargados de trabajo..., no tienen tiempo de ocuparse de dos cerdos y de unos manzanos del «matrimonio judío Rabinovitch».

—¿No te parece raro que criaran cerdos siendo judíos?

—Pero ¡si les daba completamente igual! Esa historia de no comer cerdo, francamente. En los países cálidos, las carnes muertas se conservaban mal y podían transmitir enfermedades. Pero ¡de eso hace dos mil años! Ephraïm no era religioso.

—¿Sabes?, quizá el director agrícola contestara al alcalde que carecía de competencias como una forma de resistencia. No ocuparse... es una manera de impedir que se hagan las cosas.

—Eres una optimista. La verdad, no sé de dónde te viene ese carácter...

—¡Deja de decir eso! ¡No soy optimista! Pienso sencillamente que hay que mirar las dos caras de la moneda. Entiéndeme, lo que me fascina de esta historia es ver que, en una misma administración, la Administración francesa, pudieran coexistir al mismo tiempo justos y cabrones. Piensa en Jean Moulin y en Maurice Sabatier. Son de la misma generación, han recibido prácticamente la misma formación, los dos llegan a prefectos, con similitudes en su recorrido profesional. Pero uno se convierte en el jefe de la Resistencia y el otro, en prefecto bajo el régimen de Vichy, superior jerárquico de Maurice Papon. El uno está enterrado en el Panteón y el otro, acusado de crímenes contra la humanidad. ¿Qué determina al uno y al otro? ¡Mamá, apaga ese cigarrillo, vamos a morir asfixiadas!

Mi madre baja la ventanilla y tira la colilla a la carretera. No hago ningún comentario, pero me parece fatal.

—Coge el tercer documento de la carpeta. Verás que el alcalde de Les Forges no se quedó esperando de brazos cruzados, decidió ocuparse del tema y se fue a la prefectura de Évreux. A su vuelta, recibe esta carta, fechada el 24 de noviembre de 1942. Un mes más tarde.

División de la Administración General y de la Policía
Oficina de Policía de Extranjería
Referencia: Rabinovitch 2239/EJ

Évreux, a 29 de noviembre de 1942

Al señor Alcalde de Les Forges

Estimado señor:

En relación con su visita del 17 de noviembre pasado a la Oficina General de Extranjería, tengo el honor de comunicarle que le autorizo a vender al abastecimiento general los dos cerdos pertenecientes al judío Rabinovitch internado el 8 de octubre pasado. Deberá, pues, ponerse en contacto con el intendente director general de la Dirección General de Abastecimiento, en el cuartel Amey, en Évreux. Usted se hará cargo del montante de dicha venta hasta que pueda transferirlo al administrador provisional que será nombrado próximamente.

—¿Hubo un administrador provisional de la casa de Emma y Ephraïm?
—Fue nombrado en diciembre. Se encargó de las huertas y los terrenos de los Rabinovitch.
—¿Se instala en la casa?
—No, qué va. Lo que se recupera son los terrenos, mejor dicho, se expolian, para Alemania, por el Estado francés, como todas las empresas que pertenecen a judíos, para ser confiados se-

guidamente a empresarios franceses. En el caso de los Rabinovitch, un administrador provisional emplea a jornaleros que acceden a los terrenos exteriores, pero no entran en la casa.

—Y entonces ¿qué pasa con la casa?

—Tras la guerra, rápidamente, Myriam quiso vender. Sin desplazarse hasta allí. Era demasiado duro para ella. Todo se hizo a través de notarios, en 1955. Después de aquello, Myriam nunca volvió a hablar de Les Forges. Pero yo sabía que esa casa existía. Tenía once años cuando se vendió. ¿Acaso oí parte de ciertas conversaciones? En todo caso, tenía muy claro que mi familia desconocida, esa familia de fantasmas, había vivido en un pueblo llamado Les Forges. Estaba en algún rincón de mi cabeza y seguro que me preocupaba, un poco como a ti hoy, porque en 1974, cuando cumplí treinta años, el destino me llevó hasta ese pueblo.

»En aquella época somos tres: tu padre, tu hermana mayor y yo. Vivimos prácticamente en comunidad con nuestros amigos, nos desplazamos en pandilla... Un fin de semana nos encontramos en la casa familiar de uno de nuestros compañeros, cerca de Évreux. Me compro un plano Michelin y de repente, al trazar la ruta con un lápiz, veo surgir el nombre de Les Forges, a ocho kilómetros de donde vamos. Me quedo como conmocionada, ¿entiendes? Ese pueblo no era una idea. Ni una leyenda. Existía de verdad. El sábado por la noche organizamos una gran fiesta en casa de nuestros amigos, hay muy buen ambiente, mucha gente, pero estoy como ausente, no paro de darle vueltas a la idea de que podría acercarme a Les Forges, solo por ver. Y no pego ojo en toda la noche. Nada más amanecer, cojo mi coche y circulo sin saber muy bien adónde dirigirme... Una fuerza me guía, no me pierdo, giro en el sitio correcto y me paro delante de una casa al azar. Llamo. Al cabo de unos segundos sale a abrirme una mujer.

Es mayor, parece agradable, simpática, de pelo blanco, me causa buena impresión.

—Perdone, estoy buscando la casa de los Rabinovitch, que vivían en Les Forges durante la guerra. ¿Le suena de algo? No sabrá dónde es, ¿verdad?

Veo que la señora me mira de manera extraña. En ese momento, la mujer palidece y me pregunta:

—¿Es usted la hija de Myriam Picabia?

Me quedo paralizada, sin aliento ante esa mujer que sabe de qué estoy hablando, y muy bien, porque fue ella quien compró la casa en 1955.

—Mamá..., ¿me estás diciendo que, al llamar, completamente por casualidad, a la primera casa ante la que te detienes, das con la casa de tus abuelos? ¡Inmediatamente!

—Por muy improbable que pueda parecer, así fue. «Sí, soy la hija de Myriam», le contesté, «estoy pasando el fin de semana aquí cerca, con mi hija y mi marido, me apetecía ver el pueblo de mis abuelos, pero no querría molestarla». «Al contrario, estoy encantada de conocerla».

»Me lo dijo con un tono muy dulce, muy sosegado. Entré en el jardín y recuerdo que, al ver la fachada, me envolvió una neblina y me flojearon las piernas. Me sentí mal. La señora me instaló en su salón delante de un refresco de naranja, creo que entendía mi emoción. Al cabo de un momento me recupero, hablamos, acabo por preguntarle lo mismo que tú a mí hoy, en qué estado encontró el sitio. Y me contestó esto: "Llegué a esta casa en 1955, cuando la visité la primera vez me pareció que faltaban muebles, se notaba que habían sacado todos los objetos de valor. Y después, cuando me mudé, me di cuenta de que había venido gente a coger cosas. Lo habían hecho apresuradamente porque había sillas tiradas por el suelo, ¿ve usted?, como ladrones que actúan con precipitación. Recuerdo bien que había desaparecido una imagen enmarcada. Una fotografía muy bella de la casa en la que me fijé el día de la visita. Pues bien, ya no estaba. Quedaba en la pared una marca en forma rectangular, con el enganche medio colgando".

»Todo lo que me contaba aquella mujer me partía el corazón, nos habían robado nuestros recuerdos, los de mi madre, los de nuestra familia. "Las pocas cosas que pude conservar", me dijo la señora, "las puse en un baúl que tengo en el desván. Si lo quiere, es suyo, le pertenece". La seguí como una autómata hasta el desván, ni siquiera comprendía qué me estaba pasando. Aquellos objetos llevaban años esperando, pacientes, a que alguien viniera a buscarlos. Cuando abrió el baúl, la emoción se apoderó de mí por completo. Aquello era demasiado. "Volveré por el baúl otro día", le dije. "¿Está usted segura?", me preguntó. "Sí, vendré con mi marido". La mujer me acompañó hasta la puerta, pero antes de decirme adiós, ya casi en el umbral, añadió: "Espere, me gustaría que se fuera con algo". Volvió con un cuadrito entre las manos, no más grande que una cuartilla, una aguada que representaba una jarra de cristal, un pequeño bodegón enmarcado en madera rústica. Llevaba la firma Rabinovitch. Reconocí la letra estilizada y elegante de Myriam. Mi madre pintó ese cuadro cuando vivía allí, feliz, rodeada de sus padres, su hermano y su hermana Noémie. Desde aquel día lo guardo celosamente.

—¿Fuiste a buscar el baúl?

—Por supuesto. Unas semanas más tarde, con tu padre. En aquel momento no le dije nada a mi madre, quería darle una sorpresa.

—¡Oh!... ¡Qué mala idea!

—Muy mala. Fui a Céreste a pasar un mes de verano con Myriam. Le llevé el baúl, orgullosa y emocionada por ofrecerle aquel tesoro. Myriam se quedó taciturna, abrió el baúl en silencio. Luego lo cerró inmediatamente. Ni una palabra. Nada. Después lo guardó en el sótano. Al final de las vacaciones, antes de volver a París, fui a coger unas cosas, un mantel, un dibujo de su hermana y las pocas fotos que hay en mis archivos, documentos administrativos..., no mucho. Cuando murió Myriam en 1995 fui a buscar el baúl a Céreste. Estaba vacío.

—¿Crees que lo tiró todo?

—Quién sabe. Lo quemaría. O lo daría.

Unas gruesas gotas de lluvia cayeron sobre el parabrisas del coche. Hacían ruido, como canicas. Llegamos a Les Forges bajo una tromba de agua.

—¿Te acuerdas de dónde estaba la casa?

—La verdad es que no del todo, creo que era a la salida del pueblo, en dirección al bosque. Vamos a ver si la encuentro tan fácilmente como la primera vez.

El cielo se volvió negro, como si se hiciera de noche. Intentamos quitar el vaho del cristal delantero con las mangas de nuestros jerséis. Los limpiaparabrisas no servían de nada. Dimos vueltas, Lélia no reconocía el pueblo, volvíamos todo el rato al punto de partida, como en las pesadillas, cuando uno no encuentra nunca la salida de una rotonda. Y parecía que el cielo fuera a desplomarse sobre nuestras cabezas.

Llegamos a una calle compuesta por una única fila de cinco o seis casitas individuales, no más, situadas frente a un campo. Las viviendas estaban construidas en hilera.

—Me da la impresión de que es esta calle —me dijo de repente Lélia—. Recuerdo que no había construcciones enfrente.

—Espera, pone algo así como «rue du Petit Chemin», ¿te dice algo?

—Sí, creo que era ese el nombre de la calle. Y la casa, yo diría que es esa —dijo mi madre parándose delante del número 9—, recuerdo que estaba casi al final de la calle, pero no la que hace esquina, justo la anterior.

—Voy a ver si hay un nombre en la verja.

Salí bajo la lluvia, corriendo, no teníamos paraguas, y miré el apellido que figuraba encima del timbre. Volví empapada.

—Les Mansois, ¿te suena?

—No, era algo con *x*, estoy segura.

—Puede que no sea esta la casa.

—Entre los documentos guardo una vieja foto de la fachada, mira, vamos a comparar.

—¿Cómo vamos a hacerlo? El portón es demasiado alto, no se distingue nada.

—Súbete al techo —dijo Lélia.

—¿Al techo? ¿De la casa?

—¡No, mujer! ¡Al techo del coche! Así tendrás suficiente perspectiva y podrás observar la casa por encima del portón.

—Ni hablar, mamá, no pienso hacerlo. ¿Te imaginas si nos ven?

—Vamos, vamos, me recuerdas a mí de niña, cuando me negaba a hacer pis entre dos coches.

Volví bajo el aguacero y apoyándome en el asiento, con la puerta del coche abierta, me encaramé al techo. No era fácil ponerse de pie porque la chapa estaba muy resbaladiza.

—¿Y bien?

—¡Sí, mamá, esta es la casa!

—Ve a llamar —me gritó mi madre que, sin embargo, no me había dado una sola orden en su vida.

Calada hasta los huesos, llamé varias veces al portón del número 9. Estaba toda emocionada por encontrarme frente a la vivienda de los Rabinovitch. Me daba la impresión de que, tras la verja, la casa había entendido que era yo y me esperaba, sonriente.

Me quedé esperando un buen rato sin que sucediera nada.

—Me parece que no hay nadie —dije con un gesto a Lélia, decepcionada.

Pero de repente se oyeron unos ladridos y el portón del número 9 se entreabrió. Surgió una mujer de unos cincuenta años. Teñida de rubia, con el pelo cayéndole por los hombros, el rostro ligeramente abotagado, algo colorado; hablaba a sus perros, que corrían y ladraban, y, a pesar de la gran sonrisa de la que hice gala para mostrarle mis buenas intenciones, su mirada era de desconfianza. Los perros, unos pastores alemanes, daban vueltas alrededor de sus piernas; ella se dirigió a ellos en forma agresiva, se notaba que la ponían nerviosa. Me pregunté por qué ciertos propietarios de perros se pasan el tiempo protestando por tenerlos cuando nada les obliga a convivir con ellos. Me pregunté también qué me daba más miedo, si la mujer o los perros.

—¿Ha sido usted la que ha llamado? —me abroncó mientras lanzaba una ojeada furtiva al coche de mi madre.

—Sí —le dije intentando sonreír a pesar del agua que me chorreaba por el pelo—. Nuestra familia vivía aquí durante la guerra. Vendieron la casa en los años cincuenta y nos preguntábamos si sería posible, en caso de que no le molestara, claro está, visitar el huerto, ver cómo era...

La mujer me impidió el paso. Y como era físicamente bastante poderosa, no pude observar la fachada de la casa. Frunció el ceño. Después de los perros ahora era yo quien la ponía nerviosa.

—Esta casa perteneció a mis antepasados —proseguí—, aquí vivieron durante la guerra. Los Rabinovitch, ¿le suena de algo el nombre?

Su cara retrocedió; me miró con una mueca, como si acabara de ponerle un olor fétido bajo la nariz.

—Espere aquí —dijo cerrando el portón.

Los pastores alemanes se pusieron a ladrar muy fuerte. Y otros perros del barrio replicaron. Todos parecían prevenir al vecindario de nuestra presencia en el pueblo. Permanecí bajo la lluvia mucho tiempo, como en una ducha fría. Pero estaba dispuesta a lo que fuera por ver el huerto plantado por Nachman, el pozo construido por Jacques con su abuelo, cada piedra de esa casa que había asistido a los días dichosos de la familia Rabinovitch antes de su desaparición. Al cabo de cierto tiempo oí de nuevo sus pasos por la gravilla, luego reabrió el portón, entendí entonces que me recordaba a Marine Le Pen; llevaba un gran paraguas de flores, absurdo, que me ocultaba la vista, de modo que solo pude adivinar, tras ella, la presencia de otra persona, un hombre, que calzaba botas verdes de cazador.

—¿Qué desea exactamente? —me preguntó ella.

—Simplemente..., visitar el lugar... Nuestra familia vivió aquí...

No me dio tiempo a terminar la frase, el hombre de detrás se dirigió a mí, me pregunté si se trataba de su padre o de su marido.

—¡Oiga, oiga! ¡No se viene a casa de nadie así, en este plan! Compramos esta casa hace veinte años, ¡es de nuestra propiedad! —me soltó, agresivo—. La próxima vez pida una cita —dijo el señor—. Sabine, cierra la verja. Adiós, señora.

Y Sabine me dio con el portón en las narices. Me quedé quieta, una profunda sensación de tristeza se abatió sobre mí, tan intensa que me eché a llorar, aunque no se me notaba, por el agua que me caía a chorros por la cara.

Mi madre se instaló bien en el asiento de su coche y miró al frente con determinación.

—Vamos a preguntar a los demás vecinos —me anunció—. Vamos a dar con los que nos robaron —añadió.

—¿Robarnos?

—¡Sí, los que nos cogieron los muebles, los cuadros y todo lo demás! ¡Tienen que estar en alguna parte!

Tras esas palabras, mi madre abrió la ventanilla para encender un cigarrillo, pero el mechero se apagaba una y otra vez debido a la lluvia torrencial.

—¿Qué hacemos ahora?

—Nos quedan dos casas que parecen habitadas.

—Sí —dijo ella, pensativa.

—¿Por cuál empezamos?

—Vamos a la número 1 —dijo mi madre, que calculó que era la más alejada del coche, lo que le permitiría acabar de fumarse el cigarrillo por el camino.

Esperamos un instante para recobrar las fuerzas y el ánimo, luego salimos juntas del vehículo.

En el número 1 surgió una mujer delante de la casa; amable, aparentaba unos setenta años, pero sin duda era mayor. Estaba teñida de pelirroja y llevaba una cazadora de cuero y una bandana alrededor del cuello.

—Buenos días, señora, perdone que la molestemos, estamos buscando recuerdos de nuestra familia. Vivieron en esta calle, en el número 9, hasta la guerra. Quizá se acuerde usted...

—¿Dice durante la guerra?

—Vivieron en Les Forges hasta el año 1942.

—¿La familia Rabinovitch? —preguntó con voz grave y profunda de fumadora.

Nos causó una impresión extraña oír el apellido Rabinovitch en boca de aquella mujer, como si se hubiera cruzado con ellos esa misma mañana.

—Exacto —dijo mi madre—. ¿Los recuerda?

—Por supuesto —contestó ella con una sencillez desconcertante.

—Perdone, ¿le molestaría que pasáramos a charlar con usted cinco minutos?

De golpe, la mujer pareció dudar.

Estaba claro que no le apetecía dejarnos entrar en su casa. Pero había algo que no le dejaba impedirnos el paso, a nosotras, las descendientes de los Rabinovitch. Nos pidió que esperáramos en el salón y, sobre todo, que no nos sentáramos en el sofá con los abrigos todos mojados.

—Voy a avisar a mi marido —dijo.

Aproveché su ausencia para echar una ojeada por todas partes. Nos sobresaltamos porque la señora volvió casi de inmediato con dos toallas.

—Si no les importa, es por no estropear el sofá, voy a preparar un té —dijo mientras se iba de nuevo hacia la cocina.

La mujer sostenía una bandeja con unas tazas humeantes en las manos, un servicio de porcelana estilo inglés, de flores rosas y azules.

—Tengo las mismas en casa —dijo Lélia, y eso agradó a la mujer. Mi madre siempre ha sabido ganarse, instintivamente, la simpatía de la gente.

—Conocí a los Rabinovitch, me acuerdo muy bien —afirmó mientras nos proponía azúcar—. Un día, la madre..., perdón, no recuerdo el nombre...

—Emma.

—Sí, eso es, Emma. Me dio fresas de su huerta. Me pareció amable. ¿Era su madre? —preguntó a Lélia.

—No..., era mi abuela... ¿Tiene algún recuerdo más concreto? Me interesa mucho, ¿sabe usted?

—Mire…, me vienen a la memoria las fresas… Me encantaban las fresas…, las de su huerta eran magníficas, tenían ese huerto y luego manzanos que sobresalían de la espaldera. También me acuerdo de la música que se oía a veces desde nuestro jardín. Su mamá era pianista, ¿no?

—Exactamente, mi abuela —rectificó Lélia—. Puede que diera clases de piano en el pueblo, ¿le suena eso?

—No, yo era pequeña y mis recuerdos son muy vagos.

La mujer se nos quedó mirando.

—Yo tenía cuatro o cinco años cuando los arrestaron. —Se tomó cierto tiempo—. Pero mi madre me contó algo.

Reflexionó de nuevo, mirando la taza de porcelana, absorta en sus recuerdos.

—Cuando los policías vinieron a buscarlos. Mi madre vio a los chicos saliendo de la casa. Cuando subieron al coche, cantaron «La Marsellesa». Eso la dejó muy impresionada. Me decía a menudo: «Los pequeños se fueron cantando "La Marsellesa"».

¿Quién habría podido pedirles que se callaran? Ni los alemanes ni los franceses. Nadie podía insultar así el himno nacional. Los hijos Rabinovitch encontraron así una manera de desafiar a sus asesinos. Y de repente fue como si su canto nos llegara desde la calle.

—Hubo ciertos muebles que desaparecieron de la casa, un piano, ¿eso le dice algo? —pregunté.

La mujer permaneció silenciosa antes de añadir:

—Me acuerdo de los manzanos en espaldera, a lo largo de la tapia.

Luego miró de nuevo la taza de té, pensativa.

—¿Saben?, durante la guerra estábamos ocupados por los alemanes. Estaban en el castillo de La Trigall. También desapareció un maestro.

Repentinamente, la mujer pareció divagar, como si su cerebro estuviera cansado.

—¿Y bien?... —insistí yo.

—Los propietarios actuales son muy amables —añadió mirándonos como si alguien, invisible para nosotras, estuviera escuchándola.

Luego se puso a hablar con entonaciones casi infantiles, y yo pude distinguir los rasgos de aquella niña que fue, setenta años antes, comiendo fresas en el huerto de Emma. ¿Lo hacía adrede, actuar como una cría?

—Mire, vamos a explicarle por qué estamos aquí. Recibimos una postal extraña hace unos años, una tarjeta que hablaba de nuestra familia. Nos preguntamos si la envió alguien del pueblo.

Vi un resplandor en su mirada, no era nada ingenua y debía de estar tomando decisiones en su cabeza, unas tras otras. La noté indecisa, entre dos sentimientos. No tenía ganas de seguir con aquella conversación, no quería sentirse acorralada. Pero una especie de rectitud moral la obligaba a contestarnos.

—Voy a llamar a mi marido —dijo bruscamente.

Su marido entró en la habitación en ese mismo momento, como un actor a la espera entre bambalinas. ¿Había escuchado nuestra conversación detrás de la puerta? Sin duda.

—Mi marido —dijo presentándonos a un señor bastante más bajito que ella, con bigote y el pelo muy blanco. De ojos azules muy penetrantes.

El marido se sentó en el sofá, callado, esperando algo, no sabíamos qué. Nos miraba.

—Mi marido es bearnés —dijo la mujer—. No creció aquí. Pero siempre le ha interesado la Historia. Así que ha investigado sobre el pueblo de Les Forges durante la guerra. Quizá pueda contestar mejor que yo a sus preguntas.

El marido tomó la palabra inmediatamente después.

—¿Saben?, el pueblo de Les Forges, como la mayoría de los pueblos de Francia, en particular en la zona norte, se vio muy marcado por la guerra. Hubo familias divididas, enlutadas. No se imagina bien la dificultad que han tenido sus habitantes para recuperarse de todo eso. Es casi imposible ponerse en el lugar de la gente, en el contexto de la época. No podemos juzgar, ¿me entienden?

El anciano hablaba con cierta sabiduría, con calma.

—En Les Forges está la historia de Roberte, que perturbó profundamente al pueblo, seguro que han oído hablar de ella.

—No, nunca.

—¿Roberte Lambal? ¿No? Hay una calle que lleva su nombre, deberían ir a ver, es muy interesante.

—¿Quiere contarnos su historia?

—Si me lo pide —dijo estirando la tela del pantalón a la altura de las rodillas—. En agosto de 1944, si mi memoria no me engaña, un grupo de resistentes de Évreux mató a dos soldados nazis. Era algo muy grave para el ocupante, claro está. Los resistentes se fueron de Évreux para venir a esconderse al pueblo de Les Forges, donde los acogió la señora Roberte, una viuda de setenta años, eso era mucha edad para la época, que vivía sola en su granja con sus gallinas y sus cabras. Al cabo de unos días, alguien del pueblo fue a denunciar a la señora Roberte. Un vecino se entera de eso, va corriendo a la granja a prevenir a los resistentes para que huyan. Quieren llevarse con ellos a Roberte porque saben que los alemanes la interrogarán, pero ella se niega, promete no decir nada. Lo que quiere ella es quedarse a cuidar de sus gallinas y sus cabras. Y además es demasiado vieja para salir corriendo por el bosque. Los resistentes se escapan. Apenas unos minutos después de su huida, los alemanes entran a la fuerza en la granja, con coches, motociclistas y metralletas. Serían unos quince, rodeando a la pobre Roberte. Le preguntan dónde tiene escondidos a los resistentes. Ella contesta que no sabe de qué le hablan. Entonces empiezan a buscar por la granja, lo ponen todo patas arriba. Y acaban por encontrar la emisora de radio que los resistentes habían escondido entre los fardos de heno. Muelen a golpes a la vieja Roberte para hacerle confesar. Pero ella sigue sin abrir la boca. Llega un nuevo coche. Una patrulla ha conseguido atrapar a uno de los resistentes fugados, con su brazalete y su fusil. Gaston. Hacen un cara a cara entre Gaston y Roberte, pero ninguno de los dos confiesa, ninguno de los dos dice adónde han ido los demás ni da ninguno de los nombres. Los alemanes atan a Gaston a un árbol de la granja para torturarlo, se turnan para golpearlo, pero no sale ni un sonido de su boca. Le arrancan las uñas, pero nada. Mientras, piden a Roberte que les prepare una comida, con sus gallinas, sus cabras, el vino de su bodega y toda la comida que hay en la casa. Debe poner una gran mesa frente al árbol donde se encuentra, todo ensangrentado, desfigurado, Gaston. Los alemanes pasan la noche bebiendo y comiendo, servidos por Roberte que, de vez en cuando, recibe un palo; la vieja se cae, y eso hace reír mucho a los hombres. Al día siguiente por la mañana, Gaston, que ha pasado la noche atado al árbol, sigue sin querer hablar. Entonces los hombres lo desatan para llevárselo al alba al bosque. Le mandan cavar un agujero y lo entierran vivo. Luego vuelven a casa de Roberte para contarle lo que le han hecho. La amenazan, si no habla, con ahorcarla. Pero Roberte aguanta. Rehúsa decir lo que sabe de los resistentes. El suboficial alemán, rabioso por la obstinación de la vieja que no abre la boca, ordena que la cuelguen del árbol. Los hombres obedecen, pasan una cuerda alrededor del cuello de Roberte y antes de que muera por completo, cuando sus piernas todavía se debatían en el aire, el suboficial, irritado, coge una metralleta para vengarse. Fin de la historia.

—¿Saben quién denunció a Roberte en el pueblo?

Insistir, ya me daba cuenta, era como remover una charca llena de barro. El agua se enturbiaba.

—No, nadie sabe quién la denunció —respondió el hombre antes de que su mujer pudiera hablar.

—¿Le ha dicho su mujer por qué estamos aquí exactamente?

—Explíqueme.

—Recibimos una postal anónima a propósito de nuestra familia y queremos saber si pudiera haberla escrito alguien del pueblo.

—¿Puede enseñármela?

El hombre miró, atento y callado, la fotografía en mi teléfono.

—Y esta postal sería como una denuncia, ¿es lo que quieren decir?

Había hecho la pregunta correcta.

—Su carácter anónimo nos provoca una impresión extraña, ¿entiende?

—Lo entiendo muy bien —dijo asintiendo con la cabeza.

—Por eso nos preguntamos si había gente muy próxima a los alemanes en Les Forges.

Esa frase le molestó, hizo una mueca.

—¿No quiere hablar?

La mujer intervino, la pareja se protegía mutuamente.

—Escuche, se lo ha dicho mi marido; el pasado, nadie tiene ganas de removerlo. Pero hubo gente muy buena en el pueblo, ¿sabe usted? —añadió.

—Sí, muy buena —insistió el marido—, como el maestro.

—No, no era el maestro, era el marido de la maestra. Trabajaba en la prefectura —rectificó la mujer.

—¿Podría hablarnos de él? —preguntó mi madre.

—Vivía aquí, en el pueblo, pero trabajaba en Évreux. En la prefectura. No sé en qué servicio, no era un puesto importante, pero tenía acceso a cierta información. Y en cuanto podía ayudar a la gente, prevenirles, pues eso, se organizaba. Un muchacho muy íntegro.

—¿Sigue vivo?

—Oh, no. Lo denunciaron —dijo la mujer con lágrimas en los ojos—. Murió durante la guerra.

—Cayó en una trampa —precisó su marido—. Fueron a verlo dos milicianos diciéndole: «Parece que ha ayudado a algunas personas a pasar a Inglaterra, nos busca la policía, ayúdenos». Entonces les dio una cita para salvarlos, salvo que en la cita lo estaban esperando los alemanes para detenerlo.

—¿Sabe qué año era?

—Yo diría que 1944. Lo llevaron a Compiègne, luego al campo de Mauthausen. Murió preso en Alemania.

—Después de la guerra, ¿cómo reaccionó la maestra?

La mujer bajó la vista, se puso a hablar muy bajito.

—Era nuestra maestra, la queríamos mucho, ¿sabe? Después de la guerra solo se hablaba de aquello en el pueblo. De las denuncias, de lo que había pasado. Y luego todo el mundo decidió que había que pasar página. Nuestra maestra también. Pero nunca volvió a casarse.

Su voz se había vuelto temblorosa y tenía los ojos bañados en lágrimas.

—Me gustaría hacerles solo una última pregunta —intenté yo—. ¿Piensan que queda aún gente en el pueblo que pudiera haber conocido a los Rabinovitch? ¿Que pudieran hablarnos de ellos? ¿Que tuvieran recuerdos?

La mujer y el hombre se miraron, como para interrogarse el uno al otro. Sabían bastante más de lo que querían contarnos.

—Sí —dijo la mujer secándose las lágrimas—. Se me ocurre algo.

—¿Qué? —preguntó su marido, preocupado.

—Los François.

—Ah, claro, los François —repitió el marido.

—La madre de la señora François era asistenta en la casa de los Rabinovitch.

—¿Sí? ¿Puede decirnos dónde viven?

El señor cogió una libreta y apuntó la dirección. Al tendernos el trozo de papel, precisó:

—Digan que lo han encontrado en la guía. Y ahora vamos a despedirnos porque tenemos mucho que hacer.

La libreta me dio una idea.

Me dije que podría pedirle a Jésus que analizara la letra.

Cuando salimos de la casa, el cielo estaba azul de nuevo. El sol se reflejaba en los charcos de agua fosforescentes, cegándonos. Caminamos en silencio hasta el coche.

—Dame la dirección de los François —dije a mi madre.

Pusimos la dirección en el GPS de mi teléfono y seguimos las flechas. Teníamos la impresión de que algo se desenroscaba casi a nuestro pesar, en un pueblo falsamente tranquilo.

Después de aparcar el coche, llamamos en la dirección indicada. Una señora de pelo corto se acercó al portón. Llevaba una bata azul de estampado geométrico.

—Buenos días, ¿la señora François?

—Sí, soy yo —contestó algo sorprendida.

—Perdone que la molestemos, pero buscamos recuerdos de nuestra familia. Vivían en este pueblo durante la guerra. Quizá los conociera. Se llamaban Rabinovitch.

La cara de la mujer se quedó inmovilizada tras el portón. Tenía una mirada muy viva.

—¿Qué quieren exactamente?

No era desconfiada, más bien parecía tener miedo de algo que no tenía nada que ver con nosotras.

—Saber si los recuerdan, si puede contarnos algo sobre ellos...

—¿Para qué?

—Somos sus descendientes y, como no los conocimos, simplemente nos gustaría saber alguna anécdota, ¿entiende?...

La mujer se alejó de la puerta. Noté que no lo estábamos haciendo bien.

—Hemos venido en mal momento, lo siento, si nos deja sus datos quizá podamos vernos otro día, más adelante.

La señora François pareció aliviada por mi propuesta.

—Muy bien —dijo—, así puedo pensarlo bien...

—Tenga, escriba en esta página de la libreta —dije rebuscando en mi bolso—. Así, cuando le apetezca... ¿No le importa poner su nombre y su número de teléfono?

Parecía molestarle, pero, como tenía ganas de deshacerse de nosotras lo antes posible, apuntó el apellido, la dirección y el número de teléfono en la libreta.

Un señor mayor, seguramente su marido, se presentó en el jardín. Se le notaba muy nervioso por ver a su mujer hablando con dos desconocidas. Llevaba una servilleta atada al cuello.

—¡Eh! ¿Qué sucede, Myriam? —preguntó a su mujer.

Lélia se me quedó mirando. Mi corazón se paralizó. La mujer vio la interrogación en nuestra mirada.

—¿Se llama usted Myriam? —preguntó mi madre, desconcertada.

Pero en lugar de contestarnos, la señora se dirigió a su marido.

—Son descendientes de la familia Rabinovitch. Quieren enterarse de cosas.

—Estamos comiendo, no es buen momento.

—Nos llamamos —dijo ella.

Parecía aterrorizada por el marido, que solo quería seguir comiendo.

—Escuche, señora, sabemos que no es de buena educación molestarles así, a la hora de comer, pero póngase en nuestro lugar..., para nosotras es conmovedor encontrar a alguien que se llama Myriam en el pueblo de Les Forges...

—Ya voy... —le dijo a su marido—, saca las patatas del horno antes de que se quemen, ya voy.

El marido volvió inmediatamente al interior de la vivienda. La mujer entonces se puso a hablarnos a toda prisa, sin pausa. Solo se le veía la boca. Y el ojo que brillaba a través de la verja.

—Mi madre trabajaba en su casa. Era una familia excelente, ¿saben?, eso puedo decirlo, créanme que trataban a mi madre como ningún patrón la había tratado jamás, así me lo contó, como nunca en toda su vida. Eran personas que se dedicaban a la música, la señora, sobre todo, y mi madre decidió llamarme Myriam por ellos, bueno, por ellos no, ya me entienden. Me puso Myriam porque era la hija mayor, y su hija mayor también se llamaba Myriam. Así fue. Ahora tengo que irme porque, si no, mi marido acabará por impacientarse.

Una vez que concluyó su relato, se marchó sin decir adiós. Mi madre y yo nos quedamos ahí calladas. Inmóviles.

—Vamos a comprar algo de comer, he visto que había una panadería, pasado el ayuntamiento —dije a Lélia—, tengo la cabeza que me da vueltas.

—De acuerdo —contestó mi madre.

Mientras nos comíamos unos bocadillos en el coche, permanecíamos atónitas ante lo sucedido. Masticábamos en silencio con la mirada perdida.

—Recapitulemos —dije cogiendo la libreta—. En el número 9, los nuevos propietarios no tienen nada que ver con la historia. En el número 7 no había nadie.

—Habrá que volver después de comer.

—En el número 3 tampoco había nadie.

—Luego estaba la señora del número 1, la de las fresas.

—¿Crees que ella pudo enviar la postal?

—Todo es posible. Vamos a poder comparar su letra con la de la postal.

—También hay que tener en cuenta al marido.

—¿Piensas que podrían haberlo hecho en pareja? Jésus decía que quizá no fuera la misma persona la que había escrito a la derecha que a la izquierda..., sería factible...

Cogí la libreta donde el señor había apuntado la dirección.

—Se lo enviaré a Jésus, que nos diga lo que piensa. También tengo la letra de Myriam.

—Todo esto es muy raro...

De repente oímos el timbre del teléfono de Lélia, en el fondo de su bolso.

—Número oculto —dijo ella, inquieta.

Cogí yo el teléfono y descolgué.

—¿Dígame? ¿Dígame?

Solo se oía el ruido ligero de una respiración. Luego la persona colgó. Miré a Lélia, algo sorprendida, y el teléfono sonó de nuevo. Puse el altavoz.

—¿Dígame? Le escucho. ¿Dígame?

—Vayan a casa del señor Fauchère, encontrarán el piano —dijo una voz antes de colgar.

Mi madre y yo nos miramos, las dos con los ojos abiertos como platos.

—¿Te suena el señor Fauchère? —pregunté a Lélia.

—Claro que me suena. Vuelve a leer la carta del alcalde de Les Forges.

Cogí la carpeta que contenía la carta:

Señor director:

Tengo el honor de informarle de que tras la detención del matrimonio Rabinovitch [...]. Los dos cerdos que quedaban se hallan en la actualidad bajo la custodia del señor Jean Fauchère, junto con el grano que hemos encontrado.

—Tendríamos que haber caído. Hemos hablado de ello en el coche hace un rato.

—Mira en la guía telefónica, puede que encontremos ahí la dirección de ese tal Fauchère. Hay que ir a verlo, desde luego.

Miré por el retrovisor, tuve la vaga impresión de que alguien nos observaba. A continuación, salí del coche para dar unos pasos y respirar hondo. Un coche arrancó detrás de mí. Busqué en la guía telefónica, pero ni rastro de Jean Fauchère. Sin embargo, un Fauchère a secas, sin nombre de pila, apareció en una dirección en mi teléfono móvil.

—¿Qué sucede? —preguntó mi madre al ver la cara que ponía yo.

—Señor Fauchère, rue du Petit Chemin número 11. Venimos de allí.

Lélia arrancó el motor, rehicimos el mismo camino. Nuestros corazones palpitaban a toda velocidad, como si estuviéramos metiéndonos voluntariamente en la boca del lobo.

—Si decimos que somos de la familia Rabinovitch, nunca nos dejarán pasar.

—Tenemos que inventarnos algo. Pero ¿qué? ¿Alguna idea?

—Nada.

—Bueno..., tenemos... que encontrar un pretexto para que nos dejen pasar al salón y nos enseñen el piano...

—¿Podríamos decir que somos coleccionistas de pianos?

—No, desconfiarían..., pero podemos decir que somos anticuarias. Eso es. Que estamos examinando ciertos objetos en la zona, y que ellos podrían estar interesados...

—¿Y si se niegan?

Llamé al timbre junto al aparecía el apellido Fauchère. Un hombre de edad avanzada, pero de porte elegante, con ropa bien planchada, salió de la casa. De pronto parecía una calle muy tranquila.

—Buenas tardes —dijo con un tono más bien afable.

Estaba aseado, bien afeitado, las mejillas le brillaban, una buena crema hidratante, sin duda, iba bien peinado. Me fijé que en su jardín había una especie de escultura extraña, muy fea. Eso me dio una idea.

—Buenas tardes, señor, perdone las molestias, trabajamos para el Centre Pompidou, en París, lo conoce, ¿verdad?

—Es un museo, creo.

—Exacto, preparamos una gran exposición de un artista contemporáneo. ¿Le interesa el arte?

—Sí —dijo pasándose una mano por el pelo—; bueno, solo como aficionado...

—Entonces seguro que será sensible a lo que estamos buscando. Nuestro artista trabaja a partir de fotos antiguas. A partir de fotografías de los años treinta, más concretamente.

Mi madre asentía con la cabeza a cada una de mis frases, mientras miraba fijamente a los ojos del hombre.

—Y nuestra misión consiste en encontrarle, en los rastros o en casas particulares, fotografías de esa época...

El hombre nos escuchaba atentamente. Su entrecejo fruncido y sus brazos cruzados indicaban que no era alguien que se tragara cualquier cuento.

—Para su instalación necesita muchas fotos de esa época...

—Compramos las fotos a entre dos mil y hasta tres mil euros —dijo Lélia.

Miré a mi madre, estupefacta.

—¡Ah! —se sorprendió el señor—. ¿Qué tipo de fotos?

—Oh, pueden ser paisajes, fotos de monumentos o simplemente fotos familiares... —dije—, pero solo de los años treinta.

—Pagamos en metálico —añadió mi madre.

—Bueno —dijo el señor agradablemente impresionado—, sé que hay algunas fotografías en mi casa que datan de esa época, puedo enseñárselas...

Y el hombre se pasó nuevamente una mano por el pelo; tenía unos dientes extraordinariamente blancos.

—Espérenme en el salón, voy a buscar entre mis cosas, lo tengo todo guardado en el despacho.

En el salón lo vimos enseguida. El piano. Un magnífico piano de cola de palisandro. Estaba transformado en mueble decorativo. Sobre la parte dorsal plana había un tapete de encaje que presentaba distintos objetos de porcelana. Nos resultaba imposible decir si se trataba de un piano cuarto de cola, tres cuartos de cola u otro tipo, pero desde luego podía asegurarse que era demasiado piano para un mero aficionado. Había que ser un pianista consumado para tocar un instrumento así. Era majestuoso, con sus pedales dorados con forma de gota de oro, las letras PLEYEL talladas en la madera aparecían en transparencia. Las teclas blancas de marfil y las negras de ébano parecían conservar su esplendor primigenio. Me dio la impresión de estar viendo al fantasma de Emma, sentada de espaldas en el taburete, volviéndose hacia nosotras y susurrando en un suspiro: «Por fin habéis venido».

El señor Fauchère entró en la habitación. Le pareció extraño que estuviéramos observando el piano, no le gustó nada.

—Tiene usted un piano muy bonito, parece antiguo —dije, intentando contener mi emoción.

—¿Verdad que sí? —dijo—. Miren, les he encontrado algunas fotos que podrían interesarles.

—¿Es un piano de familia? —preguntó mi madre.

—Sí, sí —contestó, incómodo—. Miren, estas fotografías datan de los años treinta y fueron tomadas en el pueblo. Pienso que pueden interesarles.

Parecía muy contento con su hallazgo y sonreía con todos sus dientes blancos. Nos tendió una caja y descubrimos una veintena de fotos. Eran las fotografías de la casa de los Rabinovitch, fotografías del huerto de los Rabinovitch, de las flores de los Rabinovitch, de los animales de los Rabinovitch... Vi a mi madre muy afectada. Flotaba un gran malestar en el ambiente. A nuestras espaldas, la presencia del piano resultaba casi insoportable.

—También tengo una fotografía enmarcada, voy a buscarla.

En el fondo de la caja, mi madre vio una fotografía de Jacques, tomada delante del pozo, el verano en que Nachman vino a plantar el huerto. Jacques llevaba orgulloso la carretilla mirando al objetivo. En pantalón corto, sonriendo a su padre.

Lélia cogió la foto entre sus manos, inclinó el rostro o, más bien, se le hundió, y unas lágrimas empezaron a correr por sus mejillas.

Evidentemente, aquel hombre no era el responsable ni de la guerra ni de sus padres, no era responsable de los robos. Pero, a pesar de todo, nos notábamos cada vez más enfadadas. Volvió con una fotografía de la casa de los Rabinovitch, una bonita foto enmarcada. Sin lugar a dudas, la que desapareció de la pared, antes de que se mudara la propietaria a quien Lélia fue a ver.

—¿Quién es la persona de la fotografía? ¿Su padre, quizá? —preguntó Lélia señalando a Jacques.

El señor Fauchère no entendía nada. Ni por qué lloraba mi madre, ni por qué se dirigía a él en ese tono tan duro.

—No, son unos amigos de mis padres...

—¡Ah! ¿Muy amigos?

—Creo que sí, creo que este chico era un vecino.

Intenté controlar la situación, justificando las preguntas de mi madre.

—Le hacemos todas estas preguntas porque se plantea la cuestión de los derechos. En efecto, los descendientes tienen que autorizar la difusión de la fotografía. ¿Los conoce?

—No hay.

—¿No hay qué?

—No hay descendientes.

—¡Ah! —dije intentando disimular mi turbación—. Por lo menos eso resuelve el problema.

—¿Está realmente seguro de que no hay descendientes?

Lélia hizo la pregunta de manera tan agresiva que el hombre empezó a sospechar.

—¿Cómo dicen ustedes que se llama su galería?

—No es una galería, es un museo de arte contemporáneo —farfullé.

—Pero ¿para qué artista trabajan ustedes exactamente?

Había que encontrar rápidamente una respuesta, Lélia había dejado de escuchar. De repente me vino a la cabeza una idea brillante.

—¿Conoce a Christian Boltanski?

—No, ¿cómo se escribe? Voy a mirar en internet —dijo, ya con la mosca detrás de la oreja, a la vez que echaba mano a su móvil.

—Tal como se pronuncia, Bol-tans-ki.

Escribió el nombre en el teléfono y se puso a leer el artículo de Wikipedia en voz alta.

—No lo conocía —dijo—, pero parece interesante...

Sonó el teléfono en una habitación contigua, el hombre se levantó.

—Las dejo mirando las fotos, voy a coger el teléfono —dijo dejándonos solas en la sala.

Lélia aprovechó para coger algunas fotos que se encontraban en el fondo de la caja de zapatos y se las metió en el bolso. Ese gesto de mi madre me recordó a mi infancia. Siempre la vi haciendo ese gesto en los cafés, en los bares, cogía los terrones de azúcar para guardárselos en el bolso, los sobrecitos de sal, de pimienta y de mostaza. No puede decirse que fuera un hurto, porque estaban a disposición de los clientes. Al llegar a casa lo ponía todo en una caja metálica, una vieja caja de galletas bretonas, Traou Mad, que había en nuestra cocina. Años más tarde, al ver la película de Marceline Loridan-Ivens *La sombra del pasado*, entendí de dónde venía aquel gesto, gracias a la escena en la que Anouk Aimée roba una cucharilla en un hotel.

—No cojas tantas fotos, se va a notar —dije a Lélia.

—Menos que si me llevara el piano —me respondió sin dejar de hacerlo.

Esa frase me hizo reír como un chiste judío.

Y luego nos dimos cuenta repentinamente de que el señor Fauchère estaba ahí, de pie, en el umbral de la puerta, observándonos desde hacía un rato.

—¿Puede saberse quiénes son ustedes?

No supimos qué contestar.

—Salgan ahora mismo de mi casa o llamo a la policía.

Diez segundos después estábamos en el coche, Lélia arrancó y nos fuimos, pero se detuvo en un pequeño aparcamiento, justo enfrente del ayuntamiento.

—No puedo conducir. Tengo las manos y los pies como un flan.

—Vamos a esperar un poco...

—¿Y si Fauchère llama a la policía?

—Te recuerdo que esas fotografías nos pertenecen. Venga, vamos a tomarnos un café para aclararnos las ideas.

Volvimos a la panadería-degustación donde nos habíamos comprado los dos bocadillos de atún que nos habíamos comido una hora antes. Nos sirvieron un café realmente bueno.

—¿Sabes qué vamos a hacer ahora? —me preguntó Lélia.

—Volver a casa.

—En absoluto. Vamos a ir al ayuntamiento. Siempre he querido ver el acta de matrimonio de mis padres.

13

El ayuntamiento abría a las dos y media, y eran las dos y media
en punto. Un hombre joven estaba metiendo la llave en la ce-
rradura de la puerta del edificio, un gran inmueble de ladrillo
rojo con un tejado de pizarra coronado por tres chimeneas.

—Perdone que le molestemos, no hemos pedido cita..., pero,
si fuera posible, querríamos solicitar una copia de un acta de
matrimonio.

—Miren —dijo con un tono muy dulce—, no suelo ocupar-
me yo de esas cosas. Pero puedo hacérsela.

El hombre nos invitó a acceder a los pasillos del ayuntamiento.

—Mis padres se casaron aquí —dijo mi madre.

—Ah, muy bien. Voy a buscar el acta. Dígame qué año.

—Fue en 1941.

—Deme los nombres. ¡A ver si la encuentro! Normalmente se encarga Josyane, pero creo que hoy va a llegar un poco más
tarde.

—El apellido de mi padre es Picabia, como el pintor. Y mi
madre Rabinovitch, R-A-B-I...

En ese momento, el hombre se quedó parado y nos miró de
arriba abajo, como si sospechara quiénes éramos.

—Precisamente deseaba hablar con usted, señora.

Al entrar en su despacho, vimos, colgada en la pared, una fotografía solemne en la que aparecía él con el pecho cruzado por una banda tricolor. Así que era el alcalde de Les Forges en persona quien nos recibía.

—Quería contactarla porque he recibido esta carta de un profesor de historia del instituto de Évreux —nos dijo mientras buscaba entre sus papeles—. Trabaja con sus alumnos sobre la Segunda Guerra Mundial.

El alcalde nos tendió un dosier.

—Echen una ojeada mientras voy a buscar el acta de matrimonio de sus padres...

Con motivo del Concurso Nacional de la Resistencia y la Deportación, los alumnos del instituto Aristide Briand de Évreux habían trabajado sobre los alumnos judíos deportados durante la guerra. Partieron de las listas de las clases, luego prosiguieron su investigación en los archivos departamentales del Eure, en el Memorial de la Shoah, y en el Consejo Nacional para la Memoria de los Niños Judíos Deportados. Así fue como encontraron el rastro de Jacques y Noémie. Y habían enviado, con su profesor de historia, una carta al alcalde de Les Forges.

Señor alcalde:

Queremos entrar en contacto con los descendientes de estas familias con el fin de reunir más archivos, en particular sobre su escolaridad en el instituto de Évreux. Deseamos que sus nombres, que no figuran en la placa conmemorativa del instituto, sean grabados para reparar ese olvido.

LOS ALUMNOS DE 2.º A

Mi madre, conmovida al ver que unos jóvenes intentaban encontrar, como nosotras, el rastro de la vida demasiado breve de los hijos Rabinovitch, dijo al alcalde:

—Me gustaría quedar con ellos.

—Pienso que estarían encantados —contestó él—. Tenga, le dejo leer el acta de matrimonio de sus padres...

En Les Forges, siendo el catorce de noviembre del mil novecientos cuarenta y uno, a las dieciocho horas, ante nos comparecen Lorenzo Vicente Picabia, dibujante, nacido en París en el distrito séptimo el quince de septiembre de mil novecientos diecinueve, de veintidós años de edad, con domicilio en París, rue Casimir Delavigne número 7, hijo de Francis Picabia, de profesión pintor, con domicilio en Cannes (departamento de Alpes Maritimes), sin más precisiones, y de Gabriële Buffet, su esposa, sin profesión, con domicilio en París, rue Chateaubriand número 11, y Myriam Rabinovitch, sin profesión, nacida en Moscú (Rusia), el siete de agosto de mil novecientos diecinueve, de veintidós años de edad, con domicilio en este municipio, hija de Ephraïm Rabinovitch, agricultor, y de Emma Wolf, su esposa, agricultora, ambos con domicilio en nuestro municipio, con objeto de llevar a efecto el matrimonio que pretenden contraer ante Robert Jacob, notario en Deauville (Eure), quien, tras preguntar a los contrayentes si persisten en su resolución de contraer matrimonio y habiendo respondido ambos afirmativamente, declara a Lorenzo Vicente Picabia y Myriam Rabinovitch unidos en matrimonio. En presencia de Pierre Joseph Debord, escribiente de la prefectura, y de Joseph Angeletti, jornalero, ambos domiciliados en Les Forges, testigos, quienes, tras lectura de esta acta, y habiendo constatado que se han cumplido todos los requisitos exigidos por la ley, firman, conforme a lo dispuesto, junto con los esposos y nos, Arthur Brians, alcalde de Les Forges.

Firmas:

L. M. PICABIA

M. RABINOVITCH

P. J. DEBORD

ANGELETTI

A. BRIANS

—¿Sabe quiénes eran los dos testigos, Pierre Joseph Debord y Joseph Angeletti?

—¡Qué va! Yo ni había nacido —contestó el alcalde, sonriente, porque se veía que aún no había cumplido los cuarenta años—. Pero voy a preguntar a Josyane, la secretaria del ayuntamiento. Ella lo sabe todo. Voy a buscarla.

Josyane era una señora regordeta, rubia, de rostro sonrosado, que tendría unos sesenta años.

—Bueno, Josyane, le presento a la familia Rabinovitch.

Resultaba extraño ser, por primera vez en nuestra vida, «la familia Rabinovitch».

—Los chavales van a ponerse muy contentos cuando sepan que han dado con ustedes —dijo Josyane con una ternura muy maternal.

Se refería, claro está, a los alumnos de 2.º A del instituto de Évreux, pero al principio creí que hablaba de Jacques y Noémie.

—Josyane —prosiguió el alcalde—, ¿le suenan los nombres de Pierre Joseph Debord y Joseph Angeletti?

—No, Joseph Angeletti no me dice nada —respondió mirando al alcalde—. Pero Pierre Joseph Debord, ese sí..., desde luego.

Josyane se encogió de hombros, como para indicar que era algo evidente.

—Es decir, ¿Josyane? —preguntó el alcalde.

—Pierre Joseph Debord..., el marido de la maestra. Ya sabe, el que trabajaba en la prefectura...

Me emocionó pensar que aquel hombre aceptó ser testigo del matrimonio de la «pareja judía Rabinovitch». Murió unos meses después por haber querido ayudar demasiado a su prójimo. Y los que lo precipitaron en la trampa quizá estaban vivos aún, vejestorios en algún asilo de ancianos.

—¿Tienen ustedes algún otro archivo concerniente a los Rabinovitch? —preguntó Lélia.

—Justamente —contestó Josyane—, cuando leí la carta de los alumnos, busqué documentos..., pero no encontré nada aquí. Hablé con mi madre, Rose Madeleine, que tiene ochenta y ocho años, pero la cabeza en su sitio. Y me dijo que en la época en que ella era secretaria del ayuntamiento recibió una carta en que se pedía que los nombres de los cuatro Rabinovitch se inscribieran en el monumento a los caídos de Les Forges.

Lélia y yo tuvimos la misma reacción.

—¿Su madre se acuerda de quién le mandó aquella carta?

—No, solo recuerda que venía del sur de Francia.

—¿Sabe cuándo le hicieron esa solicitud?

—En los años cincuenta, creo.

—¿Podría enseñárnosla? —pregunté.

—La he buscado en los archivos del ayuntamiento, pero no la he encontrado..., imposible dar con ella. Igual estaba entre los documentos que se trasladaron en cajas de cartón a la prefectura.

—Eso significaría que ya en los años cincuenta alguien quería que sus cuatro nombres aparecieran reunidos... —dijo Lélia pensando en voz alta.

El alcalde parecía igual de emocionado que nosotras por lo que acabábamos de saber.

—Me gustaría que el ayuntamiento organizara una ceremonia en memoria de su familia —nos dijo—. Y querría grabar sus nombres, puesto que al final no se hizo.

—Sería formidable —respondió Lélia dando calurosamente las gracias al alcalde, cuya amabilidad nos conmovía.

Al salir del ayuntamiento nos sentamos en el reborde de un murete. Lélia quería fumar un cigarrillo antes de volver a coger el volante.

Aplastó la colilla con el pie y nos encaminamos hacia el coche. Y ya de lejos vimos, enganchado en el limpiaparabrisas, donde suelen ponerse las multas, un sobre de papel de estraza del tamaño de medio folio.

—¿Qué es eso?... —dije en voz alta.

—¿Cómo quieres que lo sepa? —contestó mi madre, tan atónita como yo.

—Tiene que ser de alguien que sepa que es nuestro coche.

—Y que nos haya estado observando...

—Estoy segura de que es una de las personas a quienes hemos visitado.

En su interior había cinco postales, nada más. Estaban todas juntas, atadas por una vieja cinta desgastada. Cada tarjeta representaba un monumento en una gran ciudad, la Madeleine en París, una vista de Boston en Estados Unidos, Notre-Dame de París, un puente en Filadelfia. Exactamente como la Ópera Garnier.

Todas las postales databan de la guerra. Estaban dirigidas a:

Ephraïm Rabinovitch
78 rue de l'Amiral-Mouchez
75014 París

Todas estaban escritas en ruso y llevaban la fecha de 1939. De repente, al mirar las frases en cirílico, que no podía descifrar, entendí algo evidente y decisivo acerca del autor de nuestra postal.

—¡Acabo de comprender por qué la letra es tan extraña! —dije a mi madre—. ¡La persona que la ha escrito no conoce nuestro alfabeto!

—¡Eso es!

—El autor «dibuja» las letras del alfabeto latino, pero su alfabeto original es el cirílico.

—Es muy probable...

—¿De dónde vienen esas tarjetas?

—De Praga. Son del tío Borís —dijo Lélia.

—¿El tío Borís? Ahora no recuerdo quién era exactamente.

—El naturalista. El hermano mayor de Ephraïm. Que se dedicaba a hacer patentes sobre polluelos.

—¿Puedes traducírmelas?

Lélia descifró cada una de las cinco postales, que iba entregándome a medida que las leía.

—Las tarjetas son muy cotidianas —dijo Lélia—, quiere tener noticias. Manda abrazos para todos. Desea feliz cumpleaños a uno o a otro. Habla de su jardín, de sus mariposas. Dice que trabaja mucho... A veces se preocupa porque no recibe respuesta de su hermano... Eso es todo. Nada de particular.

—¿Crees que el tío Borís podría ser el autor de la postal?

—No, hija mía. Borís partió, como los demás. Lo detuvieron en Checoslovaquia. El 30 de julio de 1942. Sus compañeros del PSR intentaron impedir que se lo llevaran, pero, según un testimonio que encontré, se negó a que lo salvaran: «Y decidió compartir el destino de su pueblo». Lo deportaron al campo de concentración de Theresienstadt, el famoso «campo modelo» pensado por los nazis. El 4 de agosto de 1942, fue trasladado al campo de exterminio de Maly Trostenets, cerca de Minsk, en Bielorrusia. Asesinado nada más llegar de un tiro en la nuca, junto a una fosa. Tenía cincuenta y seis años.

—Pero, entonces, si no es Borís, ¿quién es el autor?

—No lo sé. Alguien que no quería que lo encontráramos.

—Pues ¿sabes que te digo?, creo que cada vez estoy más cerca de él.

LIBRO III

Los nombres

Claire:

Te he llamado esta mañana para decirte que quería hablarte de un tema, pero tenía que poner en orden mis ideas por escrito. Así que aquí las tienes.

Sabes que estoy intentando comprender quién envió la postal anónima a Lélia y, por supuesto, esta investigación remueve muchas cosas dentro de mí. Leo mucho, y me he tropezado con una frase de Daniel Mendelsohn en *L'Étreinte Fugitive*: «Como numerosos ateos, compenso con la superstición y creo en el poder de los nombres».

El poder de los nombres; me produjo un efecto extraño esta expresión, ¿sabes? Me dio que pensar.

Caí en que, al nacer, nuestros padres nos pusieron a ambas un segundo nombre hebreo. Nombres ocultos. Yo soy Myriam y tú eres Noémie. Somos las hermanas Berest, pero en nuestro interior somos también las hermanas Rabinovitch. Yo soy la que sobrevive. Y tú la que no sobrevive. Yo soy la que se escapa. Tú a la que asesinan. No sé qué peso es más difícil de llevar. No apostaría por ninguna respuesta. Salimos las dos perdiendo. ¿Pensaron en esto nuestros padres? Eran otros tiempos, como suele decirse.

La frase de Mendelsohn me perturbó y me pregunto, te pregunto —nos pregunto—, qué debemos hacer con esa designación. Es decir, lo que hemos hecho con eso hasta hoy, lo que nuestros nombres han influido calladamente en nosotras, en nuestros caracteres, en nuestra manera de ver el mundo. En el fondo, retomando la fórmula de Mendelsohn: ¿qué poder han tenido esos nombres en nuestra vida? ¿Y en nuestra relación? Me pregunto lo que podemos deducir y construir a partir de esta historia de nombres. Nombres que aparecen brutalmente en una postal, como si nos los arrojaran a la cara. Nombres ocultos en el interior de nuestros patronímicos.

Las consecuencias, dichosas o desdichadas, sobre nuestros temperamentos.

Esos nombres de resonancia hebraica son como una piel bajo la piel. La piel de una historia que nos precede y nos supera. Veo cómo nos inoculan algo dentro, muy perturbador, la noción misma de destino.

Nuestros padres habrían podido evitar ponernos esos nombres tan difíciles de llevar. Quizá. Quizá las cosas habrían sido más fáciles, más ligeras en nosotras, entre nosotras, si no fuéramos Myriam y Noémie. Pero quizá habrían sido menos interesantes también. Quizá no fuéramos escritoras. Quién sabe.

Estos días me he hecho una pregunta: ¿en qué me parezco a Myriam?

Te pongo aquí, tal como me han surgido, las respuestas.

Soy Myriam, la que se escapa, siempre, la que no se queda a la comida familiar, la que se va, a otro lugar, con la idea de salvar el pellejo.

Soy Myriam, me adapto a las situaciones, sé ser cauta, sé encogerme para caber en un maletero, sé hacerme invisible, sé cambiar de entorno, cambiar de clase social, cambiar de naturaleza.

Soy Myriam, sé parecer más francesa que cualquier francesa, me adelanto a las situaciones, me adapto, sé fundirme con el paisaje para que nadie se pregunte de dónde vengo, soy discreta, soy educada, soy formal, soy algo distante, algo fría también. Me lo han reprochado a menudo. Es la condición de mi supervivencia.

Soy Myriam, soy dura, no manifiesto ternura con las personas a las que quiero, no me siento a gusto con las pruebas de afecto. La familia es para mí un tema complicado.

Soy Myriam, busco siempre con la mirada la puerta de salida, huyo del peligro, no me gustan las situaciones límite, veo los problemas antes de que surjan, cojo los atajos poco frecuentados, me fijo en el comportamiento de la gente, prefiero las apariencias, me escabullo entre las mallas de la red. Porque así me designaron.

Soy «Myriam». Soy la que sobrevive.

Tú eres Noémie.

Tú eres Noémie mucho más de lo que yo soy Myriam. Porque ese nombre ni siquiera estaba oculto.

Antes te llamábamos Claire-Noémie, como un nombre compuesto.

Recuerdo cuando éramos niñas; tendrías cinco o seis años, y yo ocho o nueve, no más; una noche me llamaste, desde la otra punta del cuarto. Fui a verte a tu camita y me dijiste:

—Soy la reencarnación de Noémie.

Era extraño, pensándolo bien. ¿No? ¿Cómo se instaló semejante idea en aquella cabecita? ¿En esa cabecita de niña? Lélia nunca nos hablaba de su historia en aquella época.

Nunca hemos vuelto a hablar de eso entre nosotras. No sé siquiera si te acuerdas de aquel episodio. ¿Lo recuerdas?

Eso es todo.

No sé lo que descubriré cuando acabe con mis averiguaciones, ni quién es el autor de la postal, ni sé tampoco cuáles serán las consecuencias de todo esto.

Ya se verá.

Tómate tu tiempo para contestarme, no hay prisa, imagino que estás acabando con las correcciones de las pruebas..., bien llamadas pruebas. Ánimo. Tengo muchísimas ganas de leer tu libro sobre Frida Kahlo, siento profundamente que será hermoso, fuerte e importante para ti.

Te mando un beso, y otro a tu Frida.

A.

Anne:

He leído varias veces tu e-mail desde que me lo enviaste. Te confesaré que las dos primeras veces que lo leí lloré.

Como llora un niño cuando se hace pupa, de forma irreprimible, de forma ruidosa, con hipos, con todo el cuerpo temblando. Porque ese dolor le parece, probablemente, injusto.

Luego, al releerlo de nuevo, ya no lloré, y lo he leído una y otra vez, y he neutralizado la primera impresión que me provocó: una imposibilidad y una especie de espanto.

Al neutralizarla he podido concentrarme en tus preguntas e intentar, esta tarde, responderte.

Sí, me acuerdo.

Me acuerdo de haberte llamado una noche, de niña, para decirte que era la reencarnación de Noémie. Lo recuerdo como una más de esas escenas primitivas que conservamos de la infancia con la intensidad y la precisión de las imágenes de una película proyectada en nuestra cabeza.

Es cierto, Lélia no hablaba realmente de todo eso en aquella época. Pero lo hacía en silencio. Estaba por todas partes. En todos los libros de la biblioteca, en sus sufrimientos y sus incoherencias, en algunas fotos secretas no muy bien escondidas. La Shoah era un juego de pistas en la casa, se podían seguir los indicios para jugar a los indios y los vaqueros.

Isabel no tenía segundo nombre, ni Lélia.

Y tú, tú te llamabas Myriam. Y yo, yo me llamaba Noémie.

Mamá me dijo un día que al principio había pensado ponérmelo de primero, Noémie, y papá fue quien sugirió que igual era mejor de segundo. Me dijo: pero también Noémie es un nombre precioso. Y es cierto.

Luego añadió que Claire también estaba bien. Era la luz.

Y creo que también está bien. Me lo dijo ella, cuyo nombre significa «noche» en hebreo.

Entonces yo, de pequeña, miraba la foto de Noémie Rabinovitch que había robado del despacho de mamá para intentar afrontar una verdad, en el sentido más concreto de *a-frontar*, buscar en la frente, en el rostro de esa muerta, lo que había de mí. Recuerdo ver que teníamos las mismas mejillas (ahora diría «pómulos», pero entonces era una niña), los mismos ojos azules.

Los tuyos son verdes, como los de Myriam.

Tenía el mismo pelo largo y trenzado.

Pero quién sabe si no me hice trenzas durante diez años por mimetismo. Es una pregunta. Para la que no busco respuesta.

En aquella foto, Noémie tenía un aire mongol, con los ojos algo rasgados y esos famosos pómulos pronunciados, y mis ojos desaparecían cuando sonreía para las fotos, y entonces la gente se fijaba en ese aire mongol mío que era el de nuestros antepasados. Sin olvidar la legendaria mancha que tienen los mongoles en la parte superior de las nalgas al nacer y que, según dicen, desaparece después. Mamá contaba a menudo que la tuvimos todas. Por supuesto, cuando te escribo, la mujer de treinta y ocho años que soy ahora se superpone a la niña de seis, y te escribo desde ese lugar, mixto y confuso.

He sido (sin razón clara) ardiente voluntaria de la Cruz Roja, a la misma edad en que Noémie se encontraba trabajando en la enfermería de su campo de tránsito antes de tomar la dirección de Auschwitz. Pasaba los fines de semana en la Cruz Roja. Y luego lo dejé de la noche a la mañana.

Los puzles extraños los hice durante mis noches de insomnio. Recuerdo con una claridad diáfana y cruel el día en que, de pequeña, me dijeron: «Tu familia, murieron todos en un horno». Y después, durante mucho tiempo observé el horno de nuestra cocina para imaginarme cómo era posible algo así. ¿Cómo habían conseguido meterlos dentro a todos? Es el tipo de rompecabezas que te agota. Y de joven adulta, durante una fiesta improvisada aprovechando una ausencia parental, rompí aquel jodido horno y recuerdo que, sin saber muy bien por qué, me sentó muy bien.

Cuando me largué a Nueva York, a los veinte años, de un día para otro, dejándolo todo plantado, pues bien, allí, en Nueva York, fui al museo de la Shoah. Muchas salas. Y en una de ellas, en una pared, una foto colgada. Pequeña. Era Myriam. La reconocí. Empecé a sentirme mal. Me acerqué, había una leyenda: «Myriam y Jacques Rabinovitch», venía de la colección Klarsfeld.

Me desmayé. Me fui del museo por la salida de incendios, lo recuerdo.

Pero sí, a los seis años, efectivamente, te llamé para decirte aquello, monstruoso en cierta manera. Que yo era la reencarnación de aquella chica muerta, a la que no conocía, a la que nadie conoce porque murió demasiado pronto y todas las personas que la conocían murieron también con ella. Todos, de golpe. Y ella no vivió. Ella, de la que no sé nada. Y es espantoso.

Pero sé, sabemos, que quería ser escritora.

Y así, de pequeña, yo decía que quería ser escritora. Y lo afirmé con fuerza y tesón hasta que me convertí en escritora de verdad.

De verdad, como dicen los niños.

Y sí, en mis antiguas noches a la deriva, a veces formulé esa idea de que estaba viviendo la vida que otra no había podido vivir, porque era mi obligación. Hoy ya no pienso así. Digo que la formulé en un momento de mi vida en que no me encontraba bien, como un exorcismo. Y aquí estamos.

Yo soy la que jugaba a la pídola superando todos los miedos, para ver hasta dónde se podía caer. Y la que cubrió sus brazos de tatuajes para ocultar las sombras.

Pero te lo escribo hoy porque no tengo por qué sentir vergüenza. Ya no tengo vergüenza. Iba a decir que ya no tengo vergüenza de mis brazos.

Y sí, si comparamos, tú eres Myriam, eres discreta, eres educada, eres formal. Eres la que encuentra la puerta de salida, la que huye del peligro y de las situaciones límite. Lo contrario que yo, en resumidas cuentas. Que me he metido siempre en la boca del lobo sin pensarlo, por decirlo en pocas palabras.

Myriam salva el pellejo y todo el mundo muere en la historia.

Ella no salvó a nadie.

Pero ¿cómo habría podido?

Yo te pedí que me salvaras. Tantas veces. Una carga.

Cuando tenía seis años y te decía que era la reencarnación de Noémie. Cuando te decía que te quería y no entendía por qué no me lo decías tú, por qué no me estrechabas en los brazos (otra escena primitiva muy presente). Porque, como tú dices, tú o Myriam, pareces dura, fría, te cuesta expresar los sentimientos, no te sientes a gusto con esas cosas.

Y te llamaba muchas noches, cuando las sombras se apoderaban de mí.

Todo eso quedó atrás, era otra persona. He hecho las paces conmigo misma y no he muerto.

¿Qué dicen esos nombres de nosotras? Me lo preguntas.

Anne-Myriam obligada a salvar una y otra vez a Claire-Noémie para que no muera. Como salvas a los Rabinovitch siguiendo el camino que te indica la postal.

¿Qué incidencia han tenido esos nombres en nuestras personalidades, en nuestras relaciones, no siempre fáciles? Me lo preguntas. Diablos.

Hoy y ahora, desde hace ya años, la pulsión de que tú debías salvarme ha desaparecido. No era tu papel. Y yo he dejado de asesinarme. Mis recriminaciones sobre tu frialdad también han desaparecido. Espero que también sea el caso con la irritación que te provocaba yo. Por discreción (y por pudor) no uso otras palabras, porque lo cierto es que te las he hecho pasar canutas.

Y es que yo también sé ser discreta y púdica, y tú no eres una mujer que se funda en el decorado o que se levante de la mesa, al contrario.

Hemos llegado a los cuarenta años, una y otra, y creo que apenas empezamos a conocernos, y eso que hemos vivido juntas.

Creo que Myriam y Noémie no tuvieron la suerte de empezar a conocerse.

Creo que hemos sobrevivido a nuestras peleas, a nuestras traiciones, a nuestras incomprensiones.

Creo que nunca habría podido escribirte esto si no me hubieras mandado ese e-mail con todas tus preguntas recién salidas de la tumba.

Lo creo, pero no lo sé.

Hemos sobrevivido.

Y Myriam no tenía el poder de salvar a su hermana.

No era culpa suya.

Noémie no pudo escribir.

Tú y yo nos hemos hecho escritoras.

Incluso hemos escrito a cuatro manos, y no fue fácil, pero sí hermoso e intenso.

Tengo la esperanza, Anne, de que un día seré para ti una fuerza viva, un refugio.

Una fuerza Clara, como mi nombre.

Buena suerte con tu postal.

Te mando un beso a ti y otro a tu hija.

Con todo mi cuerpo,

con todos mis brazos,

C.

P. D.: *A doj lebn un leibkait. Dos ken gurnisht, gurnisht zain.* Pero vivir sin ternura, eso no podríamos.

LIBRO IV

Myriam

—Mamá, se me ha ocurrido algo. ¿Y si la postal estuviera dirigida a Yves?

—Pero ¡bueno! ¿Qué dices?

—Sí, mira. Podría leerse «M. Bouveris» como «Señor Bouveris» y no como «Myriam Bouveris».

—Estoy segura de que no. Yves no tiene nada que ver con esta historia.

—¿Por qué no?

—Estás perdiendo la cabeza. Yves llevaba ya tiempo muerto en 2003, es imposible.

—Te recuerdo que la postal es de principios de los noventa...

—Olvídalo, de verdad. Yves... es la otra vida de Myriam. Una vida que no tiene nada que ver con el mundo de antes de la guerra...

Lélia se levantó y aplastó la colilla.

—Siempre pasa lo mismo contigo, ya eras así de pequeña, cabezota —dijo Lélia saliendo de la habitación.

Yo sabía que volvería. Su paquete de cigarrillos estaba vacío, fue a buscar un cartón al primer piso.

—Bueno, explícame por qué ese «señor Bouveris» te interesa...

—A ver. El autor de la postal habría podido escoger escribir a Myriam con otros nombres. Habría podido escribir a Myriam

Rabinovitch o a Myriam Picabia. Y no, decidió escribir a «Myriam Bouveris», con el apellido de su segundo marido. Así que... no me queda otra que interesarme por él, por Yves.

—¿Qué quieres saber?

—¿Qué relación tenías tú con él, por ejemplo?

—No tenía mucha relación. Era un poco distante. Diría que... indiferente.

—¿Era amable contigo?

—Yves era un hombre muy amable, refinado, intelectual. Con todo el mundo, en especial con sus propios hijos. Salvo conmigo. ¿Por qué? No sé...

—¿Quizá veía en ti el fantasma de Vicente?

—Quizá. Myriam y él se llevaron muchos secretos a la tumba.

—Me gustaría volver sobre una cuestión, mamá. Un día me dijiste, a propósito de Yves, que le daban ataques. ¿Cómo se manifestaban?

—Repentinamente. Parecía perdido, asustado. Como desorientado. Y luego, en 1962, sucedió algo muy extraño. Estaba hablando por teléfono, algo de trabajo. Y, de golpe, se puso a tartamudear. Después de ese ataque, Yves no pudo volver a trabajar durante los diez años siguientes.

—Pero ¿alguien consiguió entender de dónde le venía su dolencia?

—En realidad no. Poco antes de su muerte escribió una carta extraña: «Más de una vez me figuré que ciertas cosas nefastas eran absolutas, definitivas, y todo eso, ahora, lo tenía completamente olvidado».

—¿Qué eran esas cosas nefastas y absolutas? ¿Qué había olvidado y luego resurgió? ¿A qué se refería?

—No tengo ni idea. Pero mi intuición me dice que guarda alguna relación con los acontecimientos que tuvieron lugar durante su trío al final de la guerra. No sé mucho de aquel periodo. No podría ayudarte.

—¿No sabes nada?

—No, pierdo el rastro de Myriam a partir del momento en que cruza la línea de demarcación con Jean Arp en el maletero del coche y desembarca en el castillo de Villeneuve-sur-Lot.

—Pierdes el rastro ¿hasta cuándo?

—Diría que hasta mi nacimiento en 1944. Entre ambas fechas no sé contarte nada.

—¿Ni siquiera sabes cómo llegó Yves a la vida de Myriam y de tu padre?

—No.

—¿Nunca has intentado enterarte?

—Hija mía, estamos hablando de meterme en el dormitorio de mis padres...

—¿Te molesta?

—Digamos que sucedieron cosas... que no juzgo. Vivieron su vida como les apeteció vivirla. Y además, estaban en guerra.

—Investigaré todo eso, mamá, investigaré para reconstruir ese periodo de la vida de Myriam.

—Pues te dejo hacer ese camino tú sola.

—Si descubro quién ha enviado la postal, ¿querrás que te lo diga?

—Decídelo tú, llegado el momento.

—¿Cómo lo sabré?

—Hay un proverbio yidis que quizá te dé una respuesta: *A jave iz nit davke der vos visht dir op di trern, ni der vos brengt dij bijlal nit tzi trern.*

—¿Qué quiere decir?

—El verdadero amigo no es el que seca tus lágrimas. Es el que no las hace derramar.

1

Agosto de 1942. Myriam se esconde en el castillo de Villeneuve-sur-Lot desde hace casi dos semanas. Una noche la despierta su marido. Vicente llega de París, miente, dice que ha hablado con sus padres por teléfono, que todo va bien. Myriam cierra los ojos y siente que pronto no quedará nada de esos días lejanos de incertidumbre. Se van de Villeneuve antes de que salga el sol, en un coche que Myriam nunca había visto, en dirección a Marsella.

«No hacer nunca preguntas», recuerda ella.

Cada ciudad tiene su propio olor. Migdal tenía un perfume luminoso de naranjas mezclado con un olor a roca, persistente y profundo. Lodz desprendía una fragancia a telas y a flores de jardín, sus néctares opulentos se superponían a los efluvios de la fricción metálica de los tranvías contra el asfalto. Myriam descubre que Marsella huele a baños perfumados y a aguas sucias, a ese tufo cálido de las cajas de madera descargadas en el puerto. Al contrario que en París, aquí, los puestos del mercado dan una milagrosa impresión de abundancia. Vicente y Myriam han perdido la costumbre de los movimientos de los transeúntes en las aceras, de las aglomeraciones en los cruces. Van a beber una cerveza fría a uno de los bares del puerto, a la hora de los aromas a agua de colonia y espuma de afeitar. Están los dos sentados en una terraza, como unos jóvenes enamorados, se sonríen mojando los labios en los vasos llenos de espuma. Piden el plato del día, chuletillas de cordero aromatizadas con tomillo, que comen con las manos. A su alrededor oyen hablar todas las lenguas. Marsella se ha convertido desde el armisticio en una de las principales ciudades refugio de la zona no ocupada. Franceses perseguidos y extranjeros acaban ahí con la esperanza de embarcarse. La ciudad ha sido bautizada como «la nueva Jerusalén del Mediterráneo» en un viperino artículo del diario *Le Matin*.

2

Vicente se fabrica unos zapatos con unos trozos de neumáticos de coche, atados con un cordón de cuero. Viaja con su hermana Jeanine. Dos días aquí, cuatro allá. Nunca dice adónde ni por qué.

Myriam pasa tres meses en Marsella, casi siempre sola. En la terraza de los cafés, ligeramente embriagada por la cerveza, se inventa historias en las que le dan noticias de Noémie y Jacques.

—¡Claro que conozco a su hermana! ¡Estuve con ella! ¡Y con su hermano! ¡Sus padres fueron a buscarlos! ¡Por supuesto! ¡Palabra de honor!

A veces reconoce sus siluetas en medio de la muchedumbre. Su cuerpo se queda paralizado por completo. Echa a correr para agarrar el brazo de una joven. Pero cuando se da la vuelta, la viandante nunca es Noémie. Myriam pide disculpas, se queda decepcionada. La noche después es siempre mala, pero al día siguiente la esperanza renace.

En el mes de noviembre oye hablar alemán en el paseo de La Canebière. La «zona libre» ha sido invadida. Marsella ha dejado de ser la buena madre, la ciudad refugio. En los escaparates de las tiendas aparecen unos letreros: ENTRADA ESTRICTAMENTE RESERVADA A LOS ARIOS. Los controles de documentación son cada vez más frecuentes, incluso a la salida de los cines, donde se han prohibido las películas americanas.

Marsella se parece a París, con su toque de queda y sus patrullas alemanas, sus farolas que no se encienden de noche.

Myriam envidia a las ratas que pueden desaparecer entre las paredes. Ha perdido el gusto por el riesgo como en tiempos de la Rhumerie Martiniquaise, en el boulevard Saint-Germain. Ya no se siente protegida por una fuerza invisible. Desde que detuvieron a Jacques y Noémie, algo ha cambiado en ella: sabe lo que es el miedo.

Vicente quiere caminar hacia el puerto, tomar el aire, a pesar de la presencia de los uniformes. Se detiene en el cours Saint-Louis. Myriam lo coge del brazo y le señala a una joven que se dirige hacia ellos, con gafas de sol, vestida con un traje ligero, como una turista.

—Mira —dice Myriam—. Parece Jeanine.

—Es ella —contesta Vicente—. Hemos quedado.

Así disfrazada, Jeanine arrastra a su hermano hasta una callejuela apartada. Myriam los espera delante del quiosco de periódicos. Charla con el vendedor, que retira los tebeos de Donald y de Mickey de las estanterías:

—Tengo que sustituirlos por álbumes para colorear, orden de Vichy... —dice sacudiendo la cabeza.

Mientras, Jeanine anuncia a su hermano que la joven que se ocupaba de sus falsos *Ausweis* ha sido detenida. Una muñeca de veintidós años, de rizos rubios y dientes como grageas. Su familia poseía en Lille buenos «utensilios de cocina»: falsos tampones administrativos.

Su misión consistía en realizar idas y vueltas entre Lille y París para transportar documentación falsa. Cada vez que cogía el tren, se metía en el compartimento de los oficiales alemanes. Sonreía, coqueteaba, preguntaba si había un sitio para ella. Evidentemente, los oficiales estaban encantados, chocaban las botas, decían «Mademoiselle» y se ocupaban de su equipaje. La joven pasaba todo el viaje con esos señores. Con los falsos documentos cosidos en el forro del abrigo.

Una vez que llegaba a la estación pedía a un alemán que le llevara la maleta, y así, escoltada, cruzaba la estación sin que la controlaran. La bonita muñeca de porcelana.

Pero un oficial se encontró con ella, por casualidad, tres veces seguidas. Acabó por darse cuenta de la artimaña.

—En la cárcel, durante el interrogatorio, le pasaron por encima una decena de tipos —dijo Jeanine con el pánico en el vientre.

El hermano y la hermana anuncian a Myriam que vuelven a París, donde tienen «cosas que hacer».

—Vamos a dejarte en un albergue de juventud, en el campo. Nos esperarás ahí.

Myriam no tiene tiempo de protestar.

—Es demasiado peligroso para ti quedarte aquí.

Al subir al coche conducido por Jeanine, Myriam tiene la impresión de alejarse más aún de Jacques y Noémie. Le pide a Jeanine un último favor. Querría enviar una postal a sus padres para tranquilizarlos.

Jeanine se niega.

—Nos pondría en peligro.

—¿Qué más te da? —pregunta Vicente—. De todas maneras, nos largamos de Marsella. Hazlo —le dice a Myriam.

En la ventanilla de correos, en Marsella, Myriam compra una «postal interzona» por ochenta céntimos. Son el único tipo de carta autorizada para circular entre las dos zonas, la «nono», contracción de «no autorizada», y la «ja-ja», traducción alemana de «sí-sí». Cada tarjeta es leída por la comisión de control postal, y si el mensaje parece sospechoso, se destruye de inmediato.

«Después de completar esta tarjeta reservada a la correspondencia de orden familiar, tachar las menciones inútiles. Es indispensable escribir legiblemente para facilitar el control de las autoridades alemanas».

Las tarjetas están previamente rellenadas. En la primera línea, vacía, Myriam escribe: «Madame Picabia».

Luego tiene que escoger entre:

– buena salud
– cansado
– matado
– prisionero
– muerto
– sin noticias

Traza un círculo alrededor de «buena salud».
Más adelante ha de elegir entre:

– necesita dinero
– necesita equipaje
– necesita provisiones
– está de vuelta en
– trabaja en
– va a entrar en la escuela de
– va a ser admitido en

Myriam rodea «trabaja en» y lo completa con «Marsella».

En la parte inferior de la tarjeta, una fórmula de saludo aparece prerrellenada por las autoridades: «Un pensamiento afectuoso. Besos».

—No es posible —dice Jeanine mirando por encima del hombro de Myriam—. La señora Picabia soy yo. Y sí, me buscan en Marsella...

Con un suspiro, Jeanine rompe la tarjeta y va a comprar otra, que rellena ella misma.

«Marie está bien de salud. Ha aprobado el examen. No le enviéis ningún paquete. Tiene todo lo necesario».

—Me tenéis harta vosotros dos. Parece que no entendáis nada.

Durante todo el trayecto, Jeanine y Vicente no se dirigen la palabra. De camino a Apt, se detienen ante un antiguo priorato en ruinas transformado en albergue de juventud.

—Te dejamos aquí —dice Jeanine a Myriam—. Puedes confiar en el prior del albergue, se llama François. Es de los nuestros.

Es la primera vez que Myriam entra en un albergue juvenil. Había oído hablar de ellos antes de la guerra. Canciones junto al fuego, excursiones por la naturaleza, noches en dormitorios colectivos. Se había prometido probar un día, por ver, con Colette y Noémie.

3

A principios de los años treinta, Jean Giono, el escritor de Manosque, el futuro autor de *El húsar en el tejado*, publicó una novela corta que tuvo mucho éxito. Y provocó un movimiento que se llamó «el retorno a la tierra». Como el héroe del libro, los jóvenes de las ciudades deseaban vivir en plena naturaleza, instalarse en los pueblos provenzales para restaurar viejas granjas abandonadas. Esa generación ya no quería angostos apartamentos en las grandes ciudades a las que habían emigrado sus abuelos en el momento de la Revolución Industrial.

Los chicos y las chicas que frecuentaban los albergues de juventud soñaban con ideales; junto al fuego, anarquistas, pacifistas y comunistas conversaban acaloradamente, al son de las guitarras. Más tarde, durante la noche, sus bocas se unían, olvidando los desacuerdos, y un mismo deseo se erigía en medio de la oscuridad entre los cuerpos reconciliados.

Y después llegó la guerra.

Algunos rehusaron incorporarse al ejército y acabaron en la cárcel. Otros fueron enviados al frente, donde murieron. Se dejó de oír la guitarra junto al fuego. Todos los albergues cerraron las puertas.

El mariscal Pétain se apropió de ese movimiento, con la idea de que «la tierra no miente». En 1940, tras el armisticio, autorizó la reapertura de los albergues de juventud. Los temas de los espectáculos que se organizaban durante las veladas tenían que recibir la aprobación de la Administración, al igual que las listas de las canciones que sonaban junto al fuego. Y los albergues dejarían de ser mixtos.

François Morenas, uno de los fundadores del movimiento en favor de los albergues de juventud, se negó a plegarse a las reglas de Vichy. Forzado a cerrar su albergue de Le Regain, que había denominado así en homenaje a Giono, se retiró a un antiguo priorato en ruinas, Clermont d'Apt. Este albergue juvenil ya no lo era oficialmente, pero en la región se sabía que siempre habría una comida y una cama donde pasar la noche para quien lo solicitara. Esos albergues prohibidos, esos espacios disidentes, siguieron existiendo clandestinamente para convertirse en refugios de jóvenes marginales, pacifistas, resistentes, comunistas, judíos y pronto insumisos del STO, el Servicio de Trabajo Obligatorio.

4

Myriam no sale de su cuarto. François Morenas le deja todos los días un biscote de pan reblandecido en un sucedáneo de café, que ella no se toma hasta las doce de la mañana. No se lava, no se cambia, sigue llevando encima sus cinco bragas. Es como detener el tiempo, dejar de cuidar de sí misma. Myriam piensa en Jacques y Noémie.

«¿Dónde están? ¿Qué hacen?».

Durante toda la semana sopla el viento del este. Una tarde, Myriam ve a través de la ventana de su habitación a Vicente y a Jeanine. Surgen de entre los olivos, como arrojados por un mar de espuma verde. Sabe, en cuanto se fija en la cara de su marido, que no trae noticias de sus padres, ni de su hermano y su hermana.

—Pero ven, vamos a dar un paseo, tengo que contarte cosas. Es sobre Jeanine.

Jeanine Picabia siempre había permanecido alejada del mundo de sus padres. Le parecía que los grandes artistas eran sobre todo unos grandes egoístas. Ella era como los hijos de los magos que, al haber nacido entre bambalinas, no pueden creer en la ilusión del espectáculo.

Jeanine siempre quiso ser libre y no depender de un marido. Muy pronto se sacó el título de enfermera para ganarse la vida.

Desde los primeros días de la guerra empezó a trabajar para lo que aún no podía llamarse así, pero que se convertiría en «la Resistencia».

Como enfermera de la Cruz Roja, conduce ambulancias y transporta documentos confidenciales entre París y el consulado británico, que ha sido transferido a Marsella. Los documentos van escondidos en las vendas, bajo las jeringuillas de morfina.

Más tarde empieza a frecuentar el grupo de Cherburgo, que organiza la huida de aviadores y paracaidistas ingleses. Un grupo precursor de las redes de evasiones.

Su nombre circula. Jeanine es identificada por el SIS, Secret Intelligence Service —o, lo que es lo mismo, el servicio de inteligencia exterior inglés—, también conocido bajo la denominación de MI6. En noviembre de 1940 se cita con Borís Guimpel-Levitzky, quien la pone en contacto con los ingleses. Dos meses después recibe la orden de crear una nueva red especializada en información marítima. Acepta la misión sabiendo que pone en riesgo su vida.

Debe asociarse con otro francés, Jacques Legrand. La red de Jeanine y Jacques recibe el nombre de Gloria-SMH. «Gloria» es el nombre de guerra de Jeanine y «SMH» el de Jacques Legrand. Tres letras que, si se leen al revés, significan «Her Majesty's Service».

En febrero de 1941, Gloria-SMH logra dar un golpe magistral. Unos agentes de la red localizan en la rada de Brest unos barcos alemanes: el Scharnhorst, un crucero de la Kriegsmarine, con su buque gemelo, el Gneisenau, y el Prinz Eugen, un crucero pesado. Gracias a esa información, los ingleses organizan un raid aéreo que los deja inservibles. Es una gran victoria. Gloria-SMH recibe cien mil francos de Londres para ampliar la red.

Jacques Legrand capta a nuevos miembros entre los universitarios y los profesores de instituto. La mayoría son «buzones», es decir, gente que acepta recibir documentos en su casa. No saben lo que contienen, solo custodian el correo —pero, a pesar de todo, arriesgan su vida—. Habría que poder nombrarlos a todos, aplaudir su valor, Suzanne Roussel, profesora del Lycée Henri IV, Germaine Tillion, profesora en el Lycée Fénelon, Gilbert Thomazon, Alfred Perron, profesor en el Lycée Buffon... Legrand también integra en el grupo a un eclesiástico, el abad Alesch, vicario de La Varenne Saint-Hilaire en la región parisina. Los jóvenes que quieren entrar en las redes de la Resistencia van a «confesarse» con él. Seguidamente, el abad los recomienda a sus diferentes contactos.

Jeanine capta, en el entorno de sus padres, a artistas que acostumbran a desplazarse a través de Europa y que a menudo hablan varias lenguas. En la Resistencia, todos los oficios que facilitan la circulación de documentos son importantes. Los empleados del ferrocarril, de la SNCF, por ejemplo, resultan muy valiosos.

La compañera de Marcel Duchamp, Mary Reynolds, una americana de Minnesota, se convierte en una agente de la red con el nombre de Gentle Mary. También hay un escritor irlandés, que ya ha trabajado en la SOE británica. Su nombre de guerra es Samson pero su verdadero patronímico es Samuel Beckett. Tras integrarse en la red Gloria-SMH como sargento-jefe, enseguida asciende y se convierte en subteniente.

Samuel Beckett trabaja desde su casa, en su piso de la rue des Favorites. Analiza los documentos, los compara, los compila, determina su grado de importancia, jerarquiza las urgencias, luego traduce todo al inglés antes de dactilografiarlo. A continuación esconde los documentos secretos en las páginas de su manuscrito *Murphy*. Alfred Perron, un miembro de Gloria-SMH, lleva el manuscrito al fotógrafo de la red para transformar los documentos en microfilms, que serán enviados a Inglaterra.

En esa época, Jeanine introduce en la red a su hermano Vicente y a su madre Gabriële, que entra con sesenta años y el nombre de guerra Madame Pic.

—Bueno, ya lo sabes todo —dice Vicente a Myriam.

—Ahora eres de los nuestros. Si caemos, caes, ¿entendido? —pregunta Jeanine.

Sí, hacía tiempo que Myriam lo había entendido todo.

5

Jeanine debe abandonar el albergue para ir a Lyon. Unos días antes, dos miembros de la red, el abad Alesh, alias Bishop, y Germaine Tillion, debían acudir allí para pasar un microfilm que contenía veinticinco planchas fotográficas: los planos de la defensa costera de Dieppe. Pero las cosas no sucedieron como estaban previstas.

Germaine Tillion fue detenida por la policía alemana en la estación de Lyon. El abad Alesh consiguió pasar los controles. Por suerte, era él quien llevaba el microfilm escondido en una gran caja de cerillas.

Así pues, Bishop prosiguió solo con la misión. Tenía que entregar los microfilms a su contacto en Lyon, Miss Hall. Sin embargo, no se encontraron en el punto de la cita, el hotel Terminus. Miss Hall volvió al día siguiente, pero Bishop no estaba allí. Solo al tercer día consiguió Bishop pasarle los microfilms antes de esfumarse. Desde entonces, nadie en la red ha vuelto a tener noticias del abad.

Jeanine, inquieta, quiere entender qué ha sucedido. En Lyon queda con un agente especial de la SOE, Philippe de Vomécourt, alias Gauthier, que está en contacto con Miss Hall. Abren la caja de cerillas y Jeanine descubre que el microfilm no tiene los planos de defensa de Dieppe, sino documentos sin interés. Jeanine y Philippe de Vomécourt entienden entonces que Bishop ha vendido a la red.

Se suceden los arrestos en ese mismo momento, en París, lo que confirma la traición. Jacques Legrand, alias SMH, es detenido por la Gestapo. Philippe de Vomécourt también cae, junto con el fotógrafo que hacía los microfilms. Samuel Beckett encarga a su compañera, Suzanne Déchevaux-Dumesnil, que prevenga a los demás miembros. Pero Suzanne se topa con un control a mitad de camino y tiene que dar media vuelta. La pareja se esconde en casa de la escritora Nathalie Sarraute. Doce miembros de la red son encarcelados en Fresnes y en Romainville, y luego fusilados. Más tarde, otros ochenta son deportados a Ravensbrück, Mauthausen y Buchenwald. Casi la mitad de la red es eliminada en apenas unos días.

Jeanine ejecuta el plan previsto en caso de traición. Ordena el cese de actividad inmediata de la red en toda Francia. Debe salir del territorio. Ahora le toca a ella viajar en un maletero, el de un Renault de seis caballos adaptado por Samuel Beckett con ayuda de un amigo. Viaja con su mujer al sur de Francia, al Rosellón. En el camino, deja a Jeanine en el albergue de juventud con su hermano y Myriam.

Les anuncia que va a intentar llegar a Inglaterra pasando por España. Lo que quiere decir: cruzar los Pirineos a pie.

—Prefiero morir ahí arriba antes que ser detenida —dice.

Jeanine sabe lo que les espera a las mujeres resistentes. Violaciones, crímenes perfectos, silenciosos.

Myriam y Vicente le dicen adiós en medio de las tinieblas, sin abrazos ni palabras reconfortantes, sin *coupo santo* ni promesas de volver a verse, sobre todo no desearse buena suerte, no decir nada, apenas una mano estrechada para conjurarla.

Myriam y Vicente. Otra vez reunidos. Ambos han perdido a sus hermanas en la noche de la guerra.

Al día siguiente, François Morenas, el director del albergue de juventud, les anuncia que el lugar está vigilado.

—Es demasiado peligroso para vosotros que permanezcáis aquí. Los gendarmes van a venir a revisar el registro de personas.

François los conduce hasta Buoux, el pueblo de al lado, en una colina. Ahí hay un café-posada que acoge a viajeros.

—¡Está completo! —anuncia el patrón del café.

—Bueno —dice François—. Vamos a ver a la señora Chabaud. En la región todo el mundo le tiene mucho respeto a la viuda de la Gran Guerra.

—Sí, me queda una casa libre —dice a Myriam y Vicente—. No es grande, pero caben dos personas. Es ahí arriba, en la meseta de Les Claparèdes.

—A esta zona llegan paracaidistas, así que hay patrullas alemanas merodeando —advierte François—. Si no queréis tener problemas, cerrad bien las contraventanas antes de encender la luz por la noche, no fuméis nunca fuera o asomados, y os aconsejo que ceguéis bien los intersticios de los cristales por donde puede pasar la luz, nunca se sabe. Y, ya puestos, hasta los agujeros de las cerraduras.

6

Mamá:

Esta mañana me asaltó de pronto un recuerdo. Tendría yo unos diez años, Myriam me propuso un paseo por la colina. Íbamos andando bajo el calor estival, las dos; ella cogió en el borde del camino, me acuerdo muy bien, una crisálida de abeja. Me la dio diciéndome que tuviera cuidado, que era muy frágil. Luego se puso a hablarme de la guerra. Me invadió un desasosiego muy grande.

Cuando volvimos quise contártelo. Pero todo estaba confuso en mi mente y fui incapaz de reconstruir nada. Me acuerdo de tu reacción, como una quemadura. Tú no parabas de hacerme preguntas y yo contestaba sistemáticamente: «No sé». Ese momento es sin duda uno de los más constitutivos de mi carácter.

Desde aquel día, cuando no sé cómo responder a una pregunta, cuando he olvidado algo que debería haber retenido, caigo en un agujero negro por ese sentimiento de culpa, que me viene de lejos, con respecto a Myriam y a ti. Así que no querría que me guardaras rencor por atreverme a despertar a los muertos. A hacerlos revivir. Creo que intento comprender qué quiso decirme Myriam aquel día.

A propósito de esto, he hecho un gran descubrimiento.

En sus notas, Myriam habla de una tal señora Chabaud, en cuya casa pasó un año, en Buoux, durante la guerra. Busqué en la guía telefónica y estaba su apellido. En ese mismo pueblo.

Enseguida llamé y di con una mujer muy amable, casada con el nieto de la señora Chabaud. Me dijo: «Sí, sí, la casa del ahorcado sigue existiendo. Y sé que la abuela de mi marido escondió allí a resistentes. Llámeme mañana, mi marido se lo contará mejor que yo». Su marido se llama Claude, nació durante la guerra, lo llamaré por teléfono y te contaré.

Mamá, sé que te interesa todo esto, pero también que te altera. Te pido perdón. Y también te pido perdón por haber olvidado lo que me dijo Myriam aquel día.

A.

7

En la casa del ahorcado no hay nada. Ni ropa de casa ni utensilios..., nada. Solo una cama sin colchón, un viejo banco hecho con láminas de parqué, el taburete de ordeñar que sirvió para el ahorcamiento. Y la cuerda, que nadie se ha atrevido a retirar de allí.

—Bueno, estas cosas siempre son útiles —dice Myriam descolgándola y enrollándosela en la mano.

—Hasta que encuentren un colchón, pueden hacerse uno con gayombas. ¿Ven?, la retama de flores amarillas. Aquí la gente se las arregla así.

Así que los parisinos se ponen a cortar detrás de su casa esos arbustos de color amarillo vivo cuyas perlas doradas parecen lirios pequeños. Con los brazos cargados hasta los topes, colocan las ramas en la cama, las disponen a la manera de un colchón de paja, luego se acuestan encima delicadamente.

«Parece un ataúd rodeado de flores», se dice Myriam mirando la luna, redonda como una moneda de un céntimo, que aparece por el marco de la ventana.

De repente la situación le parece irreal. Esa habitación en medio de la nada, ese marido al que apenas conoce. Se tranquiliza pensando que, en alguna parte, Noémie también está mirando a la luna. Ese pensamiento le infunde valor.

Al día siguiente, Vicente decide ir a mercado de Apt a comprar cosas que le sirvan para arreglar la casa. La ciudad está tan solo a siete kilómetros, se va a pie, al amanecer, siguiendo en la carretera a la muchedumbre de campesinos, artesanos y granjeros, con las ovejas y mercancías que venderán en el mercado.

Pero una vez ahí, Vicente se desengaña. No se venden colchones ni sábanas. Y una cazuela pequeña cuesta como una cocina. Vuelve con las manos vacías. En los bolsillos trae una botella de láudano para calmar sus nervios y un poco de turrón para su mujer.

Vicente y Myriam conocen a la propietaria, la viuda Chabaud. Valiente, con un carácter bueno y templado, trabaja como tres hombres y cría ella sola a su único hijo. Todo el mundo la respeta. Ciertamente, es rica, pero siempre da a los necesitados. Nunca dice que no a nadie más que a los alemanes.

Una vez por semana le requisan el coche —el único que hay la zona—. Ella no tiene elección, pero nunca nunca les ofrece un trago.

A la señora Chabaud, Vicente y Myriam se presentan como una pareja de recién casados que quieren vivir en el campo. La vida soñada en las novelas de Giono. Vicente dice que es pintor y Myriam, música. No dice que es judía, claro está. La señora Chabaud ha visto ya de todo, así que lo único que les pide es que respeten la vida del pueblo y que se comporten correctamente. Y, sobre todo, nada de líos con los gendarmes.

Desde el desmantelamiento de la red de su hermana, Vicente ya no tiene misiones. Y por primera vez, Myriam y él viven bajo el mismo techo, como una pareja joven, debiendo día tras día atender las necesidades del hogar. Alimentarse, lavarse, vestirse, calentarse y dormir. Desde que se conocieron, solo habían compartido momentos de precipitación, de miedo. El peligro era el único paisaje de su historia de amor. A Vicente le gustaba eso.

Myriam, al contrario, aprecia su nueva vida sencilla y tranquila, perdidos en medio de la campiña, lejos de todo.

Al cabo de unos días, Myriam nota que su marido está muy callado. Que se encierra en sí mismo. Entonces, ella lo observa, lo contempla igual que si se tratara de una pintura viviente.

Parece no sentir ningún apego por las cosas ni por las personas. Eso lo vuelve irresistible, pues no hay nada que le interese aparte del momento presente. Puede poner toda su energía en una partida de ajedrez, en la preparación de una comida o de una buena lumbre. Pero el pasado y el futuro no existen para él. No tiene memoria. Ni palabra. Puede simpatizar con un granjero en el mercado de Apt, pasar la mañana hablando con él, hacerle mil preguntas sobre su trabajo, beber una botella de vino en su compañía y regalarle otra. Pero al día siguiente apenas si lo reconoce. Con Myriam sucede lo mismo. Después de una alegre velada que transcurre entre risas, puede levantarse por la mañana y mirarla como si una extraña se hubiera introducido en su cama. Cada día que han pasado juntos no construye nada. Y hay que volver a empezarlo todo.

Poco a poco, Myriam se da cuenta de que su marido busca alejarse de ella físicamente. En cuanto ella entra en una habitación, él encuentra una excusa para irse.

—Iré al mercado mientras tú vas a visitar a la señora Chabaud.

Todo sirve como pretexto para estar separados.

Una tarde, al ir a pagar el alquiler a la señora Chabaud, Myriam se queda un buen rato bebiendo sirope con ella, otra cosa más que no se llevarán los alemanes, dice la viuda volviendo a llenar los vasos. Myriam pregunta por el antiguo inquilino de la casa, el famoso ahorcado.

—¿Camille?, lo encontramos tieso, al pobre. Y su burro junto a él, lamiéndole los pies.

—Pero ¿por qué hizo eso?

—Cuentan que la soledad lo había vuelto medio loco..., y también los jabalíes, que venían a destrozarle el huerto. Lo raro es que hablaba a menudo de la muerte. Decía siempre que tenía muchísimo miedo a morir en medio de terribles sufrimientos, eso lo tenía obsesionado...

La charla dura mucho tiempo. En el camino de vuelta, Myriam se da prisa porque es tarde y no quiere que Vicente se inquiete. Cuando llega a casa es casi medianoche, pero encuentra a Vicente dormido. Él, que nunca consigue conciliar el sueño hasta el amanecer, se ha preocupado tan poco por ella que duerme a pierna suelta.

Los días siguientes, Myriam se da cuenta de que su marido tiene la mirada como extraviada, parece que sienta un dolor sordo. Le sale urticaria. Le pica la piel, y la frente, a veces, le brilla, cubierta por una ligera capa de sudor. Al cabo de una semana, le anuncia:

—Me voy a París. Es por la urticaria. Tengo que ir al médico. Y de paso me enteraré de cómo está todo el mundo. Iré a Les Forges a ver a tus padres. E iré a Étival, a la casa familiar de mi madre; en el desván hay un montón de mantas y sábanas que nadie usa. Las traeré. Como mucho, dentro de quince días estaré de vuelta; a más tardar, para Navidad.

A Myriam no le sorprende. Había visto cómo le invadía esa febrilidad que precede siempre el anuncio de una partida.

Vicente se va el 15 de noviembre, el día de su aniversario de boda. Un año ya. «Qué símbolo más peculiar», piensa Myriam. Lo acompaña hasta el final del camino, sabe que no debería corretear así, como un perro tras su amo. Vicente se pone nervioso, le gustaría estar ya solo y lejos de allí.

Entonces, Myriam se detiene y observa cómo desaparece a través de los almendros, sin moverse, con el cuerpo paralizado, bañado por la luz de noviembre; no quiere llorar. Y sin embargo, ha habido tan poca ternura entre ellos desde que llegaron allí... Una sola noche su marido se acercó a ella, acurrucándose como un niño en el hueco de sus brazos. Unos besos furtivos y bruscos que buscaban la humedad en medio de la penumbra, pero todo desapareció cuando Vicente se quedó sumido en un sueño denso y cálido, con los párpados hinchados.

Esa noche, Myriam sintió que su cuerpo inútil la estorbaba.

A pesar de todo, a ese hombre enigmático, a ese hombre sin deseo por ella no lo cambiaría por nada del mundo. Porque es suyo, ese hermoso hombre triste. Un marido ingenuo a veces, como un niño, pero con ojos centelleantes. Y esa frágil intimidad que los une el uno al otro, tenue, no más ancha que un anillo, eso le basta. Ciertamente, pasa días enteros sin dirigirle la palabra. ¿Y qué? Le ha hecho una promesa: tanto en la vida como en la muerte. No hay muchas más cosas importantes que decir después de eso. Entre ellos existe una dignidad y una soledad que le parecen hermosas. Ella no comparte ni sus pensamientos ni los minutos de su existencia, pero basta con que él diga: «Le presento a mi mujer», para que eso borre todos los vacíos. Su corazón queda henchido de orgullo porque ese hombre tan guapo le pertenece. Vicente es callado, pero observarlo resulta maravilloso. Ella puede llenar una vida así, simplemente contemplando su belleza.

Las semanas siguientes, Myriam va al pueblo, a comprar huevos y queso. Buoux cuenta con apenas sesenta habitantes, un café-posada y una tienda-estanco.

—Señora Picabia, ¿dónde se ha metido su marido? Ya no se le ve por aquí —le preguntan en el pueblo.

—Ha ido a París a visitar a su madre, está enferma.

—Ah, muy bien —dicen los aldeanos—. Es un buen hijo su marido.

—Sí, muy buen hijo —contesta Myriam, sonriente.

Ella se da ánimos; desde que se conocieron, Vicente se ha ido muchas veces, pero siempre ha vuelto.

8

Para llegar a París, Vicente tiene que cruzar la línea de demarcación sin *Ausweis*. Va a Chalon-sur-Saône. Ahí entra en el bar ATT, regentado por la mujer de un mecánico de la compañía de ferrocarril que se ocupa de transmitir el correo clandestino. Vicente va a la barra y pide:

—Un Picon-granadina, con mucho sirope.

Mientras seca los vasos, la mujer del mecánico le indica con un gesto de cabeza la puerta de atrás, con su cortina de cuentas de madera. Tranquilamente, como si fuera al servicio, Vicente franquea la barrera con un ruido de monzón lluvioso. «No muy discreto», se dice, antes de entrar en una cocina donde un tipo se afana haciendo una hermosa tortilla con mantequilla.

—Madame Pic le manda saludos —le dice Vicente.

Luego se saca del bolsillo quinientos francos, pero el hombre de la tortilla se queda quieto ante la visión de los billetes.

—Es usted su hijo, ¿no?

Vicente asiente con la cabeza.

—A Madame Pic no le cobro —añade el tipo.

Vicente se guarda el dinero en el bolsillo, sin parecer sorprendido. El individuo le da cita a las once de la noche. Se encuentran ante una pasarela, a las afueras de la ciudad. Al final de la pasarela hay unas alambradas que trazan la línea de demarcación. Las siguen a cuatro patas, durante casi quinientos metros, luego el pasador enseña a Vicente un agujero oculto por el follaje. Vicente se desliza por él. Después anda unos kilómetros por una gran carretera, sin dejarse ver, hasta una estación. Ahí le está esperando el primer tren de la mañana, que lo llevará hasta París.

Unas horas más tarde llega a la Gare de Lyon. París sigue con su bullicio habitual, como si el resto del mundo no existiera. Vicente se dirige directamente a su apartamento, al número 6 de la rue Vaugirard. Se nota sucio del viaje, la ropa se le ha llenado de polvo de los asientos del tren y de los vestíbulos de las estaciones, tiene prisa por cambiarse. En el buzón no encuentra ninguna noticia de su familia política. No es normal. Se acuerda de la promesa que le hizo a su mujer de ir a Les Forges a ver qué pasaba.

Al llegar al último piso hay una nota de su madre debajo de la puerta, le dice que pase a verla «urgentemente».

Al llegar a la casa de Gabriële, Vicente la encuentra ocupada con un bebé de porcelana en las manos.

—¿Qué haces? —pregunta Vicente.

—Sigo trabajando.

—¿Para quién? —dice él sorprendido.

—Para los belgas —contesta Gabriële, sonriente.

Desde que la red de Jeanine fue desmantelada, Gabriële ha dejado de ser Madame Pic y ha pasado a ser la Dama de Picas para una red de resistentes franco-belga. La red se llama Ali-France, y tiene conexión con la red Zéro que empezó en Roubaix en 1940. Gabriële transporta correo para ellos.

Vicente mira a su madre. Tiene sesenta y un años, es alta como una cómoda de salón, pero sigue siendo tan movida como una jovencita.

—Pero ¿cómo te las arreglas con tus dolores de brazos? —pregunta Vicente, que ha tenido que aliviar a su madre más de una vez con morfina.

Gabriële desaparece de la habitación y vuelve empujando un carrito de bebé enorme, azul marino, con ruedas inmensas. Coloca dentro el muñeco de porcelana, bien envuelto en sus pañales, donde irá escondido el correo clandestino. Orgullosa como un niño travieso. «Esta madre es diabólica», piensa Vicente.

—¿Sigues siendo de los nuestros? —pregunta Gabriële—. Necesitamos un contacto en la zona sur.

—Sí —contesta Vicente suspirando—. ¿Para esto me has hecho venir?

—Exacto —dice Gabriële—. Voy a encargarte unas misiones.

—¿Tienes noticias de Jeanine?

—Creo que pronto cruzará la frontera. Dime, ¿puedo contar contigo?

—Sí, sí, mamá... Mientras tanto, necesito dinero. Tengo que ir a visitar a mis suegros a Les Forges. Y luego iré a Étival, tengo pensado coger las sábanas que están en el desván, y también las mantas para...

—Muy bien, perfecto —le corta Gabriële—, no me apetece nada escuchar soporíferas historias de ajuares de recién casados.

Abre un cajón con un fajo de billetes. Los cuenta y le da cuatro a Vicente.

—¿De dónde los sacas? ¿Es Francis quien te da todo ese dinero?

—Por supuesto que no —responde Gabriële encogiéndose de hombros—. Es Marcel.

—¿No estaba en Nueva York?

—Sí, pero nos las arreglamos.

Al bajar las escaleras, Vicente nota los billetes en el fondo del bolsillo, el dinero le quema las manos. Cuando sale a la calle, en lugar de girar a la derecha para volver a su casa, coge la dirección de los Faubourgs de Montmartre para ir a Chez Léa.

9

La primera vez que entró en aquel fumadero de opio tenía quince años, y fue con Francis. Las circunstancias reunieron al padre y al hijo. Las raras veces en que los dos hombres se encontraban a solas, siempre acababan mal. Vicente intentaba complacer a su padre, pero Francis desconfiaba de su hijo, que le parecía demasiado guapo. Lo querría más, a ese niño, si fuera el hijo de Marcel, el amante de su mujer. Entonces sí, si Vicente fuera un chorro de semen de Duchamp, adoraría a ese muchacho melancólico. Pero, por desgracia, tan moreno y con esas caderas finas de torero, el chico era, sin la menor duda, español.

Después de tener cuatro hijos con Gabriële, Francis llegó a la conclusión de que a veces los grandes genios se anulan entre sí. Para pintar era perfecto, pero para fabricar descendientes, el resultado era mediocre.

No sabiendo qué hacer de ese niño triste, el pintor decidió aquel día obsequiarle con su primera pipa de opio.

—Ya verás, te aclarará las ideas.

El fumadero de Léa no lo frecuentaban ni actores ni semimundanas, no era un fumadero de moda para los *happy few*. No. En Chez Léa no se veían estetas, solo sombras. Al llegar, se quedaron un rato en la sala del bar, la que daba a la calle. Francis pidió que pusieran a su hijo un poco de *chum churum*. Léa, que aún vivía en aquella época, sirvió al adolescente un alcohol de arroz translúcido que quemaba todo el interior, de la garganta a las entrañas. A Vicente le sorprendió el dolor ácido que sintió a lo largo de las paredes intestinales. Aquello hizo reír a su padre, no con una risa burlona, sino feliz, franca. Esa hilaridad colmó al hijo de una profunda alegría, provocada por la embriaguez. Era la primera vez que su padre se reía con él, no de él.

—¿Vamos? —preguntó Francis dejando el vaso de *chum churum* tras vaciarlo de un trago—. Oye, hijo mío —le dijo, dándole un golpe en el hombro—, no le cuentes nada de esto a tu madre.

Vicente se sintió invadido por una emoción extraordinaria. Estar ahí, en ese lugar prohibido, compartir un secreto con Francis, que lo llamara «hijo mío». ¡Y ese gesto amistoso! Había visto a menudo a su padre golpear así a sus amigos. A veces, los camareros de los cafés se llevaban también esa especie de cachete. Siempre seguido de una gran risotada. Pero con él, Vicente nunca había tenido ese detalle.

Ocho años después, al abrir la puerta de Chez Léa, Vicente se acuerda de aquella primera vez con su padre. Desde entonces había recorrido todos los fumaderos de París, de los más bonitos a los más sórdidos. Pero este guardaba el extraño encanto de la iniciación. Entretanto, Léa había muerto, y su padre se había convertido en su peor enemigo.

Vicente se dirige al fondo del establecimiento, hacia la escalera que lleva al sótano. Al bajar reconoce el olor pegajoso, a cloaca y a moho, que le penetra por la garganta a medida que se hunde en la cava abovedada.

Tras levantar una cortina gruesa como una alfombra persa, surge un auténtico imperio de cavas de piedra que se suceden como espejos reflejándose hasta el infinito. La primera vez lo dejó asombrado, hasta sentirse mal, aquel olor a opio, cálido y amargo, a materia fecal combinada con un almibarado perfume de flores. Hoy, ese olor húmedo y agudo, mezcla de excrementos y esencia de pachuli, le da seguridad. Transmite a su mente un sosiego inmediato.

La primera vez que entró ahí, los papeles pintados en rojos orientales, los tejidos bordados e irisados que recubrían las paredes lo transportaron a Asia.

Adoraba aquel decorado de pacotilla, patético. Por lo que era, teatral y sin valor, ilusorio y sucio. Aquí todo es falso, la pedrería de la vieja china en el bar de la entrada, el gran buda, los gorros de terciopelo de los camareros. Pero Vicente sabe que lo que se viene a buscar aquí no miente. Pone encima de la barra el dinero que acaba de darle Gabriële. La vieja china hace una señal a uno de los camareros para que se ocupe de él.

Vicente cruza las pequeñas estancias llenas de humo donde unos seres, en penumbra, casi inanimados, parecen enfermos a punto de ver cómo echa a volar su alma. Exhalan pequeños estertores con esquirlas de paraíso en los ojos. Vicente siente que lo invade la excitación, y que su sexo reacciona.

Tumbados en divanes pegados al suelo, hombres y mujeres están exangües. Con sus varas de bambú entre los dedos, parecen flautistas, entrelazados en una sinfonía sensual, soplando en sus finos y turgentes caramillos. Vicente los envidia, le gustaría estar ya como ellos; su cuerpo se relaja y se prepara para recibir el delicioso veneno.

Una vez frente a la cama que le han asignado, se desabrocha las mangas de la camisa y se suelta el cinturón de cuero del pantalón para ponerse cómodo. Por fin se tumba. Un pequeño ser calvo, con los ojos desorbitados y la tez macilenta, cerosa, le lleva una bandeja lacada, de color rojo sangre, brillante como un espejo, que presenta todo lo indispensable para un fumador de opio. Vicente recuerda que la primera vez, cuando fumó, su padre le dijo:

—Nunca más estarás triste con esto, todas las preocupaciones de la vida quedarán detrás de la puerta.

Pero Vicente vomitó todo lo que llevaba dentro, hasta que acabó saliendo de sus entrañas un jugo aguado. Después tuvo sudores y sensación de malestar. Más tarde llegó la felicidad prometida. Con la tercera pipa. El mordisco divino.

Al echarse en el diván, desaliñado, a gusto, Vicente busca escuchar los suspiros de placer de sus vecinos, esos estertores largos y pesados, gritos ahogados de las noches secretas y escandalosas donde los cuerpos se intercambian en la oscuridad. Pero el camarero de tez cerosa le trae una pipa demasiado clara, poco cargada, y Vicente se enfada. El camarero baja la vista antes de ir a cambiar la mala pipa por otra ya fumada. Vicente se pone nervioso, quiere sentir el humo quemándole los pulmones, retenerlo en apnea lo más posible. Cuando vuelve el camarero para tenderle finalmente el bambú bueno, Vicente cierra los ojos. Rodea la pipa con las manos, feliz como el niño que encuentra los dedos de su madre.

Suspira por fin, invadido por el olor amarillo del opio. Las lamparitas de aceite ensucian aún más la atmósfera y le confieren una solemnidad de iglesia. Tumbado de costado, Vicente tiene ahora la pipa en la comisura de los labios y los ojos medio cerrados. Apoya la cabeza en un soporte de madera y el hada negra hace su trabajo de puta sublime. Ella lo succiona como la reina del burdel de Siam, su piel se tensa primero bajo la nuca y el pelo se le eriza como un cuero cabelludo mágico que va desde la raíz del cabello hasta sus pantorrillas. En medio de una exaltación febril, de la pesada niebla que lo envuelve, se echa la mano al pantalón y encuentra, por fin, lo que estaba buscando..., un éxtasis dorado, sueños fantasmáticos, una sensualidad de todo su ser inmóvil.

La primera vez, François contempló risueño cómo se hinchaba de sangre el miembro de su hijo. El adolescente descubría un deseo liviano, infinito, liberado de todo sentimiento de culpabilidad, un placer pacífico, sin amargura.

Vicente no necesita tocarse ni moverse; la simple caricia de su mano en su sexo henchido lo transporta hasta un lugar donde ya no hay cuerpo terrenal, solo una bondad infinita que lo une a todo lo que ama, una armonía de los cuerpos, la belleza de las carnes de las jóvenes, los pechos pesados de las mujeres maduras, la perfección de los hombres, con sus nalgas marmóreas como las de las estatuas. Sin moverse un ápice, su cuerpo se mezcla con todo lo que lo rodea gracias a una capacidad sexual centuplicada; ya no es un chaval, es un ogro como su padre, cuya inmensa verga puede satisfacer a todas y todos aquellos que la reclamen, mientras una minúscula nieve de plumas de cisne va cayendo a cámara lenta, y las mujeres se vuelven más dulces, con una voluptuosidad cremosa y rosa, y sus axilas huelen a azúcar y purpurina, él no necesita lamerlas para beberlas, su sexo flota en el aire como un pájaro de suave plumaje, él las satisface así, levitando, durante horas, en medio de un placer sin fin.

La primera vez se le acercó un hombre para frotarse contra su cuerpo. Él buscó la mirada de su padre en algún lado, pidiéndole protección o aprobación. Pero Francis, inanimado, había olvidado a su hijo, había puesto todo su ser a las puertas de sí mismo. Entonces, Vicente se dejó hacer, atrapado por las caricias del opio, tiernas y casi castas, como un paseo sin rumbo, como un día entregado a la ociosidad, como una noche pegada a un cuerpo cálido y dormido.

Era una sensación que podía durar horas enteras, entre el sopor y la vigilia, hasta que su madre se le apareció en sueños.

Siempre tenía que aparecer Gabriële en sus sueños para estropeárselos. Y también su hermana Jeanine. Al verlas llegar en medio de las volutas de humo, Vicente tiene la impresión de encontrarse de repente atrapado entre dos montañas graníticas, dos enormes pechos que lo asfixian. En cuanto a su padre, el gran genio del siglo, también se presenta para machacarlo, con su pintura; frente a sus lienzos, Vicente no es más que un mísero despojo, un gusano glabro. Él es un muñeco de trapo y todos se divierten a su costa.

Vicente se echa a reír solo, como un demente, aplasta entre los dedos a las dos pequeñas enanas heroicas. Luego le entran ganas de llorar, a causa de su hermano, el falso gemelo, ese bastardo que Francis le hizo a otra mujer al mismo tiempo que lo engendraba a él. ¿Dónde estará, ese hermano detestado? Parece que se fue en un velero. Tendría que haber huido con él, en lugar de odiarlo, se dice Vicente ahora. Con los ojos brillantes, risueños, perforando un rostro blanquecino, Vicente vuelve en sí porque es hora de una nueva pipa, se tranquiliza y le indica con un gesto al camarero ceroso que ha llegado el momento de encadenar con otra. Pide una manta para taparse las piernas, de piel de cabra, las que huelen fuerte pero dan calor. Luego se quedará ahí, sin moverse, diez años, quién sabe, siempre con la pipa entre los labios.

Cuando despierta, Vicente no sabe qué día es. Ya no le queda dinero. Ni voluntad. El opio le ha sustraído todo motivo racional de hacer cosas. En lugar de ir a Les Forges, Vicente se esconde días enteros en su apartamento, incapaz de mover un dedo.

Se pregunta por qué está en París.

¿A qué ha ido? Se acuerda de que su mujer está esperándolo en algún lado. Pero su cerebro es incapaz de dar con el nombre del pueblo donde se han instalado.

¿Cómo va a arreglárselas para reunirse con ella?

Lo único que recuerda es que tiene que irse al Jura, a la casa familiar de su madre, para coger una cazuela y unas sábanas.

10

Myriam sigue sin noticias de su marido. Sola, en la casa del ahorcado, sin agua ni electricidad, espera. El viento, que va llevándose los días, uno tras otro, sopla cada vez más frío.

De vez en cuando, la señora Chabaud sube a verla. La viuda es como los cangrejos: bajo el caparazón, la carne es tierna. Cuando hay tormenta, le propone que vaya al pueblo, a su casa, porque tiene menos humedad. Myriam aprovecha el agua calentada en el fuego, se pone desnuda en la pila de piedra, pegada al suelo, para lavarse de rodillas. La señora Chabaud le enseña cómo alimentar la lumbre de manera «económica»: poniendo los troncos, en vez de verticalmente, uno contra otro. «Aunque a veces tira peor», le dice.

Myriam siempre sale de su casa con un cesto de verduras y queso.

Dos días antes de Navidad, la señora Chabaud la invita a la cena de Nochebuena, con su hijo y su nuera. Y el pequeño Claude, que acaba de nacer.

—Usted y yo no nos cruzamos mucho en la iglesia, ¿verdad? Tenemos mejores cosas que hacer..., pero creo que estaría bien que fuéramos a misa del gallo. Abríguese, porque hace ese frío de las noches de diciembre.

A Myriam no le queda más remedio que aceptar. Nadie tiene que sospechar que es judía, ni siquiera la señora Chabaud. Daría que hablar en el pueblo si faltara a la misa de medianoche.

¿Habrá que respetar el ritual, leer una biblia, recitar las oraciones? Myriam no sabe cómo transcurre una Nochebuena. Le pide a François Morenas que la ayude a prepararse.

Entonces, François, el ateo, enseña a Myriam, la judía, cómo santiguarse. «En el nombre del Padre, del Hijo y del Espíritu Santo», dos dedos en la frente, dos dedos en el corazón, luego de un hombro al otro. Myriam repite el gesto varias veces.

Por la mañana va a coger acebo al valle del Aiguebrun para no llegar con las manos vacías a casa de la señora Chabaud. El macizo de Les Alpilles está todo blanco. Cree ver una señal, el retorno de su marido.

Antes de bajar al pueblo, deja una nota delante de la puerta, para Vicente. «Le pega presentarse el día de Nochebuena», se dice. Se lo imagina llegando con los brazos cargados de regalos, como un sublime rey mago.

«La llave está donde tú sabes, estoy en casa de la señora Chabaud. Reúnete conmigo allí o espérame».

Con los dedos helados, coloca la nota delante de la puerta, luego se pone en camino, repitiendo «Amén» como le ha enseñado François, pronunciando bien la «a» y «men», y no como los askenazíes, que dicen «O-mein».

La iglesia está llena y nadie se fija en Myriam durante la misa, se ha preocupado en balde. A la salida, la señora Chabaud la espera para llevarla a su casa. El cura saluda a la viuda.

—Señora Chabaud, debería venir más a menudo a visitarme. Vea —dice señalando a Myriam—, hoy ha dado ejemplo. Y ha hecho efecto...

—Señor cura, permítame que le conteste que trabajar es rezar —responde la señora Chabaud tirando del brazo de Myriam.

El cura las deja marchar sin decir nada. Sabe que la viuda se ocupa sola de la cosecha de cereales, de la recolección de la fruta y de la venta de las almendras, de los rebaños para la carne, la leche y la lana, pero también de cuidar los cuatro caballos que presta siempre a quien los necesite. No tiene tiempo para ir a la iglesia todos los domingos, pero hay más de una familia en el pueblo que vive gracias a ella.

La señora Chabaud conduce a Myriam hasta su casa, donde está puesta la mesa con tres manteles de lino de un blanco inmaculado, dispuestos uno encima de otro, como las sábanas limpias de una cama antigua, que irán deshojándose a medida que vayan pasando las horas. El mantel de en medio servirá para el almuerzo del día siguiente, una comida a base de carne únicamente. El mantel de debajo servirá para la cena del día de Navidad, que es la noche de las sobras. Mientras que el mantel de encima presenta a las miradas de los invitados lo que los provenzales llaman los trece postres de la Nochebuena.

Las ramas de olivo y el acebo, que decoran la mesa, propician la buena suerte. Las tres velas de la Santísima Trinidad están encendidas junto al trigo de santa Bárbara y a un plato de lentejas que la señora Chabaud puso a germinar el 4 de diciembre. Los brotes de las semillas han crecido como una barba verde y tiesa. Se ha roto el pan en tres trozos, para reservar la parte de Jesús, la parte de los convidados y la parte del mendigo, conservada en un armario de la despensa, envuelta en un paño. Myriam se acuerda de que su abuelo, al principio del *kidush*, también rompía el pan. Y que la noche del Pésaj había que guardar una copa para el profeta Elías.

Dispuestos por toda la mesa, los platos presentan los trece postres provenzales.

—Mire bien, ¡esto no lo verá más que aquí! —le dice la señora Chabaud—. Es la *pompa a l'òli*, a base de una harina de trigo que se bebe el aceite como un asno sediento.

Myriam olisquea el brioche perfumado con azahar, de masa tan amarilla como la mantequilla y espolvoreado con azúcar moreno.

—¡No se corta nunca con cuchillo! Trae mala suerte —explica la señora Chabaud.

—Puedes verte en la ruina el año siguiente —añade el hijo.

—Mire, Myriam, estos son nuestros *pachisòis* o «cuatro mendigos».

La señora Chabaud se siente feliz de poder enseñar sus tradiciones provenzales. En cuatro platos, los «mendigos» (higos, nueces, almendras y pasas) están dispuestos para simbolizar las cuatro órdenes religiosas que hicieron voto de pobreza. Los dátiles, con una *O* grabada en el hueso, evocan la exclamación de la Sagrada Familia cuando probó esta fruta por primera vez.

—Si no se tienen dátiles, se coge un higo seco y se le mete una nuez dentro.

—Es el turrón del pobre.

El noveno plato contiene fruta fresca de temporada, madroños y uvas. También hay ciruelas pasas de Brignoles y peras al vino tinto. Sin olvidar el *verdaù*, ese melón verde, el último melón del otoño, mejor cuanto más rugosa es su piel. Y luego están las rosquillas, los hojaldres, pastas con comino, con anís, galletas de leche, dulces de almendras y de piñones.

A Myriam esa mesa le recuerda las noches del Kipur en Palestina, cuando esos diez días difíciles concluían al son del *shofar*. Al volver de la sinagoga, unas tortitas con semillas de amapola los esperaban en la mesa, así como unos panecillos untados con queso fresco, que su abuelo Nachman acompañaba con arenques y un café con leche.

—¿Así se celebra la Navidad en París? —exclama la señora Chabaud, que ve a Myriam absorta en sus pensamientos.

—¡Ah, no! ¡Qué va! —contesta Myriam con una sonrisa.

—¡Tengo un regalo para usted! —dice la señora Chabaud al final de la cena.

Va a buscar una naranja. Y el corazón de Myriam se encoge al reconocer el papel fino que utilizaban las obreras de Migdal. Le viene a la memoria el sabor amargo de la piel que se incrustaba bajo las uñas y permanecía mucho tiempo. Recuerda el día en que su madre le anunció que toda la familia iba a mudarse a París. Las palabras tintineaban en sus oídos como hermosas promesas. *París, torre Eiffel, Francia.*

«Ephraïm, Emma, Jacques y Noémie. ¿Dónde estáis?», se pregunta en el camino de vuelta, como si pudiera surgir una respuesta del silencio de la noche.

11

Hay que calcular entre cuatro y cinco días de caminata antes de cruzar la frontera española por los Pirineos. La travesía cuesta al menos mil francos, pero puede subir hasta los sesenta mil. Hay pasadores que piden un adelanto y luego no acuden a la cita. También puede suceder que algunos clandestinos sean asesinados antes de llegar a su destino. Pero también hay pasadores valientes, generosos, a quienes se les puede decir: «No llevo dinero encima, le pagaré otro día, cuando pueda». Y que contestan: «Bueno, venga, no vamos a dejarle en manos de los alemanes».

Jeanine conoce todas esas historias. El pasador que le han aconsejado es un guía de montaña que tiene experiencia, lo ha hecho ya unas treinta veces por lo menos.

Al ver llegar a la joven, se preocupa. No solo es tan pequeña como un niño, además no va vestida ni calzada adecuadamente para la travesía.

—No he encontrado nada mejor —dice Jeanine.

—Luego no se queje —contesta el pasador.

—En un principio tenía que cruzar por el País Vasco.

—Más le habría valido. La travesía es menos peligrosa.

—Pero desde la invasión de la zona sur, ese cruce ya no es seguro.

—Es lo que he oído decir, sí.

—Por eso me han dicho que fuera por el macizo del Mont Valier. Parece que los soldados alemanes no se acercan porque es demasiado peligroso.

El pasador mira a Jeanine y le suelta, seco:

—Guarde sus energías para la marcha.

Jeanine no es muy habladora, pero necesitaba decir unas palabras para contener su miedo. Sabe que otros antes que ella han encontrado la muerte y no la libertad en esa travesía. Entonces pone un pie tras otro, mira hacia la frontera y se olvida de que tiene vértigo.

A lo largo de las cornisas de nieve en polvo, sus pasos se hunden. El pasador se da cuenta de que es más fuerte de lo que parecía. Juntos cruzan ríos helados.

—¿Y si nos rompemos una pierna? —pregunta Jeanine.

—No voy a mentirle —contesta el pasador—. Se termina con un tiro en la cabeza. O eso, o morir de frío.

Cuando Jeanine levanta la vista, España se ve muy cerca, basta con estirar la mano para que las yemas de los dedos rocen las crestas, donde unas luces brillan en medio de la noche. Pero cuanto más avanza, más se alejan las luces. Sabe que no tiene que desesperarse. Piensa en el filósofo Walter Benjamin, que se suicidó justo después de cruzar la frontera porque pensó que los españoles lo mandarían de vuelta. «En una situación sin salida —escribió en su última carta en francés—, no tengo otra elección que la de terminar». Y sin embargo, si no hubiera perdido la esperanza, habría salido airoso.

Al cabo de tres días, el pasador levanta el guante y dice a Jeanine:

—Camine en esa dirección, yo la dejo aquí.

—¿Cómo? —pregunta Jeanine—. ¿No viene conmigo?

—Los pasadores nunca cruzamos la frontera. Termine el camino usted sola, siga todo recto hasta que llegue a una pequeña capilla que acoge a los fugitivos. Buena suerte —le espeta antes de darse la vuelta.

Jeanine se acuerda de que un día, siendo una niña, su madre le dijo una cosa que la marcó. Gabriële le hizo la lista de todas las muertes posibles.

El fuego,

el veneno,

el arma blanca,

el ahogamiento,

la asfixia...

«Si un día tienes que optar por una muerte, elige el frío, hija mía. Es la más dulce. No se siente nada, simplemente se queda una dormida».

12

En plena noche, unos golpes en la ventana de la cocina del ahorcado despiertan a Myriam. Es Vicente, está segura. Se calza unas botas frías y se pone una chaqueta encima del camisón. Pero la silueta que ve en la oscuridad no es la de su marido. Es un hombre muy alto, ancho de hombros, y sujeta una bicicleta.

—Vengo de parte del señor Picabia —dice con el acento de la gente de esa región.

Myriam abre la puerta y le deja pasar, busca unas cerillas para la vela, pero Jean Sidoine le hace una seña para decirle que es mejor permanecer a oscuras. Se quita el sombrero y le anuncia:

—Su marido está en la cárcel, lo han detenido en Dijon. Me envía a buscarla. Nos vamos en el próximo tren. Dese prisa.

Myriam ha heredado de su madre esa capacidad de pensar rápido y con frialdad. Enumera mentalmente todas las cosas que tiene que hacer antes de marcharse: verificar las brasas, no dejar comida, ordenar la casa y escribir una nota para la señora Chabaud.

—Tenemos que tomar dos trenes y un autocar —dice Jean a Myriam—. Llegaremos a Dijon poco antes de la medianoche.

Al amanecer se dirigen silenciosamente a la estación de Saignon, en la línea de Cavaillon-Apt. En el andén desierto, Jean le da un carnet de identidad.

—Es usted mi mujer.

«Es más guapa que yo», se dice Myriam al mirar la documentación falsa.

El viaje es largo. Sucesión de autobuses, de trenes regionales, cada minuto es peligroso. Hace frío, Myriam no va bien abrigada. En Montélimar, Jean le pone por los hombros su gruesa chaqueta de lana tejida a mano.

En Valence, los recién casados contienen la respiración cuando unos uniformados alemanes pasan a hacer un control. Les entregan la documentación falsa. Jean admira la placidez de esa joven que sabe guardar la sangre fría frente al enemigo.

En el último tren que los conduce a Dijon, mientras están en el vagón, Myriam siente que ha salido del apuro. Le gustan los trenes, por la noche, cuando los vecinos dormitan y una dulce tranquilidad flota en el aire: la mente descansa, sin ninguna decisión que tomar.

Saben que está prohibido, que no deberían contarse nada, que, en los tiempos que corren, hay que callarse. Pero la noche que cubre el paisaje y esa cómoda paz del vagón vacío favorecen las confidencias entre Jean y Myriam.

—El primer tren que tomé —dice Myriam rompiendo el silencio— fue para cruzar Polonia hasta Rumanía. Una señora muy gorda, que se ocupaba del samovar, me aterrorizaba. Recuerdo perfectamente su cara...

—¿Qué iban a hacer a Rumanía?

—Coger un barco. Para ir a Palestina, donde vivimos unos años con mis padres.

—Pero ¿es usted polaca?

—¡No! La familia de mi madre lo es, pero yo nací en Moscú, en Rusia —contesta Myriam mirando por la ventana los árboles que dibujan sombras de tinta negra—. ¿Y usted?

—Yo nací en Céreste. No queda muy lejos de Buoux. A dos horas de bicicleta, si se coge la carretera de Manosque. Mi padre es artesano, carretero. Toca la corneta en la banda del pueblo. Y mi madre es pantalonera —dice dándose un golpe en los muslos para enseñar su pantalón.

—Buen trabajo —dice Myriam con una sonrisa—. ¿Y cuál es su oficio?

—Soy maestro. Por desgracia, hace tiempo que no pongo los pies en una escuela... Yo también he pasado por la cárcel. Un día, en el bar de mi pueblo, dije que no me gustaba la guerra e inmediatamente me convocó en el fuerte Saint-Nicolas, en Marsella, el juez de instrucción militar por «manifestaciones derrotistas». Estuve un año en prisión..., así que sé de lo que hablo. Puedo decirle qué necesita, sobre todo, su marido: valor. Va a enterarse de lo que es la guerra sucia, las artimañas para conseguir tabaco, el calabozo, el desprecio de los guardianes, el rapado de pelo, va a aprender a andar con zuecos de madera, la humillación de los cacheos, el tráfico de colillas, va a beber alcohol de quemar y a sufrir las vejaciones de los matones... Pero lo importante es que un día su marido saldrá.

—¿Cuándo salió usted?

—El 21 de enero de 1941. Cambié tanto en un año..., estaba tan flaco que mis padres no me reconocieron. También cambié por dentro. Ya no era pacifista, y decidí ayudar a los resistentes.

—Es usted un valiente.

—No es cuestión de valor. Hago las cosas a mi manera. Como puedo. Al pueblo, a Céreste, llegó un tipo. Se llama René. Vamos a verlo y nos dice qué hacer, nos encomienda pequeñas misiones. Hasta me encargo de la comida —dice sacando de la bolsa dos mendrugos cuidadosamente envueltos.

Myriam sonríe y come con gana junto a Jean.

—Estamos llegando —dice—. Nuestro camino se detiene aquí. La dejaré en casa de la mujer de un preso que está en la misma celda que su marido. Mañana la llevará a verlo.

Antes de separarse, Myriam da las gracias a Jean Sidoine y, cogiéndole del brazo, le dice:

—Yo también quiero encargarme de misiones.

—Muy bien. Se lo comentaré a René.

13

En L'Isle-sur-la-Sorgue, la vida de René Char estaba bajo vigilancia. Entonces, en 1941, cogió a su mujer y una maleta para ir a refugiarse a cincuenta kilómetros de allí a casa de unos amigos, en Céreste.

Descubre la pequeña plaza de los castaños donde las casas se yerguen frente a la iglesia como los monaguillos ante el cura. Y en medio, la fuente, donde queda fascinado por la belleza de una moza del pueblo. Marcelle Sidoine.

René acude a diario a la fuente, para verla. Las viejas observan, en los bancos, detrás de las ventanas, en la escalinata de la iglesia, incrustadas en sus sillas, a la espera de ese momento, cuando René llega a la plaza para ver a Marcelle cogiendo agua.

—Se le ha caído el pañuelo —le dice un día.

Marcelle no contesta, se mete el pañuelo en el bolsillo y se aleja. Siente clavadas en su espalda las miradas de las urracas, que no se han perdido un ápice del espectáculo.

En el fondo del bolsillo, los dedos de la muchacha buscan el trozo de papel oculto en el pañuelo, con una cita, Marcelle lo sabía. Las viejas también se saben el truco del pañuelo. Sus corazones cansados se ponen a palpitar de nuevo, se acuerdan de que un día fueron jóvenes, con un cuerpo ágil, y que iban a por agua a la fuente. Las viejas adivinan las palabras escondidas en el pañuelo, el pañuelo escondido en la mano, la mano escondida en el bolsillo de Marcelle. Marcelle se convierte en la mujer-zorro de *Las hojas de Hipnos.*

Pero Marcelle ya está casada con un mozo del pueblo, Louis Sidoine. Al que nadie puede reprocharle que no vigile a su mujer: Louis es prisionero de guerra en Alemania.

Nada escapa al misterio en un pueblo, todo se sabe. Un forastero le quita la mujer a un habitante de Céreste. Los arreglos de cuentas se harán más adelante. Mientras tanto, René deja a su mujer e instala su cuartel general en casa de la madre de Marcelle. Se convierte en el jefe de un ejército secreto y se organiza en la sombra.

Había, aquí y allá, hombres y mujeres dispuestos a combatir. A veces era una familia entera. A veces, personas aisladas que no sabían que el vecino estaba del mismo lado. Poco a poco, esa resistencia desordenada y balbuceante se agrupa alrededor de un jefe. René Char es uno de ellos. Sabe agrupar a los hombres, infundirles ánimos y, sobre todo, organizarlos, reconocer el carácter de cada uno. Hace una lista de los que están con él, encomienda misiones. Bajo el seudónimo de Alexandre, se convierte en 1942 en responsable de su zona del ejército de unificación de las redes de Francia. Es el Ejército Secreto (ES), constituido por Jean Moulin bajo las órdenes del general De Gaulle. Alexandre, en alusión al guerrero y poeta Alejandro, rey de Macedonia y discípulo de Aristóteles.

René se desplaza en bicicleta, en tren, con los autocares regionales; recorre la región para encontrar amigos allá donde se escondan, a aquellos que quieran comprometerse en la lucha. Trabaja para poner en contacto a todos los que puedan ayudar a la Resistencia en los alrededores de Céreste. Dibuja y confecciona el plano subterráneo del maquis, localiza los escondites en los establos, las casas de doble entrada, las calles que hay que evitar para no caer en una emboscada. En un campo donde pronto podrían aparecer paracaidistas, manda a los aldeanos que corten un árbol que podría estorbar. También sabe hacer callar a los que lo encuentran demasiado emprendedor.

Los hombres de René Char todavía no están armados, pero se entrenan como soldados dispuestos a acudir al frente en cuanto los llamen. Entretanto cumplen con misiones de información, dibujan cruces de Lorena en los muros, organizan un atentado contra la casa de Jean Giono, la noche del 11 al 12 de enero de 1943, poniendo una bomba en la puerta. El escritor ve sus paredes derrumbadas. ¿Por qué atacar al gran escritor? ¿Al que ha luchado por la paz? Algunos no lo entienden.

«Quien no está con nosotros está contra nosotros».

14

En Dijon, Myriam pasa la noche en casa de una mujer con el pelo casi quemado por el tinte rubio, un piso húmedo en la carretera de Plombières.

—Era trapecista cuando conocí a mi marido —dice mientras le prepara una cama a Myriam.

A Myriam le cuesta encontrar el rastro de un cuerpo de atleta bajo esas gruesas carnes.

—Hay que dormir, mañana nos levantamos pronto para la visita —añade la trapecista lanzándole una manta.

Myriam no duerme, hacía tiempo que no oía el ruido de los aviones sobrevolando la ciudad. Ve amanecer a través de la ventana, todavía siente en las piernas el traqueteo del tren, como cuando se pierde el equilibrio al pisar tierra firme después de una travesía en barco.

Para llegar al fuerte de Hauteville, que domina Dijon, primero hay que caminar una hora larga campo a través.

La cárcel es un edificio gris de gruesos muros. Myriam se reencuentra con su marido. Hace dos meses que no lo ve. La alarman los párpados hinchados y la cara desdibujada.

—Tengo unas jaquecas espantosas y también me duelen los riñones.

Vicente solo habla de eso, y de su catarro, unos mocos fluidos y transparentes le caen de la nariz.

—Pero ¡cuéntame qué pasó!

—Fui al Jura, a Étival. Tal como tenía pensado, cogí sábanas y mantas. Cubiertos también. El día siguiente era el 26 de diciembre, salí con el equipaje en dirección a nuestra casa. Tenía que cruzar la línea. A la ida, tuve un pasador. Me dije que a la vuelta podía hacerlo yo solo.

»Pero no hubo suerte. Hacia las doce de la noche, llego a la pasarela y ahí me topo con los alemanes, que estaban haciendo una ronda. Como llevaba la maleta llena hasta arriba me acusaron de dedicarme al mercado negro. Y eso es todo, mi niña. Aquí estoy.

Myriam se queda callada. Es la primera vez que su marido la llama «mi niña». Y, además, no la mira a los ojos. Está pálido y tiene los ojos vidriosos.

—¿Por qué te rascas así? —pregunta ella.

—Son los pipis —explica—. ¡Los pipis! ¡Los piojos! El juez tiene que decidir mi condena hoy o mañana. Veremos.

Myriam permanece silenciosa ante el mal humor de su marido. Se muere de ganas de preguntarle.

—¿Tienes noticias de mis padres?

—No, ninguna —contesta Vicente con frialdad.

Es como un puñetazo en el vientre. Myriam se queda sin respiración. La hora de la visita ha terminado. Vicente se inclina hacia ella para susurrarle algo al oído.

—¿La mujer de Maurice te ha dado algo para mí?

Myriam dice que no con la cabeza. Vicente se yergue, preocupado.

—De acuerdo, mañana entonces, y no te olvides —añade haciendo un esfuerzo por sonreír.

En el trayecto de vuelta, la trapecista se excusa, se ha olvidado. En efecto, tenía una cosa para Vicente. Una vez en el piso, le enseña la bolita negra.

—Mañana te la pones entre los dedos. Así no se ve nada cuando enseñas al guardián la palma de las manos a la entrada de la prisión. Solo eso. Luego se la das a tu marido por debajo de la mesa, discretamente.

—¿Qué es? —pregunta Myriam.

La trapecista se da cuenta entonces de que Myriam no tiene ni idea de lo que le pide su marido.

—Es regaliz de mi abuela. Es bueno para las articulaciones.

Al día siguiente, todo sucede según lo previsto. Vicente se pone debajo de la lengua la canica negra y reluciente. Myriam ve el rostro de su marido rejuvenecer, como bajo los efectos de una poción mágica, y, por primera vez, Vicente le pone la mano en la cara y se queda así mucho rato, sin moverse, mirando algo a lo lejos, detrás de sus ojos.

Al otro día, el 4 de enero de 1943, se enteran de que a Vicente le han caído cuatro años de cárcel y una multa de mil francos. Myriam se temía algo peor, que lo mandaran a Alemania. Mientras su marido permanezca en Francia, está dispuesta a soportar lo que sea.

15

De vuelta a la casa del ahorcado, Myriam se encuentra de nuevo con la atmósfera inmóvil de la meseta de Les Claparèdes. Todas las cosas en su sitio, indiferentes. Ese mes de enero de 1943 es como un desierto helado que le congela los huesos.

Una noche, antes de acostarse, una silueta detrás de ella la sobresalta.

—Tengo algo para usted —dice Jean Sidoine tras golpear el cristal de la ventana.

Lleva en el portaequipajes una gran caja de herramientas, de donde saca un objeto muy bien embalado. Myriam reconoce a primera vista que se trata de un aparato de TSH en baquelita de color marrón oscuro.

—Me dijo que su padre era ingeniero y que usted entendía de radios.

—Puedo hasta repararla si está rota.

—Sobre todo le voy a pedir que la escuche. ¿Conoce Fourcadure?

—¿La granja? Sé dónde está.

—Los propietarios tienen electricidad, y están de acuerdo en echarnos una mano. Vamos a poner la radio en su trastero y usted irá a oírla allí. Necesitamos que escuche las últimas noticias de la BBC, las de después de las nueve de la noche. Lo apuntará todo en un papel. Que luego depositará en el albergue de François. En la cocina hay una caja de galletas de hojalata, escondida detrás de las hierbas aromáticas. Hay que dejar los mensajes dentro.

—¿Todas las noches?

—Todas las noches.

—¿François está al corriente?

—No. Simplemente diga que pasa a dar las buenas noches, a tomarse una infusión, para hablar, porque se siente sola. Sobre todo, que no se preocupe.

—¿Cuándo empiezo?

—Esta noche. El boletín informativo es a las nueve y media en punto.

Myriam se adentra en la noche para dirigirse a Fourcadure. Cuando llega a la granja, se mete en el trastero, instala el marco anti-interferencias, mueve el botón, la radio crepita, debe pegar la oreja al aparato para entender, sobre todo cuando el viento no la deja oír bien. En la oscuridad de su escondite, apunta los boletines sin ver la hoja ni su mano; el ejercicio no es fácil.

Una vez terminada la emisión, sale del trastero, siempre sigilosamente, y va a casa de François Morenas. Treinta minutos de marcha. En plena noche. El frío le desuella la piel. Pero se siente útil, así que lo soporta bien.

Myriam entra en casa de François sin llamar y le propone que la invite a compartir una infusión. Está tiritando; François le echa sobre la espalda una manta del albergue, tan rústica que la hierba seca se queda incrustada en la lana. Desde que las prendas de lana y el algodón hidrófilo están racionados; una manta como la de François, aunque pique, es un lujo.

Myriam propone preparar ella misma las hierbas para la infusión. Y en el momento de guardarlas en el aparador, mete el papel dentro de la caja de galletas. Las primeras noches, le tiemblan las manos de miedo.

Durante la jornada se entrena a escribir con los ojos cerrados. De día en día, los mensajes se hacen más legibles. A partir de entonces, Myriam ya solo vive pendiente de eso, del informativo de la noche.

Al cabo de dos semanas, François dice a Myriam:

—Sé que escuchas la radio.

Myriam intenta disimular su turbación. François no tenía que enterarse.

Se lo ha contado todo Jean. ¿Por qué? Para proteger la honra de Myriam. Porque una noche Morenas le dijo:

«La señora Picabia viene a verme. Quiere charlar. Hablar. Todas las noches».

«Está muy sola, la pobre, sin su marido».

«¿Crees que...?».

«¿Qué?».

«¿Qué va a ser?».

«No veo a qué te refieres».

«¿Crees que espera que sea yo quien dé el primer paso?».

François dijo aquello sin mala intención, simplemente porque eso lo atormentaba. Entonces Jean se sintió culpable. Le explicó por qué iba Myriam todas las noches al albergue, infringiendo así las leyes del silencio. Para proteger el respeto que se le debe a una mujer casada.

16

Querida mamá:

Avanzo mucho en mis pesquisas.

He leído las memorias de Jean Sidoine, te enteras de un montón de cosas.

Habla de Yves, de Myriam y de Vicente.

Reproduce incluso una fotografía donde se ve a tus padres ordeñando una oveja. Myriam sostiene en brazos un corderito mientras Vicente está agachado junto a las ubres de la madre. Parecen felices.

También he empezado a leer el libro de memorias de la hija de Marcelle Sidoine, que cuenta su infancia en Céreste durante la guerra con René Char. Creo que sigue viva.

¿Te acuerdas de ella? Se llama Mireille. Tenía unos diez años por entonces.

También tengo que hablarte de otro descubrimiento que he hecho. En una de sus notas, Myriam hace alusión a un tal François Morenas, un padre alberguista.

Ese señor ha escrito varios libros donde cuenta sus recuerdos. Habla en varias ocasiones de Myriam.

Un día, cuando te apetezca, te fotocopiaré esos pasajes, si quieres. Uno me ha emocionado especialmente, en la página 126 de

Clermont des lapins: crónica de un albergue de juventud en la región de Apt, 1940-1945. Dice así: «A la meseta, en Les Bories, llegó un día Myriam. En esa casa solitaria donde acaba de ahorcarse un hombre, esa mujer vive sola. Viene a menudo a visitarme para buscar compañía. Ha venido a organizar una red de resistencia y alquila Fourcadure por la electricidad, y va allí por la noche para escuchar la radio de Londres a escondidas».

Encontrarme con la silueta de Myriam en ese libro me ha afectado mucho, mamá.

Y he pensado en ti. En cuando descubriste a Noémie, por casualidad, durante tu investigación, en el libro de la doctora Adélaïde Hautval. Mamá, sé que es difícil para ti saber que estoy metida hasta el fondo en esta historia, la de tus padres. Tú nunca indagaste acerca de lo que sucedió en la meseta de Les Claparèdes, el año anterior a tu nacimiento.

Y adivino por qué. Por supuesto.

Mamaíta mía, soy tu hija. Tú me enseñaste a investigar, a contrastar informaciones, a sacar todo lo posible del más insignificante trozo de papel. En cierto modo, estoy llevando hasta sus últimas consecuencias el trabajo que me enseñaste, y que no hago sino perpetuar.

De ti he heredado esta fuerza que me empuja a reconstruir el pasado.

Querida Anne:

Mi madre nunca hablaba de esa época.
Salvo una vez.
Me dijo: «Esos momentos fueron quizá los más felices de mi vida. Que lo sepas».

Esta mañana he recibido, no te lo vas a creer, una carta del ayuntamiento de Les Forges.

¿Te acuerdas de la secretaria? Creo que ha encontrado documentos para nosotras. Aún no he abierto el sobre. Pero recuérdamelo la próxima vez que vengas a casa con Clara.

17

Al terminar la cuaresma, la cuadrilla de los Bouffets va de pueblo en pueblo con una recua de chiquillos pegados a los talones. El jefe lleva una caña de pescar de la que cuelga una luna de papel, esa dama blanca es su diosa pálida. Delante de la iglesia de Buoux, Myriam se deja arrastrar por la ronda, que serpentea, se enrolla y se desenrolla, en medio de un ruido de pitidos y cascabeles. Los jóvenes saltan golpeando el suelo con los pies, con campanillas en los tobillos, para pedir a la Madre Tierra que se despierte. Llevan un fuelle con el que lanzan bufidos a la cara de los aldeanos, como para insultarlos, luego se alejan, claudicando, *à péd couquet*, a la pata coja, en una danza grotesca. Sonríen para dar miedo, con la cara cubierta de harina pegada con clara de huevo, son bufones con arrugas de ancianos. Los niños, como un montón de ratas de campo, con la cara ennegrecida con corcho quemado, van de casa en casa reclamando un huevo o harina. En medio de esa farándula, una voz susurra al oído de Myriam, sin que ella sepa de dónde viene:

—Esta noche tendrás visita.

Llegan algo antes de que amanezca. Jean Sidoine y un joven agotado, de tez macilenta.

—Hay que esconderlo en la cabaña —informa Jean—. Unos días. Ya te avisaré. Entretanto, deja los mensajes. Es importante vigilar al chaval, es muy joven, se llama Guy. Solo tiene diecisiete recién cumplidos.

—Mi hermano tiene la misma edad que tú —dice Myriam al chico—. Ven a la cocina, voy a darte algo de comer.

Myriam lo cuida, como confía en que alguien, en alguna parte, esté cuidando de Jacques. Prepara un mendrugo y un trozo de queso; a continuación le pone sobre los hombros la manta de François.

—Come un poco y entra en calor.

—¿Eres judía? —pregunta el joven, brutalmente.

—Sí —contesta Myriam, que no se esperaba esa pregunta.

—Yo también —dice él tragando el pan—. ¿Podrías darme un poco más?

Se queda mirando el pedazo de pan que queda.

—Por supuesto —contesta ella.

—Yo he nacido en Francia, ¿y tú?

—En Moscú.

—Todo esto es culpa vuestra —dice el chico mientras se fija en la botella de vino que hay encima de la mesa.

Es un regalo de la señora Chabaud que Myriam guarda para cuando vuelva Vicente. Pero entiende la mirada brillante del joven y coge la botella sin dudarlo un instante.

—Yo nací en París, mis padres nacieron en París. Todo el mundo nos quería. Antes de que vosotros, los extranjeros, vinierais a invadirnos.

—¡Ah! ¿Así ves tú las cosas? —pregunta Myriam mientras forcejea con el sacacorchos.

—Mi padre combatió en la Primera Guerra. Y también quiso alistarse en 1939, para volver a vestir el uniforme y defender a su país.

—¿No lo aceptaron en el ejército?

—Demasiado viejo —dice Guy bebiéndose de un trago el vaso de vino que le ha servido Myriam—. Mi hermano mayor, sin embargo, sí que fue a luchar y no ha vuelto.

—Lo siento —dice Myriam sirviendo de nuevo al chico—. Pero a ti ¿qué te ha pasado?

—Mi padre es médico. Un día, un paciente le previno de que teníamos que irnos. Toda la familia nos mudamos a Burdeos. Mi hermana, mis padres y yo. De Burdeos fuimos a Marsella. Mis padres consiguieron alquilar un piso, y nos quedamos unos meses así. Cuando llegaron los alemanes, mis padres decidieron que nos iríamos a Estados Unidos. Pero a última hora nos denunciaron. Los vecinos. Los alemanes nos llevaron al campo de Milles.

—¿Dónde está el campo de Milles?

—Cerca de Aix-en-Provence. Había convoyes regulares.

—¿Convoyes? ¿Qué es un convoy?

—Se mete a todo el mundo en trenes. Dirección *Pitchipoi*, como decís vosotros...

—¿«Vosotros»? ¿Quiénes, «vosotros»? ¿Los extranjeros? Se diría que nos odias más que a los alemanes.

—Vuestra lengua es horrible.

—Así que tus padres se fueron en un convoy a Alemania, ¿es eso? —pregunta Myriam, que guarda la calma frente a la ira del joven.

—Sí, con mi hermana. El 10 de septiembre pasado. Pero yo conseguí escapar la víspera de su partida.

—¿Cómo lo hiciste?

—Hubo un revuelo de pánico en el campo, y aproveché para huir. No sé cómo llegué hasta Venelles. Allí unos granjeros me escondieron durante tres meses. Pero la pareja no se ponía de acuerdo. Él quería que me quedara y ella no. Me dio miedo que ella acabara denunciándome. Me fui el día de Nochebuena. Estuve unos días en el bosque. Un cazador me encontró dormido y me acogió. Cerca de Meyrargues. El tipo vivía solo, era muy amable. Salvo cuando bebía, que entonces se volvía loco. Una noche cogió el fusil y empezó a disparar al aire. Me asusté y hui. Luego encontré refugio en casa de unos viejos, en Pertuis. Habían perdido a su hijo en la Gran Guerra. Dormí en su cuarto, donde estaban aún todas sus cosas. Me sentía bien allí, pero una noche, no sé por qué, me largué. De nuevo al bosque. Me desmayé, creo. Y cuando desperté, estaba en una granja. El hombre que me cuidaba era su amigo, el que me ha traído hasta aquí.

—En el campo donde estabas, ¿no te cruzarías con un chico de tu edad, Jacques? ¿Y con una chica, Noémie?

—No, no me suenan esos nombres. ¿Quiénes eran?

—Mi hermano y mi hermana. Los detuvieron en julio.

—¿En julio? No volverás a verlos. Hay que ser realista. Lo del trabajo en Alemania no es verdad.

—Bueno —concluyó Myriam quitándole la botella de las manos—, vamos a dormir.

Los días siguientes, Myriam evita al muchacho. Una noche se asoma a la ventana, ha reconocido el ruido de la bicicleta de Jean.

—Tienes que llevar al chaval a casa de Morenas, allí arriba. Viene una persona para llevarlo a España. El albergue es el lugar de encuentro. François no lo sabe. Dile que Guy es un buen amigo tuyo, de París. Que te lo has encontrado en el tren por casualidad. Pero que no puede quedarse en tu casa porque tienes que ir a visitar a tu marido.

«Myriam —escribirá François en sus memorias—, la chica misteriosa de la meseta, me trae a un amigo que no tiene ninguna pinta de alberguista y que quiere vivir en Clermont so pretexto de que es judío. Se lo encontró en el tren, y ese día llevaba comida».

Al día siguiente, Jean va a ver a Myriam para saber si todo ha transcurrido bien.

—Y ahora, ¿qué hago? —pregunta Myriam—. ¿Retomo los mensajes de radio?

—No. De momento paras. Es peligroso. Tenemos que desaparecer una temporada.

18

Pasan las semanas en la casa del ahorcado. Myriam siente que la vida se contrae y se detiene. Noche y día, los silbidos a través de las contraventanas y por debajo de las puertas desquician, como la advertencia de un enemigo lejano. En la meseta, en medio de los árboles secos hasta donde alcanza la vista, el invierno deposita sobre todo aquello un velo de escarcha e inmovilidad.

Esta región de Haute-Provence no se parece mucho a las llanuras de Letonia, ni a los desiertos de Palestina, pero hay algo que Myriam conoce desde hace mucho tiempo, desde que nació, desde su primer viaje en carreta por los bosques rusos: el exilio.

Siente haber hecho caso a Ephraïm el día que le dijo que se escondiera en el jardín. ¿Por qué las chicas obedecen siempre a sus padres? Tendría que haberse quedado con ellos.

Myriam repasa los últimos meses en familia a través de un filtro negro. El distanciamiento con su hermana. Noémie se lo recriminaba a menudo, que ya no quería pasar tiempo con ella. Myriam le echó la culpa a la boda, pero lo cierto es que sintió la necesidad de alejarse de su hermana, de abrir las ventanas de una habitación que se le había quedado muy pequeña. Ya no eran unas crías, sus cuerpos habían crecido, ahora eran dos mujeres. Ella necesitaba espacio.

Se había mostrado altiva a menudo. Ya no soportaba el impudor de Noémie, los estados de ánimo que su hermana pequeña exhibía en la mesa frente a todo el mundo le molestaban. Tenía la impresión de que Noémie vivía con las puertas abiertas de par en par, incluso en los momentos más íntimos, y Myriam sufría ante esa vida libre que la incomodaba.

Ahora se arrepentía muchísimo.

Myriam se promete que reparará sus errores. Cogerán el metro juntas para volver de la Sorbona, jugarán de nuevo a observar a los paseantes en los Jardines del Luxembourg. Y luego llevará a Jacques a visitar los grandes invernaderos de selva tropical húmeda del Jardin des Plantes.

Myriam se acurruca en su cama, se cubre con ropa y papel de periódico para conservar el calor. Se deja llevar lentamente por la somnolencia, hasta llegar a la indiferencia. Ya nada le afecta, nada puede hacerle daño.

A veces abre los ojos, despacio, se mueve lo menos posible, reduciendo los gestos a los estrictamente necesarios. Poner otro ladrillo caliente en la cama, comer el pan que ha dejado la señora Chabaud, y luego volver a la habitación. Ya no sabe bien qué día ni qué hora es. A veces ni siquiera sabe si duerme o está despierta, si el mundo entero la persigue o si la ha olvidado.

«¿Cómo saber si seguimos vivos cuando nadie es testigo de nuestra existencia?».

Dormir mucho, dormir lo más posible. Una mañana abre los ojos y, delante de ella, un zorrillo la mira fijamente.

«Es el tío Borís —se dice Myriam—, ha viajado desde Checoslovaquia para cuidar de mí».

Ese pensamiento le infunde valor. Deja que su mente vague, ve la luz del sol atravesar los abedules y los álamos en un bosque lejos de ahí, la luz vibrante de las vacaciones checas sobre su piel.

«El hombre no puede vivir sin la naturaleza —le susurra Borís a través del zorro—. Necesita aire para respirar, agua para beber, frutos para alimentarse. Pero la naturaleza vive muy bien sin los hombres. Lo que prueba que es muy superior a nosotros».

Myriam se acuerda de que Borís hablaba a menudo de los tratados de ciencias naturales de Aristóteles. Y de ese médico griego que curó a varios emperadores romanos.

«Galeno demuestra que la naturaleza nos envía señales. Por ejemplo, la peonía es roja porque cura la sangre. La celidonia tiene una savia amarilla porque combate los cálculos biliares. La planta llamada *Stachys*, en forma de oreja de liebre, permite curar el conducto auditivo».

El tío Borís saltaba en la naturaleza como un gnomo; a sus cincuenta años, se le echaban fácilmente quince menos. Borís se mantenía tan joven gracias a los baños fríos, una ciencia que le venía de Sebastian Kneipp, un sacerdote alemán que se curó a sí mismo de la tuberculosis gracias a la hidroterapia. Su libro *Cómo habéis de vivir. Avisos y consejos para sanos y enfermos* estaba siempre junto a la cabecera de su cama, en su versión original, en alemán.

El tío Borís tomaba notas en las mangas de sus camisas para no cargar más sus bolsillos, siempre llenos. Un día, deteniéndose ante un sauce blanco, dijo: «Este árbol es la aspirina. Los laboratorios quieren hacernos creer que solo la química puede curar a los hombres. Acabaremos por creérnoslo».

El tío enseñaba a las chicas a coger flores, en qué lugar cortarlas para que no perdieran sus propiedades medicinales. A veces se detenía, asía a Myriam y a Noémie de los hombros y empujaba sus bustos de jovencitas hacia el horizonte.

«La naturaleza no es un paisaje. No está delante de vosotras, sino en vuestro interior, igual que vosotras estáis en su interior».

Una mañana, el zorro ha desaparecido. Myriam siente que no volverá. Por primera vez, abre la ventana de su cuarto. Los almendros están cubiertos de brotes blancos en la meseta de Les Claparèdes. El invierno ha sido expulsado por un minúsculo rayo de sol. La luz en Les Alpilles anuncia la llegada de la primavera.

Vicente sale de la cárcel de Hauteville-lès-Dijon el 25 de abril de 1943. Pero no va a reunirse directamente con su mujer. Primero tiene que ir a visitar a Jean Sidoine.

19

Todos los hombres de edades comprendidas entre los veinte y los veintidós años tienen que personarse en el ayuntamiento para una revisión médica y presentar su documentación. Después de ser censados, deberán esperar a que los convoquen. El Servicio de Trabajo Obligatorio es, como su nombre indica, obligatorio. Dura dos años.

«Al trabajar en Alemania, serás el Embajador de la calidad francesa».

«Al trabajar por Europa, proteges a tu familia y tu hogar».

«Se acabaron los malos tiempos, papá gana dinero en Alemania».

El gobierno de Vichy hace creer a los franceses que a esos jóvenes adultos enviados a Alemania se les va a dar la oportunidad de adquirir nuevas competencias. Se tendrán en cuenta las cualificaciones profesionales de cada uno. Y, de hecho, partirán cerca de seiscientos mil jóvenes. Pero no todos. Muchos se niegan a obedecer.

Por todas partes se organizan registros y controles policiales para detener a los «insumisos» y a los «refractarios». Se amenaza con represalias a las familias. Las multas, para todo aquel que ayude a un joven a escapar del STO, ascienden hasta cien mil francos.

Los jóvenes que se niegan a ir a Alemania no tienen más remedio que entrar en la clandestinidad. Encontrarán refugio en el campo, escondiéndose en las granjas. Muchos se suman al maquis. Quizá unos cuarenta mil se convierten en soldados en la sombra.

René Char se encarga, desde su cuartel general de Céreste, de recuperar a los refractarios de la zona de Durance; organiza su alojamiento, pone a prueba sus aptitudes y la solidez de sus convicciones. Coordina sus huestes. Jean Sidoine va a hablarle de su primo. Un hombre dulce, un literato, pero de fiar. Convienen en que lo esconderán en casa de la joven judía de la meseta de Les Claparèdes.

Es él, Yves Bouveris. Lo busco a él.

20

Myriam está en el umbral de la casa del ahorcado; con la mano en la frente para protegerse del sol, mira a lo lejos. Sabe que el hombre que avanza hacia ella es su marido, pero le cuesta reconocerlo, con su rostro enjuto sobre un cuerpo de niño sin músculos. Vicente le parece más menudo que en sus recuerdos. Su cara tiene una señal, en el rabillo del ojo lleva la marca de un hematoma amarillo y verde.

Vicente va escoltado por los dos primos Sidoine, Yves y Jean, como entre dos enfermeros o dos gendarmes. Los tres hombres caminan hacia la casa como mercenarios extenuados, con los bolsillos de los pantalones deformados y las bocas pastosas por el polvo de los caminos.

—He pensado que mi primo podría alojarse en la cabaña —pide Jean a Myriam—, es un STO.

Myriam acepta sin hacer mucho caso, conmocionada por la presencia de su marido.

Antes de marcharse, Jean Sidoine le advierte:

—Yo necesité varias semanas para adaptarme a la vuelta. Sea paciente. No se desanime.

En efecto, esa noche, Vicente no quiere dormir en su habitación. Prefiere, en su primera noche como hombre libre, dormir a la intemperie. Myriam se siente así casi más tranquila. Al contrario de lo que creyó durante las semanas de hibernación reencontrarse con Vicente no es un alivio. Es incluso lo contrario. Al menos, cuando estaba en prisión, estaba protegido de todo: de los alemanes, de la policía francesa. Pero, sobre todo, de los peligros oscuros que Myriam presiente sin poder nombrarlos.

Los días siguientes, Myriam se sobresalta cada vez que percibe la silueta del primo Yves. No se acostumbra a su presencia. Enteramente preocupada por la salud de su marido, solo eso cuenta para ella. Dos veces al día le lleva una bandeja con un caldo que guisa ella misma y pan fresco que va a buscar al pueblo. Cuando se sienta junto a él, Myriam se encuentra demasiado gruesa a causa de las caderas, que remontan la espalda como si fuera un violoncelo. A veces le da la impresión de que es la madre de su marido.

Al cabo de unos días, Vicente recupera las fuerzas. Pero Myriam cae enferma. Tiene fiebre. Mucha fiebre. Le sube la temperatura y su cuerpo desprende un olor acre. Le toca a Vicente encargarse de la bandeja, que hay que subir dos veces al día hasta el cuarto. Yves le confía el secreto de una infusión contra la fiebre, receta de su abuela. Acompaña a Vicente a coger albahaca silvestre.

Gracias a la infusión de Yves, Myriam se cura. Vicente decide que hay que celebrarlo. Va al mercado de Apt a comprar comida para hacer una buena cena, y, por primera vez, Myriam e Yves se encuentran solos en la casa.

La presencia de Yves incomoda a Myriam. Sin embargo, él se comporta muy bien. Pero eso la irrita aún más.

Vicente vuelve del mercado con dos botellas de vino, unos nabos, queso, mermelada y pan. Un festín.

—Mira —dice a Myriam—, aquí envuelven el queso de cabra en hojas viejas de castaño.

Myriam y Vicente no habían visto eso en su vida. Abren la hoja como si desenvolvieran un regalo frágil. Yves les explica que es para que se conserve más tiempo la untuosidad del queso, hasta en invierno. Esas explicaciones le encantan a Vicente.

—Un emperador romano, Antonino Pío, murió de un empacho de este queso.

Ha comprado a un librero ambulante una obra que le divierte mucho por su título, un libro de Pierre Loti publicado en 1883: *Mi hermano Yves*.

—Os propongo que lo leamos en voz alta, por turnos.

Vicente descorcha una botella de vino, y mientras Myriam pela las hortalizas e Yves pone la mesa, Vicente les lee el volumen y fuma uno de esos cigarrillos de contrabando que manchan los dedos.

El libro empieza con una descripción de ese Yves que da su nombre al título. Un marino al que Pierre Loti conoció en un barco y al que seguramente amó. Vicente lee las primeras líneas:

—«Kermadec (Yves-Marie), hijo de Yves-Marie y de Jeanne Danveoch. Nació en el día 28 del mes de agosto del año 1851, en Saint-Pol-de-Léon (Finisterre). Altura, 1,80 metros. Pelo castaño, cejas castañas, ojos marrones, nariz mediana, mentón regular, frente regular, cara ovalada». ¡Te toca! —le dice a Yves, que debe replicar de inmediato, respetando el estilo de la obra.

—«Bouveris (Yves-Henri-Vincent), hijo de Fernand y de Julie Sautel. Nació el día 20 del mes de mayo del año 1920 en Sisteron (Provenza). Altura, 1,80 metros. Pelo moreno, cejas oscuras, ojos pardos, nariz mediana, mentón regular, frente regular, cara ovalada».

—¡Perfecto! —exclama Vicente, satisfecho de cómo se pliega Yves a las reglas del juego.

Prosigue él la lectura:

—«Señas particulares: lleva tatuadas, en la parte izquierda del pecho, un ancla y, en la muñeca derecha, una pulsera con un pez».

—Yo no tengo ningún tatuaje —replica Yves.

—Eso tiene remedio —anuncia Vicente.

Myriam se preocupa. Sabe que su marido es capaz de hacer cosas extrañas. Vicente vuelve con un trozo de carbón. Luego agarra con solemnidad la muñeca de Yves para dibujar él mismo un fino trazo negro, como la pulsera descrita en el libro. Yves se echa a reír, debido a las cosquillas en la piel, en la parte interior de la muñeca. Esa risa molesta a Myriam. Vicente quiere dibujar un ancla en el pecho izquierdo de Yves. A Myriam le parece que su marido va demasiado lejos y que el juego se le está yendo de las manos. Pero Yves se desabrocha la camisa... Su cuerpo está bien delineado. Y su piel desprende un olor intenso, a sudor, que sorprende a Myriam y que Vicente encuentra excitante.

Esa noche, en la cocina, Vicente comprende que Myriam e Yves son ingenuos e inocentes. El joven provinciano y la joven extranjera. Y Vicente, que solo ha conocido a niños curtidos en juegos de adultos, encuentra la situación irritante y atrayente.

Cuando Myriam y Vicente se conocieron, dos años antes, él hizo alguna insinuación sobre las noches pasadas en la casa de Gide. Myriam, que había leído a Gide, no captó las alusiones.

Vicente comprendió que Myriam no era como las chicas de su pandilla, libres y avispadas. Demasiado tarde para explicarle. Demasiado complicado, también. Estaban casados.

Lo poco que Myriam había oído hablar de los hombres entre sí, siempre a propósito de escritores como Oscar Wilde, Arthur Rimbaud, Verlaine y Marcel Proust, eran nociones abstractas. Sus libros no la ayudaron a entender a su marido ni le enseñaron las cosas de la vida. Sería la vida, mucho más tarde, la que le enseñaría a entender los libros leídos de joven.

Vicente quiere saberlo todo de Yves, le hace preguntas mirándolo fijamente, como en otro tiempo con Myriam cuando ella le interesaba.

Yves les cuenta que nació en Sisteron, un pueblo situado a cien kilómetros hacia el norte, en dirección a Gap. Su madre, Julie, era originaria de Céreste, donde viven Jean Sidoine y buena parte de su familia. De niño, Yves vivía en las escuelas en las que su madre ejercía de maestra. Envidiaba a los compañeros que se iban a casa después de las clases. Él se quedaba allí, quieto.

Luego lo mandaron interno al colegio de Digne. Fueron años fríos, en aulas mal caldeadas, en dormitorios de camas húmedas, aseos con agua helada. La comida estaba racionada y los jerséis, rara vez remendados. Yves odiaba el internado y no hizo amigos, prefería la compañía de sus libros. Le encantaban los relatos de viajes, Joseph Peyré, Roger Frison-Roche y los grandes alpinistas. Era un chico tímido y tierno, pero sabía pelear, aunque prefería la pesca y el deporte al aire libre.

—Voy a dejaros —dice Yves al final de la velada—, ya he hablado demasiado —añade excusándose antes de salir de la habitación.

Vicente pregunta a Myriam qué le parece el inquilino.

—Transparente.

—Eso es bueno a veces —responde Vicente.

Vicente e Yves se vuelven inseparables. Una noche de luna llena, muy clara, Yves enseña a Vicente a pescar cangrejos en el río Aiguebrun. Se ríen tanto que no consiguen coger ninguno. Los cangrejos se les escurren entre los dedos, agitándose. Vuelven de la pesca al amanecer, únicamente con una trucha grande que, como quien dice, se les puso delante. Se la comen para almorzar y los muchachos la apodan «la glotona» en homenaje a sus formas y a su generosidad.

Myriam no ha visto nunca a Vicente interesarse por la pesca con tanto entusiasmo, él que, en general, no encontraba el menor interés en lo que suele apasionar a los hombres. Y se lo dice.

—Las cosas cambian —contesta él, enigmático.

Los chicos pasan los días muy ocupados. Entran y salen de la casa, desaparecen a veces durante horas. Luego se oyen de nuevo sus pasos y sus risas resuenan por toda la casa. Un día, Myriam se lo reprocha a Vicente. Puede ser peligroso.

—Pero ¿quién va a oírnos? —pregunta él encogiéndose de hombros.

Yves y Vicente empiezan a poner nerviosa a Myriam, sobre todo cuando juegan a ser hombres de treinta años. Llenan una pipa para darse importancia, y entonces Yves conversa con su marido acerca de las cosas de la vida. Incluso evocan nociones de filosofía que a Myriam le resultan patéticas.

Yves hace muchas preguntas a Vicente sobre París y los círculos artísticos. Le parece increíble conocer a un joven que se tutea con Gide.

—¿Has leído sus libros?

—No, pero de todos modos le dije que me parecían malísimos.

Yves está orgulloso de ser amigo de un muchacho que habla de Picasso como de un viejo tío. Myriam, exasperada, los oye charlar en el salón.

—Y entonces Marcel —explica Vicente— le puso bigotes a la Gioconda.

Vicente coge una cuartilla y rápidamente dibuja la Mona Lisa con bigote.

—¡No puede ser! —replica Yves.

—¡Sí! Y luego escribió debajo.

Vicente traza con lápiz negro cinco letras mayúsculas.

—L. H. O. O. Q.* —deletrea Yves antes de entender el significado de la frase que acaba de pronunciar

Sueltan una carcajada. Y Myriam se retira al dormitorio.

* La pronunciación francesa de estas iniciales se asemeja a la frase «Elle a chaud au cul», que podría interpretarse como «Está sexualmente excitada». *(N. de la T.)*

21

Yves propone a Vicente ir a visitar el fuerte de Buoux, una ciudad medieval situada en una cima.

—Es muy bonito, como una isla, te gustará —le dice.

Myriam se pone un pantalón de su marido a toda prisa para unirse a los muchachos; está harta de quedarse sola en casa.

Los tres toman el camino del valle de Serre que conduce al fuerte. Se quedan en silencio frente a las monumentales rocas desprendidas de la montaña. En lo alto de las escaleras rupestres, donde están los peldaños planos para que puedan subir las mulas, se encuentra la torre redonda. Se cruzan con unos cuervos a los que nadie va a molestar en medio del desorden de las ruinas.

Myriam descifra la dedicatoria grabada en latín en la piedra, en el frontón de la antigua iglesia cubierta por una bóveda de cañón: «In nonis Januarii dedicatio istius ecclesiae. Vos qui transitis... Qui flere velitis... per me transite. Sum janua vitae».

Traduce para los chicos:

—«El 9 de enero dedico esta iglesia. Vos, que pasáis... Que queréis llorar..., pasad por mí. Soy la puerta de la vida».

Yves enseña a Vicente a distinguir el gavilán del águila de los Alpes. Señalándolo con el dedo, les muestra a lo lejos el monte Ventoux. Yves se sabe de memoria los nombres de las plantas, de los animales y de las piedras. Le gustan las definiciones y nombrar las cosas de la naturaleza. Myriam piensa en el tío Borís, que también adoraba clasificar y definir. Ese lazo ficticio, inesperado, entre los dos hombres tiene consecuencias. Myriam mira a Yves de otra manera.

Mientras avanzan trabajosamente a lo largo de las murallas, hacia las casas rupestres, Myriam observa a los muchachos moviéndose delante de ella. Yves y Vicente tienen exactamente la misma altura, pueden intercambiarse el calzado y la ropa. Pero son muy diferentes. Vicente es un ser de superficie. Una superficie magnífica. Pero imposible de sondear. Todo lo que sucede misteriosamente bajo su piel, en sus venas, en los fluidos de su cuerpo y de su mente, es enigmático para ella y para el resto del mundo. Yves, al contrario, está hecho de un solo bloque y una única materia. Lo que se ve de él desde el exterior tiene las mismas propiedades que lo que acaece en su interior. Dos hombres como dos caras de una misma moneda.

Después del fuerte de Buoux, Yves los lleva a visitar Les Bories. Una especie de chozas redondas hechas de piedras planas, colocadas milagrosamente en equilibrio, unas sobre otras.

Cuando Myriam y Vicente penetran en una de ellas, el contraste entre la luz de fuera y la oscuridad del interior los ciega al principio. Poco a poco sus ojos se acostumbran y sus cuerpos toman conciencia del espacio que los rodea. El frescor del lugar hace que se estremezcan. El techo, fabricado con piedras entrelazadas, parece un nido de ave del revés.

—Estamos como en el interior de un pecho —dice Vicente acariciando el de Myriam en la oscuridad.

Luego la besa, frente a la mirada de Yves. Myriam se deja hacer. Siente que algo está sucediendo. Pero ¿qué? No sabe nombrarlo. Myriam e Yves están a la vez sorprendidos e incómodos.

—El origen de Les Bories —explica Yves, azorado— es el suelo, que aquí es pedregoso. Hay que extraer las piedras para labrarlo. Y a fuerza de recogerlas, los hombres hicieron pilas con ellas. Y luego con esas pilas construyeron estas cabañas. Los pastores siguen utilizándolas para protegerse cuando el calor resulta insoportable.

En el trayecto de vuelta, oyen risas procedentes del albergue-bar Chez Seguain. La vida, de lejos, parece normal, en medio de esa tarde que se prolonga.

La humedad tibia del aire adormece los sentidos. Yves piensa que las mujeres son misterios impenetrables. Vicente intenta forjar secretos ahí donde no los hay, para no aburrirse. Ya desde muy joven disfrutaba de las situaciones extrañas. Se acostumbró enseguida a las obscenidades de los adultos, como se había habituado al opio. Con el tiempo ya no había misterios para él en el dormitorio de un hombre o una mujer. Su cerebro necesitaba cada vez dosis más fuertes. Requería placeres más picantes, con colores conseguidos a base de calor y sangre.

Y sin embargo, en ocasiones, ese aire viciado se veía sustituido por una gran pureza, y entonces sus pensamientos se hacían cándidos, y buscaba un amor sencillo, un gozo infantil.

Myriam no había visto nunca a su marido tan dichoso ni con tan buena salud, disfrutando de esa vida alegre donde cada día era una aventura. Comer caracoles. Al día siguiente, hojas de remolacha o germen de trigo. Recoger leña para hacer una lumbre y asar las chuletillas de cordero. Fabricar cuerda de esparto con tallos de ortiga, cortarlos en dos en sentido longitudinal y vaciarlos. Lavar las sábanas y dejarlas secar al sol. Y luego, por la noche, la lectura de Loti, por turnos.

—«Yves, hermano mío —prosigue Vicente con énfasis—, somos como niños grandes... A menudo muy alegres cuando no deberíamos, de repente tristes y divagando en un momento de paz y de dicha que surge por casualidad».

Vicente es feliz, pero las razones de esa dicha son misteriosas, subterráneas e incomprensibles para Myriam. Vicente está reviviendo su época prenatal, cuando invitaban a los Picabia a cenar y había que poner cubiertos para tres: Francis, Gabriële y Marcel.

Francis transmitió a su hijo el gusto por las sustancias y por la cifra tres. Esa cifra que permite, por su principio de desequilibrio, encontrar un movimiento infinito, hecho de combinaciones inesperadas y de frotamientos accidentales.

22

Un día, al volver del mercado, Vicente anuncia que no les queda dinero. Se ha gastado los últimos billetes que le dio su madre. A partir de ahora habrá que trabajar.

Vicente, que es el único de los tres al que no buscan los alemanes, solicita empleo como obrero en una pequeña fábrica de fruta confitada, en la carretera de Apt. Pero el capataz lo encuentra sospechoso, y Vicente vuelve a casa de vacío.

Al día siguiente, Yves va a buscar un hurón a casa de uno de sus primos, en Céreste.

—¿Es para comer? —pregunta Myriam, inquieta.

—¡Oh, no! ¡Qué va! Es para los conejos.

Vichy ha prohibido la tenencia de armas, así que ya no se pueden cazar conejos ni otros animales en el bosque. Pero Yves conoce una técnica, con ayuda de un hurón y un gran saco.

—Hay que localizar una madriguera con dos agujeros. Por un lado, metemos al hurón. Por el otro, cerramos el saco una vez que los bichos han salido corriendo asustados y han entrado en él.

Esa misma noche, hambrientos, comen conejo y le llevan otro a la señora Chabaud a modo de pago del alquiler. Myriam le explica su situación financiera. Y la presencia de Yves.

La viuda, cuyo hijo único ha logrado escapar por la mínima al trabajo obligatorio, les propone diferentes faenas en sus propiedades.

Myriam constata que la señora Chabaud es de esas personas que no decepcionan nunca, mientras que hay otras que lo hacen siempre.

—En el caso de las primeras, apenas nos sorprendemos. En cuanto a las segundas, nos asombramos cada vez que sucede. Cuando, en realidad, debería ser lo contrario —le dice dándole las gracias.

El trío se levanta al alba para ayudar en la recogida de la cereza, de la almendra y del heno, y en el arranque de la borraja y del gordolobo. Llevan el pelo lleno del polvo del grano, tienen la piel enrojecida por el esfuerzo. Soportan bien el cansancio, las insolaciones, las picaduras de los insectos, los arañazos de los cardos. A veces, incluso, se apodera de ellos el júbilo, sobre todo a las horas de más calor, cuando todo el mundo se echa la siesta en la paja, a la sombra, las mujeres a un lado, los hombres al otro.

Una mañana, Vicente se levanta con el ojo izquierdo hinchado como un huevo de codorniz. Una picadura de araña, constata Yves, que muestra a Myriam dos agujeritos rojos, rastro de los quelíceros. Yves y Myriam salen para todo el día, dejando a Vicente solo en la casa. Por la noche, cuando vuelven, él está de buen humor. La piel se ha deshinchado, ya no siente nada, e incluso ha preparado la cena. Antes de dormirse, Vicente le dice a Myriam:

—Cuando os he visto volver me habéis parecido dos enamorados.

Myriam no sabe qué contestar. Esa frase es un enigma para ella. Debería ser un reproche. Pero Vicente la ha pronunciado con tono jovial, desenfadado. Myriam recuerda la advertencia de Jean Sidoine. Tenía razón, no es el mismo hombre.

El mes de julio se convierte en un horno. En París, los habitantes invaden los baños de la capital, hombres y mujeres en bañador se apiñan en las terrazas de las orillas del Sena. Myriam, Vicente e Yves deciden ir a buscar un poco de frescor a Les Baumes, entre los riscos de Buoux y Sivergues. Allí, una de las fuentes del río Durance corre desde las rocas hasta una presa hecha a mano. La vegetación verde y exuberante contrasta con la sequedad y la blancura de la piedra. El lugar se encuentra escondido en una oquedad de la roca, como en los cuentos medievales. Cuando lo descubren se ponen eufóricos. Vicente es el primero en desvestirse.

—¡Vamos! —dice a los otros dos entrando en la presa llena de agua fresca.

A su vez, Yves se desnuda y se lanza al agua salpicando a Vicente como un niño travieso. Myriam no se mueve, púdica.

—¡Ven! —le grita Vicente.

—¡Sí, ven! —insiste Yves.

Y Myriam oye sus voces, cuyo eco resuena en la roca. Les pide que cierren los ojos. Nunca ha nadado desnuda, el agua del estanque es extraordinariamente densa y suave, se desliza sobre su piel como una caricia.

En el camino de vuelta, Myriam coge a los dos muchachos del brazo. Yves se siente turbado, pero no lo demuestra. Vicente aprieta fuerte el brazo de su mujer contra él, para felicitarla por su iniciativa. Nunca la ha estrechado tanto, ni siquiera el día de su boda. Myriam parece levitar.

Caminan así, del brazo, cuando de repente el cielo se oscurece.

—Se avecina tormenta —dice Yves.

Apenas unos segundos después empiezan a caer unas gotas de lluvia calientes, pesadas. Vicente y Myriam echan a correr para guarecerse bajo un árbol. Yves se burla:

—¿Queréis que os caiga un rayo encima?

El agua corre por sus caras y sus nucas, pegándoles el pelo a las mejillas y la ropa a la piel.

Myriam tropieza en una piedra mojada y Vicente simula caerse también sobre ella. La joven nota contra su pierna un deseo muy intenso. Se echa a reír y se deja besar el rostro. Tumbado sobre ella, Vicente la abraza con fuerza. Myriam cierra los ojos y se deja llevar, bajo una lluvia cálida y abundante que inunda sus muslos. Al volver la cabeza, ve a Yves que los observa de lejos. Nota que se tambalea. Ese momento es como un pacto. A partir de entonces, los tres se sentirán bajo el influjo de ese instante, que los une entre sí, que los fascina.

Al día siguiente, por la mañana, en la casa del ahorcado, los despiertan los gendarmes. Myriam se echa a temblar. Piensa en salir huyendo.

—Todo irá bien —dice Vicente reteniéndola con fuerza de la mano—. Sobre todo, mantengamos la calma. Todo el mundo nos aprecia aquí.

Vicente tiene razón. Los gendarmes solo van a ver de cerca a esos parisinos de los que habla todo el mundo. Simple visita de cortesía para verificar lo que se dice en la comarca:

—Para ser parisinos, son encantadores.

Mientras Vicente los recibe, Myriam ayuda a Yves a esconderse. Ordena rápidamente la cabaña, pero los gendarmes no tienen intención de registrar la casa. Se van como han venido, de buen humor.

Después de su partida, Myriam siente una angustia profunda que no consigue apaciguar. A partir de entonces, ve peligros por todas partes. Hace mil preguntas a la señora Chabaud sobre los acontecimientos de la región.

—Ha habido una nueva detención en Apt.

—Represalias en Bonnieux.

—Malas noticias de Marsella, es peor que antes.

Myriam quiere volver a París. Vicente se encarga de organizar el viaje.

Sentada en el tren, con su falso carnet de identidad, se nota aliviada al alejarse de Yves y acabar con esa relación que la desborda. Cuando sale de la Gare de Lyon, el olor cálido a asfalto y a polvo le provoca náuseas. Ya no hay autobuses en París y solo un metro cada media hora.

Hacía un año que no veía París.

Siente vértigo y pide que se vayan de inmediato a Les Forges, quiere ver a su padre y a su madre.

Vicente y ella suben a un tren en la Gare Saint-Lazare. Myriam está callada, siente que hay algo que no va bien, que algo terrible la espera allí.

Al llegar ante la casa de sus padres, ve por el suelo todas las postales que ha estado enviándoles durante un año para darles noticias suyas.

Nadie las ha recogido, nadie las ha leído. Myriam está a punto de caerse.

—¿Quieres entrar? —le pregunta Vicente.

Myriam no puede hablar, no puede moverse. Vicente intenta ver algo a través de las ventanas.

—La casa parece deshabitada. Tus padres han puesto sábanas para cubrir los muebles. Voy a llamar a casa de los vecinos, a preguntarles si saben algo.

Myriam se queda largos minutos inmóvil. Un dolor le atraviesa todo el cuerpo.

—Los vecinos dicen que tus padres se marcharon después de que se fueran Jacques y Noémie.

—¿Adónde?

—A Alemania.

23

Corre el rumor de un desembarco de las tropas aliadas en las próximas semanas. Pétain se ha trasladado a París para dirigirse a los franceses desde el balcón del Hôtel de Ville: «He venido aquí para aliviaros de todos los males que planean sobre París. Pienso mucho en vosotros. He encontrado París un poco cambiado, porque hacía casi cuatro años que no venía. Pero podéis estar seguros de que, en cuanto pueda, volveré y lo haré en visita oficial. Así que hasta pronto, espero».

Después de concluir su discurso, va en coche a visitar a los heridos que han sobrevivido a los bombardeos aéreos. Las cámaras lo siguen hasta el hospital. Se retransmite todo en los informativos. Los periodistas han decidido colocarse en la plaza de la Ópera Garnier para seguir el cortejo. Al paso del coche, la muchedumbre se apiña aclamando al mariscal.

Yves desembarca en París sin avisar. Alquila una pequeña habitación en el último piso de un viejo inmueble en la Porte de Clignancourt. Su arrendadora le explica que en caso de ataque tiene que alejarse de la ventana.

La línea de metro es directa para ir a casa de Myriam y Vicente. Pero, a pesar de todo, Yves consigue perderse.

Nada transcurre como había previsto Yves. El trío no logra recuperar esa despreocupación de las jornadas estivales. Todo parece ahora muy lejano. La pareja se aleja de Yves, dejándolo solo a veces días enteros, sin darle noticias. Él no entiende qué sucede y lleva mal esa estancia en París. Vicente ha dejado de interesarse por él, y Myriam solo le hace una visita fugaz muy de cuando en cuando.

No es lo que había imaginado para ellos tres. Yves no quiere salir de su cuarto, se queda encerrado. Y pasa por lo que Myriam llamará después una depresión melancólica. La primera.

Myriam va a la Porte de Clignancourt para intentar que Yves entre en razón. Los tiempos son difíciles, París es bombardeado con vistas a la liberación. Myriam acaba por confesarle que cree que está embarazada de su marido. Yves pasa una última noche en esa habitación. Impresión de soledad definitiva. Al día siguiente vuelve a Céreste.

Vicente y Myriam no han dicho toda la verdad a Yves.

Forman parte, desde su retorno a París, de los dos mil ochocientos agentes que trabajan para la red franco-polaca F2.

Vicente ha conseguido hacerse con una anfetamina utilizada por los militares para permanecer despiertos todo lo posible. La droga anula en él cualquier conciencia de peligro y siempre sale airoso de milagro. Myriam se siente protegida por su embarazo, de modo que corre riesgos desmesurados.

Lélia es apenas un feto, pero siente ya en los labios el sabor ácido de la bilis que fabrica el cuerpo cuando tiene miedo. El mismo sabor que Myriam conoció en el vientre de Emma, cuando oía los latidos acelerados de su madre al desafiar a los policías.

24

Pasan los meses, abril, mayo, junio. El desembarco ha tenido lugar, seguido del levantamiento de París. Vicente mira el vientre de Myriam, prominencia monstruosa, y se pregunta qué puede salir de ahí. ¿Una niña? Sí, él espera que sea niña. A través de la ventana, los futuros padres oyen los ruidos lejanos de los combates en París, extraños, como fuegos artificiales.

El 25 de agosto de 1944, después de las tormentas se apodera del cielo parisino una masa de aire frío. Vicente camina hacia la Place de l'Hôtel de Ville para asistir al discurso del general De Gaulle. Pero al ver el gentío cambia de opinión. Le asustan las aglomeraciones, aunque estén del lado bueno. Prefiere ir a dar una vuelta por Chez Léa.

Por primera vez, los franceses van a ver la silueta del general de quien solo conocen la voz a través de la BBC, esa inmensa estatua de mármol blanco que saca una cabeza a toda la asamblea apiñada a su alrededor.

Myriam sigue sin noticias de sus padres, sin noticias de su hermano y de su hermana. Pero continúa teniendo fe, esperanza. Repite incansablemente a Jeanine, en medio del cansancio de las últimas semanas: «Al volver de Alemania, el mejor regalo será cuando descubran al bebé».

Cuatro meses después, el 21 de diciembre de 1944, día del solsticio de invierno, nace mi madre, Lélia, hija de Myriam Rabinovitch y Vicente Picabia. Nace en el número 6 de la rue de Vaugirard. Ese día, Jeanine le tiene la mano cogida a Myriam. Sabe lo que significa traer al mundo a un niño lejos de los suyos, en un país sumido en el caos. Ella tuvo un hijo, Patrick, en Inglaterra.

Un año antes, cuando Jeanine vio la frontera española a lo lejos, la Nochebuena de 1943, se juró que si salía viva haría un niño. Caminó en la dirección que le mostró el pasador; luego sus recuerdos eran confusos.

Se despertó en España, en una cárcel de mujeres, para ser aseada, fichada, interrogada por las autoridades españolas, a la vez a salvo y presa. De ahí, gracias a sus contactos en la Cruz Roja, la trasladaron a Barcelona. Y de Barcelona pudo viajar a Inglaterra para incorporarse a las Fuerzas Francesas Libres.

Al llegar a Londres se enteró de que el abad Alesch, ese abad de pelo cano y mirada reconfortante, era en realidad un agente del servicio de información del Estado Mayor alemán, remunerado con doce mil francos al mes por su trabajo de agente doble. De día era sacerdote resistente; de noche vivía en la rue Spontini, en el distrito 16 de París, con sus dos amantes, a las que mantenía gracias al dinero que recibía de la colaboración. Su trabajo consistía en animar a los jóvenes a entrar en la Resistencia para luego denunciarlos y así obtener primas.

Jeanine se enteró entonces de la muerte de la mayoría de los miembros de la red, incluido Jacques Legrand, su *alter ego*, deportado a Mauthausen tras la traición del abad.

En Londres conoció a una bretona, Lucienne Cloarec, una joven de Morlaix que había visto cómo los alemanes fusilaban a su hermano. Lucienne decidió unirse al general De Gaulle. Se embarcó, la única mujer en medio de diecisiete hombres, en un pequeño velero llamado Le Jean. La travesía duró veinte horas. Maurice Schumann, impresionado por la joven, hizo que interviniera en su emisión de la BBC nada más llegar.

El general De Gaulle decidió que Lucienne Cloarec y Jeanine Picabia serían las dos primeras mujeres condecoradas de la Resistencia, por decreto del 12 de mayo de 1943.

Poco tiempo después, Jeanine se quedó embarazada. Lo había prometido.

De vuelta en París, Jeanine y su hijo Patrick se instalan en el Lutetia. El hotel, recuperado por las Fuerzas Francesas Libres tras estar ocupado por los alemanes, acoge, en un primer momento, a personalidades importantes de la Resistencia. Jeanine encuentra ahí unas semanas de reposo con su recién nacido. La habitación está ubicada en una de las torrecillas redondas de techo cónico. Al gato de Jeanine le encanta estar en el alféizar de la ventana de ojo de buey. A la joven le parece tan lujosa su habitación que propone a su hermano Vicente hacerse cargo de la pequeña Lélia.

Intuye que la pareja no se entiende bien desde que nació la niña.

25

Querida mamá:

Estoy sentada en el asiento trasero de tu pequeño Renault 5 blanco, tengo seis o siete años quizá, cruzamos el boulevard Raspail y me enseñas un hotel inmenso, un palacio, diciéndome que ahí pasaste los primeros meses de tu vida. Pego la cara a la ventanilla, miro ese edificio que me parece tan grande como todo el distrito 6. Y me pregunto cómo ha podido vivir ahí mi madre. Es un enigma más, una adivinanza que viene a añadirse a todos los que jalonan mi vida de niña.

Te imagino corriendo por los pasillos de gruesas moquetas color crema, y robando pasteles de los carritos para comerlos a escondidas. Exactamente como en un cuento que me leías cuando era pequeña.

Pero, mamá, contigo las historias extrañas del pasado nunca eran cuentos infantiles, eran reales, habían existido. Y aunque ahora conozca las circunstancias que te llevaron a pasar los primeros meses de tu vida en el Lutetia, aunque sepa que tu infancia se vio luego marcada por la ausencia de confort material, se me ha quedado grabada una imagen. Falsa y real a la vez. La imagen soñada de tener una madre que aprende a andar en los pasillos de un palacio.

A.

26

A principios del mes de abril de 1945, el Ministerio de Prisioneros de Guerra, Deportados y Refugiados es el encargado de organizar el retorno de varios cientos de miles de hombres y mujeres a territorio francés. Se requisan grandes edificios parisinos. Para acogerlos, se habilitan la Gare d'Orsay, el cuartel de Reuilly, la piscina Molitor, las grandes salas de cine, como el Rex o el Gaumont Palace. Y el Velódromo de Invierno. (Ya no existe hoy en día. El «Vel d'Hiv» fue destruido en 1959. El año anterior, albergó un centro de retención de franceses musulmanes de Argelia, por orden del prefecto Maurice Papon).

Inicialmente, el Lutetia no forma parte de los edificios incautados por el ministerio. Pero enseguida se dan cuenta de que hay que planificarlo todo de nuevo. El general De Gaulle decide entonces que el hotel debe abrir las puertas de sus trescientas cincuenta habitaciones a los deportados. Se trata de organizar una acogida sanitaria con médicos, estructurar espacios en el interior del hotel para crear enfermerías con material suficiente.

De Gaulle pone a su disposición taxis para que vayan a buscar a las enfermeras cuando acaban su servicio, y conducirlas al Lutetia. Los estudiantes de Medicina irán a echar una mano, así como las asistentas sociales. La Cruz Roja está presente, con otras organizaciones, como los Boy Scouts, cuya misión consistirá en transmitir mensajes, recorriendo todo el día los gigantescos pasillos del palacio, supervisados por las auxiliares femeninas del Ejército de Tierra.

El establecimiento tendrá que distribuir comidas regularmente, a cualquier hora del día y de la noche, no solo para los recién llegados, sino también para el personal sanitario y supervisor. Seiscientas personas van a trabajar en la acogida de los deportados. Las cocinas del Lutetia prepararán hasta cinco mil servicios de comida al día, lo que supone toda una organización de abastecimiento y de almacenamiento de las vituallas. Los embargos procedentes del mercado negro contribuirán a aprovisionar las bodegas del Lutetia. Todos los días, la policía repartirá los alimentos confiscados al contrabando. Pero también ropa y calzado. Las camionetas harán idas y venidas a diario entre los almacenes de decomisos y el hotel.

También hay que coordinar la acogida de las familias, que enseguida acudirán a presentarse en masa ante las puertas giratorias del palacio con la esperanza de encontrar a un hijo, a un marido, a una esposa, un padre o unos abuelos. La idea es establecer un sistema de fichas que se expondrán en el hall del hotel. Todas las familias afectadas depositarán una hoja acartonada con fotografías de sus familiares desaparecidos, y la información que pueda permitir su identificación, así como sus datos.

A lo largo del boulevard Raspail se recuperan los paneles de las elecciones municipales que han de celebrarse a partir del 29 de abril de 1945. Dos docenas de paneles, hechos de tablones de madera clavados entre sí. Se instalan en el hall del Lutetia, hasta la gran escalinata. Poco a poco se irán cubriendo de decenas de miles de fichas, escritas a mano, con fotografías e informaciones necesarias para reunir a las familias.

También es preciso abrir y acondicionar unas oficinas de acogida y selección.

El Ministerio de Prisioneros de Guerra estima que las formalidades de acogida durarán entre una y dos horas, lo que se tarde en establecer las listas administrativas, dar ciertos cuidados en la enfermería, bonos de avituallamiento y de transporte para que quienes vienen de Alemania puedan volver a sus casas en tren, o en metro en el caso de los parisinos. Los recién llegados recibirán un carnet de deportados, así como un poco de dinero.

El 26 de abril está todo listo. El día de la apertura del hotel, Jeanine va a echar una mano porque los organizadores necesitan ayuda.

Pero las cosas no suceden como las había previsto el ministerio. Los que regresan lo hacen en un estado indescriptible. El sistema de acogida no está preparado para eso. Nadie había imaginado nada semejante.

—¿Cómo ha ido todo? —pregunta Myriam cuando vuelve Jeanine a la rue de Vaugirard, tras la primera jornada.

—Bueno —explica Jeanine—, no estábamos preparados para algo así.

—Así ¿cómo? —pregunta Myriam—. Podría ir contigo.

—Espera a que se arreglen las cosas...

Los días siguientes, Myriam insiste.

—No es el momento. Hemos tenido dos muertos de tifus el primer día. Una limpiadora y un *boy scout* que se ocupaba del guardarropa.

—No me acercaré a la gente.

—Nada más entrar en el hotel, te rocían con un polvo. Pasan a todo el mundo por DDT. No creo que sea bueno para tu leche.

—No pasaré, me quedaré fuera.

—¿Sabes?, todos los días leen las listas de los que regresan en la radio. Para ti sería mejor quedarte aquí escuchándolas antes que ir a meterte ahí, en medio de la muchedumbre.

—Quiero poner una ficha en la entrada del hotel.

—Entonces dame las fotos y los datos, yo la rellenaré por ti.

Myriam mira fijamente a Jeanine.

—Por una vez serás tú la que me escuche. Mañana iré al Lutetia. Y nadie podrá impedírmelo.

27

Bajo el sol de París, un autobús de plataforma cruza el plateado Sena, que abre sus muslos a la Place Dauphine. El autobús pasa por el Pont des Arts, donde la belleza de las mujeres salta a la vista, con su carmín rojo escarlata y sus uñas altivas; los automóviles van o vienen en todos los sentidos y sus conductores fuman, con el antebrazo apoyado en el reborde de la ventanilla, mientras los soldados americanos se pasean mirando a las francesas, con sus tacones de aguja y anillos finos en cada dedo, los vestidos de flores ajustados marcándoles los pezones. El aire de la capital es cada vez más tibio, los tilos dan sombra a las aceras, los niños van a la escuela con sus carteras a la espalda. El autobús prosigue su trayecto, de la margen derecha a la margen izquierda, de la Gare de l'Est al hotel Lutetia, y todos, los automovilistas con prisa por volver a casa, los comerciantes en la puerta de sus tiendas, los transeúntes con sus preocupaciones de transeúnte, todos se detienen al ver aparecer por primera vez, dentro de los autobuses, a esos seres con los arcos superciliares pronunciados, mirada extraña y protuberancias en sus cráneos rapados.

—¿Han sacado a los locos del manicomio?

—No, son los viejos que vuelven de Alemania.

No son ancianos, la mayoría tienen entre dieciséis y treinta años.

—¿Solo vuelven los hombres?

También hay mujeres, pero sin pelo, con el cuerpo descarnado, no lo parecen. Algunas no podrán volver a tener hijos jamás.

Los trenes procedentes del Este llegan, hora tras hora, a las distintas estaciones de París —a veces también aterrizan aviones en Le Bourget o en Villacoublay—. El primer día, en el andén, una banda acoge a los deportados, con gran pompa, tocando «La Marsellesa», todos uniformados. Primero hacen bajar a los que llegaban de los campos de exterminio, luego a los prisioneros de guerra y por fin a los trabajadores del STO. El primer día.

A la salida del tren los suben a unos autocares, los mismos que, unos meses antes, transportaron a las víctimas de las redadas a los campos de tránsito, justo antes de los trenes de ganado.

—No hay otra solución —les dicen.

Los deportados van hacinados en el interior, pegados unos a otros, a través de la ventana ven desfilar las calles de la capital. Algunos descubren París por primera vez.

A su paso se dan cuenta de que los parisinos se fijan en ellos, los peatones y los automovilistas se olvidan por unos segundos de sus preocupaciones para preguntarse de dónde salen esas cabezas peladas con pijamas de rayas que irrumpen en la ciudad. Como seres venidos de otro mundo.

—¿Ha visto el autobús de los deportados?

—Podrían haberlos aseado antes.

—¿Por qué llevan esos trajes de preso?

—Según parece, les dan dinero y todo nada más llegar.

—No se pueden quejar.

Y la vida sigue.

En el semáforo rojo, un señor mayor, anonadado por esa visión espantosa, les tiende el paquete de cerezas rojas y jugosas que lleva en la mano. El señor se aúpa hacia la ventanilla del autobús y decenas de brazos escuálidos como palos, de dedos fibrosos, se precipitan sobre las cerezas, que vuelan por los aires.

—¡No hay que dar de comer a los deportados! —grita una señora de la Cruz Roja—. ¡Su estómago no lo soportará!

Los deportados saben perfectamente que es veneno para sus entrañas, pero la tentación es demasiado fuerte.

Y el autobús arranca de nuevo, hacia la margen izquierda y la Place Saint-Michel, el boulevard Saint-Germain. Las cerezas no aguantan en sus vientres y los abandonan por la otra vía.

«Podrían comportarse bien», se dice un transeúnte.

«Podrían ser más limpios comiendo», piensa otro.

«¡Qué mal huelen! ¡Podrían lavarse!».

28

Hay uno que no ha querido subir al autobús porque lo ha reconocido: es exactamente el mismo autocar que lo condujo de París a Drancy. Así que se escapa por un lateral de la estación, antes de que salgan los viajeros, por la rue d'Alsace. Ahora no sabe muy bien dónde se encuentra, se ha perdido.

—¿Está usted bien, señor? ¿Necesita ayuda? —le pregunta un viandante.

Dice que no con la cabeza, sobre todo no quiere que le ayuden a subir al autobús. Y la gente, cordial, se detiene y forma un corro a su alrededor.

—No tiene usted buen aspecto, señor.

—Cuidado, no hay que abrumarlo.

—Voy a avisar a un gendarme.

—Señor, ¿habla usted francés?

—Habría que darle algo de comer.

—Voy a comprarle algo, ahora vuelvo.

—¿Lleva su documentación? —le pregunta el gendarme que ha acudido a la llamada.

El hombre se asusta al ver el uniforme. Sin embargo, el gendarme se muestra muy amable con él, se dice que debería llevarlo al hospital, al pobre hombre. Nunca había visto a nadie en semejante estado.

—Señor, sígame, le llevaré a un sitio donde se ocuparán de usted. ¿Tiene su cédula de identidad de repatriado?

El hombre piensa para sí que hace tiempo que no tiene papeles, ni dinero, ni mujer, ni hijos; tampoco tiene pelo ni dientes. Le da miedo de toda esa gente que lo rodea y lo observa. Se siente culpable por estar ahí, culpable por haber sobrevivido a su mujer, a sus padres, a su hijo de dos años. Y a todos los demás. Millones más. Tiene la impresión de haber cometido una injusticia y teme que todas esas personas le arrojen piedras y el gendarme lo lleve a la cárcel, ante un tribunal con, en un lado, agentes de las SS, y en el otro, su mujer muerta, sus padres muertos, su hijo muerto. Querría tener bastante fuerza para echar a correr, porque la porra del gendarme le duele solo con mirarla, pero está extenuado. Recuerda que un día, hace tiempo, vino aquí, a este barrio; también sabe que un día, hace tiempo, él iba vestido como esa gente, y tenía pelo en la cabeza y dientes en la boca, pero se dice que nunca volverá a ser como ellos. Un viandante, con la mejor intención, ha ido a una tienda de ultramarinos y les ha explicado: «Es para uno de los que vuelve, está muerto de hambre, no le quedan dientes», entonces el tendero piensa en un yogur y añade: «No me pague el yogur, es normal, hay que ayudarlos», y el transeúnte da el yogur al deportado, que se perfora el estómago porque es un alimento demasiado pesado para él, que ya no aguantaba más, después de que lo evacuaran de Auschwitz las SS en enero, hace tres meses ya, después de escapar a las últimas masacres, a las marchas de la muerte, a las marchas forzadas por la nieve bajo los golpes de los escoltas de las columnas, a las nuevas humillaciones, al caos del hundimiento del régimen, a los viajes en los mismos vagones de ganado, al hambre, a la sed, a la lucha por sobrevivir hasta la vuelta, un combate casi imposible para su cuerpo al borde del agotamiento extremo, entonces su corazón deja de latir en ese momento, el día de su llegada, en una acera gris de París, bajo las escaleras de la rue d'Alsace, tras semanas de lucha. Su cuerpo es tan liviano que cae doblándose sobre sí mismo, despacio, como una hoja muerta, hasta tocar el suelo, sin el menor ruido.

29

El autobús procedente de la Gare de l'Est llega ante la entrada del Lutetia, la muchedumbre se apelotona, y Myriam, que no entiende nada, sigue la agitación... Una bicicleta le pasa por encima del pie, pero nadie le pide perdón. Oye pronunciar por primera vez nombres de ciudades que no conocía, nombres como Auschwitz, Monowitz, Birkenau, Bergen-Belsen.

De repente, el autobús de plataforma abre sus puertas, los deportados no pueden bajar por sí solos, los ayudan unos *boy scouts* que los escoltan hasta el hotel. Para algunos de ellos se piden camillas.

La multitud de familias que estaba esperando se precipita sobre ellos. Myriam se indigna frente a la falta de pudor de quienes, con la mirada desesperada, abordan brutalmente a los recién llegados mostrándoles fotografías.

—¿Lo reconoce? Es mi hijo.

—¿Coincidió con él? Es mi marido, un hombre alto y de ojos azules.

—En esta foto, mi hija tenía doce años, pero ya había cumplido los catorce cuando se la llevaron.

—¿De dónde viene usted? ¿Ha oído hablar de Treblinka?

Pero Myriam se da cuenta de que los que bajan de los autobuses permanecen callados. No pueden contestar. Apenas tienen fuerzas para hablarse silenciosamente a sí mismos. ¿Cómo contarlo? Nadie se lo creería.

«A su hijo lo metieron en un horno, señora».

«A su padre lo ataron desnudo a una correa como a un perro. Por divertirse un rato. Murió loco. De frío».

«Su hija fue prostituta del Lager y luego le abrieron el vientre en canal para hacer experimentos cuando se quedó embarazada».

«Cuando se enteraron de que estaban perdidos, los SS desnudaron a todas las mujeres y las tiraron por las ventanas. Luego nos obligaron a apilar los cuerpos».

«No hay ninguna posibilidad de supervivencia, no volverán a verlos nunca más».

¿Quién se arriesga a hablar y que no le crean? ¿Y quién es capaz de pronunciar esas frases a las personas que están esperando anhelantes? Es mejor apiadarse. Algunos, incluso, generan expectativas:

—La foto de su marido me suena. Sí, está vivo.

Myriam oye esta frase entre el gentío que se precipita a las puertas giratorias de la entrada del palacio.

—Todavía quedan diez mil allí, a la espera de poder retornar; no se preocupen, volverán.

Los deportados saben que esa perspectiva es irrisoria. Pero la esperanza es lo único que los ha hecho aguantar en los campos. Uno de los deportados es zarandeado por una mujer que no parece darse cuenta del estado de extrema fatiga en que se encuentra el hombre a quien pregunta por su marido. Tiene que intervenir una enfermera de la Cruz Roja.

—Dejen pasar a los repatriados. Señoras, señores, por favor, van a matarlos si siguen empujando así. Ya entrarán luego. ¡Déjenlos pasar!

Conducen a los deportados a un establecimiento de hidroterapia requisado frente al Square Récamier. Para llegar hasta ahí tienen que cruzar por la pastelería del Lutetia, que hace esquina entre el boulevard Raspail y la rue de Sèvres. Las estanterías vacías de dulces contemplan el desfile. Les han quitado los pijamas de rayas para pasar por la desinfección. Se consignan sus objetos en bolsas de plástico que llevan colgadas del cuello. Al pasar por el DDT, mueren los piojos portadores del tifus. Los deportados deben presentarse desnudos ante unos hombres vestidos con monos de caucho y guantes protectores, que llevan a la espalda unos bidones con el famoso producto. Lo proyectan sobre ellos mediante unas mangueras. Un tratamiento difícil de soportar. Pero se les explica que, realmente, no queda otro remedio.

Una vez bien desinfectados y lavados, se les procura ropa limpia. Tienen que personarse en las oficinas del primer piso para que los interroguen con el fin de detectar a los «falsos deportados» que puedan haberse infiltrado.

Antiguos colaboradores del régimen de Vichy, por miedo a las represalias, se esconden entre los que vuelven para poder cambiar de identidad. Quieren escapar de los asesinatos por venganza que están teniendo lugar por toda Francia, pasar desapercibidos ante los tribunales de excepción recién formados. Algunos milicianos llegan a tatuarse números de identificación falsos en el antebrazo izquierdo para hacer creer que vienen de Auschwitz. Se mezclan con los deportados cuando salen de la estación, justo antes de subir al autobús hacia el Lutetia.

Con el fin de perseguir a los impostores, el Ministerio de Prisioneros de Guerra, Deportados y Refugiados pide a las oficinas de control instaladas en el interior del palacio que pongan en marcha una vigilancia activa. Lo que significa que cada deportado debe sufrir un interrogatorio para verificar si es un deportado «de verdad». Para algunos, esa nueva prueba es otra humillación más.

Los interrogatorios no son fáciles; los que han sobrevivido a los campos están tan desorientados que ni siquiera consiguen hablar, padecen una gran confusión mental, se agarran a detalles insignificantes y son incapaces de dar informaciones precisas. Mientras que los usurpadores de identidad logran construir relatos bien estructurados, con recuerdos robados a otros.

A veces acaban mal, porque los deportados no aguantan esa confrontación con la policía francesa, que consideran brutal.

—¿Quién es usted para hacerme preguntas?

—¿Por qué tenemos que volver a pasar por un interrogatorio?

—¡Déjenme en paz de una vez!

En ocasiones, las reacciones son violentas en las oficinas encargadas de la acogida. Hay hombres que derriban las mesas, mujeres que se yerguen señalando a sus interrogadores.

—¡Me acuerdo de usted! ¡Usted me torturó!

Cuando se desenmascara a un impostor se le encierra en una habitación del Lutetia. Un guardia armado lo vigila. A las 18.00 h, un furgón de la policía va a buscarlo para que sea juzgado.

Una vez concluido el interrogatorio, los deportados «de verdad» reciben su documentación, así como una suma de dinero y bonos de transporte gratuitos para los autobuses y el metro. Luego se les acoge en el hotel donde podrán descansar unos días. Pueden dirigirse a las «azulitas» que van y vienen, las mujeres del cuerpo voluntario femenino que llevan la gestión de la acogida y de los distintos pisos. El primero está reservado a la Administración, encima se encuentra la enfermería y a partir del siguiente hasta el séptimo, las habitaciones. El tercero es el de las mujeres.

—No se preocupe, las habitaciones tienen calefacción.

Los radiadores están encendidos día y noche incluso en pleno verano, porque los cuerpos descarnados tienen frío constantemente.

—Prefieren dormir en el suelo, cuando tienen camas bien mullidas, qué extraño.

Los deportados se tumban sobre las alfombras porque no consiguen dormir en una cama. A menudo tienen que juntarse varios, unos contra otros, para conciliar el sueño. Todos se sienten humillados con las cabezas rapadas, las llagas y los flemones que infectan su piel y su boca. Saben que dan miedo. Saben que solo mirarlos produce dolor.

En el majestuoso comedor del hotel Lutetia, las palmeras en macetas ponen en valor las líneas simétricas de las piedras de talla, las vidrieras monumentales y las columnas ornamentales, todo el virtuosismo del *art déco* al servicio del lujo y la geometría.

La comida está servida, los deportados se agrupan en torno a las mesas, no han comido en un plato desde hace mucho tiempo, desde el tiempo de un mundo que les parece que nunca existió. Los vasos plateados contienen agua potable. Eso también se les había olvidado.

En cada mesa hay un bonito jarrón con claveles azules, blancos y rojos. El embajador de Canadá en Francia y su mujer han mandado traer de su país leche y mermelada para los deportados.

Un hombre sin edad, con la cabeza inclinada hacia delante, como descolgada del cuello, mira atentamente los platos de carne dispuestos ante él. Está acostumbrado a robar comida, a «arreglárselas», como se decía en el campo, así que no sabe muy bien si tiene derecho a sentarse y pide permiso sin parar a una «azulita». Esas mujeres voluntarias se sienten a veces desvalidas, hay deportados que solo hablan alemán y otros que únicamente repiten su número de identificación.

—No puede llevarse ese cuchillo, señor.

—Lo necesito para matar a la persona que me denunció.

30

Myriam consigue entrar en el Lutetia por las puertas giratorias, empujada por otros, atascados como ella. Busca el panel «Información a las familias» y encuentra bajo la gran escalinata los tableros recubiertos de cientos de fichas, con centenares de cartas de búsqueda y fotografías de bodas, de vacaciones felices, de comidas familiares, de retratos de soldados de cuerpo entero. Llenan por completo el hall del hotel, desde el suelo hasta el techo. Se diría que las paredes se pelan y sueltan hojas de papel.

Myriam se acerca, al mismo tiempo que los deportados recién llegados, atraídos por esas fotos del mundo de antes, ahora enterrado bajo las cenizas. Sus ojos miran, pero ellos parecen no entender ya qué significan esas imágenes. Ni siquiera están seguros de poder reconocerse a sí mismos en esos retratos pegados.

«¿Cómo saber si yo era este hombre?».

Myriam se aparta del panel para dejar sitio a otros, busca la oficina de información cuando un hombre asustado la agarra del brazo. La ha tomado por una de esas mujeres benévolas que ayudan a las familias.

—Perdone, he encontrado a mi mujer, se ha quedado dormida en mis brazos y ahora no consigo despertarla.

Myriam le explica que ella no trabaja aquí, que ha venido a buscar a gente, como él. Pero el hombre insiste: «Venga, venga», le dice sin soltarle el brazo.

Al ver a la mujer, sentada en el sillón, Myriam comprende que no está dormida. No será la única en morir ahí, son decenas al día, cuyos cuerpos exhaustos no aguantan la emoción de los reencuentros y el retorno.

Myriam se aleja para hacer cola frente a la oficina de información. A su lado, una pareja de franceses lleva en brazos a una niña polaca a la que han tenido escondida toda la guerra. Tenía dos años cuando la recogieron. Ahora tiene cinco, habla francés perfectamente, con acento parisino. Han venido al Lutetia porque han oído el nombre de la madre en las listas difundidas por la radio.

Pero en esa mujer filiforme, con la cabeza afeitada, la niña no reconoce a su mamá. De repente le entra el pánico, se echa a llorar, no quiere saber nada de esa señora que parece recién salida de una pesadilla. La cría se pone a gritar en el hall del hotel, agarrándose a las piernas de la que no es su madre.

En la oficina, Myriam no consigue ninguna información, le dan una ficha para rellenar y le dicen que esté atenta a las listas que se comunican en la radio. Le desaconsejan que vuelva todos los días.

—No sirve de nada.

Myriam se acerca a un grupo que, en un rincón del hall, parecen enterados. Van todos los días e intercambian información y los rumores que circulan.

—Los rusos se han llevado a deportados franceses.

—Han cogido a los médicos y a los ingenieros.

—A peleteros y a jardineros también.

Myriam piensa en su padre ingeniero, en sus padres, que hablan ruso. Que los hayan trasladado allí podría explicar por qué no están en las listas de los que retornan.

—Mi marido es médico. Estoy segura de que se han quedado con él.

—Dicen que al menos cinco mil personas se han ido a Rusia.

—Pero ¿cómo saberlo?

—¿Ha preguntado en la oficina?

—No. Ya no quieren recibirme.

—¡Inténtelo usted! Con las caras nuevas son más amables.

—Toda esa gente tiene que estar en alguna parte.

—Hay que ser pacientes, acabarán repatriándolos.

—¿Sabe lo que le ha pasado a la señora Jacob?

—Su marido estaba en la lista de los muertos en el campo de Mauthausen.

—Cuando ha leído su nombre, se ha desmoronado.

—Y luego, tres días más tarde, llaman a la puerta, abre.

—Tenía a su marido delante. Había habido un error.

—No es la única. No hay que dar nada por perdido, ¿sabe usted?

—Cuentan que en Austria hay un campo donde meten a los que lo han olvidado todo.

—¿En Austria, dice usted?

—¡Que no! ¡Es en Alemania!

—¿Han hecho fotos a esos individuos?

—No, no creo.

—Entonces ¿cómo se sabe?

Myriam pone su ficha en el hall. Como no tiene fotografías de la familia porque todos los álbumes están en Les Forges, escribe sus nombres en grande para que puedan verlos enseguida, en medio de las decenas, centenares, millares de fichas que revolotean en la entrada. EPHRAÏM, EMMA, NOÉMIE, JACQUES. Luego firma y escribe su dirección, rue de Vaugirard, «en casa de Vicente», para que sus padres sepan dónde encontrarla.

Myriam, de puntillas para sujetar con una chincheta la ficha lo más alta posible, tiene los brazos extendidos, casi pierde el equilibrio. Junto a ella, un hombre, de pie, la mira con una sonrisa extraña.

—Acabo de saber por una de las listas que me había muerto —dice, al fin.

Myriam no sabe qué contestar. Una vez colgada la ficha, se dirige hacia la salida, pero una mujer la agarra del hombro.

—Mire, es mi hija.

Myriam se da la vuelta; aún no ha tenido tiempo de contestar cuando la dama le tiende una foto tan cerca de los ojos que no puede distinguir nada.

—Era algo mayor que en la foto cuando la detuvieron.

—Perdone —dice Myriam—, yo no sé nada...

—Se lo ruego, ayúdeme a encontrarla —dice la señora, con las mejillas cubiertas de manchas rojas.

La mujer agarra a Myriam del brazo, con fuerza, para susurrarle al oído:

—Tengo mucho dinero que ofrecerle.

—¡Suélteme! —grita Myriam.

Al salir del hotel ve al grupo de los asiduos agitados; han cogido todas sus cosas y se precipitan hacia el metro. Myriam los sigue para comprender qué sucede. Le explican que, por un fallo en el cambio de agujas, unas cuarenta mujeres que tenían que ser enviadas al Lutetia han llegado a la Gare d'Orsay. Y Myriam siente que Noémie estará entre ellas. Se sube al metro con ellos y se baja en la estación con el corazón acelerado. Es un presentimiento que la llena de una especie de luz, de alegría.

Pero al llegar a la Gare d'Orsay, ninguna de ella es Noémie.

—Jacques, Noémie, ¿os suenan?

—¿Sabe a qué campo los deportaron?

—Me ha parecido entender que todas las mujeres habían ido a Ravensbrück.

—No sabemos nada, señora. Solo son suposiciones.

—¿No se podría recabar información entre las personas que hayan estado allí?

—Lo siento. No ha venido ningún convoy de Ravensbrück. Y creemos que no habrá ninguno.

—Pero ¿por qué no envían a nadie a buscarlas? ¡Yo puedo prestarme voluntaria si quieren!

—Señora, ya hemos mandado a gente para las repatriaciones de Ravensbrück, pero no había nadie a quien repatriar.

Aunque las palabras son inequívocas, Myriam no entiende. Su cerebro rehúsa descifrar el significado de «no había nadie a quien repatriar».

Myriam sale de la Gare d'Orsay para volver a casa. Jeanine le abre la puerta, con Lélia en brazos. Las dos mujeres se comprenden sin necesidad de hablar.

—Volveré mañana —dice simplemente Myriam.

Y todos los días retorna al Lutetia para esperar a los suyos. También ella ha perdido el sentido del pudor. Interpela sin comedimiento a los deportados que salen del hotel, para atraer su atención unos segundos.

—¿Jacques, Noémie? ¿Les dicen algo esos nombres?

Envidia a quienes han oído un nombre en la radio o han recibido un telegrama. Se les reconoce enseguida, por la forma en que avanzan, con paso seguro, por el hall del hotel.

Día tras día, Myriam intenta echar una mano a los servicios de la organización, intenta entender qué sucede en Polonia, en Alemania y en Austria. Se queda adrede en las diferentes plantas, hasta que oye decir: «Ya no esperamos más convoyes hoy; vuelva a casa, señora».

«Vuelva mañana, ya no sirve de nada quedarse más aquí».

«Por favor, ahora debe abandonar el lugar».

«Ya le he dicho que no llegará nadie más hoy».

«Mañana los primeros llegan a las ocho. Vamos, no pierda la esperanza».

Lélia, que es ya un bebé de nueve meses, sufre de terribles dolores de vientre. No quiere alimentarse y Jeanine le dice a Myriam que tiene que quedarse todo lo posible junto a su hija.

—Te necesita, y tienes que ayudarla a comer.

Durante una semana, Myriam deja de ir al Lutetia para vigilar y alimentar a su pequeña. Cuando vuelve al hotel, se encuentra con las mismas mujeres, enarbolando las mismas fotografías. Pero percibe que algo ha cambiado. Hay mucha menos gente que antes.

—Dicen que a partir de mañana ya no habrá más convoyes.

El 13 de septiembre de 1945, el diario *Ce soir* publica un artículo del señor Lecourtois:

EL LUTETIA DEJA DE SER EL HOTEL DE LOS MUERTOS VIVIENTES

Dentro de unos días, concluida ya la movilización, el hotel Lutetia, en el boulevard Raspail, será devuelto a sus propietarios. Harán falta tres meses para acondicionarlo. [...] El hotel está vacío. El hotel Lutetia cierra sus puertas a la mayor miseria humana para volver a abrirlas, el día de mañana, a personas dichosas de vivir.

Myriam está enfadada. En toda la prensa lee la misma frase: ya puede darse por terminada la repatriación de los deportados.

—Pero no está terminada, puesto que los míos no aparecen en ninguna lista y no han vuelto.

Entre el fin de la esperanza y la falta de pruebas, Myriam no encuentra nunca la paz. Se acuerda de los rumores que oyó en el hall del hotel: «Aún quedan unos diez mil esperando allí, no se preocupe, van a venir», «Se dice que en Alemania hay un campo donde han dejado a los que se han olvidado de todo».

Myriam ha visto las imágenes de los campos de exterminio difundidas en los informativos y las noticias de los cines. Pero le resulta imposible relacionar esas imágenes con la desaparición de sus padres, de Jacques y Noémie.

«Tienen que estar en algún lado —se dice Myriam—. Hay que encontrarlos».

A finales de septiembre de 1945, Myriam se suma a las tropas de ocupación en Alemania, en Landau.

Lo hace como traductora para el Ejército del Aire. Habla ruso, alemán, español, hebreo, un poco de inglés y por supuesto francés.

Allí sigue buscando.

Quizá Jacques y Noémie hayan logrado escapar. Quizá estén en alguna parte de ese campo de los que han perdido la memoria.

Quizá no tengan dinero para volver a Francia.

Todo es posible. No hay que perder la fe.

—¿No fuiste nunca a ver a tu madre cuando eras pequeña?

—¿A Landau? Sí. Mi padre me llevó al menos una vez. Tengo una foto de mí en un barreño, mi madre me está bañando, en un jardín..., me imagino que en medio de un campamento militar...

—Si entiendo bien, ¿tus padres ya no vivían juntos entonces?

—No sé... En la práctica sí estaban separados, en dos países diferentes. Creo que mi madre tuvo una relación con un piloto del Ejército del Aire en Landau.

—¡Ah! ¡Nunca nos lo contaste!

—Creo, incluso, que le pidió matrimonio. Pero como quería mandarme a un internado y no volver a verme el pelo, ella rompió con él.

—Y dime, ¿cuándo se forma el trío?

—¿Qué trío?

—Yves, Myriam y Vicente. Volvieron a verse, ¿no? Después de tu nacimiento.

—No me apetece mucho hablar de eso.

—De acuerdo... No te enfades. De todas maneras no he venido a hablar de eso, sino del correo que recibiste del ayuntamiento.

—¿Qué correo?

—Me dijiste que la secretaria de Les Forges te envió una carta y que aún no la habías abierto.

—Escucha, estoy cansada..., no sé dónde está esa carta. Lo vemos en otro momento, si te parece.

—Estoy segura de que podría ayudarme en mi investigación. La necesito.

—¿Sabes qué?, no creo que vayas a dar con la persona que envió la postal.

—Pues yo estoy segura de que sí.

—¿Por qué haces todo eso? ¿De qué te sirve?

—No sé, mamá, me empuja una fuerza. Como si alguien me pidiera que llegue hasta el final.

—¡Bien, pues yo estoy harta de contestar a tus preguntas! ¡Es mi pasado! ¡Mi infancia! ¡Mis padres! Todo eso no tiene nada que ver contigo. Y me gustaría que pasaras ya a otra cosa.

32

Anne, querida:

Siento mucho lo que ha pasado. Olvidémoslo.

No me reconcilié con mi madre. Sin duda era algo imposible. Pero quizá podríamos haber hecho una parte del camino juntas si hubiera aceptado decirme por qué me abandonó durante varios años. Que no tuvo más remedio que hacerlo.

Pienso que se calló porque tenía mala conciencia por seguir, ella, con vida. Y por sus largas ausencias, durante las que a mí me llevaban de un lado para otro. Si me hubiera explicado por qué, lo habría entendido. Pero tuve que comprenderlo por mí misma, y para entonces ya era demasiado tarde, ella se había ido para siempre.

Todo esto plantea cuestiones esenciales..., y yo misma me pierdo porque tengo la impresión, de algún modo, de estar traicionando a mi madre.

Querida mamá:

Myriam pensaba que la guerra era cosa suya. No entendía por qué tenía que contártela. Así que es lógico que, al ayudarme en mis pesquisas, tengas la impresión de estar traicionándola.

Myriam te impone su silencio hasta después de desaparecer.

Pero, mamá, no olvides que sus silencios te han hecho sufrir. Y no solo sus silencios: la sensación de que ella te excluía de una historia que no te concernía.

Entiendo que puedan trastornarte mis investigaciones. Sobre todo en lo relativo a tu padre, a la vida en la meseta, a la irrupción de Yves en la pareja que formaban tus padres.

Aun así, mamá, ese relato es también el mío. Y a veces, igual que te hizo Myriam, me miras como si fuera una extranjera en el país de tu historia. Tú naciste en un mundo de silencio, es normal que tus hijos estén sedientos de palabras.

Querida Anne:

Llámame cuando leas este e-mail y contestaré a tu pregunta de ayer. La que me enfadó.

Te contaré, concretamente, no cuándo volvió a formarse ese trío —eso es algo que no sé—, pero sí cuándo se vieron Myriam, Yves y mi padre por última vez.

—Fue durante las vacaciones de Todos los Santos, en noviembre de 1947. En Authon, un pueblecito del sur de Francia. ¿Cómo lo sé? Pues es muy simple: solo tengo una foto con mi padre. La he contemplado tanto que la conozco de memoria. Pero no tiene leyenda. De modo que no sabía ni dónde se tomó ni en qué año. Por supuesto, no merecía la pena preguntar a mi madre... Y luego, un día, a finales de los noventa, estoy en Céreste, en casa de una prima de los Sidoine, hablamos... de todo y de nada..., y la prima me dice: «Por cierto, he encontrado por casualidad una foto tuya y de Yves. Tú estás en sus rodillas. Voy a enseñártela». Abre un cajón, saca una foto. Y ahí me llevo una gran sorpresa. En esa imagen, estoy en el mismo lugar, vestida y peinada exactamente de la misma manera que en la foto con mi padre. Era evidente que las dos se habían tomado el mismo día e incluso me atrevería a decir que salían del mismo carrete. Le di la vuelta a la fotografía, intentando disimular mi turbación y ahí vi que esta vez sí había una leyenda: «Yves y Lélia, Authon, noviembre de 1947».

—Esa fecha... tuvo que perturbarte.

—Sí, claro. Mi padre se suicidó el 14 de diciembre de 1947.

—¿Crees que tiene algo que ver?

—Nunca lo sabremos.

—No recuerdo cómo murió tu padre exactamente. Me doy cuenta de que todo esto no está nada claro en mi cabeza.

—Te paso el informe del médico forense de los archivos de la prefectura de policía de París. Te dejo los documentos. Sacarás tus propias concusiones.

34

Vicente descubrió una anfetamina más reciente que la bencedrina, más recreativa también, llamada Maxiton. Caramelo puro. Un excelente estimulante del sistema nervioso, pero sin temblores ni vértigos, sin ese cansancio tras los ojos. El Maxiton procuraba a Vicente un estado de gracia durante el que, de repente, la vida le parecía muy sencilla.

Las anfetaminas son conocidas por anular todo impulso vital, pero esta vez sucedió lo contrario, y Lélia fue concebida en la euforia de una noche sin fin. Eso era precisamente lo que fascinaba a Vicente de las drogas. La sorpresa. Las reacciones inesperadas. Las experiencias químicas entre un cuerpo vivo y unas sustancias también vivas, la infinidad de estados que resultan de ellas, según la hora y el día, el contexto y las dosis, la temperatura ambiente y el alimento ingurgitado. Podía estar hablando durante horas enteras, con la precisión de un químico. En ese terreno, Vicente era un erudito, conocía sectores enteros de química, botánica, anatomía y psicología; habría podido pasar sin problema los exámenes más difíciles si hubieran existido unas oposiciones a toxicólogo.

Vicente sabía que moriría joven, que no podía seguir llevando esa vida mucho tiempo más. Sus padres le habían dado al nacer un nombre que no le gustaba, Lorenzo. Así que Lorenzo se rebautizó Vicente, escogiendo el nombre de un tío fallecido a una edad temprana, en un accidente en una fábrica. Tras respirar vapores de un producto corrosivo que perforó sus pulmones, ese tío murió en medio de unos dolores espantosos debido a una hemorragia interna. Era padre de una niñita de tres años. Vicente se suicidó poco antes del cumpleaños de Lélia, que iba a cumplir esa edad.

—Vicente murió de sobredosis, en la acera, justo debajo de la casa de su madre. Lo encontró la portera.

—Y llamó a la policía...

—Exactamente. Y la policía consignó el hecho en una libreta que encontré. Es una vieja libreta de papel amarillento, de rayas. Las páginas estaban constituidas por cinco columnas para rellenar. «Números, Fechas y dirección, Estado civil, Resumen del caso». En la página de mi padre aparecen, sobre todo, robos. En medio está su muerte. Todos los casos están escritos con la misma pluma, y con tinta negra. Salvo el de Vicente. ¿Por qué? El policía utilizó tinta azul cielo, muy clara, casi borrada por el tiempo. Escribió: «Investigación del fallecimiento del señor Picabia Laurent Vincent». Extraña fórmula. Afrancesó los nombres, Lorenzo se convirtió en Laurent y Vicente en Vincent.

—Ese policía debía de pertenecer a la vieja escuela, porque lo de «señor» ya no se pone.

—«Acaecido el 14 de diciembre hacia la 1.00 de la madrugada en su cama», escribe. Esta información es falsa, lo sé. Vicente murió en la calle; de hecho, por eso interviene la policía y lo investiga. También lo confirmará el registro del Instituto Anatómico Forense que he podido consultar.

—¿Por qué miente el policía?

—Lo que sucedió fue que la portera llamó a la policía al ver un cadáver en la calle. Y luego, al reconocer a Vicente, llamó a

Gabriële para decirle que su hijo estaba muerto. Gabriële pidió que no dejaran a su hijo tirado en la acera y que lo subieran a su cama..., de ahí la confusión. A continuación, el policía plantea una serie de preguntas: «¿Estupefacientes? ¿Abuso de alcohol? ¿Alcohol tóxico? En el Instituto Anatómico Forense. 1.er informe pericial del doctor Frizac». Así supe que hubo un informe de un médico forense.

»Me enteré de tres cosas de mi padre. Que la causa primera de su muerte era el suicidio. Que su cadáver se encontró en la puerta de la casa de Gabriële. Y que, en el mes de diciembre de 1947, en plena noche, solo llevaba puestas unas sandalias.

35

—¿Nunca te has preguntado por tus orígenes?

—No. Por extraño que parezca, jamás. Me parezco tanto a Vicente que no hay duda posible. Soy su vivo retrato. Pero una noche, para fastidiar a Yves y a Myriam, les hice esa pregunta.

—¿Qué pregunta?

—¡Que de quién era hija! ¿Cuál va a ser?

—¿Por qué?

—¿A ti qué te parece? Para hacer hablar a mi madre... Myriam nunca decía nada. Nunca contaba nada. Yo estaba harta, ¿entiendes? Harta. Quería que me hablara de mi padre. Así que le busqué las cosquillas. Para forzarla a que hablara tenía que ser contundente. Estábamos en Céreste, en las vacaciones de verano. Provoqué a mi madre y a Yves al principio de la velada. A Yves le sentó fatal. Fue una noche terrible entre nosotros, tormentosa.

—¿Se sentía responsable de la muerte de tu padre?

—Pobre, hoy espero que no, pero igual en aquella época sí tenía ese sentimiento. Fuera como fuese, al día siguiente hice las maletas, con tu padre, que estaba conmigo, y volvimos a París.

—¿Nosotras ya habíamos nacido?

—Sí, sí, me fui con vosotras... Y tres días después recibí una carta.

—¿Esa fue la confesión que querías obtener?

—Exacto. En aquella época yo no sabía nada sobre mi padre, ni sobre la vida de Myriam durante la guerra. Ella no hablaba jamás del tema. Tenía tanta ansia por conocer fechas, lugares, palabras, nombres... Con mi pregunta la obligué a darme esa información.

—¿Me la enseñas?

—Sí, la tengo guardada en mis archivos, voy a buscarla.

36

Mi Lélia, querido Pierre:

La pregunta de Lélia sobre sus orígenes, planteada a una hora indebida, nos ha trastornado considerablemente a Yves y a mí, mientras que, en cualquier otro momento, todo podría haber transcurrido con normalidad. Yves es un ser demasiado sensible (y su sensibilidad le ha salido muy cara) para que lo aborden de una forma tan abrupta. Dicho lo cual, voy a responder a lo esencial de tu pregunta.

En el mes de junio de 1943, Jean Sidoine, el amigo del religioso del albergue, François Morenas, nos preguntó si queríamos acoger en la cabaña de detrás de nuestra casa a uno de sus primos. Así llegó Yves a vivir con nosotros.

En 1943 estábamos en la meseta. Stalingrado había encendido una chispa de esperanza, pero los nazis se volvían cada vez más agresivos. A pesar de todo, en la idílica meseta nos hallábamos a merced de cualquier delación. De manera que Vicente y yo decidimos abandonar el lugar en diciembre de 1943 y volver a la rue de Vaugirard, que habíamos alquilado con nombres ficticios gracias a la documentación falsificada de Jean Sidoine. De manera que tú, Lélia, fuiste concebida en París, en el mes de marzo de 1944, y no durante nuestra vida en el campo en 1943.

En París, en aquella época, a partir del 1 de abril de 1944, Vicente y yo nos incorporamos a una red de la Resistencia en la que yo me ocupaba de las cifras, es decir, del cifrado y descifrado de los mensajes. Agente P2, número de identificación 5943, miembro permanente de la red, con el estatuto de militar combatiente. Me llamaba Monique y era una de las Hijas del Calvario. Vicente era subteniente, número de identificación 6427, igualmente P2, su función era la de Cifra CDC (jefe del centro de cifrado). Se llamaba Richelieu y era «pianista». Nos desmovilizaron a ambos el 30 de septiembre de 1944, dos meses antes de que tú nacieras.

He de decirte que, si los acontecimientos del primer trimestre del 44 no hubieran sido favorables a los Aliados, y a pesar del peligro de los tiroteos callejeros, de las redadas en el metro, de la eventualidad para nosotros de un arresto por la Gestapo por ser resistentes, tanto Vicente como yo no habríamos concebido ni dejado vivir a una criatura a la que el desembarco de junio del 44 y la liberación de París salvaron la vida. Así fue como se presentó Vicente, con su documentación auténtica en el ayuntamiento del distrito 6 para inscribir a su hija, el 21 de diciembre de 1944.

—¿Y qué sucedió después de tu nacimiento?

—Mi padre desapareció durante tres días al salir del ayuntamiento. En lugar de volver a la rue de Vaugirard, se esfumó sin dejar rastro.

—¿Nadie sabía adónde había ido?

—No. Nadie. Debía de encontrarse en un estado bastante extraño, porque en el ayuntamiento no declaró más que tonterías. De mi certificado de nacimiento, todo es falso, las fechas, los lugares. Se lo inventó todo.

—¿Crees que estaba drogado?

—Puede ser..., o era un efecto de la Resistencia..., no sé. En todo caso, puedo decirte que aquello me planteó muchos problemas después, cuando me hice funcionaria. Pasé incluso ante un juez de primera instancia en el ayuntamiento del distrito 6. Con Pasqua de ministro del Interior, los funcionarios tenían que ser «franceses-franceses», y no era mi caso. Cuando tuve que rehacer mis documentos de identidad, ya con Sarkozy, porque me lo robaron todo, carnet, pasaporte, carnet de conducir..., fue un lío tremendo también. Un empleado de la Administración me explicó que debía demostrar que era francesa. «Pero ¿cómo quiere que lo demuestre si me han robado toda la documentación?». «Demuestre que sus padres sí lo son». Mi madre había nacido en el extranjero, mi padre tenía apellido español y mi certificado de nacimiento era falso, así que me convertí en sospechosa. Y me dije: «Mierda, ya estamos otra vez».

—Mamá, ¿qué pasa contigo después de la muerte de tu padre?

—En aquel momento me enviaron a Céreste, con la familia de Yves.

37

Tras dos años pasados en Alemania, Myriam vuelve a Francia. Yves ocupa el lugar de Vicente en su cama y la anima a preparar las oposiciones a profesora. Para que ella pueda concentrarse, él instala a Lélia en casa de la viuda de un caído de la Primera Guerra Mundial, Henriette Avon, en el feudo de los Sidoine. A partir de ese momento, Yves siempre estará al lado de Myriam para ayudarla y aliviarla. Contra viento y marea.

Henriette duda antes de aceptar a esa nueva inquilina, porque los niños acaban por costar más dinero del que aportan —por la ropa que hay que lavar a todas horas, la vajilla rota y el pan que sisan de los armarios—. Pero esa niñita morena, pegada a su madre como un perro que siente que su amo quiere deshacerse de él, le da pena.

Henriette es pobre, muy pobre, incluso —y sus inquilinos, más pobres que ella—. Con Lélia está Jeanne. Se dice que es centenaria porque nadie recuerda cuándo nació. Su cuerpecillo acorazado parece el de un bogavante. Está ciega, pero sus dedos siguen haciendo maravillas. Basta con dejarla en un rincón con un paño lleno de guisantes o de lentejas sobre las rodillas, y las manos de Jeanne se agitan en el aire para cortar, seleccionar, descascarillar, pelar, como si las pupilas de sus ojos hueros hubieran bajado hasta las yemas de sus dedos. Pero Jeanne da miedo a Lélia, huele a pis, tan fuerte que la pequeña se escapa en cuanto puede.

Jeanne no se lava nunca. Henriette, por el contrario, es implacable en lo que se refiere a la higiene de Lélia. Para lavarle el pelo, instala un taburete delante del fregadero, le pone un guante de felpa sobre los ojos y una toalla alrededor del cuello. Henriette vacía un envase individual de Sindo de color vainilla sobre la cabeza de Lélia. El champú cuesta caro, pero Henriette no escatima en esto. Echa pequeñas dosis sucesivas de agua tibia con una jarra, que chorrea poco a poco por la nuca hasta las orejas, y a la niña se le pone la piel de gallina.

En la escuela de Céreste, Lélia aprende a leer, escribir y hacer cuentas. La directora del centro se da cuenta de su talento, muy superior al resto de las chicas de su edad. Advierte a Henriette que los padres de Lélia deberían pensar en darle estudios superiores. Para Henriette es como si le dijeran que la cría irá un día a la luna.

Céreste se convierte en el pueblo de Lélia, como Riga fue para Myriam el inesperado paisaje de su infancia. Conoce a todos los vecinos, sus costumbres y su carácter, se aprende también cada piedra, cada recoveco, el camino de la Cruz, que es el límite que no pueden traspasar los niños, los senderos de La Gardette, la colina en cuya cima se ha construido el depósito de agua del municipio. Un gigante caprichoso, que a veces priva al burgo de su agua durante varios días seguidos.

La casa de Henriette hace casi esquina entre la rue de Bourgade y la cuesta que va a dar al Cours. La pendiente es tan pronunciada que Lélia acaba siempre bajándola a toda prisa. En la casa que está justo en el ángulo, pegada a la de Henriette, viven dos granujas, Louis y Robert, que disfrutan acorralando a Lélia contra la tapia y luego salen pitando.

Lélia, con su cabecita morena, se convierte en una criatura más de esa comarca. Su día preferido es martes de carnaval, cuando se disfraza, como todos los chavales de Céreste, de *caraco* —palabra provenzal que designa a los gitanos y los bohemios—. Los niños se reúnen en la plaza del pueblo, parecen un montón de ratas de campo, vestidos con harapos, la cara ennegrecida con un corcho quemado, y recorren las calles llevando un cesto y pidiendo, casa por casa, un huevo duro o algo de harina. Por la noche siguen la carreta de Caramantrán, un gran espantapájaros multicolor que será juzgado y quemado en la plaza del pueblo. Los más pequeños gritan hasta desgañitarse y le lanzan piedras. Los críos disfrutan ante el sacrificio.

—En otro tiempo, los jóvenes bailaban la danza de los Bouffets a finales de la cuaresma..., pero eso era en otro tiempo —cuentan los viejos del pueblo.

Los días de procesión religiosa, el cura va seguido por el estandarte, luego vienen los monaguillos y por fin las niñas, todas vestidas de blanco. Llevan cestas de flores, sostenidas por una larga cinta blanca, rosa o azul pálido.

La primera vez que Lélia se incorpora a ese grupo, Henriette oye los comentarios de las demás mujeres:

—La pequeña judía no debería ir en la procesión.

Henriette se enfada. Defiende a Lélia como si fuera su propia hija y, las veces siguientes, las mujeres se cuidan muy mucho de ser maledicentes.

Pero ese hecho atormenta a Henriette, que se pregunta qué dirá Dios de la presencia de Lélia en medio de las bautizadas.

En la iglesia, la imagen de la Virgen María interesa a Lélia, con esa hermosa mirada perdida, las manos juntas en una oración eterna, con su túnica azul de pliegues drapeados, ajustada al talle por un cinturón blanco. Lélia se ha fijado en que la gente, al pasar por delante, se persigna y hace una reverencia. Lélia los imita y se santigua. Pero Henriette le explica:

—No, tú no.

Lélia no busca saber por qué.

Un día le lanzan una pedrada que casi le saca un ojo.

—Sucia judía —le sueltan en el patio de la escuela.

Lélia entiende enseguida que esa palabra la designa, sin saber qué significa realmente. Al volver a casa de Henriette no le cuenta el incidente. Lélia querría confiárselo a alguien, pero ¿quién podría informarle sobre el significado de esa palabra que acaba de entrar en su vida? Nadie.

38

Mi madre se entera, pues, de que es judía, ese día, en el año 1950, en el patio de la escuela. Eso es. Así sucedió. Brutalmente y sin explicación. La piedra que recibió se parece a la que le tiraron a Myriam, a la misma edad, unos niños polacos de Lodz, cuando fue por primera vez a visitar a sus primos.

El año 1925 tampoco estaba tan lejos de 1950.

Para los chicos de Céreste, como para los de Lodz, como, igualmente, para los de París de 2019, aquello solo era una ocurrencia. Un insulto como cualquier otro, uno de tantos que se oyen en un patio de recreo. Pero para Myriam, Lélia, Clara supuso, cada vez, una interrogación.

Cuando mi madre se convirtió en nuestra madre, nunca pronunció la palabra *judío* delante de nosotras. Omitió hablar de ello, no de forma consciente ni deliberada, no: creo que sencillamente no sabía qué hacer. Ni por dónde comenzar. ¿Cómo explicarlo todo?

Mis hermanas y yo nos vimos confrontadas a esa misma brutalidad el día en que en la fachada de nuestra casa apareció un grafiti con una cruz gamada.

El año 1985 tampoco estaba tan lejos de 1950.

Y me doy cuenta hoy de que yo tenía la edad de mi madre, la misma edad que mi abuela en el momento en que recibieron insultos y pedradas. La edad de mi hija cuando, en un patio de recreo, le dijeron que en su familia no les gustaban mucho los judíos.

Era la constatación de que algo se repetía.

Pero ¿qué hacer con esa constatación? ¿Cómo no caer en conclusiones prematuras y aventuradas? No me sentía capaz de responder.

Había que extraer algo de todas esas vidas vividas. Pero ¿qué? Atestiguar. Sondear esa palabra cuya definición se escapaba sin cesar.

«¿Qué es ser judío?».

Quizá la respuesta estaba contenida en la pregunta:

«¿Preguntarse qué es ser judío?».

Después de leer el libro que me dio Georges, *Enfants de survivants*, de Nathalie Zajde, descubrí todo lo que habría podido decir a Déborah en la cena del Pésaj. Solo que las respuestas llegaban con unas semanas de retraso. Déborah, no sé lo que quiere decir «ser realmente judío» o «no serlo realmente». Solo puedo decirte que soy hija de una superviviente. Es decir, alguien que no conoce los gestos de Séder, pero cuya familia murió en las cámaras de gas. Alguien que tiene las mismas pesadillas que su madre y busca su sitio entre los vivos. Alguien cuyo cuerpo es la tumba de aquellos que no han podido encontrar sepultura. Déborah, afirmas que soy judía cuando me conviene. Cuando nació mi hija, cuando la cogí en brazos en la maternidad, ¿sabes en qué pensé? ¿La primera imagen que me vino a la cabeza? La imagen de las madres que estaban dando el pecho justo cuando las enviaron a las cámaras de gas. Pues bien, me convendría no pensar en Auschwitz todos los días. Me convendría que las cosas fueran distintas. Me convendría no tener miedo a la Administración, miedo al gas, miedo a perder mi documentación, miedo a los espacios cerrados, miedo a las mordeduras de perro, miedo a cruzar una frontera, miedo a coger un avión, miedo a las multitudes, a la exaltación de la virilidad, miedo a los hombres cuando van en grupo, miedo a que me roben a mis hijos, miedo a la gente que obedece, miedo a los uniformes, miedo a llegar tarde, miedo a que me detenga la policía, miedo cada vez que tengo que renovar los papeles..., miedo a decirme a mí misma que soy judía. Y esto, todo el tiempo. No «cuando me conviene». Llevo grabado en mis células el recuerdo de una experiencia del peligro tan violenta que a veces me parece que lo he vivido de verdad, o que debería hacerlo. La muerte me parece en ocasiones inminente. Tengo la sensación de ser una presa. Me siento a menudo sometida a una forma de aniquilamiento. Busco en los libros de historia la que no me han contado. Quiero leer más, más, siempre más. Mi sed de saber es insaciable. A veces me siento una extranjera. Veo obstáculos donde otros no los ven. No consigo hacer coincidir la idea de mi familia con esa referencia mitológica que es el genocidio. Y esa dificultad me constituye por completo. Esa cosa me define. Durante casi cuarenta años he intentado trazar un diseño que pueda parecérseme, sin lograrlo. Pero hoy puedo reunir todos los puntos entre sí para ver aparecer, entre la constelación de los fragmentos diseminados en la página, una silueta en la que por fin me reconozco: soy hija y nieta de supervivientes.

39

Lélia me tendió el sobre que había recibido, enviado desde el ayuntamiento de Les Forges. En su interior, un correo que iba dirigido a ella.

—¿Puedo? —le pregunté.

—Sí, léelo —me contestó enseguida Lélia.

Me puse a leer el mensaje, escrito en una gran tarjeta en cartulina bristol blanco, con una letra muy bonita, aplicada.

Estimada señora:

Tras su paso por el ayuntamiento de Les Forges, busqué en los archivos la carta que le mencioné: la solicitud para que los nombres de los cuatro miembros de la familia Rabinovitch deportados a Auschwitz se inscribieran en el monumento a los muertos de Les Forges.

No encontré nada en los archivos del ayuntamiento.

Sin embargo, he encontrado este sobre que podría interesarle. Estaba en el ayuntamiento, guardado en una carpeta. No lo he abierto, se lo envío tal cual.

Reciba un cordial saludo,

JOSYANE

Lélia me señaló, encima de su escritorio, un sobre cerrado donde podía leerse la inscripción: CUADERNOS DE NOÉMIE.

Supe inmediatamente de qué se trataba. Nadie había tocado aquello desde 1942.

—Anne, estoy demasiado emocionada para abrirlo.

—¿Quieres que lo haga yo?

Lélia dijo que sí con la cabeza. Inspiré profundamente y mis manos temblaron al abrir el sobre. Algo recorrió la habitación, un soplo eléctrico que ambas percibimos. Saqué dos cuadernos, enteramente ennegrecidos por la letra de Noémie. Las páginas estaban llenas, sin dejar una sola línea en blanco. Abrí el primer cuaderno, que comenzaba con una fecha, subrayada.

Comencé a leérselo a mi madre en voz alta.

4 de septiembre de 1939

Es el cumpleaños de mamá. Hace veinticinco años, en el otro cuaderno, «el penúltimo», era el cumpleaños del tío Vitek. Vivimos en Les Forges. Hemos transformado nuestra casa de vacaciones en residencia permanente. Me ha costado dos días hacerme a la idea de que estábamos en guerra. Cómo reconocerla si al mirar ahí afuera el cielo es puro. Hay árboles. Hierba. Flores. Sin embargo, ya han empezado a caer, segadas aviesamente, las bellas vidas humanas. Pero la moral es alta. Tenemos que soportarlo y lo soportaremos. Para nosotros, incluso, el cambio es pintoresco. Palabra cínica pero verdadera. Nuestra vida física no se ha visto modificada, nuestros gestos siguen siendo los mismos. Sin embargo, todo es diferente a nuestro alrededor. Nuestra vida también se ha visto desequilibrada. Se necesita tiempo para adaptarse. Para modificarse. Lo importante es salir de esta metamorfosis fuerte y valiente. Hoy Londres ha sido bombardeada durante dos horas. Un navío de pasajeros ha naufragado. Los tiempos bárbaros de la civilización. Relámpagos siniestros e iluminación del cielo en dirección de París. Nosotros salimos para verlos con la misma idea. Vamos asumiendo, debido a ello, que estamos en guerra. Pesadillas nocturnas. Cuando me despierto, lo primero que recuerdo es que estamos combatiendo. Que los hombres mueren en el campo, que las mujeres y los niños caen en las calles bombardeadas de las ciudades.

5

Esperamos cinco horas, Lemain. Sin noticias de nada ni nadie. Parece que, se dice que. No hay carta de la condesa. Hitler está loco. ¡Ha propuesto a sir Nevile Meyrick Henderson un reparto «equitativo» de Europa entre Alemania e Inglaterra! Y se veía, además, en sus palabras, que se contenía. Los ingleses bombardean Alemania (¿?). Lanzan panfletos. Los músicos do-re-mi-fa-sol trombón de Myriam. Leemos a Pierre Legrand. Quizá pronto podamos ir a Rusia a conocer a todos nuestros parientes. Facilitamos realmente la labor de los que vengan después. Ciento cincuenta aniversarios de la Revolución, la guerra liberadora de los pueblos está teniendo lugar. Esperemos que sea breve. Me doy cuenta de que, mientras dure la lucha, no tenemos derecho a pensar en las consecuencias de la guerra en la vida propia y en las ajenas (Myriam y su pesimismo).

6

Tiempo espléndido. Tricotar. Carta. Armario, quizá. Cinco horas, Lemain.

9

A veces no merece la pena escribir. Hoy, mal día. Esta mañana, conversación polaca. Todos nos damos cuenta de la inutilidad de ciertos argumentos, pero los exponemos para convencernos a nosotros mismos. Los Dan están en París, van a venir aquí la semana próxima. ¡Y pensar que, mientras charlamos fríamente sobre si es útil o no pasar un examen de filosofía, sobre nuestra vida en Les Forges, hay personas que mueren! ¿Viven todos los nuestros, en Lodz? Pesadilla espantosa. Sí, muy mal día.

Al oírme evocar a las personas de Lodz, Lélia me pide que me detenga. Era mucho para ella. La sentía emocionada y perturbada.

—¿Hasta dónde llega? —me preguntó.

Entonces abrí el segundo cuaderno, también todo cubierto de notas. Pero entendí enseguida que no era la continuación del diario de Noémie.

—Mamá... —dije—, es...

Al mismo tiempo que hablaba con Lélia, recorría con la mirada las páginas.

—... el principio de una novela...

—Léemelo —me pidió Lélia.

Pasé las páginas, el cuaderno contenía a la vez notas, planes de capítulos, fragmentos redactados. Estaba todo mezclado. Yo reconocía perfectamente el recorrido mental del novelista que tantea, busca, necesita anotar las ideas y contar ciertos pasajes que le vienen a la cabeza, en desorden.

Y luego leí algo que me detuvo. Me costaba creerlo. Cerré el cuaderno, incapaz de hablar.

—¿Qué sucede? —me preguntó Lélia.

No conseguía contestarle.

—Mamá..., ¿nunca abriste este sobre? ¿Estás segura?

—Jamás. ¿Por qué?

No pude decir más. La cabeza empezó a darme vueltas. Simplemente leí para Lélia la primera página de la novela.

Évreux estaba cubierto de neblina esa mañana de finales de septiembre. Una neblina fría que anunciaba el invierno. Pero el día iba a ser hermoso, el aire era puro y el cielo no tenía una sola nube.

Anne se pasaba el tiempo paseando por la ciudad, yendo a la salida del colegio de las niñas para charlar. Y luego, para ir a la universidad, pasaba por delante del cuartel y el hotel de Normandie, donde estaban alojados los oficiales ingleses.

Anne dejó su cuaderno de música y se puso a mirar los tomates, las coles y las peras. Del otro lado, una calle de casitas bajas y, en medio, cinco pares de calcetines negros tendidos, secándose.

—Parece —dice Anne escuchando el rumor de la ciudad— que los primeros convoyes de ingleses llegarán mañana. Ya se ha instalado un pequeño Estado Mayor en el Grand Cerf. Y ¿sabes qué?, son muy elegantes.

La heroína de la novela de Noémie se llamaba Anne.

40

Había quedado con Georges en la Gare de Lyon, esa estación que es siempre una promesa de sol y de vacaciones de verano. Me detuve en la farmacia para comprar un test de embarazo, pero no se lo dije a Georges. En el tren me explicó el programa del fin de semana, bastante cargado. En la estación de Aviñón nos esperaba un coche de alquiler, luego teníamos que ir a dejar las cosas a un hotel en Bonnieux, antes de bajar de nuevo hasta una capilla donde una estudiante de arte nos haría una presentación sobre las obras de Louise Bourgeois, allí expuestas.

Él había elegido Bonnieux para celebrar mis cuarenta años por, precisamente, Louise Bourgeois. Tras la visita guiada, iríamos a almorzar en lo alto del pueblo, a un restaurante con vistas panorámicas. Y de postre daríamos un paseo por las viñas con degustación de vino incluida.

—Luego habrá sorpresas.

—No me gustan las sorpresas..., me angustian las sorpresas.

—Bueno, pues entonces te digo que la tarta y las velas aparecerán por sorpresa en medio de la degustación.

Ese fin de semana de cumpleaños empezaba muy bien, me sentía dichosa junto a Georges, feliz de coger un tren hacia el sur de Francia. Tenía la certeza de que estaba embarazada, reconocía los indicios en mi propio cuerpo, pero prefería esperar al tren de vuelta a París para hacerme la prueba en los aseos. Si el test daba positivo, la noticia haría de nuestro domingo por la noche un momento muy alegre. Y en caso contrario, la decepción no estropearía el fin de semana. El coche de alquiler nos esperaba en la estación; tomamos la dirección de Bonnieux, Georges se instaló al volante y yo me puse las gafas de sol para poder disfrutar del paisaje. Por primera vez desde hacía tiempo, solo pensaba en estar ahí, con un hombre, proyectarme en una vida a su lado, imaginar qué padres seríamos. Pero una visión me llamó la atención. Pedí a Georges que parara y que diera marcha atrás. Quería volver a ver la fábrica de fruta confitada, en la carretera de Apt, por la que acabábamos de pasar. Esa fachada ocre, con sus arcos romanos, me resultaba cercana.

—Georges, ya he pasado por delante de este lugar decenas de veces.

Seguidamente, todo me pareció familiar. Apt, Cavaillon, L'Isle-sur-la-Sorgue, Roussillon. Esos pueblos surgían de mi pasado, todos esos nombres eran los de mis vacaciones de pequeña, en casa de mi abuela. Entonces recordé que Bonnieux, donde Georges había reservado el hotel, era un pueblo al que también iba con Myriam.

—¡Claro que conozco Bonnieux! Mi abuela tenía una amiga que vivía ahí, y su nieto era de mi edad.

De repente me acordé de todo: el nieto se llamaba Mathieu, tenía una piscina y sabía nadar. Pero yo no.

—Me sentía avergonzada porque tenía que llevar manguitos para flotar. Después de aquello dije a mis padres que quería aprender a nadar...

Iba mirando por la ventanilla del coche y escrutaba cada casa, cada fachada de cada tienda, como se intenta encontrar en los rasgos de un anciano los del joven que fue en otro tiempo. Todo aquello era muy extraño. Saqué el móvil para consultar el mapa de la región.

—¿Qué miras? —me preguntó Georges.

—Estamos a treinta kilómetros de Céreste, el pueblo de mi abuela.

El pueblo donde Myriam dejó a Lélia en manos de una cuidadora, donde se instaló después de la guerra para casarse con Yves Bouveris. Céreste, el pueblo de mis vacaciones de niña.

—No he vuelto desde que murió mi abuela. Hace veinticinco años.

Al llegar ante el hotel miré a Georges con una sonrisa:

—¿Sabes qué me gustaría?, que fuéramos a dar una vuelta por Céreste, me gustaría ver la cabaña donde vivió mi abuela.

Georges se echó a reír, porque había pasado mucho tiempo preparando ese día especial. Pero aceptó gustoso y yo rebusqué en el bolso para encontrar mi libreta, que me acompañaba a todas partes.

—¿Qué es eso? —preguntó Georges.

—Es la libreta donde apunto todos los detalles de mi investigación. Hay gente en el pueblo que conoció a Myriam, podría hablar con ellos...

—¡Vamos, pues! —dijo él, entusiasmado.

Nos pusimos enseguida en camino. Georges me pidió entonces que le hablara de Myriam, de su vida, de mis recuerdos con ella.

41

—Durante mucho tiempo, yo diría que hasta los once años, yo estaba convencida de que mis antepasados eran provenzales.

—No te creo —me dijo Georges riéndose.

—¡Te digo que sí! Pensaba que Myriam había nacido en Francia, en ese pueblo por el que pasaba la Vía Domitia, donde nos reuníamos con ella en las vacaciones de verano. También pensaba que Yves era mi abuelo.

—¿No sabías nada de la existencia de Vicente?

—No. Cómo explicarte, todo era muy confuso... Mi madre... no decía: «Yves es tu abuelo». Pero tampoco afirmaba que no lo fuera, ¿entiendes? Recuerdo perfectamente, de niña, que, cuando me preguntaban de dónde venían mis padres, yo contestaba: «De Bretaña por parte de mi padre, de Provenza por parte de mi madre». Era medio bretona, medio provenzal. Así estaban las cosas. Myriam nunca evocaba recuerdos que hubieran podido contradecir esa lógica. No decía jamás: «Hace años, en Rusia» ni «Cuando pasé las vacaciones en Polonia», o «De pequeña, en Letonia», o «En casa de mis abuelos, en Palestina». No sabíamos que había vivido en todos esos sitios.

Cuando Myriam nos enseñaba a pelar los guisantes para la sopa al pesto, a fabricar botellas de lavanda con un lazo, cuando nos mostraba cómo secar la manzanilla sobre unos paños blancos para las infusiones de la noche, a macerar los huesos de las cerezas para hacer licor, o a freír las flores de calabacín rebozadas, yo creía que estábamos aprendiendo las recetas familiares. También, cuando nos explicaba que había que entreabrir las contraventanas para conservar el frescor interior, consagrar ciertas horas al trabajo, otras a la siesta, yo pensaba que perpetuábamos gestos heredados de nuestros ancestros. Y aunque hoy ya sepa que mi sangre no procede de aquí sigo apegada a estos caminos de guijarros puntiagudos, a la dureza del calor que hay que aprender a soportar.

Myriam era una semilla que el viento trasladó por continentes enteros y que acabó por germinar aquí, en este pequeño terreno deshabitado. Y se quedó hasta el final, porque el tiempo se detuvo aquí para ella.

Por fin pudo echar raíces en algún lado, en esta colina algo hostil que quizá le recordara al suelo rocoso y el calor de Migdal, a ese momento de infancia en Palestina donde, en la propiedad de sus abuelos, por una vez, nadie la perseguía.

Todos los momentos que pasé con mi abuela Myriam transcurren aquí, en el sur de Francia. Aquí, entre Apt y Aviñón, en las colinas del Luberon, fue donde coincidí con esa mujer cuyo nombre llevo oculto.

Myriam era un ser que necesitaba poner distancia entre ella y los demás. No le gustaba que se le acercaran demasiado. Me acuerdo de que a veces nos observaba con cierta turbación en la mirada. Estoy segura de no equivocarme al afirmar que la causa eran nuestros rostros. De pronto, una similitud con los de antes, una manera de reír, de contestar, seguro que aquello la hacía sufrir.

A veces me daba la impresión de que vivía con nosotros como con una familia de acogida.

Se sentía feliz por compartir un momento cordial, una comida en nuestra compañía, pero en el fondo estaba deseando reencontrarse con los suyos.

Me resulta difícil establecer la relación entre Miroshka, hija de los Rabinovitch, y Myriam Bouveris, mi abuela, con la que pasaba los veranos entre los montes del Vaucluse y los del Luberon.

No es fácil vincular todas las partes entre sí. Me cuesta mantener juntas todas las épocas de la historia. Esta familia es como un ramo de flores demasiado grande que no consigo sostener con firmeza entre las manos.

—Querría ir a ver la cabaña de mi infancia. Hay que pasar a través de las colinas, por detrás del pueblo.

—Vamos —dijo Georges.

Al llegar al final del camino, me acordé de Myriam, de su piel muy morena, curtida por el sol como un cuero viejo; me la imaginé caminando por las piedras a pesar de la sequedad del terreno, entre las suculentas.

—¡Ya estamos! —dije a Georges—. ¿Ves la cabaña? Ahí vivió Myriam después de la guerra, con Yves.

—¡Tenía que recordarles a la casa del ahorcado!

—Seguramente sí. Aquí pasé todos los veranos con ella.

Era una construcción de ladrillo, tejas y hormigón, sin cuarto de baño ni retrete, con una cocina de verano en el exterior. Vivíamos todos juntos en ese sitio, desde principios del mes de julio, a cámara lenta debido al calor que petrifica a los hombres y los animales, que los transforma a todos en estatuas de sal. Myriam recreó una vida que se parecía sin duda a la que había conocido en la dacha de su padre en Letonia y en la granja agrícola de sus abuelos. Mi madre llevaba el pelo largo y mi padre también, nos lavábamos en un barreño de plástico amarillo, y para hacer pis o caca íbamos al bosque, yo me agachaba detrás de una piedra grande recubierta de musgo y miraba, fascinada, cómo mi pis caliente formaba un riachuelo entre las hojas, asustando a los bichos y arrastrando a su paso, cual lava volcánica, chinches y hormigas.

Durante mucho tiempo pensé que, en vacaciones, todos los niños dormían en una gran cabaña con los miembros de su familia, echándose la siesta en unas colchonetas y haciendo sus necesidades en el bosque.

Myriam nos enseñaba a hacer mermelada, miel, conservas de fruta en almíbar, a cuidar del huerto, con su membrillo, su albaricoquero y su cerezo. Una vez al mes, el destilador venía a fabricar aguardiente con el excedente de nuestra fruta. Hacíamos herbarios, montábamos espectáculos, jugábamos a las cartas. Tocábamos como si fueran trompetas unas hojas que Myriam nos enseñaba a tensar entre los dedos, había que elegirlas anchas y sólidas para que resonaran bien. También hacíamos velas con naranjas fabricando una mecha con el rabo dentro de la cáscara de la fruta previamente vaciada. Había que añadir aceite de oliva. De vez en cuando íbamos al pueblo a comprar salchichas para la barbacoa, o chuletillas, o relleno para cocinar tomates, o alondras sin cabeza. Había que pasar por el bosque, una caminata larga, bajo el sol, en medio de los destellos plateados de las hojas de los alcornoques. Nosotros, los niños, sabíamos caminar descalzos por esos senderos sin que nos dolieran los pies. Sabíamos reconocer, entre los cantos rodados del camino, los que no hacían daño, pero también los fósiles con forma de concha y de colmillo de tiburón. Sabíamos afrontar el calor, vencerlo como se gana una batalla contra un terrible enemigo, tan terrorífico que lo paraliza todo a su paso. La victoria era siempre sublime cuando llegaba el frescor para salvarnos a la caída de la noche; y una brisa nos acariciaba las frentes como calma la fiebre una compresa húmeda. Myriam nos acompañaba entonces a dar de comer al zorro que vivía en la colina.

«Los zorros son buenos», nos decía ella.

Añadía que el zorro era amigo suyo, como las abejas. Y nosotros creíamos de verdad que mantenía conversaciones secretas con ellos.

Las vacaciones pasaban rápido, como un sueño infantil, con mi tío, mi tía y toda la pandilla de sobrinos. Myriam, a los hijos que tuvo con Yves, les puso de nombre Jacques y Nicole.

Nicole se hizo ingeniera agrónoma.

Jacques, guía de montaña y poeta. También fue durante bastante tiempo profesor de Historia.

Ambos vivieron un acontecimiento trágico durante su adolescencia. Jacques, a los diecisiete años. Nicole, a los diecinueve. Nadie relacionó uno con otro. Por el silencio. Y porque en esa familia no se creía en el psicoanálisis.

Mi tío Jacques, al que yo adoraba, me había puesto un apodo. Me llamaba Nono. A mí me gustaba. Era el nombre de un pequeño robot de una serie de dibujos animados.

Poco a poco, Myriam perdió la memoria y se puso a hacer cosas extrañas. Una mañana, muy pronto, vino a despertarme a la cama. Parecía inquieta, alterada.

«Coge las maletas, tenemos que irnos», me dijo.

Luego me riñó por los cordones de los zapatos. No consigo recordar si el problema era que los cordones estaban anudados o, al contrario, desatados. Pero parecía muy enfadada. Como una autómata, me levanté y la seguí, pero ella, sencillamente, fue a acostarse de nuevo.

Al cabo de cierto tiempo empezó a oír voces que le hablaban desde la colina. Le venían a la cabeza objetos, caras, recuerdos olvidados. Pero, paralelamente a esos recuerdos remotos, imperceptibles, su elocución e incluso su escritura se volvían torpes. A pesar de todo, seguía escribiendo. Escribiendo sin parar. Lo tiró, lo quemó casi todo. Solo encontramos unas páginas sobre su escritorio.

Habiendo llegado a un periodo difícil para mí, me noto sumida en un malestar extraño.

Me siento muy unida a la naturaleza, a las plantas, y, por el contrario, encuentro muy desagradables a ciertos personajes de mi entorno.

Enseguida corto las conversaciones, porque me parece que se producen malentendidos.

Me aposento junto al plátano y al tilo, que me resultan cada vez más agradables. Me quedo así, no dormida, pero sí absorta en una ensoñación, y espero que poco a poco mi cabeza acabe por cansarse de una multitud de estupideces. Y estoy convencida del esplendor de nuestro bosque, de nuestro éxito en este espacio; confesaré también que, a pesar de todo, vuelvo a Niza unos meses, en invierno.

Ahí aún encuentro algún momento aparte, de alegría y amistad.

Jacques volverá el miércoles.

Los últimos años tuvimos que hacer que fuera una persona de Céreste a cuidar de ella porque Myriam ya no podía vivir sola. Entonces se produjo un fenómeno particular: Myriam olvidó el francés. Esa lengua que aprendió tardíamente, a la edad de diez años, se borró de su memoria. Ya no hablaba más que ruso. A medida que su cerebro declinaba, volvía a la infancia, y a esa lengua, y me acuerdo muy bien de las cartas en cirílico que le escribíamos para mantener el contacto con ella. Lélia pedía un modelo a unos amigos rusos, y luego nos esforzábamos en copiarlo. Toda la familia intervenía, dibujábamos frases en la mesa del comedor; a fin de cuentas, era bastante divertido escribir en la lengua de nuestros antepasados. Pero resultaba muy complicado para Myriam, que, en cierta manera, se había convertido en extranjera en su propio país.

Después de visitar la cabaña, Georges y yo volvimos al coche. Le confesé en ese momento que había comprado un test de embarazo en la farmacia.

—Estoy seguro de que estás embarazada —dijo Georges—. Si es chica, se llamará Noémie. Y Jacques si es niño. ¿Qué opinas?

—No. Le pondremos un nombre que no pertenezca a nadie.

42

Veía desfilar las páginas de mi libreta, convencida de que algo iba a surgir de ellas. Si me devanaba bien los sesos, acabaría teniendo una buena idea.

—¡Mireille! —dije—. He leído su libro. Creo que sigue viviendo aquí.

—¿Mireille?

—¡Sí, sí! ¡La pequeña Mireille Sidoine! La hija de Marcelle, a la que crio René Char. Debe de tener unos noventa años hoy en día. Lo sé porque escribió un libro de memorias que he leído hace poco. Y... ¡y decía que seguía viviendo en Céreste! Conoció a Myriam, conoció a mi madre, eso seguro. Te recuerdo que era prima de Yves.

Mientras yo hablaba, Georges miraba en su móvil la guía telefónica antes de afirmar:

—Sí, tengo su dirección, podemos ir a verla si quieres.

Yo reconocía las callejuelas de ese pueblo que recorrí de pequeña, con sus casas pegadas unas a otras, sus recodos, nada parecía haber cambiado en treinta años. Frente a la casa de Henriette estaba la casa de Mireille, la hija de Marcelle, la mujer-zorro de *Las hojas de Hipnos*.

Llamamos a su puerta, sin prevenirla antes de nuestra visita. Al principio no me atrevía, pero Georges insistió.

—No tienes nada que perder —argumentó.

Un señor mayor abrió una ventana que daba a la calle, era el marido de Mireille. Le expliqué que era la nieta de Myriam y que andaba en busca de recuerdos. Nos contestó que esperáramos. Luego abrió y nos dijo, muy amable, que pasáramos a tomar un refresco.

Mireille estaba ahí, en el jardín de detrás de la casa, sentada a una mesa, vestida de negro, bien peinada y arreglada. Noventa años, puede que más. Parecía estar esperando, como si hubiéramos quedado.

—Acérquese —me dijo—. Estoy casi ciega. Tiene que aproximarse para que pueda verle la cara.

—¿Conoció a mi abuela Myriam?

—Claro. La recuerdo muy bien. Y también me acuerdo de tu madre, que era una niña —añadió Mireille—. Se me ha olvidado su nombre.

—Lélia.

—Eso es, bonito nombre. Original. Lélia. No conozco a nadie más que se llame así. ¿Qué querías saber?

—Cómo era. Mi abuela. Qué tipo de mujer era.

—Oh. Era muy discreta. No hablaba mucho. Nunca tuvo ningún problema en el pueblo. No era nada coqueta, de eso sí me acuerdo.

Estuvimos mucho tiempo hablando, de Yves y de Vicente, del trío amoroso que formaron y de sus consecuencias. Hablando de René Char también, y de la manera como había vivido la guerra en Céreste. Mireille hablaba con franqueza. Sin rodeos. Yo iba repasando mentalmente todo cuanto me decía, preguntándome cómo se lo contaría después a mi madre: Mireille, su jardín perdido, sus recuerdos de Myriam. Me habría gustado que estuviera ahí conmigo.

Al cabo de un rato sentí que había llegado la hora de irse, que Mireille empezaba a cansarse. Simplemente le pregunté si había otras personas en el pueblo que pudieran hablarme de mi abuela.

—Alguien que la conociera íntimamente.

43

Juliette nos ofreció un zumo de limón que había preparado para sus nietos. Era una mujer alegre y dicharachera, divertida, hablamos un buen rato de todo, de Myriam, de su Alzheimer, de su entierro. En su época de enfermera, se instaló en casa de Myriam para cuidarla hasta el final de su enfermedad. Entonces tenía treinta años, y sus recuerdos eran muy precisos.

—¡Me hablaba de ustedes! De sus nietas. Y sobre todo de Lélia, de su madre. Decía todo el tiempo que iba a instalarse en casa de ustedes.

—¿Por qué? ¿Ya no quería vivir aquí, en Céreste?

—Le gustaba Céreste, la naturaleza, pero decía siempre: «Debo ir a casa de mi hija, porque ella los conoció».

—Sí, ahora me acuerdo...

Me volví hacia Georges para explicarle.

—Al final de su vida, Myriam se confundía. Pensaba que Lélia había conocido a Ephraïm, Emma, Jacques y Noémie. Incluso un día le dijo: «Tú, que conociste a tus abuelos», como si Lélia se hubiera criado con ellos.

Entonces a Georges se le ocurrió enseñarle la postal a Juliette, porque yo tenía la foto en mi móvil.

—¡Ah! ¡Claro que la reconozco!

—¿Cómo dice?

—Yo la envié.

—¿Qué quiere decir? ¿Fue usted quien escribió esta postal?

—¡No, no! Yo solo la llevé a correos.

—Pero ¿quién la escribió?

—Myriam. Poco antes de morir. Unos días antes, quizá. Tuve que ayudarla un poco, sostenerle la mano..., al final le costaba formar las letras.

—¿Podría explicarme exactamente qué sucedió?

—A su abuela le gustaba apuntar sus recuerdos. Pero, con su enfermedad, todo le resultaba complicado. Escribía cosas que me costaba mucho descifrar. Juntaba el francés, el ruso y el hebreo. Todas las lenguas que aprendió en su vida, todo se mezclaba en su cabeza, ¿entiende? Y un día, coge una de las postales de su colección, esa colección de tarjetas de monumentos históricos, ya sabe.

—Como el tío Borís...

—Sí, ese nombre me dice algo..., seguro que me habló de él. Se empeñaba, lo recuerdo muy bien, en usar bolígrafo porque le daba miedo que la tinta de la pluma se borrara. Luego me dijo: «Cuando me vaya a vivir a casa de mi hija, enviará esta postal, ¿me lo promete?». «Se lo prometo», le contesté yo. Y cogí la postal y la puse junto a mis papeles personales.

—¿Y luego?

—Nunca fue a vivir a casa de su hija como esperaba. Murió aquí, en Céreste. Yo no volví a pensar en la postal, he de confesarlo. Se quedó bien guardada entre mis documentos. Y unos años más tarde pasé las Navidades en París, con mi marido. Era el invierno de 2002.

—Sí, enero de 2003.

—Eso es. Yo me había llevado, para el viaje, la carpeta donde guardaba toda la documentación, los carnets de identidad, las reservas del hotel... Y después, durante nuestra estancia en París encuentro, oculta tras una de las solapas de la carpeta, la postal. El último día, antes de volvernos para Céreste.

—Un sábado por la mañana.

—Así es. Le dije a mi marido: tengo que enviar esta tarjeta, cueste lo que cueste, para Myriam era importante, y yo se lo prometí. Además, no sé por qué, pero no quiero volver a Céreste con esta postal. Junto a nuestro hotel había una oficina de correos muy grande.

—La oficina del Louvre.

—Exacto. Ahí la eché.

—¿Recuerda haber pegado el sello al revés?

—En absoluto. Hacía un frío espantoso y mi marido me esperaba en el coche, no me fijé. Luego fuimos corriendo al aeropuerto, pero nuestro avión no pudo despegar.

—¡Podría haber puesto la postal en un sobre y una nota suya adjunta explicándonos! ¡Nos habría ahorrado muchas conjeturas!...

—Lo sé, pero, como le decía, llegábamos tarde, había una tormenta de nieve, mi marido echaba pestes en el coche, yo no tenía ningún sobre a mano...

—Pero ¿por qué Myriam quería enviarse esa postal a sí misma?

—Porque, sabiendo que estaba condenada a perder la memoria, me dijo: «No puedo olvidarlos, si no, no habrá nadie para acordarse de que han existido».

Este libro no habría podido escribirse sin la investigación de mi madre. Ni sin sus propios escritos. Es, pues, también suyo.

Este libro está dedicado a Grégoire, y a todos los descendientes de la familia Rabinovitch.

Gracias a mi editora, Martine Saada.

Gracias a Gérard Rambert, Mireille Sidoine, Karine y Claude Chabaud, Hélène Hautval, Nathalie Zajde y Tobie Nathan, Haïm Korsia, Duluc Détective, Stéphane Simon, Jesús Bartolomé, Viviane Bloch, Marc Betton.

Gracias a Pierre Berest y Laurent Joly, por sus lecturas y sus consejos.

Gracias a todos los lectores que han acompañado este libro: Agnès, Alexandra, Anny, Armelle, Bénédicte, Cécile, Claire, Gillian-Joy, Grégoire, Julia, Lélia, Marion, Olivier, Priscille, Sophie, Xavier. Gracias a Émilie, Isabel, Rebecca, Rhizlaine, Roxana.

Y a Julien Boivent.

Índice